Ets la meva vida, ets la meva mort

Maria de la Pau Janer

Ets la meva vida, ets la meva mort

COLUMNA

Primera edició en aquesta col·lecció: novembre del 2001
Projecte gràfic: Columna Comunicació, S. A.

Carrer Provença, 260 – 08008 Barcelona
ISBN: 84-664-0154-7
Dipòsit Legal: B. 44.731-2001
Imprès a Hurope, S. L.
Carrer Lima, 3 bis – 08030 Barcelona

Als meus pares.

I PART

I

Hi ha un home que cerca pels passadissos de l'hospital. A la seva vora, tothom fa el mateix: Recórrer el laberint de línies que s'encreuen en un punt i tornen a escampar-se. Cadascuna idèntica a l'anterior, tot de portes closes que els visitants no poden obrir, com si fossin al castell de Barbablava. Rere les portes, s'hi amaga el patiment o el dubte. Potser hi trobaríem una dona que fuig del món o un infant que hi arriba. Algunes zones són més silencioses que les altres, perquè hi plana la mort. La mort que s'ensuma en l'aire, en els posats dels infermers, que mai no arriben a acostumar-s'hi malgrat les inèrcies, en les llàgrimes que rodolen, a poc a poc, pels rostres dels qui esperen.

Esperar i buscar són les dues activitats a què es dediquen els qui no treballen en aquest edifici. Només hi són de pas, perquè els hi ha portat l'atzar convertit en mala fortuna. Mentre habitaven un altre món lluny d'aquesta quietud que és símptoma de pors, un incident els ha trastocat la vida. Allò que no havien escrit a la pàgina de l'agenda perquè no corresponia a l'ara i a l'avui apareix per esborrar la resta. Plans, il·lusions o deures es fonen en el no-res, perquè l'inesperat compareix quan menys ho imaginàvem.

Haver d'estar en un edifici fet de parets blanques, de passes, de silencis pactats o de converses en veu baixa és molt difícil.

Sobretot quan som conscients de la importància del que han de comunicar-nos-hi. No feim cua en un mercat, ni ens impacienta la lentitud d'aquell funcionari que ha de resoldre'ns un assumpte al banc o a correus. No és l'espera vibrant d'algú que torna, per fi, rere la maltempsada. No hi ha la impaciència de la quotidianitat empipadora ni els neguits del cor que es trenca. Es tracta de quelcom més dur: Convertir l'espai d'una sala en un món, l'instant en l'eternitat, i el desig d'un monosíl·lab en l'únic que importa. Algú, en qualsevol moment, ens sortirà a l'encontre, pronunciarà un nom que identificarem com el nostre, i ens obrirà amb un sol mot les portes de l'infern o del paradís. Ens parlarà de supervivència o de mort. No seran paraules vagues, sinó que es referiran a una existència concreta, convertida en l'eix de l'univers. Del que diguin aquests llavis, en dependrà el present i el futur, la vida sencera. Ho sabem i l'esperança és un fil que s'aprima a mesura que passen les hores.

L'home que busca pels corredors de l'hospital ho sap. Entén que res no és mai exactament com voldríem. Una ratlla invisible separa els desitjos de la seva realització, les expectatives de la concretesa. Ho comprèn amb una certa dificultat, perquè la boira li ocupa bona part del cervell. Fa tantes hores que va arribar que ja ni se'n recorda. Només voldria sortir d'aquest cau i no haver de pensar-hi mai més. Fer-ne taula rasa i convèncer-se que res no ha existit, tallar el fragment de la seva vida que s'ha convertit en un malson i llençar-lo lluny, al fons d'un pou on només hi hagués un tel d'aigua profunda. Aigua blavosa com els cercles que li envolten els ulls, després de nits de vetlla.

Ha après que només el moviment pot calmar l'espera. El millor és no deixar que ens guanyi la immobilitat. Hi ha gent que s'alça de la cadira que ha ocupat durant hores i camina no sap cap on. L'excusa pot ser el refugi del lavabo, una pregunta a la infermera, la necessitat d'una mica de gel o de conversa. Alguns gestos són embranzides de brau disposat a saltar la barrera i a envestir l'adversari. Altres resulten agosarats com els dels infants que volen trepitjar un bassiot i hi remullen els peus buscant en el fang rastres de pluja. N'hi ha que contenen la vacil·lació dels vells travessant un pas de zebra amb la por als ulls.

Tothom busca el consol d'una mentida o la certesa que substituirà la tensió de no saber. La recerca es tradueix en bellugadissa. Sobten les evolucions dels qui tornen a asseure's, derrotats, rere alguns minuts d'anades i vingudes sense destinació ni final. Les giragonses dels més inquiets arriben a sumar-se a l'assossec dels que no es mouen, perquè ni el moviment no els calma. Hi ha rampells que es detenen de cop perquè són conseqüència del nerviosisme d'un instant. Hi ha rostres que no expressen gaires coses, perquè s'han convertit en màscares incapaces de descobrir sentiments. Hi trobam expressions d'éssers perduts, a qui no els queda més remei que haver de voltar, cavallets de fira perseguint-se en un cercle que mai no acaba. Hi ha tants dubtes surant per l'aire que, si ens afanyàssim a caçar-los com a papallones, n'ompliríem un cabàs.

No poder-hi fer res. Moure's sense esperances, perquè cap gest no alterarà les coses. Respirar fondo perquè hem perdut l'alè i la paraula, mentre les busques del rellotge juguen amb nosaltres i s'entesten a avançar més lentament. Contraposen la seva calma a la nostra pressa, la impassibilitat a la voràgine que ens devora, les hores immutables al present que té gust de licor amarg.

Va néixer a Barcelona fa quaranta-dos anys, però fins fa tres dies semblava més jove. Li feia gràcia que li ho recordassin: una certa vanitat l'havia acompanyat sempre i havia crescut amb el temps. El pas dels dies li va donar forma i n'augmentà les proporcions. No ho manifestava amb estridències, sinó d'una manera subtil que no resultava molesta als altres. Un somriure discret en veure's el perfil al mirall; la rialla que s'obre quan algú li ho comentava en to de constatació o de simple afalac; l'atenció, més o menys intensa segons l'època i les ganes, a la pròpia imatge. Tres dies i les seves nits li han mudat les faccions. Abans no hi havia aquesta rigidesa que tenalla cada múscul, que en perfila els contorns. Sembla que ha passat mitja vida en un espai tan breu. L'ombra de blanc a les temples, només quatre llenques de plata, s'ha multiplicat amb una voracitat de lluna. A la vegada, ha anat perdent lluentor. Són llepades de gris, escampades sense gaire traça. El blau que envolta els ulls hi dibuixa conques profundes. La pell, que no rep l'influx benèfic del sol, té una tonalitat ocre. El seu rostre recorda la paleta d'un pintor. Els colors terrosos s'hi barregen amb els marins; l'argent amb l'arena.

Diuen que les preocupacions compartides són menys feixugues. N'Albert no hi pensa. Està convençut que ningú no ha d'entrar en el seu univers de cabòries. Ni tan sols na Míriam no pot participar en l'espera. No és que rebutjàs la seva presència des del primer moment, però li pregà que el deixàs sol. Li resultava molt més difícil tenir-la a prop, veure-li l'expressió compungida, l'intent d'alleugerir-li l'angoixa. Com podia resistir tenir-la a la vora, si gairebé no podia suportar-se a si mateix? Quan les mans i el rostre propis només són un reflex d'impotència, és difícil mantenir el posat. Li calia ser l'únic en el moviment i en l'espera. Habitar sense companyia els passadissos de l'hospital, les sales que sap de memòria, una cadira on es replega de tant en tant. No haver d'emmirallar-se en uns altres ulls. Salvar-se de la solidaritat i de la llàstima, sentiments que no hauria suportat inspirar a ningú. Ningú no pot ser prou comprensiu amb les preguntes que es fa de dia i de nit; perquè la compassió és una resposta a la debilitat de l'altre. Com que mai no s'ha sentit més abatut, n'Albert ha decidit no fer una exhibició de feblesa. Aguanta amb els ulls sense aigua, el cap ferm, els punys closos. Mira a través de la finestra de la sala, mentre aprèn a convertir l'espera en un estadi de l'ànima o del pensament.

Aquest matí les coses són una mica distintes. La claror encara és molt tènue. Un fil de llum avança des del cel i guaita pels vidres. Les cortines entreobertes permeten que s'escampi per les parets i pels mobles. Tot fa olor d'hospital, aquella flaire mala de reconèixer però que ell porta als narius. Una sentor de medicament i de menjar, un rastre de quiròfan. Diuen que les sales no fan olor, però és mentida: Asèptiques, són la prova que la blancor pot fer tuf de patiment. És molt d'hora i les infermeres encara no reparteixen els esmorzars. Quan el filat de claror es converteixi en un cos compacte de llum, les ombres acabaran de perfilar-se. Cada situació es farà més tangible. Haurà perdut el punt d'irrealitat que acompanya sempre l'alba, quan les veritats semblen menys certes.

N'Albert recorre el passadís que tomba fins al lavabo. Des de fa tres dies, no s'afaita. Tampoc no es renta la cara ni es pentina els cabells. Davant el mirall per primer cop, no s'entreté gaire a observar el seu aspecte. Els ulls miren sense deturar-se en el que veuen. Només li cal aquesta sensació de fredor a la cara, coberta de gotellines que fan camí fins al coll. Hauria de reaccionar —pensa—, mentre s'omple la conca de les mans d'aigua i hi submergeix el rostre embotit. Repeteix el gest quatre, cinc, sis vegades. A poc a poc, amb dificultats, els parpres s'obren. Les arrugues que li envolten els ulls, més profundes d'ençà que va arribar, van bevent-se la humitat. Treu una fulla d'afaitar i la pinta del fons de la butxaca. No sap ben bé com han anat a parar-hi, en aquest cau d'objectes inesperats en què s'ha convertit la seva roba, ni tampoc li importa gaire. L'únic urgent és recuperar una aparença de normalitat, que ningú, en veure'l, no pugui endevinar que és molt enfora. Lluny del mirall que reflecteix un rostre quasi desconegut, de l'habitació de rajoles blanques on raja l'aigua en una pica, dels passadissos inacabables, de l'aire.

La fulla metàl·lica llenega per la barbeta i es detura en els solcs que fa la pell, en la prominència dels pòmuls. Avança per les galtes i descendeix fins a la línia d'inici del coll, amb la seguretat de qui ha repetit un gest centenars de vegades. Hi ha una vacil·lació continguda que no existia abans en la rutina de l'afaitat. Un tremolor petit que esquerda la pell una mica, just davall el clotet de la barra mentre la taca de sang. És tan sols un esquitx de vermell que l'aigua fa desaparèixer de pressa. Una ombra roja que es desfà en contacte amb la mulladissa, fins que només en queda el record.

La pinta repassa l'embull dels cabells. Hi posa ordre, quan els retira cap enrere desvetllant l'amplitud del front, on algunes arrugues n'accentuen la duresa. Es decideix a submergir el cap sencer davall l'aixeta. L'aigua, que només li banyava el rostre, ara li comunica una sensació de frescor inesperada. Tot aquell desgavell de seqüències en desordre que li embotia el pensament s'alleugereix una mica. La fresca el revifa un punt. Hi ha l'enrenou que sorgeix d'una cavitat del propi crani i que no sap identificar: Una remor d'orquestra en què els instruments no ajusten la melodia ni troben el to adequat per interpretar-la. Tots sonen alhora, en un xivarri que supera la seva resistència i que el desborda. També hi ha el batec de les temples, batalls de campana que sonen a repicó. Al principi, hauria fet qualsevol cosa per aturar-ne l'embranzida. Fins que ha acabat resignant-se a l'inevitable, al moviment pendular que pot captar al fons del seu cervell, als daltabaixos de les idees, incapaces de mantenir una il·lació lògica, al cos convertit en un rellotge que marca cada segon amb moviment d'agulles i campanes.

L'únic cert és que ha de mantenir una aparença de calma. S'ho repeteix mentre elimina l'excés d'humitat dels cabells amb una tavallola, quan els pentina, en embotonar-se l'americana i fer desaparèixer un plec inadequat de l'esquena. Si reitera l'afirmació com si fos un nin que aprèn les taules, acabarà creient-s'ho. Es convencerà de la necessitat de mantenir-se ferm fins al final. Un final que no és un estat de la ment, sinó un lloc físic.

Ha d'arribar-hi. Saltar tots els entrebancs que apareguin, seguir el fil d'una decisió que ha pres fa poc temps, però que és l'únic sòlid amb què pot comptar. Moure's en lloc de retornar a la immobilitat d'una situació que no pot fer nova. Si es queda quiet, s'ofegarà. N'està segur, perquè l'aire és espès i el món sencer fa olor de cloroform; o de flors que es moren.

Un últim llambrec al mirall del lavabo li confirma la sospita: Torna a semblar el mateix. Si no s'entretenen gaire a contemplar-lo, ningú no descobrirà els solcs recents oberts a la pell, ni tampoc l'abundor del gris, ni el gest cansat. Quan obre la porta, cap signe no el delata. Camina sense presses, amb el cap alt, disposat a recórrer els passadissos des d'una actitud distinta. On és l'ésser que avançava a les palpentes en la claror primera? Ha desaparegut. No en queda ni el rastre, de l'ombra que voltava, ni tampoc del cos plegat a la butaca. Qui recorre la planta i es dirigeix cap a la zona d'urgències de l'hospital és un altre home. Un fantasma ha pres cos i torna a dir-se Albert Font.

Dos carrers més avall, a mà esquerra de la porta giratòria, quan es tomba la cantonada, hi ha una filera de taxis. Ocupen una part prou àmplia d'una avinguda on l'espai no és l'únic signe de benestar. Hi ha fanals que semblen de disseny i que, aquesta matinada, algú s'ha oblidat d'apagar. Els llumets dels fanals no servirien per competir amb la claror del sol naixent. Tan sols es pot capturar un bri de la seva intensitat. Quan passin les hores i el groc s'ensenyoreixi del cel, es convertiran en un batec ridícul d'entreclaror. Un seguit d'ombres de llum difícil d'endevinar, perdut en la immensitat del dia. Els cotxes fan cua. Un rere l'altre, formigues enormes a l'asfalt. La majoria tenen les portes i les finestres tancades. Alguns dels seus conductors conversen davall els arbres que creixen en quadrats simètrics de terra. Són un altre símptoma de lloc privilegiat. El conjunt formaria una arbreda densa, si no fos per la posició en què s'ha disposat cadascun dels troncs. Una línia recta, calculada la distància entre les branques, que s'estén al llarg del que pot incloure's en un sol cop d'ull.

Els primers llocs són per als taxistes més matiners. N'hi ha que entretenen l'espera mentre treuen llustre als vidres. Altres s'han instal·lat al seient, allargassades les cames, relaxat el cos, amb un diari a les mans. En giren les fulles amb l'orella atenta a la ràdio. En qualsevol moment, poden rebre les instruccions que una veu coneguda els repetirà sense entusiasme. Pronunciarà el número que els identifica i els enviarà a l'altra banda de la ciutat o encara més lluny. S'hi han acostumat, a distingir les veus que els transmeten missatges breus, adreces i posicions. Fins i tot han arribat a dotar-les de rostre i cadascun en faria una descripció distinta, sempre irreal, falsejada pels propis desitjos.

És de bon matí i no fa gaire que han començat el torn. Tampoc no ha passat massa temps des que els altres companys, després de recórrer la nit sencera feta de llums mentiders, s'han retirat a casa. Els nous arriben amb la camisa neta i un rastre de colònia o de sabó. Estan neguitosos i voldrien començar la ruta tot d'una, abans que passi massa estona i la impaciència els comenci a devorar. Esperen engegar els motors i emprendre el camí cap a un destí que desconeixen. Molts saben que es passaran el dia voltant pel centre de la ciutat, trajectes entre l'excés de trull, la lentitud de les retencions, els semàfors. Hauran de fer un exercici de serenor i d'habilitat, però no els importa. Els més xerraires esperen alleugerir les tensions en les converses amb els clients. Els que callen sempre tornaran a perdre's en un embolic de pensaments, tal vegada més espès que els nusos de la ciutat. Oblidaran les circumstàncies de cada ruta i es concentraran en la minúcia de les maniobres concretes, dels reflexos a punt, de la petitesa que els salva i els permet no haver de parlar gaire. Una ràdio els farà companyia.

Encara totes les rutes són possibles. Alguns taxistes no es resignen a imaginar-se una jornada igual que les altres. Es neguen a acceptar la mateixa impaciència al cotxe i al carrer: El client que els demana que s'afanyin, mentre mira el rellotge amb neguit, la dona gran que els prega que la portin a l'adreça on hi hauria d'haver una botiga de vetes i fils, però hi troben un Mac Donald's, l'adolescent que ha perdut l'últim autobús. No volen pensar que es repetiran les situacions que no tenen temps d'assaborir. De vegades, perquè ells mateixos no s'aturen a mirar el rostre que ocupa el seient del darrere. Estan massa distrets esquivant el vehicle que els avança quan menys s'ho esperen. Es concentren en l'intent de trobar carrers amb més fluïdesa de trànsit, cosa quasi sempre mala d'aconseguir i que exigeix dosis elevades d'enginy. La destresa dels reflexos àgils, l'atenció fixa en el volant. De vegades, les inèrcies es produeixen per causes externes. Qui pot anar més lluny d'una simple conversa, rutinària i poc interessant, quan el viatge no dura gaire distància? Qui pot imaginar quantes històries s'amaguen rere tanta pressa, disfressades de neguit quotidià? A molts d'aquests conductors, no els interessa saber-ho. N'hi ha, en canvi, que farien durar cada trajecte una mica més. El perllongarien a canvi de poder saber allò que només intueixen. No els impulsaria la voluntat que el taxímetre multiplicàs la quantitat a cobrar. És clar que treballen per quatre monedes, però també els agrada la gent.

Hi ha taxistes que tenen un farcell de bitllets amagats en un racó del cotxe. Són els diners que guanyen en un dia de feina, ocults com un tresor davall l'estoreta o en un reclau de la cadira. N'hi ha d'altres que, a més, hi guarden fragments d'històries. Potser ells viuen una existència grisa: de casa al vehicle, hores de vida rovellada. Però són capaços d'omplir-la amb les històries dels altres. D'una banda, el que intueixen; de l'altra, el que s'imaginen. Acoloreixen el món sencer des dels carrers de la ciutat, quan la recorren pam a pam. Mentre observen pel mirall retrovisor expressions compungides o serenes, ulls que els interroguen sense saber-ho, mirades de fatiga i de desconcert. Dotzenes d'històries marquen un rastre al seient, n'ocupen l'espai i s'hi instal·len per sempre, quan hi deixen el regust de les coses viscudes.

En Martí ocupa el primer lloc a la parada. És matiner i no ha hagut de fer gaire cua. Cada dia s'aixeca abans que el sol i surt a treballar. Als carrers, encara no hi ha la voràgine que vendrà en poques hores. S'entreté a aprofitar la placidesa de conduir sense enrenous mentre recorre la ruta fins a la filera de taxis. No n'hi ha massa, quan hi arriba. Algun conegut que el saluda i amb qui li agrada moure la conversa, homes que fan cara de son, una expressió cansada que no esborra poder dormir. La fatiga sovint queda gravada al rostre. No és fruit d'una situació circumstancial ni la conseqüència d'alguna nit insomne, sinó que forma part de les faccions de la gent. S'hi imprimeixen les preocupacions i els neguits, les rauxes i les pors. Tot plegat com un tel de lassitud que cada vegada pren més gruix, que s'adapta als contorns de la cara, fins que en forma part per sempre. Els anys i la vida acumulen defalliments. Són com petits crulls del cor que guaiten al rostre per demostrar que les coses no ens deixen mai freds, que res no ens passa de llarg.

La dona encara dormia, quan ha tancat la porta de casa al seu darrere. Ha fet una ullada al cos menut, quasi invisible entre els llençols i la penombra del dormitori. Ha estat només un instant, un llambrec que és producte de la inèrcia de molts anys. Està acostumat a aquests comiats i els prefereix a qualsevol paraula. Després, s'ha aturat una estona més llarga a la porta on dorm na Paula. L'ha entreobert per poder capturar els ritmes de la seva respiració i també per veure-la adormida. Quasi amb timidesa, temorenc de despertar-la, ha espiat el silenci del son. El llum del passadís, que entrava esbiaixat, només il·luminava un redós minúscul als peus del llit. Hi ha intuït la forma de les cames davall el tapament i s'ha preguntat si deu trobar-se bé. Potser no en té prou, amb la flassada que l'abriga, per protegir-se de la humitat del matí. La respiració compassada l'ha tranquil·litzat, i ha sortit sense fer renou deixant el pis a les fosques.

Fa més de vint anys que és taxista. Coneix cada racó de la ciutat fins als carrerons més secrets. Sap el nom dels passatges que lliguen dos trossos de via, de les travessies que dibuixen artèries al barri antic, de les avingudes amples, assolellades. També domina la zona dels ravals, les barriades perifèriques on els pisos creixen en desordre; i les parts que habiten els rics, tot de cases amb jardins. Li agrada la feina. A pesar de la pressa que imposa, del trànsit que exigeix paciència, de l'agressivitat dels altres conductors, està còmode al volant. S'hi troba a gust sempre en moviment, amb el cotxe ple de persones que tenen vides molt distintes de la seva. Gent que sap que no veurà mai més o que, en el cas d'una repetició casual, potser no recordi. Persones que són de pas cap a una adreça o altra, que porten una història als ulls que espia a través del retrovisor.

No pertany al grup de taxistes xerraires, aquells que prenen la iniciativa i mouen converses abans que el passatger hagi tengut l'oportunitat d'instal·lar-se del tot al seient. Tampoc no és un home parc de paraules. Condueix atent als carrers i als rostres que l'acompanyen. Si el trànsit no és gaire desgavellat i la cara del client convida a una certa expressió de confiança, s'atreveix a fer un comentari qualsevol. És una excusa per iniciar la xerrada. Com si fos un pescador, llença l'ham des de la riba. Ho fa amb una il·lusió que els anys no han esmorteït. Vol imaginar-se històries a partir d'unes poques frases, omplir els espais en blanc que hi ha entre una paraula i la següent, inventar personatges que sorgeixen d'una intuïció, sovint sense base real. És la seva manera de convertir les hores al cotxe en un temps feliç. Ha arribat a acumular moltes històries. No importa gaire que es corresponguin per complet amb la realitat. L'únic essencial és que l'ajudin a viure.

N'Albert torna a ser qui era fa tres dies. Almenys en té l'aparença. Recorre els passadissos de l'hospital amb el cap cot, però manté les espatlles rectes. Resulta un gest forçat que la voluntat li imposa. No és el lloc ni l'hora d'expressar frisor. Encara que té pressa, no pot demostrar-ho. És probable que no fos capaç d'expressar-la, tanmateix, perquè ha tornat un pou sense aigua. Ressecs els gest i la mirada, ni s'adona del cansament. Amb un gest maquinal, pren el telèfon mòbil del sac en què s'ha convertit la seva butxaca. El subjecta amb força entre les mans, com si fos un tresor, l'únic contacte amb la realitat que hi ha lluny d'aquestes parets. Marca un número i espera.

Na Paula comença a moure's entre els llençols. Fa estona que està desperta, encara que son pare no se n'hagi adonat. Cada dia, quan recupera la consciència del món i de les coses, para les orelles i escolta, perquè la seva vida és escoltar. No fa cap moviment que pugui descobrir a la mare que ja no dorm, sinó que queda molt quieta. Ha fixat l'atenció en un punt concret: La paret que separa l'habitació de la casa dels veïns. Avui encara deuen dormir perquè la calma és absoluta. Només que s'hi produís un petit enrenou, un batec de moviment o de conversa, el captaria. Està molt acostumada a distingir els sons. Sap que les veus tenen colors distints. Poden ser baixes i profundes com la música d'un saxo, capaces de remoure'ns per dintre; tenir l'agilitat infernal de les flautes o la serenor de la pluja que cau a la tardor. N'hi ha que escalfen com el foc o que ens glacen. Algunes, fins i tot, tenen un gust propi. Hi ha sabors de menta o de flor, de xocolata negra. Hi ha veus que fan olor de terra o de cabells mullats, de fam. No ho ha explicat mai a ningú, perquè no l'entendrien. Ni el pare, que fa hores que volta per la ciutat en un taxi, ni la mare, que feineja per la cuina. Creuen que el seu món ocupa un espai reduït, però no és cert. Viu en un univers que li pertany per complet, i que ha après a poblar de veus. Hi troba sorolls empipadors, músiques bellíssimes. Tot ho captura.

Passa una estona fins que una veu femenina despenja el telèfon. Quatre, cinc, sis timbrades que arriben a canviar-li l'expressió. Per fi, la resposta. N'Albert s'afanya a donar el nom de l'hospital i l'adreça exacta. No titubeja a dir que té pressa, que necessita un taxi. L'operadora li respon amb la veu calma de qui actua per inèrcia, sense posar gaire interès en el que fa. Li confirma el número de l'automòbil, li assegura que arribarà en pocs minuts. Només cal el temps necessari perquè en Martí pugui rebre l'avís, engegar el motor, recórrer la distància breu que el separa de la porta del servei d'urgències. Falten tres minuts per les set del matí, quan el taxi s'atura al lloc exacte.

Hi ha una porta batent de vidre que s'obre i es tanca contínuament. Al darrere, des de la banda que correspon a l'entrada d'urgències, observa el carrer. Ningú no es fixa en ell ni en el desassossec que, encara que no ho vulgui, reflecteix al rostre. Quan està a punt de marxar, no sap reprimir les ganes d'abandonar aquestes parets, el desig de sortir fora. El vehicle es deté davant l'edifici. El condueix un home que es diu Martí, però n'ignora el nom. No li importa gens ni mica. Tampoc no es fixa en el seu aspecte ni en el gest que fa de baixar del cotxe en veure'l comparèixer. N'Albert alça el cap, torna a adreçar les espatlles, empeny la cadira de rodes cap a l'exterior. La porta li dóna pas i es troben al carrer: Ell i el seu fill que dorm en una cadira, del tot immòbil.

II

En néixer na Paula, encara no feia un any que els pares eren casats. Una parella jove, sense gaires diners i amb molta por perquè el futur es dibuixava incert. A en Martí, no li mancava empenta. Sempre havia estat un home ambiciós, que somniava tenir un taxi propi que li permetés guanyar-se la vida. Un cotxe que els donaria les ales que els mancaven per ser feliços del tot. Només coneixien una felicitat petita. Des que es van trobar, la vida semblava més clara però no havien desaparegut les torrenteres ni els aiguats. Eren quasi dos nins, quan es van veure per primera vegada. Ell vivia amb uns oncles eixorcs que l'estimaven com a un fill. Na Teresa era filla de la dona que netejava l'escala cada quinze dies.

Quan la mare de na Teresa tenia una cinquantena d'anys, conservava intacta la força dels vint. Ella mateixa es comparava amb una mula de càrrega. Ho explicava amb orgull, perquè estava molt satisfeta dels seus braços com branques, de l'agilitat de les cames i l'ímpetu del cos. No l'espantava la feina, sinó que s'hi abocava amb entusiasme, quasi amb passió. La brutícia dels altres s'havia convertit en el centre d'una vida abocada a fer desaparèixer rastres de petjades, llosques i papers. Una existència que trobava satisfacció en el llustre dels metalls o la lluentor del trespol acabat de fregar. Hi posava tota l'energia del món, en la feina. Mentre s'agenollava al terra disposada a eliminar l'últim engrut de les rajoles, el cor li bategava amb una intensitat que no havia trobat enlloc més. Hi oblidava l'enfilall de moments amargs que portava a l'esquena, les hores de vida no viscuda, la sensació d'estafa.

Na Rosa es casà molt jove amb un home més gran. Un bon home que no sabia fer-la tremolar al llit. Ni tan sols li servia per encalentir els llençols, perquè els humitejava d'una suor freda. S'acostumà a rebre'l entre les cames en una comparsa de falsos sospirs. Li semblava mentida que fos tan crèdul. Havia intentat trobar-hi satisfacció, en l'acte físic. Sobretot al principi del matrimoni, quan no es resignava a aquelles caponades de gall que la deixaven sempre trista. Fins que va acceptar l'inevitable. Per a en Damià, l'amor era un vessament solitari en el seu cos. Un plaer que durava molt poc, que ella suportava amb una barreja de paciència i de ràbia. A vegades muda, incapaç de perpetuar una nit més la comèdia, rígids el cos i l'ànima. Sovint vinclant-se en una tempesta de moviments, mentre entreobria els llavis i posava els ulls en blanc. Pura parafernàlia perquè se sentís més mascle.

Es preguntava si no era un engany. Un engany pitjor que haver buscat les abraçades d'altres cossos que li calmassin la set. Una mentida que alleugeria els dies del marit i feia pesants els seus. Quan el veia adormit al seu costat, tip massa de pressa del seu cos, odiava la respiració compassada, la indiferència. Hauria volgut dir-li que en tenia prou, de les mans balbes que no sabien tocar, del sexe que creixia i minvava en un moment, de la humitat a l'entrecuix. Però callava sempre. Havia de concentrar l'energia en la feina. Només així aconseguia calmar-se, trobar el punt de serenor que li permetia tirar endavant, resignar-se. Fins que, molts anys enrere, succeí un fet imprevist que li trastocà la vida.

Netejava una escala del carrer Aribau. La feina no li era nova, perquè feia temps que s'hi dedicava. Coneixia de vista la majoria dels veïns, que la saludaven en veure-la. La portera era una dona amable que li feia confidències o li explicava xafarderies de la gent. A ella, no li interessaven gaire els detalls de les vides d'altri. S'esforçava a escoltar-la, quan li comunicava l'última descoberta, retalls d'històries que es dedicava a capturar des de la foscor de l'entrada. Sabia que s'hauria sentit decebuda, si li manifestava desinterès. La seva vida era aquell racó on tot es movia menys ella mateixa, ancorada en un enfony durant anys i panys. Se'n sentia còmplice. Era una barreja de simpatia i de llàstima. Encara que la portera fos més major, na Rosa s'hi veia identificada. L'observava com el reflex futur d'ella mateixa. Mirant-la, se sentia davant un espill que li oferia la imatge del propi demà. Una dona amb el cos castigat per les hores obscures: Havia passat mitja vida en un cau on la claror mai no arribava.

Un dia, mentre fregava els graons de l'escala, les coses canviaren de forma i de color. Se'n recordaria sempre. Era un matí ventós del mes de març. Havien hagut de subjectar el batent que no parava de petar, perquè sempre hi havia algú que s'oblidava de tancar-ne la fulla. A fora, el cel gairebé era tan fosc com les parets mal il·luminades. La portera havia encès un braser elèctric que li encalentia les cames, inflades per la mala circulació. Na Rosa tenia calor. Anar i venir, amunt i avall, li havia fet pujar els colors a la cara. Lluïa un vermell encès a les galtes que resplendia entre tanta ombra. Hagué d'arremengar-se les mànegues i desfer-se un parell de botons de la brusa, perquè la sang en moviment era mala de calmar. Agenollada, s'entretenia a netejar cadascuna de les escletxes, els crulls de la rajola on un pòsit de negror, semblant al que embrutia les ungles del marit quan tornava del taller, havia alterat les tonalitats originals de la pedra.

Els buits entre els cairons feien camins de fang. Una substància greixosa, marques de petjades o d'oli, s'hi havia entaforat sense que pogués fer-hi res. Devien ser restes de la tempesta de la nit anterior que la gent arrossegava amb els peus, en pujar l'escala. Hi havia hagut llamps i trons, una ventada que va barrejar tota mena d'objectes a la voravia: Des de fulles d'arbres fins a preservatius usats, una espardenya i un cartró de vi, joguines. S'afanyava a retornar un aspecte de normalitat a l'espai que ocupava. Els graons eren irregulars, amb els cantells enrodonits pel desgast. El contacte amb centenars de sabates havia anat suavitzant-ne les vores. La pedra més dura pot adaptar-se a la forma d'un peu. Només hi cal insistència.

Amb els braços estesos i en moviment —un ritme de gestos circulars a les rajoles—, agenollada, s'allargava sencera per arribar fins al darrer racó. Tenia la cintura vincladissa i no li resultava difícil moure's amb agilitat. Avançava el tronc cap endavant, el retornava al punt d'origen, en una oscil·lació molt lenta dels membres. S'adonà que els pits es balancejaven en contacte amb el terra. Va fer una ullada ràpida i els observà tibants dins l'escot. Deturà, avergonyida, l'impuls de tocar-los. Mentrestant, la portera li parlava des del refugi del braser, rere el taulell. Li deia que havia descobert anades i vengudes estranyes entre pisos. El veí del tercer visitava amb freqüència la veïna del primer, una vídua que sempre portava talons i esmalt a les ungles. L'home era el marit d'una beata que quasi no sortia de casa. Des que començaren els encontres, es componia els quatre cabells per dissimular la calvície i feia olor de colònia.

Na Rosa no l'escoltava. Les paraules formaven un rerefons llunyà. El seu cos es movia en contacte amb la pedra de l'escala, els pits en un graó, el pubis i les cames en dos altres. Hi posava una passió nova, en la tasca, mentre intensificava l'empenta i accentuava el ritme de les embranzides. Cada cop feia més calor. Suava sota les aixelles, al front, i a les cuixes. Una suor càlida que no tenia res a veure amb la del marit, que l'escarrufava. Va arribar-hi molt a poc a poc. Fou el compàs regular de la cintura que escampà la roentor de les galtes a la resta del cos. Una urgència que li resultava desconeguda i que l'omplia d'una pressa magnífica, atabaladora.

L'únic que comptava era el moviment. Una música interior li marcava el compàs i tota la còrpora es deixava endur sense que hagués de guiar-la. Les mans subjectaven el fregall amb força, però ni el tros de pedaç, ni el graó, ni la portera no existien. L'univers havia quedat reduït a l'espai estricte del seu cos, en una sensació que li recordava quan era nina i es llençava rost avall amb una bicicleta de color vermell. La faldilla s'enlairava mentre els genolls pedalejaven de pressa i les cuixes s'encenien en contacte amb la pròpia pell i la mica d'oratge del capvespre. Era una sensació quasi oblidada que recuperava molt temps després. La impressió de vertigen, el desig de perllongar el pendent perquè la davallada fos més llarga, la fatiga que no se sent perquè dóna ales. Aleshores era una adolescent que desconeixia els plaers de la carn. Ara era una dona que continuava ignorant-los. Els descobrí en solitari en una escala fosca, tota de brutícia, voltada de productes detergents.

Li semblava mentida: Cercles de calor enfilant-se pel cos en onades lentes, i la pell que tremolava com abans, quan era una nina abocada a l'abisme en una bicicleta de ferro. Com havia pogut oblidar la barreja de pànic i de plaer? La por que ens fa allò que desconeixíem, quan ho descobrim per primera vegada, quan ni tan sols té un nom, quan només és aire i fressa. El plaer d'abandonar-s'hi sense més preguntes, perquè gairebé fa mal de tan intens; i perquè dura. Però també ens espanta que persisteixi tant. Qui sap si podrem resistir-ho. Anys de matrimoni sense haver recuperat l'escalfor a l'entrecuix. Al principi, hi pensava sovint. Després arribà a oblidar-se'n. És fàcil distorsionar el record d'una sensació que els anys allunyen. Podem arribar a imaginar-nos que constitueix un engany de la memòria, que no va existir.

Fins que un horabaixa, en una escala que té la barana de ferro i els esglaons descloscats, el temps ens retorna a la bicicleta entre les cuixes obertes, a la frescor de la tarda o de la joventut. Esclaten els sentits i una bombeta que fa pampallugues disfressa la sessió de sexe solitari. La portera continuava amb una xerrameca inútil. Na Rosa hagué de mossegar-se els llavis per no cridar fort. Recolzada als graons, amb el cos allargassat, un sentiment de satisfacció i d'estafa. Així, doncs, no era una mentida. No havia falsejat el record adolescent. L'única veritat era que deixà fugir la joia, que hi visqué d'esquena. Aquella nit el seu home va fer-li l'amor. Fou com sempre. Nous mesos després nasqué na Teresa. A ella, li agradava pensar que era filla del plaer trobat en una escala, que no tenia res a veure amb la misèria del llit conjugal.

A la mateixa escala, es conegueren na Teresa i en Martí. Ella tenia tretze anys i ell setze. S'hi trobaven sovint, quan l'al·lota acompanyava sa mare i l'ajudava en la feina de la neteja. Tot i que conservava la ufanor d'abans, l'energia de na Rosa havia minvat una mica. No va ser una pèrdua sobtada de força, perquè continuava presumint de braons i de cames llisqueres, sinó un descens d'entusiasme. Li pesaven els dies i els portava com beaces carregades de llenya mullada. Diuen que la pluja infla la fusta i la fa més mala de moure. Si mirava enrere, no trobava gaires motius per somriure. Tan sols la filla, a qui volgué protegir del món, i graons. La davallada començà pocs anys després del naixement de la menuda. Hi concentrà una atenció que l'ajudà a treure el cap del gris, però la cendra als ulls, a les mans i a la vida perdurava. Fou un canvi quasi imperceptible d'actitud. Va perdre empenta i paraules. Començà a ser una altra, encara que semblàs la mateixa.

Na Teresa conservava només un esquitx de la vitalitat de la mare. No tenia ni el nervi ni la fortalesa de na Rosa. Era una criatura dèbil: La primera a constipar-se a l'hivern, quan els companys es feien un fart de jugar als bassiots i ella arreplegava quatre gotes de pluja als cabells. La que mai no aprengué a anar en bicicleta perquè era incapaç de mantenir-hi l'equilibri sense caure. Na Rosa movia el cap, resignada, quan la veia tombar, mentre pensava que començava massa prest a deixar passar la vida de llarg. «Ets com aquella princesa de conte —li deia—, que es refredava amb el moviment de les ales d'un mosquit, que tenia mal d'esquena si hi havia una arruga al llençol, o que es feia un cop blau al front quan li queia al damunt un pètal de flor.»

Na Teresa sabia que no era una princesa. Estava convençuda que ni s'hi assemblava d'un tros lluny, a les figures que il·lustraven les pàgines d'una rondalla. Tenia el cos esquifit i no era gaire alta. Encara que hi havia un cert equilibri en les seves faccions, una harmonia que la mare confonia amb la bellesa, ningú no s'aturava a mirar-la pel carrer. Feia el possible per no cridar gaire l'atenció. Tenia un caràcter tímid, desconfiat, que li dificultava el tracte amb la gent. Li resultava gairebé impossible mirar al fons dels ulls dels altres. No l'espantava la possibilitat d'endevinar pensaments, sinó de descobrir els propis. Mantenia els parpres entreoberts, quan li parlaven, i només els badava del tot si no hi havia desconeguts a prop.

Va passar molt de temps, fins que en Martí tengué l'oportunitat de veure-li els ulls. Vivia al tercer segona i s'havia acostumat a trobar-la agenollada a l'escala, d'esquena, amb la vista baixa. Era només un embalum petit. Un cosset que ocupava poc lloc, que no feia nosa quan qualsevol veïnat havia de recórrer el tram d'escala que ocupava. Si la saludaven, responia amb una expressió tot just embarbollada, que ningú no li feia repetir perquè a ningú no interessava entendre. Quan l'enrenou d'unes passes li anunciaven presències, procurava estar-se molt quieta, empetitir encara més. Si no se n'adonava a temps i la sobtava alguna frase inesperada, no podia evitar un tremolor. No entenia la mare, quan li assegurava amb un somriure, que havia d'estar contenta, perquè era filla d'una escala. Tampoc no entenia el món, que rodava de pressa.

Els oncles d'en Martí eren la beata i el senyor que visitava la veïna del primer. Una relació que tothom sabia i que tots callaven, des que la descobrí la portera anys enrere. L'única que vivia a la lluna era l'esposa enganyada, encara que na Rosa estava convençuda que la seva ignorància era pur teatre. Una comèdia de dissimulacions convenients per treure's del davant un home ridícul a qui devia ser difícil suportar. «Sé cert que sap tota la història —deia sovint a la filla—, però li convé ser cega i sorda. Beneïts els ossos que descansen els meus!, deu exclamar», i na Rosa esclafia a riure, perquè se'n recordava dels seus propis ossos farts de suportar un pes nocturn que, per sort, cada vegada era més poc freqüent. Una diabetis afortunada minvà temps enrere els impulsos sexuals del marit. Li hauria agradat que la filla fos valenta. Mai no va gosar dir-li-ho però, en el fons, hauria preferit una certa gosadia, la capacitat de trencar esquemes imposats, l'afany per les bicicletes i els abismes. Pensava que potser els anys la farien canviar. El temps transformaria aquella criatura poruga en una dona capaç de desafiar obstacles per ser feliç. Ho desitjava amb la mateixa intensitat amb què encara s'agenollava a terra i eliminava els greix de les rajoles, o treia la pols del taulell de l'entrada, o feia resplendir el llustre dels poms. Una dona que no hagués de cercar plaers solitaris, perquè algú fos capaç de fer-li tocar amb un dit el cel entre llençols rebregats.

En Martí coneixia la seva figura, les cames esveltes, els mitjons infantils que la cobrien fins davall els genolls però que, quan es movia, deixaven guaitar un tros breu de carn que li recordava els melicotons que hi havia al mercat de la cantonada. La faldilla prisada la tapava amb poca gràcia, queia recta pel cosset des de la cintura estreta, però tornava airosa en el moviment. Quan bellugava els braços, arremengades les mànegues de la camisa, mentre s'inclinava i li feia emprendre el vol en cada gir.

No eren grans gestos, perquè procurava passar inadvertida i dissimulava els impulsos. Mai no va copiar les embranzides amb què la mare enllestia el treball. Era més lenta i més tranquil·la. Treballava amb cura, atenta a la feina, però sense el punt de passió que na Rosa s'obstinava a posar-hi. Els cabells de na Teresa tenien el color dels dàtils madurs. Hi havia un toc daurat en la cabellera que portava recollida al clatell i que mostrava la nuca, la finor del coll.

S'havien vist moltes vegades, però no parlaren fins que ella es decidí a alçar la mirada. En Martí s'havia fet el topadís amb resultats poc satisfactoris. L'al·lota s'arrufava encara més, en sentir les passes que havia après a reconèixer. El mirava de cua d'ull quan ja era un tros enfora. Se'n sabia de memòria la forma de les espatlles, l'arc que dibuixaven els genolls, la llargària un punt desproporcionada dels braços. Quan la saludava, contestava amb un murmuri quasi imperceptible paraules que no volien dir res, simples fórmules de cortesia. En Martí no en tenia prou i li hauria agradat sentir-li la veu. La mateixa veu que s'entretenia a escoltar rere la porta del pis dels oncles, quan mare i filla eren al replà.

Un matí, després de molts altres matins de silenci, s'atreví a parlar-li. Va aturar-se al seu costat i s'hi quedà quiet, mentre respirava fondo per trobar alguna paraula. Ella veia dues sabates amb els cordons fermats, i l'inici d'un borrissol als turmells. S'adonà que tenia les cames cobertes d'una pelussa arrissada i li va fer gràcia. Hauria volgut riure, si la timidesa no li hagués ofegat les rialles. No va saber què fer i continuà amb la tasca com si res. En un crull de rajola, hi havia restes de fang. S'entretingué a eliminar-les amb una concentració absoluta. No existia altre espai que el que ocupava el cairó. Un pam per un pam de terrissa d'una tonalitat indefinida amb sanefa inclosa. Passaven els minuts i na Teresa no en sortia. Era incapaç de parar de moure el fregall, fent moviments rotatoris, fixa la mirada a terra. Respirava fluixet, perquè hauria volgut fondre's. La mare era molt lluny. Al replà superior, que li semblava l'altre extrem de l'univers, cantussejava distreta en la feina. Hauria volgut cridar-la amb qualsevol excusa, però alçar la veu era fer-se present. Passaren els minuts. Encara que no fossin gaires, tenien regust de segles. En Martí esperava que giràs el rostre cap a ell. L'al·lota seguia absorta en les formes irregulars de la rajola, en el caminoi que hi feia el crull en recórrer-la de dalt a baix, com un riuet.

Amb l'aire n'hi hagué prou. Una inspiració profunda que li inundà els pulmons de la humitat de l'escala. Els veïns protestaven perquè era un forat mal il·luminat que tenia una ventilació deficient. A l'hivern, l'oratge es filtrava per les escletxes de les parets i per la porta, però s'emmalaltia només d'entrar en aquell cau. No era la fresca del vespre ni la serena dels matins, sinó un celistre que envermellia la punta del nas i gelava els peus. A l'estiu, el sol no tenia prou enginy per endinsar-s'hi, resseguir l'alçada d'un túnel en vertical i escalfar-lo. La pintura de la paret sempre bufava: S'inflava formant bombolles d'aire i aigua; després es pelava un tros d'escala. Tot plegat semblava un mapa amb formes disforges d'illes i continents. A en Martí, li mancava un buf de cel obert per trobar alguna cosa a dir. Els mots se li ennuegaven a la gola i semblaven rocs que no es pogués empassar. Quan va obrir els narius i hi deixà fer camí l'aire o la humitat, —mai no va saber-ho—, se li eixamplà el cor. Palplantat a la vora d'ella, amb la mirada als turmells, a la nuca, a l'esquena, va decidir-se a parlar. Va dir el seu nom i el pronuncià en un to rogallós, quasi la veu aiguardentina d'un vell, encara que només tengués setze anys:

—Teresa.

Aleshores va mirar-lo. No ho va fer de sobte, guiada per l'impuls de sentir que la cridava, sinó que va moure's en tres temps distints. Cadascun va durar molt de temps. Almenys aquesta fou la impressió d'en Martí. Arquejà les espatlles i adreçà l'esquena ajupida a terra. Es girà com volten les agulles d'un rellotge. Fixà els ulls en els d'ell. Eren mirades de foc. Na Teresa tenia els ulls un punt més clars que els cabells. Del dàtil a la melassa. Hi havia una besllum daurada al fons de les nines. A en Martí, li recordaren la lluentor que feien les monedes del tresor que els pirates dels còmics rescataven d'una cova marina. Llampecs d'or en un rostre menut, de forma ovalada. No li va somriure. Per contra, accentuà la seriositat que contrastava amb les faccions quasi infantils. Ell va preguntar-li:

—T'agrada la xocolata?

Va fer un gest d'assentiment amb el cap però no bategà un sol múscul. Semblava una estàtua inacabada de marbre. La figura d'una adolescent sorgida de les mans d'un escultor que no tengué temps de culminar l'obra. Les formes del rostre guaitaven en un tros de pedra encara sense perfilar. Tot just esbossada la fesomia, els trets netíssims són incomplets. Els mancava les cisellades últimes, les marques que indiquen vida. Al rostre, només hi destacava la força dels ulls. Uns ulls que robaren el cor d'en Martí. Amb els anys, l'estàtua perdria indefinició per guanyar en rotunditat. El temps viscut dibuixaria cercles entorn dels ulls, línies tènues als llavis, faria el perfil més ferm. En canvi, s'apagaria la lluentor daurada, perquè les pèrdues i els guanys no es trien. Arriben sense que puguem fer-hi res, com sorpreses que mai no havíem sabut imaginar. A voltes estels, a voltes carbó.

Va endinsar la mà al fons de la butxaca de la camisa. En va treure una grapada de xocolatines embolcallades amb papers de colors. Les havia agafat de la capsa on la tia guardava llepolies per a unes visites que mai no els visitaven. Hi havia caramels i galetes una mica passades, perquè la capsa feia sentor de resclosit. Quan era petit, creia que contenia els dolços millors de la terra. Eren la temptació ensucrada del que se'ns ha prohibit. Prou que li ho repetien: No podia obrir-la perquè mals terribles el perseguirien. Li parlaven de còlics dolorosíssims, de càstigs, de dents que tornen negres fins que cauen, perquè el sucre les crema per dintre. Durant anys, no gosà tocar-la. Fins que es decidí a oferir-ne el contingut a na Teresa. Per a ella valia la pena afrontar qualsevol amenaça. La por infantil, que els oncles atiaren, volava en l'adolescent que descobria l'amor. Li donà la mà i va abocar-hi cadascuna de les xocolates que es van fondre dins la boca de na Teresa.

S'entretenia més estona en la neteja del replà del tercer. Esperava sentir l'enrenou del pany que s'obre i veure'l treure el nas per la retxillera de la porta. Quan en Martí sortia al corredor, li allargava els palmells perquè s'alçàs del terra. No li agradava trobar-la agenollada entre la brutícia. Amb un gest de timidesa, l'al·lotona s'eixugava els dits i s'aixecava. Es miraven seriosos, amb la timidesa que només tenim quan s'estrenen les coses. A vegades, esclafien a riure sense gaire motiu. Qualsevol excusa era bona per recuperar l'alegria. Havien après a riure plegats en un forat d'escala sense finestres ni claraboies. Li portava més xocolata, en feia trossets, i els hi ficava entre les dents. El frec dels dits amb els llavis resultava una sensació nova que els feia tremolar. No sabien si era el fred o si devia ser allò que, a les pel·lícules, anomenaven desig. Passaren els dies i ningú no va adonar-se que començava una història. Els oncles d'en Martí vivien massa ocupats. La dona, entre pregàries i rosaris; l'home, davallant el tram d'escala que el portava al primer pis. Na Rosa semblava distreta. Als altres veïns, no els importava gens ni mica que s'estimassin.

Rere el taulell de l'entrada, a pocs metres d'on becava la portera, hi havia un habitacle de dimensions reduïdes. S'havia fet aprofitant el buit de l'escala amb una filera de totxos. Eren maons de poca qualitat que deixaven filtrar el fred però que, com que no hi havia cap finestra, mai no permetien que s'airejàs l'ambient. L'aire hi feia una olor estantissa, amb un fons agre que resultava difícil d'identificar. L'atmosfera que no es renova deixa un baf mal de reconèixer. Els anys li donen gruixa com si tingués un cos propi. L'olor i el lloc arriben a formar un tot indestriable. Si ens hi conduïssin amb els ulls clucs, no ens costaria gaire saber on som. Eren pocs metres quadrats, però la profusió d'objectes que s'hi acaramullaven accentuava la sensació de tancament. Una única bombeta, penjant d'un fil, il·luminava l'espai. Un ròdol quasi fantasmagòric, amb embalums d'objectes inútils que hi havien anat a parar no se sap per quins camins. Hi havia bombones de butà i una bicicleta, paperassa, una caixa d'eines de ferrer. Al terra, grampons i cartró, revistes d'altres èpoques, pots de vidre. En un extrem, un parell de sabates esportives sense cordons; una mica més lluny, una col·lecció de tasses i una pepa de pedaç. Gairebé ningú no hi entrava. De tant en tant, la portera hi guaitava per afegir-hi un nou objecte al desgavell. En tancava la porta tot d'una, perquè s'hi sentia presa, amb un ofec que volia evitar.

En aquell enfony, en Martí i na Teresa hi descobriren la grandesa de l'univers, la bellesa. No els resultava complicat distreure l'atenció de la portera, aprofitar les seves becaines per entrar-hi sense enrenous. Rere la porta closa, tot s'esvania. El concepte de lletjor és, a vegades, ben relatiu. Eren en una gruta misteriosa excavada només per a ells. Hi havia fantasmes bons que els protegien dels altres, objectes que emparaven l'amor. Els cossos, encara massa magres, amb el desordre dels membres que creixen sense concert, es buscaven amb avidesa. Les mans volien les mans; els llavis cercaven els llavis. No eren amants hàbils, sinó que es movien amb la torpor dels qui desconeixen les rutes d'un cos, els seus secrets, però hi posaven la urgència i la calma. La pressa que els portava a voler descobrir-se d'un mos; l'equilibri de la tendresa. Sense saber-ho, hi visqueren les millors estones de les seves vides. Ningú no en sospitava res. Només na Rosa ho endevinà i respirà contenta, perquè l'or dels ulls de la filla espurnejava com mai no havia brillat als seus propis ulls.

III

Assegut al seient del darrere, n'Albert sembla tranquil. Ha demanat a en Martí que li subjecti la porta, mentre entrava el cos de l'al·lot al taxi. Un home que dorm, encara que només sigui un adolescent, és un pes feixuc. Ha tengut prou força i enginy per efectuar el trasllat amb rapidesa. L'únic important era no incomodar-lo, facilitar l'inici del viatge perquè res no li pertorbàs el descans. Tres nits de vetlla fins que l'ha vist retre's al son. Ara no vol alterar-ne els ritmes. Quan s'instal·la a la seva vora, s'estira la jaqueta amb la intenció que l'arruga impertinent de l'americana no torni a comparèixer en els vaivens del trajecte. És un gest maquinal, que reflecteix nerviosisme, la inquietud de qui s'endinsa en un reducte perillós.

No és que el cotxe tengui aires de misteri. És un vehicle més aviat discret, mitjanament còmode, que el seu propietari ha tractat sempre amb cura. Malgrat els anys de vida i els quilòmetres recorreguts, es manté a punt per enfilar carreteres. Té les dimensions justes que calen per al viatge, cosa que suposa un bon principi. Havia temut trobar un vehicle atrotinat, massa vell per aventurar-se en la ruta. Amb el cos rígid, espera que en Martí tanqui la porta, faci quatre passes fins a la zona del davant i s'assegui al volant. A fora, en un racó del terraplè hi ha la cadira de rodes.

Es distreu mentre l'observa des de la finestreta. Sense el cos del fill, sembla un objecte inútil. Una carcassa de ferro que fa mal als ulls. És la realitat nua d'artificis, més dura perquè la trobam despullada i no ens fa concessions. Ha estat un instrument, el mitjà que s'utilitza i s'oblida tot d'una. Quan la veu d'un tros lluny, des de la distància que ofereixen alguns metres i el vidre, sent un nus al cor. ¿Deu ser el cor el múscul que batega al costat esquerre del pit, entre el final de l'espatlla i l'inici d'una costella? Si ho és, està molt cansat.

La visió de la cadira l'entristeix. És curiós: Podem arribar a patir més per les coses que pels fets. Els detalls que envolten una situació serveixen per subratllar-la, perquè en són el referent. Si volem disfressar una realitat, ocultar-la, només cal que ens enganyem. Aclucar els ulls a la vida és un simple exercici d'aprenentatge. Obviar l'entorn que concreta una circumstància no és senzill, però, si som capaços d'aconseguir-ho, ens estalviarem patir. Les mentides tenen la funció de salvar-nos una mica de la intempèrie. Són l'àncora que ens apropa a la riba quan bufen mals vents. Veure una cadira de rodes i saber que, fins fa molt poc, hi seia en Marcel resulta dur. Un objecte és certesa i no desapareix del nostre camp d'interrogants, encara que girem el cap per no seguir observant-lo. Tampoc no ens resol els dubtes. Decideix que és un artefacte absurd i l'odia absurdament també, perquè només detestam el que ens supera.

El cap d'en Marcel s'inclina cap a la dreta fins que troba l'espatlla de n'Albert. Hi encaixa bé. L'angle que fa amb el coll té la mesura exacta per encabir-hi el rostre del fill. No es mou perquè hi pugui reposar. Amb totes dues mans pren la seva mà i la tanca entre els dits. En Martí es gira cap a ell. A través de la partió que fa el vidre protector, que separa la part del xofer del seient del darrere, el mira, interrogant. El vidre té rastres de pols que la claror recalca. Nuvolets de polsim que deuen haver estat en suspensió en l'aire. Vagarejaren pel carrer i entraren per les finestretes. Suraren per l'ambient, indecisos, fins que es van posar a les fundes que cobrien les cadires, a les estoretes del terra, i, sobretot, al vidre de seguretat. Hi feien formes imprecises, que enterbolien un punt la visió i la suavitzaven. A vegades és més convenient la imprecisió que la rotunditat.

En veure els contorns del rostre que l'observa, n'Albert se sent còmode. No és que els trets de la cara el calmin de sobte, perquè ni els grava a la ment. Però la protecció del vidre, que marca una lleugera distància entre el conductor i els passatgers, li sembla magnífica. Contrastant amb l'exactitud de la cadira encara quieta al carrer, l'expressió del taxista li arriba diluïda. Hi és però no hi és del tot. Ben a prop per portar-los enfora; molt lluny del seu secret. S'adona que l'home no el mira directament, sinó que empetiteix els ulls en parlar-li. Es pregunta si és un costum o si es tracta d'una reacció lògica davant la incomoditat de l'escena. L'escolta pronunciar la pregunta:

—On volen que els porti, senyor?

La porta del servei d'urgències de l'hospital de Bellvitge encara és massa pròxima. Són les set i quart d'un matí bromós a l'Hospitalet. Al cel, hi ha nuvolets que es trenquen, esfilegassats. La boira ocupa bona part de l'espai. Es menja la llum primera del matí i devora la claror dels fanals encesos. Alguns bromallons semblen a punt d'esqueixar-se perquè el sol guaiti. Un núvol grisenc, sòlid, amenaça d'envair-ho tot. És un celatge en moviment, ple de contrastos. Sense moure's, alça la veu per respondre-li:

—Anam a Madrid.

—A Madrid?

Se li il·lumina l'univers. Havia esperat una adreça concreta de la ciutat, les instruccions perquè hi arribàs de pressa, perquè esquivàs els excessos de trànsit. L'emmalalteixen els hospitals. Sempre ha tengut una salut de ferro. No s'assembla gens a na Teresa, que transformà les inseguretats de l'adolescència en manies hipocondríaques. Ha de suportar-les. La dona d'avui i l'adolescent que conegué a l'escala dels oncles són molt distintes. No ha estat una transformació sobtada, sinó que succeí a poc a poc, perquè tengués temps d'acostumar-s'hi. Cada passa en el procés de canvi era minúscula. Encara que se n'adonàs quan es produïa, podia assimilar-la. Només havia de fer-se el distret, ignorar un matís, una actitud desconeguda, el rictus que sumava un punt de desequilibri en l'harmonia de les faccions. Era més fàcil així, sense preguntes: Esforçar-se a ignorar que la vida afegeix distàncies entre la gent.

Quan el refugi de l'escala dels oncles queda molt lluny, na Teresa és el resultat d'un cúmul de metamorfosis diminutes. El producte de l'operació no té res a veure amb els elements primers. En Martí ha deixat passar de llarg tantes minúcies que no sap reconèixer la dona que, cada nit, dorm al seu costat. Es retreu el silenci. Si hagués pogut capturar l'adolescent i créixer amb ella, seria distint. Tots dos en una direcció única, capaços de comprendre's en els girs que els anys obliguen a fer. En un punt determinat del camí, a qualsevol cruïlla, cadascun prengué una via pròpia, sentits diferents. És dur reconèixer-ho i procura no pensar-hi. A pesar de l'allunyament que els distancia, hi ha massa llaços construïts d'existència comuna. Gairebé no recorda la pròpia vida quan ella encara no hi era present. Han anat teixint un tramat d'hàbits, de complicitats. Algunes són la derivació lògica d'una convivència llarga. Altres sorgeixen d'uns vincles afectius que, malgrat tot, perduren.

No li agraden els hospitals. Li recorden hores passades que hauria volgut esborrar del mapa de la vida. Avui està content. Aquest trajecte trencarà la rutina de recórrer els carrers de la ciutat, l'ajudarà a fer un jornal que a casa necessiten, li permetrà sortir durant unes hores de les rutes de sempre. N'Albert li repeteix:

—Anam a Madrid. Digui'm què em costarà.

—El trajecte per autopista són quaranta mil pessetes.

—No em parli d'autopistes. Les odio. —Se li endureixen les faccions quan explica—: El meu fill tengué l'accident en una autopista. No vull retornar-li els fantasmes.

—Com vol fer la ruta?

—Miri: tenc un mapa de carretera amb el trajecte exacte marcat. Només ha de seguir-lo.

—Aquest camí ens farà perdre més hores.

—No importa. Supòs que vol dir-me que serà més car.

—Seixanta mil. Esmorzar i dinar a part.

—No es preocupi: en tendrà cent mil, però afanyi's.

Abans de la desviació indicada en el plànol, hi ha deu quilòmetres d'autopista inevitable. N'Albert li demana que s'apressi a recórrer-los ara que en Marcel dorm. Li ho diu amb frases breus, però en un to que no admet rèpliques. Callen. El silenci evita paraules que són innecessàries. És dissabte i no hi ha gaire trànsit. Alguns camions que avancen amb fluïdesa, sense destorbar el ritme de la circulació, però pocs cotxes. Encara és molt d'hora. A la dreta, la vista s'escampa per capturar alguns arbres; a l'esquerra de l'autopista A-16, desviació Tarragona-Lleida, hi creixen matolls que tenen nom de caramel. Alguns quilòmetres abans de Molins de Rei, desviant-se de Martorell, surten de la via principal cap a Vallirana. Passen a la vora d'una fàbrica abandonada, una construcció de pedra grisa que té els vidres de les finestres romputs. A la vora, quasi recòndit, hi ha el riu Llobregat. N'Albert ha de fer un esforç per veure'l sense canviar gaire de postura. Alça una mica el cos i guaita per la finestra del taxi. És un cabal d'aigua que reposa com un serpentàs verdosenc. Desapareix la visió i en sorgeix una altra. És una fàbrica de ciment. Un monstre de color de ciment cansat. Sembla feta de volums que se superposen. Hi ha cilindres que giren. Tots els arbres pròxims estan coberts d'una pols espessa. A l'altra banda, sobta el contrast d'edificacions disperses. Hi ha palauets antics entre xalets d'edificació recent. Quan passen per Cervelló, ni una ànima pels carrers. Fileres de cotxes, cases amb els balcons de ferro rovellat. La broma dansa sobre un fons de verd i de blau.

Na Paula encara és al llit, que escolta. S'ha acostumat a parar l'orella cada matí. Es fa l'adormida, perquè la mare no s'acosti a l'habitació, mentre s'esforça a comprendre el significat dels sorolls que vénen de la casa veïna. No és gaire complicat. La família habita en un pis a pocs quilòmetres de Barcelona. Els edificis creixen com formiguers en vertical. Són capsetes que encaixen enlaire, que formen un trencaclosques molt fràgil al cel. Vuitanta metres quadrats que na Teresa neteja amb cura: L'entrada, la cuina, el lavabo, el menjador, i dues habitacions no gaire grosses. A la taula, unes tavalles de quadres; damunt la televisió un gerro amb flors polsegoses com els arbres que creixen prop de la fàbrica de ciment. A les prestatgeries, una acumulació d'objectes. Hi ha la fotografia de na Paula, quan va fer la primera comunió, el retrat de les noces dels pares, figuretes, cendrers, copes de vidre barat.

Al pis del costat, quart segona, hi viu una parella jove. No fa gaires mesos que són casats i tenen la casa de lloguer. Abans hi havia un matrimoni de jubilats que només sabien tossir i escridassar-se. Na Paula havia après a reconèixer cada matís de la tos. Els estossecs que volien dir impaciència, la tossera insistent d'uns pulmons malalts, la tossida que, de nit, pareix que no ha d'acabar-se mai, una ronquera que angoixa. Es tapava el cap amb el coixí per no sentir-los. La dona li recordava un ocell moribund; la ranera del marit l'espantava. Era pitjor quan es barallaven. Tot i que sabia que discutien per qualsevol futilesa, no havia arribat a acostumar-s'hi. Es deien paraules com macs. No eren ni tan sols sagetes, capaces d'enlairar-se i fer diana, sinó que ferien a ras de terra. Innobles, els mots desconeixien rellotges i calendaris. Oblidaven l'avui, que no existia, per perdre's en un passat remot de memòries farcides de retrets. Recuperaven greuges que degueren patir en una prehistòria que tornaven a fer viva.

Vivien per rescatar el ressentiment, atiar-ne les brases, fer renéixer focs colgats. Hi havia temporades d'un silenci que na Paula els agraïa de cor. Podien estar dies sencers sense dirigir-se la paraula. Endevinava que hi eren pel moviment d'una butaca o el fons de la televisió encesa, però no hi havia cridòria. Fins que tornava aquell vent que els empenyia a treure la ràbia, a escopir paraules de foc.

Primer va morir-se el vell. Li ho digué la mare un matí, quan esmorzava. Se n'anà mentre dormia, discretament, en una manca d'estridències que contrastava amb la seva forma de viure. Ho descobrí la dona i va córrer a telefonar als fills, que vivien en un altre món a la mateixa ciutat. Amb l'orella a la paret, na Paula va esperar sentir algun soroll. Un sanglot, una mica de plor, qualsevol so que indicàs el dolor per algú que ja no hi és. Però no va poder captar gaire cosa. Si de cas, converses en veu baixa entre gent desconeguda, o el moviment de calaixos que s'obren i es tanquen.

El pis va quedar buit durant molt de temps. N'havien tret els mobles i els quatre objectes de valor que hi quedaven. També en van fer fora la vella. D'ençà de la mort del marit, s'havia transformat en una altra. Tenia por de veure's sola i enyorava la companyia de l'home a qui s'havia dedicat a treure els ulls en vida. Na Paula no s'ho podia creure, quan sa mare li contava que havia tornat una criatura pansida, que pul·lulava per l'escala explicant als veïns les excel·lències del mort. Els deia que era una bona persona, que l'ajudava en les feines de la casa, que mai no li posà una mà amb violència al damunt, que, encara que no anà a escola, componia versos en una plagueta. Tenia una dotzena de quaderns atapeïts de poemes, i volia saber l'adreça d'un enquadernador per fer-ne un volum de pell. Assegurava que ella mai no fou d'una naturalesa gaire efusiva, que provava d'escapar-se dels deures conjugals, i que l'home li repetia sovint que la mel es menja perquè és dolça. Els fills la portaren a una residència. No va tenir temps de dir adéu a ningú, perquè l'agafaren per sorpresa. Un matí, quan encara portava la bata, tocaren a la porta. Semblava un ocelló, mentre recollia les pertinences i les guardava en una maleta. Un ratolí, quan recorria la casa d'una punta a l'altra, com si cercàs un amagatall a la paret on encabir-se sencera. Un pollet, en davallar l'escala per últim cop i sortir al carrer.

No passà gaire temps fins que tornà a haver-hi moviment al pis. Passes de pintors, de transportistes que hi deixaven embalatges i caixes plenes a vessar d'objectes, trull d'electricistes. Era la passa prèvia a l'arribada dels nous inquilins. Els enrenous que anunciaven que tornaria a haver-hi vida, presència humana. Els preparatius van durar un temps. Dies de desori, d'anades i vingudes, amb el remor continu de l'aspiradora, del martell que posa claus a la paret on es pengen marcs de fusta, pòsters emmarcats. Els sons dels mobles que es munten amb perns que no acaben d'encaixar del tot, les veus que donen instruccions, els renecs de qui s'ha fet mal en un dit, quan provava de col·locar un armari. Na Paula va seguir el procés amb curiositat. Es preguntava qui ocuparia el lloc de la parella desapareguda. Encara se'n recordava, de les seves veus. Arribà a enyorar-les, perquè s'havia acostumat a trobar-les cada matí, quan acudien puntuals a la cita. Sovint s'imaginava que vivia un parèntesi, el lapsus de temps en què la parella feia pacte de mudesa i que, d'un moment a l'altre, tornaria a sentir-los cridar. De la mateixa manera que bramen les ones, així les veus farien camins a través de les parets fetes d'una pedra prima, quasi arenosa, que deixava passar qualsevol remor.

Vallirana sembla la continuació de Cervelló. Un poble comença just quan s'acaba l'altre, com si el perllongàs. Hi ha els mateixos edificis coberts de pintura descrostada. L'única diferència és que pot veure's gent pels carrers. No gaire: Un home vestit amb roba esportiva que passeja el gos, un altre amb el diari davall el braç, una al·lota que s'atura a la vorera per conversar amb algú que guaita des d'una finestra. Té el cos esvelt. S'alça de puntetes, en un moviment inconscient d'aproximació al rostre que li parla emparat per unes persianes.

N'Albert es fixa en la positura dels braços, que recorren el cos, en l'oscil·lació cap endavant del tronc, rectes les espatlles, en la barbeta que s'alça amunt. La imatge passa de pressa però perdura dins la seva retina. Li ha recordat una altra figura que sap llunyana. Pensa que, en el fons, no existeix l'oblit. Ens esforçam a esborrar trossos de vida en un intent de supervivència. Aconseguim que la voluntat o el temps vagin difuminant-los, que els converteixin en presències quasi inexistents, fins que respiram tranquils. Estam convençuts que hem mort els fantasmes. Ens creiem forts, disposats a acarar el futur amb renovada energia, sense el llast que deixa el temps. Però qualsevol element inesperat pot retornar-nos la memòria. Un gest ens trasllada a un altre gest, un somriure ens fa evocar aquell somriure. Ocorre fins i tot amb els objectes. Un estri insignificant, a vegades, resulta una sorpresa. La bicicleta que tomba en un cap de cantó ens parla d'infanteses; la làmpara que il·lumina la sala ens trasllada a la llum que feia la làmpara que va encendre'ns la vida; una pedra retorna les pedres de molts camins; una casa on intuïm moviment ens porta a la casa on vam viure.

El pitjor són sempre les paraules. Res no té el seu poder de convocar imatges. Cap objecte no supera la força amb què ens fan recobrar moments viscuts. No hi ha mots innocents. Aquells que captam al vol d'una conversa, que ens surten a l'encontre al carrer, en un bar, en una plaça. No importa qui els pronunciï, perquè és una qüestió d'intensitats. Totes les paraules, fins i tot les més inofensives, poden donar-nos la vida o convidar a la mort. Cremen i fan mal, però també ens acaronen per dintre. Serveixen per curar ferides; poden calmar la set o despertar-nos la fam. Són el preu que es paga per viure i, a la vegada, ens seria impossible obrir els ulls cada matí, si no existissin. No valdria la pena una vida sense mots.

El taxi passa per un pont. Es diu el Viaducte del Lledoner. A sota, no hi corre cap riu, sinó que s'estén una vall. La boira s'ha espesseït i, encara que dificulti el trajecte, a n'Albert li agrada: Se sent protegit per l'espai. El cel i la terra s'han posat d'acord per facilitar-los el viatge. Veu restes d'un paisatge cremat. Els esquelets dels arbres adopten formes obscures. Els esquelets dels homes a qui s'ha enduit la mort deuen tenir formes semblants. Imaginar-ho li fa mal i ha d'aclucar els ulls. L'al·lota que s'alçava de puntetes li ha recordat la dona que va estimar fa molt de temps. Va perdre-la fa mitja vida i estava segur que no tornaria a topar-s'hi. Ara, en canvi, recorre rutes estranyes per trobar-la.

Els nous veïns de na Paula són una parella jove. Ella treballa com a caixera en un supermercat; l'home condueix un camió que fa les principals autovies de Catalunya. Viatja amb una ràdio encesa i un pilot d'objectes a la guantera. Hi ha la fotografia de la dona, quan començaren a festejar, cintes de casset, paquets de tabac, plànols i una llanterna. Passa algunes nits fora de casa, perquè hi ha rutes que l'obliguen a parar en un hostal. Encara que hi estigui acostumat, li fa mandra allunyar-se del pis. Li agraden l'olor de pintura de les parets, els quatre mobles que vesteixen les habitacions. Li encanta ajeure's entre llençols que ningú més que ells dos no utilitza. Ha dormit massa cops en jaços que fan olor d'altri, en pensions on el cobrien draps tacats d'humitat o de brutícia. S'hi estira sencer, al llit de casa. Hi allarga les cames i hi obre els braços per amidar-lo amb el cos. Semblaria un crucificat en horitzontal si no fos perquè l'expressió de felicitat el delata. Hi aconsegueix un estat de plenitud que mai no havia imaginat abans. La seva alegria se centra en realitats ben petites; es concreta en una sensació de placidesa que ignorava. No demana gaires coses més: La cervesa davant la televisió, la taula parada, l'escalfor del cos de la dona al seu costat. De nit, estira la mà i li toca una natja o un tros de cuixa. Llavors dorm tranquil.

Es diuen Andreu i Rita. Van conèixer-se que eren dos nins i vivien a prop, en una barriada no gaire diferent d'aquesta. Ni se'n recorden de quan començaren a sortir junts. Primer s'encalçaven pels carrers, perseguint-se en un desordre de jocs i de rialles. Ell preferia jugar a bales amb els amics; ella se'l mirava de lluny, ofesa per una manca d'atenció que considerava immerescuda. Com podia ignorar que portava els cabells solts, que es bellugaven només d'inclinar-se? Un capvespre li agafà una mà. Com que estava desprevinguda i havien passat molts dies, volgué fer-se pregar una mica. Per això la retirà tot d'una amb aires de reina. El segon intent obtingué millors resultats. Des d'aleshores, compartien el somni de tenir una casa petita, no importava que semblàs de paper, amb un llit on rebolcar-se.

Per a na Paula, la seva arribada marca un punt d'inflexió en l'univers que habita. Li resultaria difícil explicar-ho, però és la veritat. Des que les noves veus han substituït les veus antigues, la vida no és la mateixa. L'habitació on dorm dóna a l'habitació on ells dormen i s'estimen. Tot formaria un únic espai —idèntiques rajoles, sostres iguals, una distribució similar de les cambres— si no fos per la paret que separa les dues cases. Un paredó alçat amb totxos prims que no serveixen per salvar intimitats. No preserven les converses ni els gestos. Qualsevol moviment que comporti un mínim soroll pot captar-se des de l'altra banda. La ranera dels llogaters d'abans és reemplaçada per sospirs. La batalla d'estossecs dóna pas a una festa de rialles, alguna correguda, paraules que cremen només de sentir-les. Fins i tot li agrada escoltar-los quan dormen. Tenen la respiració pausada dels qui reposen a plaer, sadolls. Na Paula s'esforça a no fer moviments bruscs que la descobreixin. Prefereix que ignorin que un tel els separa. S'imagina que, si intuïssin la seva presència, podrien sentir-se cohibits. Potser reprimirien les expressions d'afecte, els mots que volen fins al seu llit des del llit que ocupen. Vol passar inadvertida, aconseguir que res no els desbarati la intimitat. Evitar destorbar-los la vida i el son. No ho fa per ells, quan encara ni en sap els noms. Ho fa per ella mateixa.

El taxi enfila la ruta del Penedès. Hi ha vinyes a banda i banda de la carretera. Fa dos mesos eren esponeroses, amb les fulles verdíssimes, obertes. Avui les tenen caigudes, en una barreja de tonalitats verolades i marronenques. Els han pres el raïm i el despullament accentua la duresa del paisatge. Deu ser la mort després de l'amor. Quan passen per Avinyonet de Penedès, n'Albert torna a recordar la dona a qui cerca. Durant algun estiu, visqueren a Avinyonet Puigventós, vora Figueres. Hi foren feliços, però ho recorda sense nostàlgia. Pot evocar-ho amb la fredor que sent a les pròpies mans i a les del fill que reposen en les seves. Per un instant, pensa que hauria de fer alguna cosa per escalfar-les. La boira del matí no ha escampat encara, perquè el sol no té prou força per fer-la fugir. No li importa que els embolcalli, encara que pugui dificultar la visibilitat del conductor. És un mantell que els salva. En aquells mesos de vacances, esmorzaven confitures amb pastes cada matí. Tots els gusts es fonien dins la seva boca i, si acluca els ulls, encara pot percebre'ls, perquè els anys no maten els sabors.

Quan comença la província de Tarragona, encara hi ha alguns quilòmetres de vinya. També troben oliveres amb les soques retorçudes. Són com vides fortes que arrelen a la terra, estenen les branques, eixamplen el cos. Semblen les formes dels herois convertits en escorça. Així hauria d'haver estat l'existència d'en Marcel. Els rètols amb noms de poblacions diverses se succeeixen: L'Arboç, la Gornals. En passar de llarg vora el Vendrell, s'acaben els vinyers. Encara no es veu la mar, però ja s'ensuma. Li agrada intuir-la, una planura d'aigua blava. Roda de Barà. Altafulla. En Martí s'empassa les ganes de moure conversa amb l'home que mira el paisatge per la finestreta. L'observa a través del mirall retrovisor. No ha mogut un múscul des que han començat la ruta. Es manté en la mateixa posició, amb el cap del jove recolzat a l'espatlla, dibuixant un rictus a la boca que, malgrat els quilòmetres i les imatges que passen, no desapareix.

Una excusa qualsevol, alguna frase sobre el que deixen enrere serviria per trencar el silenci. L'aparició d'un monument que altera la monotonia del camí resulta una bona justificació per parlar-li. Li pregunta:

—Coneix aquest monument?

—No —la brevetat de la resposta no retalla l'impuls.

—És la Torre dels Escipions. La gent d'aquestes terres explica que és el tribut a un soldat de Roma. Li deien Escipió l'Africà i va lluitar contra Anníbal.

Nota la mirada de l'home al clatell. L'hi ha clavat amb la força d'una fletxa i se sent incòmode. Encara que no sap per quina raó, preferiria haver-se estalviat el comentari. Les paraules que n'Albert pronuncia li arriben afeblides per la manca d'ímpetu que hi posa, d'una banda, i per la gruixa del vidre que els separa, de l'altra. Pot entendre-les amb dificultat:

—És un monument funerari.

En Martí pitja l'accelerador i es proposa no tornar a parlar. A mà dreta, deixen el túmul de pedra on hi ha esculpides formes de guerrers. Sembla un altar construït en un marès groguenc. El groc contrasta amb la verdor dels quatre xiprers que l'envolten. Els arbres no creixen del tot en vertical, sinó que s'inclinen cap a la construcció d'ambrats i de palla que se superposen. Reten tribut als ocres. El taxista el veu tombar el cap enrere i mig cloure els parpres. Sembla que la visió de la mar, un blau que es confon amb el cel, ni el pertorba ni el calma. Hi ha poques coses al món que puguin commoure'l, aquest matí.

IV

Quan n'Albert li va demanar que el deixàs sol, na Míriam hagué d'esforçar-se per entendre'l. No era una sensació nova. L'únic moviment del seu cos que delatà nerviosisme fou un pipelleig del parpre esquerre que durà pocs segons. Quan s'angoixava, l'ull prenia vida pròpia i començava a tremolar, com si tengués fred o es trobàs desvalgut. El metge li deia que era un signe d'esgotament, l'avís del cos perquè es prengués la vida d'una altra manera, amb la calma i la fredor que sovint la mateixa vida aconsella. Li resultava impossible. Malgrat totes les provatures, era incapaç de llençar-se les preocupacions a l'esquena i omplirne un cabàs.

La mare li ho recordava, quan començava a mostrar els primers símptomes d'un caràcter massa sensible, atent en excés a les emocions, fàcil de tombar. Li explicava que no es pot anar pel món disposada a escoltar cada batec del cor, a creure'l a cegues. Era com si visqués a les palpentes, orientant-se només per les sensacions i no pel poder del raonament. Reconeixia que era complicat combinar totes dues coses. Allò que desitjava mai no solia ser el més convenient. Les actituds que els altres consideraven adequades li semblaven avorrides o tristes. No és que fos de naturalesa rebel. En aparença, s'adaptava amb facilitat a la vida regular, guiada per un cert ordre, cercava l'equilibri en les formes i en les actituds. En el fons, hi havia sempre una guspira d'insatisfacció oculta. Voler escapar del que dictava la lògica, acaparar la vida sencera, menjar-se-la tota d'un mos. Tenia la sensació de no ser-hi a temps. Llavors pensava que l'harmonia pot trobar-se en la voluntat de combinar desitjos i impulsos, de deixar-se endur.

Quan seguia els embats secrets, vivia una felicitat incompleta. En un racó del pensament, hi havia massa traves. Brides a vegades reals, a voltes il·lusòries, que li impedien aprofitar per complet l'instant, recrear-s'hi. Llavors es maleïa. Si, per contra, optava per atendre's a les regles que feien més fàcil el món, podia viure tranquil·la poc temps. Durant un parèntesi, respirava. Tot era on havia de ser i ocupava l'espai que li corresponia. Arribava a creure que havia aconseguit esborrar la part d'ella mateixa que li complicava els dies. Però tard o d'hora s'acabava l'engany. Quan menys ho podia preveure, l'univers tornava a ser confús. Resultava molt fàcil descompondre el castell d'arena que s'afanyà a construir. Un edifici amb merlets i ponts, torres de defensa des d'on guaitaven els arquers, una fortalesa inútil.

Va experimentar-ho, quan conegué n'Albert. Acabaven de trobar-se i un llumet d'alerta va encendre's. Era un senyal que l'avisava de la destrucció. Començaven a desfer-se les parets, que devien tenir els fonaments d'argila, queien les teules del sostre i descobrien el cel d'un blau feridor. Els vidres de les lluernes es trencaven, les persianes s'obrien a un món incendiat. El foc pot donar la vida o ser sinònim de mort. Com que estar amb n'Albert significava la intempèrie, cregué que era la fórmula que resolia les seves contradiccions. Era la força i la feblesa, la sensació de tenir-ho tot i, alhora, de poder perdre-ho en un moment, la intensitat més dura i la confiança amiga, aparentment irreconciliables, es donaven la mà per primer cop.

No se n'adonà el primer dia. Havien coincidit en un sopar que ajuntava gent dispersa, desconeguts que es troben per atzar.

Formaven part del grup dels qui acompanyen. Aquesta era la seva funció. No pertanyien al cercle que es reuneix d'una forma més o menys habitual en uns mateixos espais. No coneixien els amfitrions, els racons de la casa o el sofà on seien. Ignoraven els temes recurrents, les frases que, aïllades, no volen dir res, però que formen part d'un tramat de referències comunes, les insinuacions que oculta un silenci o una mirada còmplice. Eren una part imprescindible de la decoració i, a la vegada, l'element sobrer de la història. Una colla d'amics organitza un sopar al pis d'una de les parelles. Com que són persones curades d'espants, no fan mai preguntes. Si algú porta la dona amb qui comparteix la vida des de fa anys, perfecte. Si qualsevol altre introdueix a la reunió una figura, ningú no manifestarà sorpresa. Hi haurà molts ulls analitzant qui s'hi incorpora. No ho faran amb un excés d'atenció, que resultaria inadequada. Ni tampoc amb un interès desproporcionat, perquè és probable que no es repeteixi l'encontre. L'atzar no sol duplicar les jugades.

S'establiran dos bàndols. Els que es coneixen —se senten còmodes—, no dubten a parlar amb naturalitat, protegits per l'ambient. Els que observen, mentre se saben observats, un punt recelosos, perquè no localitzen rostres coneguts ni saben de què han de conversar. Només se'ls acudeixen quatre tòpics, obvietats que es moren als llavis, abans de ser pronunciades, perquè sonen a cromo. Entre aquest grup, n'hi ha que tenen un caràcter extravertit. Ho porten a les faccions: somriure ample, mirada que es clava en un objectiu, absència d'inseguretats. Alguns altres, en canvi, habitants de la incertesa, es limiten a ocupar el lloc que els han assignat, sense bategar-se del seient. Fan com si escoltassin tot allò que resulta molt graciós als altres, però que només els desperta un somriure forçat. Es concentren a centrar l'atenció i a contestar una pregunta del tot asèptica amb una resposta que encara ho és més. La quietud els protegeix —voldrien passar inadvertits—, però també els incomoda —sospiren per marxar.

Na Míriam i n'Albert formaven part del grup dels acompanyants. Cadascun havia arribat a la celebració amb una persona distinta, que els portava com un trofeu a sota del braç. Ella, que no sovintejava les sortides nocturnes, s'havia decidit a acceptar les pressions del seu home perquè anàs a un sopar dels amics del club de golf. Ell, que feia poc temps que s'havia separat, era el botí d'una senyora disposada a lluir-lo entre el seu cercle d'íntims. Tots dos coincidiren en una idèntica actitud de distància. L'una, perquè la vencia l'avorriment, la inapetència que ens inspiren les coses que no interessen. L'altre, perquè estava cansat i la dona no li importava prou per haver de manifestar entusiasmes fingits. Hi havia anat perquè les vetllades a casa eren feixugues. Era un solitari que defugia el contacte amb el món. Va decidir-se a trencar inèrcies.

Establiren una complicitat silenciosa, difícil de precisar. Després d'un seguit de presentacions, noms i cares que confongueren de pressa, cadascun conservà el nom de l'altre. Una paraula que s'adequava al rostre correcte. Va ser una coincidència afortunada: na Míriam oblidà la resta d'ulls que la miraven, els llavis que li deien frases que no signifiquen res. N'Albert va fer esborrany de cognoms i de somriures. Tan sols va mantenir gravada la mitja rialla d'ella, una llenca de lluna que feia claror. No es van dir gairebé res que mereixés esser repetit. Se saludaren amb la mateixa amabilitat amb què havien respost les salutacions de la resta, s'assegueren en extrems oposats de la sala, i no van ser veïns a la taula del menjador. El vincle, emperò, ja s'havia establert. Era molt feble, encara: Un nom i un rostre que destaquen entre els altres. N'ignoram els motius, però sabem que no volem oblidar-los. La memòria es converteix en aliada i guarda amb cura el record. L'amaga en un racó on es reclourà, no sabem si per sempre. Potser el temps i l'oblit s'esforcin a esborrar la llavor diminuta que ens ha il·luminat la vida un instant. Com que són poderosos, poden aconseguir-ho.

El pou de la memòria rep una allau massa intensa d'informacions perquè pugui retenir-les totes. Algunes hi reposen durant un parèntesi i perduren en el reflex de l'aigua. En podem veure la besllum, copsar formes que tremolen, però res més. Arriben a diluir-se o es traslladen a profunditats més pregones, d'accés impossible, perquè els llocs de la memòria no són infinits. La casualitat desbaratà el poder de l'oblit. Tres setmanes després del sopar, es trobaren en una botiga de Barcelona. Eren a la secció de discos. Na Míriam amb uns auriculars a les orelles i els ulls baixos; n'Albert que remenava en una prestatgeria de compactes ordenats alfabèticament. Van alçar els ulls i coincidiren totes dues mirades. Havien quedat l'una en l'altre, mentre una sensació de sorpresa els envaïa. No els semblava cert. No és que no s'haguessin reconegut, sinó que dubtaven de la fiabilitat de la percepció. Havien passat els dies justos perquè el record no fos suprimit en una fondària mala de recórrer; ni perquè es convertís en víctima d'una transformació distorsionadora de la realitat.

Era un matí de sol. A través de les finestres —obertures que dibuixaven formes triangulars a la paret— entraven glopades de llum. La claror accentuava els trets del rostres. No hi havia, com l'altra nit, ombres fetes de clarobscur que ocultassin contorns precisos. Les làmpares de disseny no enfocaven els cossos amb tremolors vacil·lants, sinó que un esclat de llum viva els feia concrets. Continuaven envoltats de persones. N'hi havia moltes a la seva vora. La diferència era que ningú no els mirava. Els cossos es movien d'una banda a l'altra, recorrien seccions, feien comentaris i preguntes, però eren molt lluny. Al sopar, havien viscut la concentració d'un cercle que no permet espais per on sortir a prendre l'aire. A la botiga, estaven sols entre la multitud, protegits pels seus moviments.

Les imatges mútues que conservaven eren fresques. No tenien ni un punt de l'amargor de les experiències que vam viure i perdérem. L'enyorança, l'acumulació de greuges, de distància o de solitud no desvirtuaven el record. Es van mirar i van somriure. Ella va percebre que quelcom amenaçava el seu castell; n'Albert respirà fondo. S'engolí l'aire d'una sola inspiració i els pulmons van obrir-se com s'obren les finestres en arribar el bon temps.

S'hi acostà en un exercici quasi d'equilibrista, perquè haver de passar entre els cossos que s'inclinaven per prendre un compacte, treure'l del seu lloc o tornar-l'hi a ubicar, era fer gairebé d'acròbata. Entre tots dos s'alçava un mur de presències que, malgrat convertir-los en éssers anònims —circumstància que facilitava l'encontre—, a la vegada els distanciava. Comptaren només amb els ulls i les voluntats que els empenyien a recórrer un tram breu però aparentment impossible de salvar. Així pot succeir, quan arribam a una platja. De lluny, només veiem la línia de la mar. A mesura que ens hi apropam, la trobam poblada de molts cossos, idèntics en el despullament, però diferents en la seva capacitat de convertir-se en esculls que ens impedeixen avançar cap a l'aigua. Alguns són carenes que podem esquivar amb placidesa; altres ens sobten amb formes que ens fan perdre el nord. Hi ha l'adolescent que té la pell morena, que lluu una esveltesa de membres aquietats al sol. Veure-la potser ens pertorba o ens fa pensar en la fràgil fortalesa del que és bell. Hi ha la senyora que ocupa un ròdol enorme d'arena, obertes les cames, que té la procacitat de la carn que es vessa. Hi ha panxes de lluna nova o de lluna vella. Algunes són de pleniluni; altres fan un arc com les tallades de meló.

Quan es toparen, un cos davant l'altre cos, obeïts els dictats de les mirades i del voler, no van saber què s'havien de dir. Estaven preparats per afavorir la topada, però no tenien paraules per fer-la real. Els obstacles havien servit per alentir el temps i allargassar el desig d'estar junts, però no els havien permès mesurar les frases possibles, escollir la millor manera d'explicar-se que estaven contents perquè s'havien trobat. Cap dels dos no s'aturà a analitzar les raons de l'alegria. L'alegria és fugissera i ho devien intuir. Només calia fer el possible per perpetuar-la, convertir-la en un estat, si no permanent, almenys que dura. Per fi, n'Albert va dir:

—La nostra trobada m'havia semblat molt senzilla. T'he vist de seguida, però quantes dificultats per arribar fins a tu.

—Sí, en aquests espais —na Míriam assenyalà la botiga—, té el mateix mèrit veure's de lluny que arribar a topar-se.

—Així, doncs, hem sabut superar les dues primeres proves —reia.

—De què em parles?

—T'he vist i ets a un pam de distància. Tenim molta sort i hauríem de celebrar-ho.

—Celebrar que ens hem trobat?

—Naturalment. No he tornat a veure ningú d'aquell sopar. Ara estic amb l'única persona que va despertar el meu interès. Hauria pogut coincidir amb qualsevol de les altres i, en canvi, ets precisament tu.

Na Míriam havia fet una descoberta. Succeí poc temps abans del primer encontre amb n'Albert. Feia quatre anys que vivia amb en Miquel Àngel, el seu marit, quan llegí al diari que el planeta Mart no era de color vermell. Aquest fet, que en circumstàncies distintes només hauria resultat una mica decebedor, coincidí amb els indicis definitius d'una altra constatació molt més dura. La seva ment vinculà totes dues informacions i les lligà a un sentiment d'estafa.

Es preguntava què s'amaga rere les estrelles, punts de llum que, a vegades, ens arriben quan ja no hi són. El pipelleig d'una estrella deu ser com certes coses de la vida: Semblen plenes d'intensitat i només són la besllum d'alguna cosa que va existir fa molt de temps, i que ara és un buit o el no-res. S'adonà que hi ha històries de tots els colors. Algunes presenten sempre una mateixa tonalitat mala de definir, color d'ala de mosca o de fam;

altres esclaten i brillen com si fossin Arcs de Sant Martí. La terra i l'espai són plens de tintures. Quan va saber que, vist de prop, Mart és marró, ho relacionà amb la pròpia vida. Si ens han fet creure que les coses són d'un determinat color, si ens hi hem arribat a acostumar o a delectar, tenim tot el dret a sentir-nos defraudats, en descobrir que havíem viscut un engany.

El planeta Mart era una metàfora del que vivia. Havia passat anys sencers veient un objecte, una circumstància, o una persona sota una aparença determinada, amb un color propi. Una tonalitat que li podia resultar molt atractiva, o que la deixava indiferent, o que era francament decebedora. S'hi acostumà i el món va convertir-se en un referent conegut i familiar. Un element que no ens incomoda.

Un dia resultà que el que havia vist blanc era negre. No s'ho acabava de creure perquè seria massa difícil d'acceptar que ens hem equivocat. Ningú no assumeix amb facilitat que ha viscut portant una bena als ulls. El que constituïa el propi univers es desfeia com si fos fet de paper. Hauria pogut succeir-li amb els llocs que estimava. Aquell indret que formava part del paisatge de la infantesa o de la joventut, però que, en tornar-hi, no sabia reconèixer. Recordava els carrers més amples i regats de llum; o més estrets, oferint-li recers de conversa. S'hi passejava com havia fet mil vegades, encara que no s'hi aconseguia trobar. Podria ocórrer també amb un objecte que, durant anys i panys, havia guardat al fons de l'armari. Futileses que representaven un espai de la seva història i que, perquè eren preservades, li salvaven també la pròpia vida: Juguetes que, en treure d'una capsa, descobria espatllades, cartes d'amor que, en llegir anys després, no li deien res o la decebien.

Descobrí que el mateix podia passar-li amb la gent. L'amic que retrobava i a qui havia fet partícip de moltes cabòries es feia estrany. La persona amb qui vivia li revelava, inesperadament, aspectes insospitats i tornava un desconegut. Observava els ulls d'en Miquel Àngel i eren uns altres. Li espiava els gestos i li semblaven diferents. Hi havia coses que sorgiren color de terra al seu interior, però que arribaren a adquirir els tons del ciment. La sorra més blanca podia obscurir-se quan es ponia el sol i deixava d'escalfar-la. Les paraules variaven de color segons la intensitat amb què es pronunciaven. Eren transparents com l'aigua, que es tinta mil cops; o adquirien la grisor de la pedra, si eren dures o esquerpes. Va entendre que els colors que ens imaginàrem i els reals sovint no coincideixen, que no són sempre un indici correcte de la realitat.

En Miquel Àngel estimava els hàbits que es repeteixen, les coses sabudes. Na Míriam hi trobava una calma que li resultava grata. Era el punt d'harmonia que la seva existència necessitava; però hi mancava l'altre extrem. Es reconeixia com una balança: Els platets han de portar el mateix pes si volen mantenir-se en l'horitzontalitat. Si en un hi ha alguns grams de menys, l'oscil·lació cap a un extrem és inevitable. S'hi inclinarà a poc a poc, però no podrà retornar al punt inicial. Tenia un seguit de certeses que l'agombolaven. Com que sempre cercà la seguretat, s'imaginava feliç. No comptava amb l'altra cara de la moneda, igualment imprescindible per viure: Mai no hi havia sorpresa. L'existència passava com el cabal d'un riu. L'aigua hi corria en un ritme plàcid. Hi havia el saltiró dels peixos, el frec de la correntia amb les pedres, una frega que dura dies i nits, fins que els caireIls s'esborren i els còdols tenen una llisor perfecta. Hi havia també cercles de verd arran de vorera. La humitat havia fet verdejar els racons on el sol no arriba. No hi havia, en canvi, l'esclat de les ones ni l'embat dels vents. L'escuma no es trencava en les roques. No es desfeia en una font d'aigua que recorre escletxes i hi queda presa. Tampoc no hi trobava la sensació d'immensitat, ni la línia, sovint desdibuixada, de l'horitzó.

Al bar dels magatzems on hi havia la botiga de música, n'Albert i ella iniciaren una conversa que havia de durar molt de temps. Al seu costat, recuperava la inquietud. Si el mirava, sentia un nus a la boca de l'estómac. Era una percepció quasi prosaica: Gairebé com si fes molt temps que no hagués menjat res. Ni un sol mos de pa no havia calmat la gana. Ni una gota d'aigua no havia alleugerit la sequera d'una gargamella que era un pou eixut. Tota la fam i la set del món als llavis. La sensació de no viure mig condormida, la necessitat de mantenir els sentits desperts, perquè només si s'espavilava podria viure de veres, amb tota la intensitat que la vida es mereix. N'Albert va preguntar-li:

—Què hi feies, en aquell sopar?

—Supòs que el mateix que tu.

—T'equivoques. Jo només acompanyava una coneguda. No he tornat a veure-la.

—Doncs jo acompanyava el desconegut amb qui visc.

—Vius amb un home i el desconeixes?

Provà de fer broma:

—Sí. Gairebé és com ara: Prenc cafè amb un home a qui també desconec.

—Tens raó —esclafí a riure—. Són situacions perfectament comparables. Digues-me, Míriam, a què et dediques?

—Sóc dissenyadora. Treball en una empresa de decoració i la meva vida consisteix a crear espais on sigui possible aïllar-se del món. I tu?

—Fa anys t'hauria dit que sóc perruquer. Em dedicava a inventar pentinats que transformassin els rostres. O que, simplement, els descobrissin. De la mateixa manera que tu canvies llocs deserts per oasis. Ara no sé què respondre't.

—Per què?

—Ja no pos gairebé mai les mans al cap de la gent. He deixat el tacte dels cabells i sóc un gran organitzador de la faràndula. És una llàstima, perquè no hi ha res més càlid que una mata de cabells a la mà, però la vida ens porta pels seus propis camins.

—Què vols dir?

—Tenc una cadena de perruqueries a Barcelona. Quan vaig començar, era ajudant de perruquer. Pots imaginar-t'ho: rentar els caps, ordenar els estris del local, destriar entre els diferents xampús quan l'amo m'ho indicava, escombrar les restes de pelussa que quedaven al terra, netejar els rentadors perquè no s'hi barrejassin els tints. Era un adolescent i em dedicava a observar, sempre amb la mirada atenta. Vaig aprendre moltes coses. L'únic que feia era mirar. Després vengué la millor època. La possibilitat de modelar els cabells entre les meves mans, de donar-los lluentor i forma, d'acaronar-los fins que tinguessin l'ondulació precisa.

—En parles amb passió.

—Foren anys magnífics, però les coses milloraren de pressa. Vaig haver d'obrir nous locals, de contractar altres perruquers, de moure'm d'una banda a l'altra. Tothom pensa que he tingut una gran sort. Sóc un empresari que coordina el petit univers que ell mateix ha creat. Però jo continuo enyorant el tacte de moltes cabelleres.

N'Albert i na Míriam sovintejaren els encontres. Un dia es trobaven per prendre un cafè; aprofitaven una excusa qualsevol per dinar plegats en un restaurant del centre. En una estona compartida improvisaven converses, passejades entre el ciment dels carrers o vora l'ombra de verdor dels parcs, complicitats petites que sorgien sense adonar-se'n i que mai no s'esgotaven del tot, només perquè poguessin desitjar un reencontre. Una nova troballa que sempre es produïa quasi per casualitat. Coincidències que no afavoreix l'atzar sinó dues voluntats que es lliguen en un sol desig: Veure's. Ella no va prendre la decisió d'anar-se'n a viure sola del dia a la nit. La part més prudent de la seva personalitat li aconsellava retenir l'impuls de llençar el món per la finestra. N'Albert tampoc mai no va fer un pas perquè es decidís. Per a ell, l'existència d'en Miquel Àngel no significava ni un inconvenient ni una nosa. Es limitava a obviar-la. De la mateixa manera que podríem esborrar l'element d'una fotografia que ens desagrada, si el retallàssim amb cura, o com traçaríem el mapa d'una geografia imaginària on predominàs la costa i no abundassin les muntanyes abruptes ni els penyasegats, n'Albert prenia tan sols una part de la vida de na Míriam. Era una porció molt intensa —la que vivien junts—, encara que incompleta; però en tenia prou.

Li negava la possibilitat de compartir els seus dubtes. La volia alegre i lúcida, la dona que ens distreu de cabòries fosques, de velles pors. S'allunyava, en canvi, dels fantasmes de na Míriam, perquè no tenia l'espatlla prou ampla per carregar el pes de tots dos. Ella li retreia que alçava una barrera entre les seves ànimes. Llavors ell, desviant-se de la qüestió, s'embrancava en un discurs absurd sobre la inexistència de l'ànima, fins que na Míriam el detenia, sempre amb la mateixa pregunta:

—Si no puc dir-li ànima, què és això que em crema quan et veig o em parles?

—Una simple combinació química, amor meu —frivolitzava ell.

—Doncs la química pot fer molt mal. Preferesc pensar que l'ànima existeix perquè és ella qui t'estima.

Només tenien espais petits i els retallaven. Les causes eren l'afany de comoditat d'ell, la por de comprometre's massa, les capes de protecció que els anys havien anat superposant-li a la pell fins a esdevenir una cuirassa, les inèrcies de la solitud. La suma de tots aquests components actuava de fre per a na Míriam, fins que, un dia, deixà en Miquel Àngel i llogà un pis al mateix bloc on vivia n'Albert. Des d'aleshores varen ser veïns i amants, però mai no foren còmplices. Tot i que s'esforçava perquè li explicàs què pensava i què sentia, tenia la impressió d'enfrontar-se amb un mur de recels. Era una conseqüència de la vida viscuda. Ho pensava sovint: Els infants són transparents com gotes d'aigua de pluja, els adolescents simulen reserves que no existeixen, que cauen amb facilitat, perquè tenen els sentiments exposats a qualsevol vaivé. Les seves emocions són com la fruita madura que només espera una mà que la culli de l'arbre. Els joves s'assemblen a l'aigua dels primers bassiots, quan encara cau el plugim, i es formen ròdols que recorden miralls. Els adults, per contra, són la mateixa aigua transformada en fang, en pols. Els cotxes hi han deixat un rastre de brutícia, les hores hi han afegit la sedimentació del fanguissar. En resulta una quietud obscura que reflecteix poques coses. La inconsciència és un luxe dels vint anys. La desconfiança és un atribut d'allò que els insensats denominen maduresa.

A l'hospital, li va demanar que marxàs. Hauria volgut protestar, però va entendre que era millor no fer-ho. Només tengué veu per demanar-li que li trucàs, en saber noves del fill. El deixà amb una pena que no podia alleugerir, envoltat pels fantasmes del passat que retornava, les cuirasses esmicolades de sobte. Sol en una solitud sense límits ni voreres. Es passà tres dies i tres nits vora el telèfon. Desitjava i temia sentir-lo sonar.

Quan per fi parla amb ell, no s'ho pot creure. Li comunica la decisió presa des del taxi, en un to que té reflexos de metall, que sona segura. Té temps de preguntar-li quina ruta segueixen, abans que es talli la comunicació. Llavors comprèn que l'atzar i la voluntat es posen d'acord, l'empenyen. No li queden gaires més opcions, si no vol que la vida sencera es converteixi per sempre en un fangar.

V

El taxi recorre camins poc transitats. En passar per Tarragona, veuen les murades. No s'hi aturen, encara que n'Albert torna a inclinar el cos i quasi pot contemplar l'amfiteatre. Un segon i ha fet massa tard, però no importa. No hi ha temps per a aturades inútils. A pesar que li hauria agradat guaitar la mar i robar-ne un bri de força, sap que inicien la ruta cap a l'interior. No tornarà a tenir la possibilitat de veure-la fins que acabi un trajecte que el porta cap a paisatges monòtons, de tonalitats tardorenques, on la mirada troba imatges que es repeteixen fins a la desesperació. Hi haurà planures on res no s'acaba ni res tampoc no comença. Hi podrà contemplar pedreres d'arena que el ciment de la ruta envolta com una cinta, oliveres d'un verd fosc, senyalitzacions que anuncien el perill de vaques que no compareixen enlloc. Voregen Reus pel nord i, en una cruïlla, els sorprèn un rostre en un cartell. Han d'optar per prendre la direcció de l'esquerra i dirigir-se a Alcanyís, situat a cent trenta-dos quilòmetres de distància. Hi ha una pancarta de proporcions considerables, que destaca entre els edificis marronencs de pisos, un cotxe aparcat vora un contenidor de fems, i el fanal que deu il·luminar aquest carrer, quan es fa de nit.

S'hi anuncia un circ italià que actuarà a Reus de dimecres a diumenge. El reclam és el dibuix d'un pallasso: La cara de colors, el nas com una taronja, un capell que no li cobreix la calba. A banda i banda del crani disforjo, hi creixen els cabells de mandarina. Una mà enguantada fa un gest que accentua el rictus de sorpresa dels llavis. N'Albert voldria depertar el fill perquè pogués veure l'anunci d'un circ que no tendran ocasió de compartir. Li hauria agradat ser-hi quan era hora. Acompanyar-lo a morir-se de por i de riure davant les feres i els acròbates, vora les funàmbules i els nans, entre l'amenaça dels focs i els trapezis. Es reté de seguida. Ni tan sols el toca, mentre en Marcel continua en la mateixa posició de l'inici del camí. L'únic que desdiu la figura del pallasso és la mirada. No té l'esguard alegre que cal a un clown. És un llambrec esbiaixat: La nina dreta enfonsada a l'extrem inferior esquerre del blanc de l'ull; l'altra, desencaixada també, apunta al cel del cartell. Aquest rostre és una màscara. Molts de colors i una ganyota dels llavis oculten la veritat més dura: Uns ulls que han descobert la necessitat urgent d'amagar-se rere maquillatges llampants, però que no n'han sabut.

Continuen la ruta. Són les nou i mitja, quan en Martí trenca el mutisme en què s'ha reclòs fa quilòmetres. Li diu:

—Disculpi'm, senyor, però ens caldria fer una parada.

—Una parada? Per què?

—Encara no hem esmorzat. No puc conduir d'un sol tram tot el trajecte. Hauria de prendre'm un cafè, menjar un mos... Vostè també deu tenir gana.

—Gana? Ah, sí, és clar. Aturi's al primer cafè que trobi a la mateixa carretera. L'esperaré al cotxe amb el meu fill, mentre vostè esmorza.

Es diu *La Parrilla*. Un rètol amb lletres vermelles n'anuncia el nom. Són grosses, desproporcionades, perquè els vehicles que passen tenguin temps de localitzar el local, de pitjar el fre a fons. Un tendal de ratlles negres i taronges —com el nas del pallasso— cobreix l'entrada que fa un arc. El local ocupa els baixos d'un edifici de pisos. Té les parets exteriors de cairells marronencs, molt prims, la porta oberta. A fora, algunes cadires i taules de plàstic. Semblen molt lleugeres, a punt perquè el vent les enlairi lluny, si es decideix a bufar. A banda i banda del portal, hi ha una finestra que repeteix la forma de la porta principal, amb ferros que fan dibuixos i protegeixen l'obertura de les males intencions dels lladres o dels rodamons. A l'interior, s'hi respira un ambient d'una vaga brutícia. Hi acudeix gent que treballa en dissabte, que beu, de bon matí, vi amb gasosa. Homes amb calçons blaus i samarretes blanques que fan tuf de suor. Les cortines són de cretona; hi ha un ànec de fusta en una finestra. La televisió és part damunt la gelera, el telèfon reposa a la barra, vora els tamborets de fusta. Una màquina de tabac, dues de joc. Un vell està dret al davant, amb la mirada detinguda en els dibuixos que giren, els llums que s'encenen i s'apaguen, la musiqueta que marca l'inici de la partida.

En Martí aparca el taxi en un extrem del carrer. Encara que no faci calor, els cerca el recer d'un arbre. Abans de davallar del vehicle, li pregunta:

—Vol que els dugui alguna cosa?

N'Albert calla un instant. Es treu la cartera del butxacó i li allarga un bitllet:

—Sisplau, porti'm un cafè ben carregat i, si és possible, el diari d'avui.

El mira davallar del cotxe i cordar-se la corretja dels pantalons, que porta massa balders. Li espia les passes fins que travessa la porta del local i ja no pot veure'l. Llavors treu el telèfon mòbil i truca a na Míriam. No ho fa per tranquil·litzar-la, ni per compensar el silenci dels últims dies. D'una banda, sap que les seves paraules no la calmaran, sinó que serviran per augmentar-li el neguit; de l'altra, no pensa que hagi de remeiar res. L'únic que importa és el cercle en què s'ha convertit la vida on ella no té un lloc. Si hagués de racionalitzar-ho, la situaria en la línia que tanca el dibuix, el punt exacte on pot acabar-se el món i començar l'infinit. Ara és l'únic contacte amb la realitat de què disposa. No la necessita per saber si ha pres la decisió correcta fent aquest viatge. No el preocupa gaire que pugui creure que és un boig que es precipita. Ho fa per ell. Ha de parlar amb algú i dir-li què es proposa. Només si pot escoltar la pròpia veu quan expliqui que és en un taxi, aturat a l'ombra d'un lilà vora un cafè de carretera, que té en Marcel al costat i ha decidit tornar-lo a casa, sabrà que no s'equivoca.

Les paraules dites serveixen per ordenar les idees. Com que els seus pensaments són una habitació en desordre —s'hi acumulen caixes d'on sobresurten objectes que formen part de la vida barrejats amb andròmines absurdes—, les frases poden ajudar-lo. Ha d'esforçar-se a lligar un subjecte amb el verb que li pertoca, a afegir-hi els complements que calen per dotar la construcció de sentit. Si és capaç de suprimir els punts suspensius, d'estalviar-se els balbuceigs, les ambigüitats i els silencis nerviosos, tot anirà bé. Si sap compondre un discurs lògic, encara que na Míriam pensi que l'ha trastornat l'accident, estarà més tranquil. Superarà la impressió de caos en què viu immers, el sentiment d'irrealitat que l'acompanya, l'obsessió a repetir-se que res no és cert: Ni el taxista, ni el vehicle, ni el lilà. Tot plegat seria senzill de confondre amb un engany de la ment, una broma dels sentits. Els ulls deuen mentir-li, quan li mostren un recorregut de paisatges; les mans diuen falòrnies, en sentir el tacte de les mans d'en Marcel; els llavis han perdut l'habilitat de capturar gustos, mentre el cervell s'afanya a retornar-li els sabors antics; no sap olorar la tardor que comença, perquè el cotxe l'allunya de la vida.

No escolta les paraules de na Míriam. Sempre hi ha un ordre de prioritats, fins i tot en els mots. Avui tan sols importen els propis. Obvia, doncs, les objeccions que ella posa a les seves paraules. No el sorprèn la sorpresa de la dona, però prefereix ignorar-la. També les orelles l'enganyen, encara que, aquesta vegada, juguin al seu favor. Li permeten desconnectar del que li diu, mentre augmenten el volum de les paraules pronunciades. Li agrada escoltar-se. Al principi, no ha sabut evitar el to vacil·lant. L'esgotament es filtra pertot i és present en el grau de vibració de les cordes vocals. Fa espessa la veu i greu el timbre que amenaça de trencar-se com si fos un bordó de violí. Després s'ha imposat una monotonia de to. No hi ha inflexions en les frases que diu. No modula les paraules ni les emfasitza. És capaç de dir-les evitant pauses ni entrebancs: Una filera de mots sense color però amb les formes justes.

Na Paula associa els colors amb els gustos. Ho fa des que era petita. Els sabors més intensos —les espècies que cremen dins la boca— són el vermell. És la tonalitat que més la pertorba i que més li agrada. Cada glopada d'aigua de mar és el morat. Les carxofes tenen gust de blau. Restes d'arena de la platja als llavis li porten la intensitat dels daurats: des del groc a l'or. Encara no s'ha alçat del llit, quan sona el timbre de la porta. Les passes de la mare, que surt de la cuina i enfila el passadís, li recorden que deu ser hora d'alçar-se. Ha perdut la noció del temps, mentre s'afanyava a descobrir algun soroll a través de la paret. Els dissabtes els veïns dormen fins tard. No treballen i aprofiten les primeres hores del matí per recuperar-se d'una setmana prou feixuga. Ho havia oblidat, atenta només a trobar signes que alterin el silenci i li ofereixin pistes dels seus moviments. Pot percebre el compàs de dues respiracions tranquil·les, un gir del cos que fa grinyolar el llit; i res més.

La mare obre la porta del carrer i llança una exclamació d'alegria idèntica a la que fa tots els dissabtes a la mateixa hora. Cada setmana es repeteix l'escena: L'àvia Rosa va a visitar-les. A na Paula, se li eixampla el cor quan sap que torna a ser ella. És gairebé la dona d'abans. La que agranava escales i s'agenollava entre l'engrut. Només ha canviat la curvatura de les espatlles, que els anys han accentuat, el color dels cabells, l'artrosi que li rosega els ossos per dintre. Conserva el caràcter enèrgic, decidit. Manté una lluentor al fons dels ulls que no es resigna a perdre. Hi guarda espurnes del foc d'abans. Fa anys que és vídua. La mort del marit fou un alliberament. Va saber-li greu, perquè ningú no esborra el temps de vida viscuda, però no va enyorar-lo. És clar que li feia companyia. S'havia acostumat a dormir amb els seus roncs i el silenci es convertí en una situació rara que li impedia aclucar els ulls. Hi havia tants vincles compartits que, en tallar-se de cop, patí més pels hàbits perduts que per l'home que no hi era. Davant els fogons de la cuina, se'n recordava de les herbes que feia bullir per preparar-li infusions. Les guardava en pots arrenglerats i es preguntava què n'havia de fer, perquè mai no li agradaren. A la sala, s'hi acaramullaven els diaris esportius que li comprava al quiosc de la cantonada on no tornaria mai més, perquè no se li acudia quines altres coses hi podia comprar. A la rentadora, no s'hi acumulava la roba del marit, ni hi havia una camisa pendent de la planxa. Tot aquest seguit de fets li provocà una sensació d'atordiment, que s'assemblava més a l'estranyesa que a la tristor.

Així com s'havia avesat a viure amb en Damià, s'habituà a estar sola. Hagué de recórrer el mateix procés, però a l'inversa, mentre descobria que els anys dificulten l'acomodació a la realitat. Tot i que la convivència amb el marit no hagués estat un pou de joia, la joventut i l'empenta l'ajudaren a adaptar-s'hi. Encara perdurava un bri de l'embranzida passada, però el temps no facilita la nostra capacitat per als canvis. Amb la pensió de viudetat i els quatre diners que cobrava de jubilació, pogué deixar les escales. Ho va fer amb una certa recança, perquè el treball li omplia la vida. Sense la feina ni el marit, els dies tenien més hores. Després d'una època de vida condormida —semblava una altra, perduda i dubtosa—, tornà a alçar el caparrí. Com que era una supervivent, s'afanyà a crear-se espais, a descobrir-se necessària. Es negà a anar a viure amb la filla. Encara que la relació amb en Martí fos bona, malgrat la passió que sentia per na Paula, no va voler deixar el piset on vivia. Com podia abandonar els racons que coneixien el tacte de les seves mans, els armaris de roba endreçada i olorosa, la bugaderia amb un finestró que donava a la llum, la camilla de la sala, amb el braser de foc encès a l'hivern, on es condormia davant la televisió?

No estava disposada a renunciar a les rajoles que semblaven un tauler d'escacs. Ni tampoc al matalàs que coneixia les formes del seu cos, al coixí que havia anat desmotllant a força de nits. Ni al rebost on podia passar hores ordenant rengleres de menjar, llaunes i botelles, pots d'olives i capses de pastes que daurava al forn. L'espai era l'únic que encara reconeixia com a propi. En tenia les regnes i podia abocar-hi l'energia que li quedava. Tot lluïa com una patena, perquè passava moltes hores netejant cada reclau. A pesar del mal dels ossos, tenia coratge per agenollar-se al trespol i fregar les rajoles. Hi passava el pedaç humit de detergent, n'acaronava les vores, cadascun dels cairells, la superfície sencera. La casa sempre feia bona olor. Una flaire que na Rosa portava a les mans i que na Paula ensumava amb deler.

De vegades, li costava aixecar-se. Agenollada, havia d'allargar el braç fins que trobava la proximitat d'una butaca o d'una tauleta, un moble on pogués repenjar-se per tornar a la posició correcta. Es posava dreta amb dificultats, mentre la suor li cobria el front. Li costava reconèixer que es feia gran, però ho sabia. Era massa lúcida per ignorar la realitat. Mai no havia volgut viure d'esquena a les coses. No es reconeixia en na Teresa, que sovint amagava el cap sota l'ala. La néta era la projecció del passat en un futur diferent, joiós i difícil alhora. Se'n sentia orgullosa perquè hi observava la pròpia força, una vitalitat que s'imposava a qualsevol destorb.

Els dissabtes va al mercat. S'alça d'hora amb la il·lusió d'una nina que té festa. Li agrada recórrer les diferents parades, comparar els preus del peix, cercar els llocs on la verdura és més tendra i la fruita més sucosa, recórrer els passadissos. Hi sol trobar alguna coneguda amb qui iniciar la conversa. Parlen sempre del mateix: Es queixen de l'artritis o del preu de la carn, es pregunten pels parents, i, segons l'època, comenten la generositat o la inclemència del temps. Quan no coincideix amb cap rostre sabut, és prou hàbil per substituir-lo per un altre.

La filla se'n fa creus, de la capacitat per fer petar la xerrada amb persones que no coneix de res. Procura advertir-la dels perills d'aquest costum. Li diu que poden robar-li la cartera veient-la confiada, fer-la caure d'una empenta a terra, i trencar-li un dels ossos de vidre. Haurien de portar-la a l'hospital i, potser, mai més no caminaria. Na Rosa l'escolta amb el posat seriós, li assegura que no ho tornarà a fer, mentre el pensament vola. Quan veu l'expressió envellida a destemps de la filla, el seu aire malaltís i desencantat, dubta del que havia cregut mitja vida. Una dona tan poruga no pot ser fruit del goig trobat en una escala, sinó de la llavor d'en Damià. Per sort, la seva força ha perdurat en na Paula. La néta és la perllongació d'ella mateixa, encara que no pot explicar-ho a ningú.

D'ençà que va néixer, quan l'acollia entre els braços i la hi encabia tota, sentia la seva respiració fer-se una amb la pròpia. També era una qüestió d'efluvis. Des que era molt menuda, havia après a reconèixer l'olor de l'àvia: una barreja d'aromes amables. Hi havia el rastre de sabó, un punt de colònia de llesamí, i el flat de la carn generosa, de la pell suau de l'escot i les espatlles. S'hi abraçava i s'hi adormia. Era més fàcil conciliar el son entre els seus braços, en el refugi del pit, que damunt el cosset de la mare. Na Teresa aviat no pogué suportar-ne el pes i havia d'esforçar-se per portar-la a coll. Na Rosa, en canvi, s'asseia en un balancí, mentre la convidava a enfilar-se a la falda.

L'àvia coneix la néta millor que en Martí i na Teresa. Per a ells, la filla sempre ha estat un pou de preguntes. Tenen el sentiment de conviure amb algú que, encara que estimin amb força, ha alçat un mur per protegir-se del món. Un paredó contra el qual no hi tenen res a fer. Na Teresa s'ho explica d'una manera senzilla: Al terradet de casa, hi té mitja dotzena de cossiols. Els comprà al mercat i els rega perquè l'aigua i els raigs de llum que inunden l'aire cada matí els facin créixer. Li agrada imaginar-los amb les fulles esponeroses, tintades d'un verd jove, i moltes poncelles a punt de badar-se. Hi aboca paciència, esment, perquè trobin un lloc a la terra on arrelar i treure brots. Els posa adob, n'arrabassa les fulles mortes, s'esforça a protegir-los dels insectes. Ha après a salvar-los de les gelades hivernenques, de la xafogor de l'estiu. Combina les dosis de claror i els recers d'ombra justos amb la il·lusió que res no els malbarati la vida.

Fa alguns mesos va afegir una planta enfiladissa al jardí del terradet. Era una buguenvíl·lia que feia flors d'un vermell sangonós. Desitjava veure-la prendre impuls, alçar-se i estendre's enlaire, créixer abraçada als ferros de la balustrada. És un balcó de casa de joguines, menut i graciós. Cobert de fullatge, semblaria un decorat de fira o potser un teatre de titelles. Han passat les setmanes i no es mou. Encara que na Teresa arriba a parlar-li amb una veu que recorda el ronquet que fan els moixos quan s'ajeuen a l'escalf de la terra, es manté immòbil. No hi ha moviment de fulles ni esclat de flors. Quan l'observa, pensa en la filla. Hi intueix el mateix hermetisme. Totes dues viuen tancades i no l'escolten. Totes dues li resulten igualment incomprensibles, però no perd la paciència i les mira de reüll per endevinar-hi qualsevol indici de transformació: Brostar de fulles o ombres de somriure.

Na Rosa observa na Paula com si fos el palmell de la pròpia mà. Una mà que els anys i els trespols han endurit, tota d'aspreses. Té les ungles retallades en forma de quadrat, sense gens de pintura; la pell dels dits feta de durallons, callositats que n'encartonen el tacte. La rigidesa de l'artritis alenteix els moviments de la destra; l'esquerra és més flexible. Quan s'hi fixa, hi veu escrita la vida, els anys passats, cada hora de pena i els instants de plaer. Hi són gravats en línies i dureses, en les formes rígides, en l'energia que encara hi és continguda. Na Paula li resulta quasi tan fàcil d'entendre com les mans. Li mira el front, solcat d'arrugues fines, impròpies dels seus anys, línies que només desapareixen quan l'al·lota —en rares ocasions— relaxa l'expressió del rostre. És la cara harmoniosa de la mare, amb un punt d'encant que na Teresa mai no tengué. Un aire fràgil als llavis; una força aspra en el conjunt de les faccions que n'accentua el misteri. Un secret que l'àvia és capaç d'imaginar: Hi endevina el desig de viure que ella mateixa ha sentit agenollada als graons de moltes escales, el cos que vibra mentre el pensament amaga visions obscures. Hi intueix la lluita entre la resignació d'allò que alguns anomenen destí, altres desventura, i les ganes d'assaciar sencera la fam.

A na Rosa, li agrada na Paula. No li inspira tan sols un amor irracional, que no necessita explicacions, perquè els llaços de sang el justifiquen. Hi ha dosis d'instint, la necessitat que té una femella de protegir les seves cries. En aquest sentit, se sap elemental com la terra, bona d'entendre, previsible. Hauria permès que li tallassin els braços per na Teresa. S'hauria deixat prendre la vida per na Paula. Però la seva relació va encara més enllà. Més lluny de la profunda necessitat de salvar-la, d'ocultar-li a la falda la cruesa del món, hi ha la complicitat que mai no tengué amb la filla. No calen les paraules; o ben poques. N'hi ha prou amb els gestos d'una dona que na Paula reconeix generosa fins a l'infinit. Encara que mai no li ho hagi explicat, intueix que ningú no l'estimarà mai com ella. Ni tan sols els pares. És un amor incondicional on no importa haver de donar explicacions ni justificar-se.

Hi ha dies en què na Paula és un silenci trist; aleshores l'àvia comprèn que necessita l'empara d'una pantomima que representa per a ella: Expressar-li un amor a través de tactes dolços. Amb jocs de carícies i abraçades. Altres vegades, l'al·lota desitja explicar les imatges que li recorren el cap. És molt senzill. S'asseuen en un sofà, recolzades les esquenes, repenjat el cos més jove en l'altre encara fort, mentre na Paula descabdella històries. No hi haurà preguntes. Si de cas, els comentaris precisos perquè se senti acompanyada, la mà als cabells, la mudesa amiga. Diuen que ha tornat major. Li ho recorden els pares, quan parlen de les seves dificultats de moviment, de la feixuguesa del cos, però està segura que viurà sempre. Almenys mentre ella visqui no l'abandonarà. És un convenciment que no sap racionalitzar, una barreja del que desitja i del que creu. La torpor de l'artritis contrasta amb l'agilitat d'un pensament viu. Na Paula ignora la primera circumstància i s'abraça a la segona. Allunya fantasmes i s'imagina que l'àvia deu ser el sol, que tot ho il·lumina cada matí.

És un local mal il·luminat. Encara que sigui hora de clarors al carrer, la llum arriba tamisada al recinte. Hi ha finestres però ningú no ha obert les cortines del tot. Hi regna un cert desordre fet d'anades i vingudes que es precipiten, de plats bruts i tasses amb la vora ombrada de cafè, un cercle que encara conserva l'olor de la beguda. Hi ha alguns homes asseguts a les taules de l'interior del local. Són botiguers, manobres, camioners, empleats de la benzinera. Gent que té la mandra de la feina en dissabte, quan intuïm que feim el que no toca. No toca aixecar-se d'hora i permetre que el dia sigui una perllongació dels altres, mentre mig món encara dorm entre llençols escalfats per la humitat del propi cos. Els dissabtes els rostres són crispats. Se sent algun renec, mentre l'esmorzar es perllonga més estona: Petites venjances dels que no poden resquitar-se del món. En Martí hi entra amb el cap cot, fixa la mirada en les rajoles on queden rastres de passes. Pensa en l'home que ha deixat al taxi. Des del principi li ha resultat estrany i ha intuït que no havia de fer gaires comentaris. Deu ser dur sortir d'un hospital amb el fill en una cadira de rodes. Recorda que li ha parlat d'un accident a l'autopista. Per sort, l'al·lot ha fet la primera part del trajecte adormit. Dues hores llargues d'immobilitat que deuen facilitar-li el repòs. Quan es desperti, potser el pare recuperarà l'empenta i les ganes de parlar, de moure's.

S'asseu a la barra i demana un cafè, un entrepà de pernil, una ampolleta d'aigua. Està content. Una carrera com aquesta no és gaire usual. Comprèn la fòbia de l'home contra les autopistes. A ell, li succeí alguna cosa semblant —salvant distàncies— quan na Paula complí els tres mesos. És una altra història, aigua passada que val més no remoure. El trajecte estava molt ben traçat amb un retolador al mapa de carreteres. Deu haver entretingut les hores d'espera entre el quiròfan i l'habitació d'hospital imaginant rutes. Hi està d'acord: No hi haurà preguntes ni destorbs, la seva presència es farà petita per no importunar-los. L'incentiu dels diners promesos i la voluntat de satisfer el client apaguen qualsevol guspira de curiositat. Agafa un diari d'esports —al bar només hi ha diaris esportius—, mentre en gira les fulles sense posar-hi gaire atenció. De tant en tant, alça els ulls del paper, beu un glop o mossega l'entrepà. Fa una mirada a la gent que entra al bar i en surt, abans de retornar a les fotografies i als titulars del paper.

Quan es dirigeix a la porta per anar al taxi que l'espera vora un lilà, el veu. Primer no sap reconèixer-lo. Detura la mirada per casualitat en la màquina de joc, distreta l'atenció en una dringadissa de monedes que cauen. Hi contempla l'esquena en tensió d'un home que maniobra palanques i botons. És vell, però el moviment l'impulsa a alçar les espatlles, a bellugar els genolls, nerviós, mantenint-se tibat. La forma de l'esquena li resulta familiar. És una reconeixença lenta. Succeeix com si fos en una estació de tren: L'ha vist que s'apropa d'enfora. Hi ha un xivarri de ferros, fum que dibuixa dreceres al cel, una respiració de màquina. Els vagons s'aturen a la seva vora i ell, sense adonar-se'n, s'equivoca. Ha posat la mirada en punts irrellevants del paisatge del tren: La dona grassa que davalla amb dificultat i sembla perdre l'equilibri amb un peu a l'andana, l'adolescent de cintura vincladissa que salta mentre l'aire li mou els cabells, el xiulet que anuncia la represa de la ruta de vies de ferrada. Estossegant, la màquina torna a partir. Hi ha una gradació en la velocitat, perquè li costa reprendre l'impuls. Llavors compareix el rostre que buscava. El veu de perfil, retallat en una finestreta. N'intueix la perfecció, s'imagina que qui esperava passa de llarg perquè no ha sabut estar prou atent. El mateix ha succeït avui. Tenia el pom de la porta a la mà, se n'anava, quan l'ha reconegut. Han passat anys, però és el mateix. La vida ha anat esqueixant-lo i sembla desvalgut, encara que conserva el posat d'abans.

S'hi acosta convençut que, en un cafè de carretera, quan menys s'ho esperava, recupera d'un cop la infantesa, l'adolescència. Percep la seva proximitat i tanca els punys. Cloure els palmells i estrènyer els dits vol dir provar d'ofegar l'emoció, de salvar-se en una distància absurda perquè és falsejada per ell mateix. L'altre continua distret en el joc. Té una copa de conyac a la vora i porta la roba gastada per l'ús. En Martí posa la mà al braç dret de l'home que està girat d'esquena. L'obre i la tanca a l'alçada del colze, mentre el vell es gira a poc a poc. Al bar, ningú no els veu quan es miren als ulls. En Martí i l'oncle amb qui vivia en un pis de Barcelona. L'home gris de vida grisa que només s'il·luminava quan davallava un tram d'escala per visitar una dona. El marit de la tia beata que fa anys que l'espera entre les mateixes parets. És un reencontre silenciós de mirades. La mà rígida de l'un en el braç que es tiba de l'altre. Vora el lilà, n'Albert acluca els ulls i pensa en na Coloma.

II PART

VI

Eren casetes d'una sola planta, arrenglerades, que feien paret l'una amb l'altra, cadascuna amb una porta i un parell de finestres, cortines color crema, cossiols. Quan les construïren, formaven un nucli aïllat de l'urbs. La gent hi vivia amb els mateixos ritmes que guien l'existència dels pobles. Encara que pocs quilòmetres els allunyaven d'un centre en moviment, ningú no solia aventurar-se gaire més enllà dels quatre carrers ni de la plaça voltada de pins, perquè no calien grans distàncies per viure. Tothom es coneixia i la gent parlava amb la gent. Quan la ciutat va créixer, van passar a formar-ne part. Constituïen una barriada amb església i botigues pròpies: El forn, un quiosc, l'estanc. Els anys hi afegiren transformacions de forma que no n'alteraren gaire la fisonomia. S'hi multiplicaren els fanals, es reconstruïren les voreres, aparegué una cabina telefònica en una cantonada. Augmentà sobretot el nombre de comerços. Hi havia tendes que venien meravelles per una moneda de vint duros, un local on llogaven cintes de vídeo i on, cada divendres, es formava una filera de cotxes que feien cua per a una pel·lícula porno.

Just en la línia on s'acabaven les cases, s'hi alçaren edificis de pisos. Les obres crearen un espai de contrastos que van accentuar les diferències. Les noves construccions semblaven més elevades, crescudes dalt d'una muntanyola de ciment; les cases es feien menudes als ulls de qui les mirava. Els que hi havien viscut sempre tenien la impressió que els anys les encongiren. Però no era una qüestió de temps sinó de proporcions, de comparances. Si el punt de referència havia estat el campanar de l'església, ara la situació es capgirava. Altres indicis substituïen les antigues formes que mesuraven les coses i la vida. Per això els carrers havien tornat més estrets, les finestres retallaven els blaus, les teulades feien el pendís menys pronunciat i tenien les façanes de joguina. Alguns veïnats havien conservat la vivenda amb cura. Netejaven el bocí de voravia que tenien al davant, l'espai de carrer on els adolescents es recolzaven en les motos i les al·lotes es repenjaven en els adolescents. Pintaven el frontis cada grapat d'anys i n'alternaven la tonalitat. Van estar de moda els colors obscurs: terrosos i verds que donaven un aire tèrbol al conjunt. Després vingué el contrapunt de la claredat més exultant. Tota la gamma dels blancs, alabastrí, argentat, blanc marmori o de neu. Finalment, la majoria optà pels pastissos: Del rosat al blau, del gris a l'ocre.

Quan na Coloma tenia set anys, ca seva era de menta. Li agradava la coloració del verd perquè, quan feia sol, tenia resplendors de maragda i, si el cel era núvol, tornava oliva agrisat. La metamorfosi era notable i fins i tot podia percebre-la en un mateix dia. Al matí, a començaments del capvespre, l'horabaixa, en hores de nit profunda, quan els fanals substituïen la claror solar. Segons la projeccció de la llum a la façana, es transformaven els tons de la pedra. S'encenien, es matisaven, arribaven a apagar-se quasi del tot fins que tornaven a renéixer. Amb els anys, va creure que la seva capacitat d'observació era el resultat de moltes estones amb la mirada fixa a l'enfront. Estava convençuda que els canvis s'adaptaven als estats d'ànim. Això succeïa quan era una nina que anava a l'escola del barri. Si estava contenta perquè estrenava una faldilla que la mare li havia cosit, un vol de roba que s'enlairava només en moure la cintura, ca seva verolava. Reverdia en un esclat de fruita madura. Quan començava a ploure i havia d'observar l'aigua que cau rere els vidres, creia que l'edifici tornava citrí, que la vida era aspra com les llimones. Si podia xipollejar als bassiots, net l'espai de fums de ciutat i rastres de tempesta, tot recuperava la intensitat del verd.

Va tornar gran quan descobrí que no era cert: Els colors no es corresponien amb les sensacions. Havia viscut una sincronia inventada que resultava absurda des d'una òptica adulta, però que li responia els dubtes de la infantesa, que assossegava les pors. L'alegria i la tristesa eren sentiments mutables, fins i tot previsibles, perquè es movien en funció de la roda del sol que gira. Un dia s'adonà que plorava, encara que lluïssin el cel i les parets. Abans no hauria imaginat que fos possible. Quan la vida era fàcil, només quatre núvols podien enterbolir-la. En complicar-se el món, a mesura que s'obscurien les coses que l'envoltaven —les que eren més reals—, desapareixien les certeses. Molt abans que això succeís, l'existència era l'àmbit que ocupava la casa, el tros de vorera al carrer on jugava, l'escola i el pati de l'escola, la plaça del barri. Era també el pare que tornava a casa i s'asseia a taula per sopar, que jugava amb els seus cabells, que parlava amb la mare paraules que no entenia abans d'adormir-se, però que li arribaven com un xiuxiueig que convida al son. La vida consistia en un enfilall de seguretats minúscules que se sumaven per construir un mur.

Son pare era alt i fort. Tenia les mans enormes. Cadascuna amb la grandària justa per encabir-hi les seves dues enllaçades. Ella ajuntava tots dos palmells, fins que l'índex de la dreta encaixava amb el de l'esquerra, el dit del cor amb l'altre dit de cor, i els anulars es trobaven. Llavors les alçava enlaire, en un gest que tenia aires de pregària. Esperava. En un instant, les manetes desapareixien en una palma estesa que s'hi tancava, encerclant-les.

Cinc joncs que sabien adoptar les formes que marcava el vent les encabien senceres. Era com en un espectacle de màgia: primer hi eren, però tot d'una desapareixien de cop. Li agradava jugar-hi. La mà del pare es menjava les seves mans. Les guardava en un ventre acollidor o potser en un cofre. Hauria volgut ser-hi sempre, amagar-se en un puny protector que li oferia recés. De vegades la feia volar. La subjectava davall les aixelles, l'aixecava a l'alçada del seu rostre i la girava en un cercle, les cames com hèlices d'avió, el cor bategant.

Treballava d'acomodador al cinema del barri. Portava uns calçons negres, americana vermella i corbatí. Tenia un llum a la mà que servia per obrir camins entre les fileres de seients. Li semblava l'home més atractiu de la terra. Cap dels actors que omplien la pantalla de somriures de cel·luloide, ben plantats i segurs, no tenia el seu posat. N'estava segura. Cada diumenge, hi anava amb la mare. Es posaven la millor roba. A l'hivern, faldilles de llana i jaquetes gruixudes; a l'estiu, vestidets de percala. Sortia a rebre-les a la porta i mai no havien de fer cua a la taquilla. No els calien entrades com als altres veïns per poder passar. Això la feia sentir important, orgullosa. Alçava el caparrí, prenia la bossa de blat de les índies, i seguia la llanterna que tremolava. S'asseien l'una vora l'altra en una cadira que tornava petita a mesura que ella es feia gran. Sempre la mateixa, a la part central de la filera número deu. S'hi acomodaven mentre la fosca de la sala s'il·luminava amb històries en tecnicolor.

Aprengué a viure-les. No importava si succeïen en un paisatge de prades i indis, on els bons cavalcaven cavalls, esquivaven sagetes, o evitaven l'atac enemic en un pas estret entre muntanyes. Era igual si la trama la portava a circs romans on la vida dels presoners, enfrontats amb la fera enmig de la cridòria del públic, depenia d'un gest de l'emperador. Tant li feia traslladar-se a Egipte, vora les piràmides, quan Cleòpatra seduïa els homes amb els seus ulls de lluna negra. Vivia el naufragi dels vaixells pirates, el segrest de les dames que travessaven el bosc en un carruatge a mercè dels bandits, el bes dels amants que vivien amors secrets quan el món s'enfosquia.

Mentre la ficció de la pantalla es transformava en vida viscuda, encara que fos des d'una butaca, na Coloma aprenia a dominar els registres del cor. Patia amb les desventures dels personatges, reia quan ells reien, experimentava la fúria de les ones al rostre, la cruesa del sol al desert, el fred a les estepes. Col·leccionava imatges que quedaven gravades al seu cervell, en un àlbum d'escenes que no tenien punts en comú. Només la capacitat de commoure-la. Quan era sola, tornava a veure-les amb els ulls clucs. També feia una compilació de frases. Emmagatzemava seqüències de paraules dotades de sentit i de màgia.

L'afecció per les imatges començà molt d'hora. El gust per les paraules vengué més tard. És un plaer que no arriba fins que ens troba preparats per percebre'l amb tots els matisos. Pels ulls, hi entraven moviment i colors. L'oïda capturava paraules que suggerien encara més bellugadissa. Tot es feia complex, molt suggestiu. Hi havia d'afegir un esforç d'imaginació, girs del pensament, capacitat de sorpresa. Admirava son pare, perquè amb un llumet a la mà il·luminava les rutes de la sala. Indicava a la gent els camins que conduïen a l'esclat de claror. Els feia possible l'accés a un món que no tenia res a veure amb el gris als carrers del barri, ni amb la grogor dels fanals que els pretenien enllumenar. Un univers a la pantalla que servia per millorar l'univers real, que els esmenava flaqueses i fantasmes. Pensava que tothom havia d'agrair-li-ho, mentre l'aire s'omplia d'olors de blat de les índies, de colònies barates i de suarda.

Se'n sentia orgullosa. De nit, quan encara no havia aconseguit adormir-se, veia un punt encès. A la taula del menjador, d'esquena al passadís, ell escrivia a la plagueta. Era un quadern de cartró amb les vores desgastades. Des que començà a treballar al cine, l'utilitzava en un exercici impecable de cal·ligrafia.

Escrivia amb la lletra un punt allargassada. Hi apuntava el títol de la pel·lícula que s'estrenava cada setmana, el nom dels actors principals, la data de l'inici i del final d'una projecció, el temps de durada, la mitjana de públic que assistia a cadascuna de les sessions, les anècdotes que s'hi produïen. L'escriptura recopilava una sèrie de dades que no deien gaires coses. Era l'arxiu on hi havia espais que resumien l'experiència d'un home que veia una mateixa pel·lícula moltes vegades.

L'escriptura li serviria per revifar la memòria. Creia que hi havia abocat els mots justos perquè el temps no esborràs cap història del seu pensament. Quan obria la plagueta, només de veure les pàgines pulcres, sense esborralls ni taques de tinta, se sentia satisfet. De tant en tant, feia passar les fulles cap enrere i rellegia el que hi anotà anys abans. Unes poques frases li retornaven part de la vida: Aquella era la pel·lícula que projectaven quan va néixer la filla i l'avisaren, el tercer dia d'emissió, que na Teresa anava de part. L'altra corresponia a l'època en què estrenaren el cotxe, quan sortien a recórrer carreteres i no tenien cap destinació fixada, tan sols l'afany de fer camí. N'hi havia alguna que li recordava una sortida al camp, les estovalles esteses davall quatre pins, la dona i na Coloma a prop.

Podien evocar-li dies de bonança, quan la vida transcorria tranquil·la: De casa a la feina, i de la feina a casa, amb tot un enfilall de petites rutines que transcorrien serenes, lluny de destorbs. L'aperitiu dels diumenges que tenia lliures, sempre al mateix bar de la cantonada, els matins quan anava amb la dona al mercat i en tornaven amb la cistella plena de fruita i verdura. Les descobertes de la filla: La gronxadora del parc on s'asseia perquè l'empenyés enlairant-la amunt, o l'arbre on volia enfilarse quan li deia que era un ocell. També podien fer-li recuperar records que li havien fet mal, que el cremaren. Alguns eren anècdotes insignificants, sense transcendència, que el feien somriure: Una discussió amb na Maria o amb els amics, la il·lusió perduda quan va estar quasi a punt d'encertar la travessa, el cansament de molts vespres, mentre tornava a casa després de l'última sessió, embotonats l'abric i el cor, les mans a les butxaques. Altres significaven drames que retornaven amb precisió entre la cal·ligrafia perfecta: La mort dels pares, la pèrdua d'un amic que la vida s'emportà, la duresa de la decepció, la tristor que, a vegades, malgrat la pròpia voluntat, s'entestava a ocupar un lloc en els dies.

Na Coloma s'adormia amb la mirada quieta al llum del menjador. Hi imaginava l'esquena del pare, inclinada en el paper, la mà que dibuixava paraules. Saber-lo present la calmava. No apareixerien bubotes disposades a impedir-li el son. En aclucar els ulls, una somnolència de caramel vendria a emportar-se-la enfora. Li acaronaria les parpelles, el front, la punta del nas que sobresortia del tapament, els cabells. Quan ell apagava la bombeta i se n'anava al llit, feia estona que somniava en verd.

A casa, sempre hi havia un gerro d'aigua de cisterna. Era aigua de pluja que recollien del terrat, que regalimava damunt les teules i queia per una canaleta de fang que la vessava tota en una cisterna. Son pare la treia amb un poal lligat a una corda; sa mare l'abocava en un pitxer i hi posava un drap blanc al damunt, perquè no hi anassin ni els mosquits ni la pols. Hi havia les rajoles lluents i els quatre mobles col·locats en un ordre perfecte a la sala. Hi destacava el rellotge de paret que l'avi portà de Cuba temps enrere. Tocava les hores amb campanades solemnes. Cada cosa tenia el seu lloc: Els llençols, que feien olor de bugada, eren plegats als calaixos, l'olla bullia al foc, al jardinet —un rectangle minúscul de terra amb un magraner i molts rosers— no hi havia un bri d'herba. Els pares havien creat un microcosmos. Per a na Coloma, ca seva era la mesura del barri.

El seu món era un espai de quatre carrers on alçades diverses es combinaven en una curiosa imatge de parets i colors superposats. Els perills més terribles que podien ocórrer només resultaven ensurts: Una caiguda de la gronxadora que el pare curava amb mercromina i hi deixava una taca vermella que semblava una flor. Aquella mica de febre que dóna un refredat a l'hivern, quan el cap ens gira i tot es mou. La baralla amb una amiga al pati de l'escola. La mulladissa de la pluja a la cara, si oblidava el paraigua i havia de tornar en una correguda.

Algú va parlar-li de la mort. Li explicaren que la gent marxa i no torna mai més. Potser succeí quan en Tomàs, el pastisser, va morir a la boca del forn. Deien que havia caigut a terra, paralitzat el cor, fart de suportar unes temperatures que el rosegaven. La gent va explicar-ho durant uns dies. Tothom es vestí de diumenge per acudir al funeral i feren rotllanes a la plaça de l'església recordant-lo. Llavors la vida retornà als seus ritmes. L'única diferència va ser que no hi era. Tal vegada fou abans, quan el ca de la veïna prengué mal i no tornà a jugar amb ella. Va viure una agonia lenta que l'emmagrí fins que tornà una ombra. Na Coloma anava a veure'l. Li havien dit que estava malalt i s'esforçava per fer-li beure un poc d'aigua, perquè menjàs una cassola d'arròs. El convidava a jugar. Un dia va trobar la caseta de fusta buida. Primer va cridar-lo; després preguntà per ell. Va entendre que la mort vol dir absència. Anar-se'n per sempre dels carrers coneguts, del sol, de la plaça. Durant diverses nits, li va ser difícil agafar el son. Era una nina i experimentava l'angoixa per primer cop. Una inquietud que el llum del menjador no aconseguia calmar.

Va alçar-se del llit sense encendre la lampareta. Els peus tocaren les rajoles del terra i en va sentir la fredor. No li resultà un tacte grat, sinó que s'encongí i avançà de puntes, mentre balancejava el cos com si el tengués a punt de trencar-se. Ni se'n recordà de les pantofles que reposaven en un extrem de l'habitació, vora la capçalera on s'adormia totes les nits. Abandonava els llençols, el coixí que conservava la forma del cap, l'escalfor que el propi cos havia creat per agombolar-li el son. Avançava amb els braços estesos cap endavant, mentre s'orientava d'esme en la fosca. El bri de claror on intuïa la presència del pare era l'únic punt de referència real, consistent. Tenia la impressió d'haver-se perdut en una boscúria. No hi havia un sol clarobscur que li permetés caminar confiada. A banda i banda s'alçaven bubotes que reunien totes les tonalitats de la por: Un blau de vellut, negre de carbó, d'atzabeja o de móra. Si allargava massa les mans, es toparia amb les formes que adopten els colors, quan es fan presència. S'apressà a trobar la porta de sortida i entrà al menjador.

Va veure'l d'esquena, inclinat el cap damunt el paper. La visió va tranquil·litzar-la una mica. Era bo saber que hi era, però resultava millor constatar-ho. El gest pausat de la mà a la plagueta, mentre hi feia giragonses i hi dibuixava lletres, el decantament del braç esquerre recolzat a la taula, el perfil que es reclina i on es projecta un raig d'entrellum. Tenia dotze anys i hauria volgut deturar el temps. La figura, menuda i descalça, descansava en l'arc de l'entrada. Havien desaparegut el fred i les ombres. Tot adquiria la placidesa de les coses que ocupen el lloc que els pertoca. Durant una estona, va quedar quieta, sense fer cap gest que pogués anunciar-li que l'espiava. Observava cada moviment com si volgués beure'l d'un glop, fer-lo seu, aquietar-lo. Per fi, va decidir-se:

—Pare.

—Encara no dorms, Coloma? —la veu tenia tots els registres de la tendresa.

—No puc dormir. Tenc por.

—Por? I què t'espanta? Vine a explicar-m'ho, filla. —Amb un somriure la convidava a acostar-se. Va córrer i s'amagà entre els seus braços.

—Tenc por de morir-me. El ca de la veïna va morir-se i no he tornat a veure'l. En Tomàs s'ha mort i diuen que mai més no vendrà al barri. Se n'ha anat per sempre.

—Sí.

—I jo, pare? També em moriré?

—És clar, tots hem de morir. Però no cal que hi pensis. Tens molt de temps, Coloma: La vida sencera al teu davant. Quan siguis molt, molt vella, quan estiguis cansada de viure, llavors marxaràs.

—I on seràs, tu?

—Amb tu. Saps que hi seré sempre.

—No em deixaràs mai? No ets un vell com en Tomàs. Pots viure molts anys.

—Tranquil·litza't. Viuré encara molt de temps al teu costat. T'ho promet. Quan me'n vagi, serà per esperar-te. D'acord?

Na Coloma dibuixà un somriure, allunyats els fantasmes:

—D'acord.

La portà en braços a l'habitació. Va encendre la làmpara, mentre la colgava entre els llençols i hi posava ordre. N'estirà les vores; hi col·locà una flassada perquè no tornàs a tenir fred. Li posà un dit al nassarrí i s'adonà que no tenia la gelor d'abans. Començà a refregar-li les cames, els peus. Va besar-la abans d'apagar el llum i sortir de l'habitació, mentre li feia l'ullet des de la porta. Era alt i atractiu. Molt més que els actors de les pel·lícules que veia al cinema del barri, on treballava. Li agradava sobretot amb els calçons negres, l'americana vermella, el corbatí. Va morir-se deu dies després, en una carretera.

Fou un accident absurd que ocupà un requadre a la secció de successos dels diaris. Hi aparegué la seva fotografia: El rostre d'un home jove que mira cap a un punt indefinit. Altres imatges reproduïen el lloc on succeí la desgràcia. Era la calçada d'una travessera, pocs metres lluny hi havia un assortidor de benzina. Va ser al matí, quan escalfa el sol i sembla que no pot passar res de mal. El bon temps el feia estar content. Li millorava l'humor. S'aixecà d'hora perquè tenia el dia lliure a la feina i havia de resoldre alguns assumptes. La dona va sentir-lo cantussejar mentre s'afaitava. Es preparà l'esmorzar de sempre, una tassa de cafè i torrades. Saludà un veí que tornava de comprar el diari, mentre maniobrava amb el cotxe que tenia aparcat al mateix carrer, prop de la façana verda de ca seva. El front de la casa, envaït pel sol, tornava verolat. Va pensar que era un signe de bonança.

La carretera era una cinta que volta sota un cel molt clar. La grisor de l'asfalt havia perdut duresa mentre adquiria tonalitats d'argent. No s'alçava ni un bri d'oratge. Mentre conduïa, els pensaments feien camí. Cap qüestió concreta no capturava la seva atenció, perquè res no el neguitejava. S'havia construït una existència plàcida que no hauria sabut dir si era un guany propi o un regal del destí. Una vida tranquil·la que no enyorava grans sotracs, perquè era plena d'emocions petites que milloren els dies. Les idees, doncs, desfilaven sense daltabaixos ni ensurts. Es va repetir un parell de vegades les gestions que havia de portar a terme. Se'n recordà de na Coloma i va imaginar-la al pati de l'escola, amb l'uniforme que odiava i que li donava un aire d'adolescent incipient: La falda prisada a l'alçada dels genolls, els calcetins de llana i les sabates fermades amb una tira, el jersei blau marí. Començava a créixer. Era l'estirada prèvia a la primera sang. Ben segur que seria alta com ell, que tendria l'esveltesa de sa mare. Va somriure sol, amb un punt d'orgull. Estava segur que era la suma del millor de tots dos. Havien projectat les seves qualitats en la filla. Reconeixia que la vida fou generosa.

Distret, no s'adonà que l'indicador de benzina feia estona que li assenyalava que no hi havia reserva. Ho havia vist el dia abans, però no tornà a pensar-hi. Creia que la provisió del dipòsit seria suficient per fer-lo arribar a destí. Conduïa un sis-cents blau cel. Na Coloma n'havia triat el color, quan hagué estalviat prou per a la despesa. Comprar-se el cotxe representà un esforç considerable i un luxe que l'enorgullia. Aquell matí s'aturà en sec. Quedà immòbil en un punt de la carretera, en un revolt que obstaculitzava el pas d'altres cotxes. Hagué d'empènyer-lo un tros, fins a a la vorera. Els vehicles no alentien la marxa en passar-hi a prop. Alçaven un núvol de vent que feia un baf tòrrid.

Escampà la mirada mentre provava de situar-se, de calcular el tros que encara li quedava per recórrer. Respirà, en veure que tres-cents metres més enllà hi havia una benzinera. Era a l'altra banda de la mateixa autovia. S'hi dirigí amb la passa ràpida, desitjós d'arribar-hi. El sol li queia en vertical al front, li enterbolia la mirada, li feia pampallugues. No devia haver fet una estimació correcta de la distància. A mesura que caminava, l'objectiu semblava retrocedir alguns metres. Una passa d'ell portava implícita una passa enrere de la meta que s'allunyava. Començà a suar. La lluminositat del dia es transformava en adversari. Li dificultava l'orientació i es clavava en el seu cervell amb una insistència dolorosa. Per fi, les formes de la benzinera es dibuixaren molt a prop.

La feixuguesa del dia i del recorregut va clavar-se a les seves espatlles. Gairebé li impedia moure's. Amb la mà estesa en forma d'ombrel·la al front, just damunt els parpres, protegint-li els ulls, s'assegurà que la percepció era correcta. Va prendre impuls amb el tronc per fer la carrera que el portaria a recés. A la benzinera, podria beure un tassó d'aigua amb gel, refrescar-se les temples, omplir un bòtil de benzina i tornar-se'n al cotxe. N'obriria les finestretes i conduiria de pressa cap a casa. Na Teresa li diria que era un despistat, que havia de tenir més cura del cotxe. La filla li allargaria la mà en un gest còmplice preguntant-li si fou com recórrer un desert.

El xoc va ser immediat. Un cotxe no veu l'home que travessa la carretera. No redueix la velocitat. El vianant s'adona, només un segon, del que passa. Una topada de metall i de pell: La còrpora és llançada enlaire, es colpeja amb la carcassa d'un vehicle que el tomba i l'empeny. Enrenou de frenada, les marques de les rodes a l'asfalt que crema, un tronc disforjo que raja sang. La visió s'assembla a la d'un ca atropellat à la calçada. Un monstre metàl·lic l'ha alçat del terra i li ha tallat la vida d'arrel. Només en queda una imatge de vísceres. Una fotografia que ens fa retirar-ne els ulls amb repugnància. Quan l'animal agonitza, fa una ranera quasi imperceptible. El ronc d'un motor a punt d'engegar-se, perquè encara és d'hora i li ho dificulta la serena de la matinada. El pare de na Coloma va fer el ronquet dels qui marxen. Tenia els ulls badats. La mirada oberta a la dissort, entre gent que començà a arremolinar-se al seu voltant, a fer preguntes, a organitzar el caos mentre el sol subratllava la impaciència. Eren les persones que encerclaren la zona de l'accident, que tallaren el trànsit, que esperaren l'ambulància on va morir quan el portaven a un hospital.

VII

Tothom deia que era boja. Tenia el seny extraviat d'ençà de l'accident. La seva sensatesa es transformava en un colomí. Un ocell insignificant que, caigut el plomissó, perd consistència i ens ofereix una nuesa pobra, d'ossos trencadissos, una carn fosca que no serveix ni per fer un bon brou. L'au volà i va deixar-la amb un aire absent als ulls i als llavis. Els ulls que mig tancava des de bon matí, convertint-los en dues ratlles inhàbils per a la claror. Els llavis que tremolaven. Mirar-la resultava incòmode. Hi havia gent que canviava de vorera per no topar-s'hi. No és agradable veure massa pròxima la fragilitat d'algú. La situació resulta poc grata, perquè és imprevisible. Estam llestos per a encontres adequats, per a un intercanvi de salutacions convencionals que res no signifiquen. Enmig del carrer, a qualsevol cantonada, ens trobam un conegut que alça les celles en un signe de reconeixença. Podem inclinar el cap, somriure, o preguntar-li com es troba. La resposta ha de ser sempre la que esperàvem: «Molt bé, gràcies. Bon dia.» En realitat, no ens importen gaire quins són l'estat d'ànim, la situació sentimental o financera, la salut del nostre interlocutor. Hem protagonitzat un simple intercanvi de normes de cortesia. L'episodi ens passarà de llarg. Ni tan sol voldrem guardar-lo en la memòria, perquè no val la pena de ser recordat.

Encreuar-se amb ella mai no resultava un acte innocent. No hi havia opció per a la indiferència. Guaitar en les seves pupil·les no era un exercici confortable. Significava abocar-se a la desesperació. Al principi, els inspirava llàstima. Els veïns provaven de fer-se'n càrrec, del mal tràngol que vivia. Va protagonitzar moltes converses en què, quan apareixia el seu nom, sempre era acompanyat dels adjectius més tendres. Cadascú estava disposat a manifestar la compassió que els inspirava. Però la pietat dels altres sol tenir un límit. Una línia que n'indica el principi i, tot d'una, el final, perquè s'acaba quasi tan bon punt es manifesta. La van plànyer durant alguns dies, potser setmanes, fins que una novetat al barri n'ocupà el lloc. La vida als quatre carrers era una successió de fets que acaparaven l'atenció de tots. Cadascun tenia la seva parcel·la de comentaris a taula, de converses al bar, de preguntes fetes des d'un balcó a l'altre. Es tractava de ventilar la vida. L'afany de dir i de saber es perllongava fins que un tema es considerava esgotat. Això era quan un nou succés distreia l'atenció de la gent, la capturava.

La importància del fet depenia de la dosi de dramatisme o d'escàndol que contenia. Aquestes eren les dues coordenades bàsiques per valorar-ne el grau d'incidència en la col·lectivitat. La majoria de situacions només tenien categoria d'anècdota. Eren xafardejos que es repetien un parell de vegades, però que no arribaven a commocionar ningú. En altres ocasions, una història podia captar l'interès general. Es comentava, per exemple, que l'al·lota de la merceria havia tornat a enviar l'enamorat a porgar fum. Feia anys que festejaven. Cada grapat de mesos, es fartava de les tardes de diumenge al cinema, de les abraçades al portal, i li deia adéu. S'amollava els cabells i es pintava els llavis; arribava de matinada en una moto que conduïa un desconegut. Sa mare l'esperava plorant rere la porta. Li deia que arribaria a cansar-se dels seus capricis, que algú li contaria les aventures nocturnes —perquè la gent és malvada—, que ningú no la voldria.

Les dones es contaven les malalties dels veïns. La desgràcia de la dona jove a qui els metges havien descobert un mal dolent. Com que les perruques eren cares, duia capellines o mocadors per ocultar la nuesa del crani. Les desventures d'una altra que havia de portar jerseis amb mànega llarga a l'hivern i a l'estiu, roba que li servís per amagar els cops blaus a la pell, els morats amb què la marcava l'home. Les dificultats d'alguna per fer surar la mitja dotzena d'infants que li havia fet el marit, abans de deixar-la per una adolescent a qui també inflà la panxa.

Tothom s'explicava la vida de tothom. Eren els últims signes que indicaven que aquell tros de ciutat havia constituït un món propi. Un espai on la gent es coneixia, conversava, feia preguntes sovint impertinents, volia saber. Tenien consciència que eren una excepció en el cosmos de l'urbs. Si caminaves cinc-cents metres lluny, la realitat era ben distinta. Continuaven les edificacions de pisos, s'allargaven els carrers, hi havia places semblants a la de l'església, jardins. En una escala, el veí del primer ignorava qui era el del tercer. La portera no en retenia les cares. Unes etiquetes a les bústies indicaven el pas dels qui hi havien viscut un temps breu o una vida sencera. Un mort era una caixa que ens trobam a l'ascensor, que ens fa desviar la vista, perquè no és una visió tranquil·litzadora, perquè es fa tard i el sopar espera a taula.

L'alternativa a les paraules era el silenci absolut. Al món, no hi havia mitges tintes. Ni tampoc la possibilitat de transformar el que existia en una realitat diferent. Ningú no pot fer callar els que parlen massa. Ni tampoc convidar a la conversa els qui han decidit tornar muts. Cap franja no separava el requadre de carrers que encara conservaven la memòria d'haver format un sol nucli. Res no delimitava les partions d'una mena de reserva on tothom xerrava del matí a la nit, a casa i al cafè, a la plaça i a les botigues. Hi havia gent que es compadia o es burlava de l'altra gent, que la tractava amb rudesa o amb complicitat, però que mantenia l'interès per la vida dels altres, que sabia el nom de cada veí, que saludava els coneguts, que xafardejava. Dones i homes que sovint eren guineus; que a vegades es transformaven en àngels.

Durant les setmanes que van venir, no parlaven de res més. Es formaven rotlanes als portals i els qui passaven s'hi afegien per dir-hi la seva. Tothom planyia el destí d'un home mort a la flor de la vida. Els que en foren amics explicaven les seves virtuts. Aquells que només el conegueren multiplicaven els elogis per demostrar als altres que hi havien mantingut amistat. Els que no hi havien parlat mai es dedicaven a narrar el succés. El contaven amb precisió, sense estalviar-se'n matisos, amb la mateixa seguretat que els caracteritzava en descriure la trama d'una pel·lícula vista a la televisió. Com que cadascun volia saber més coses que els altres, començaren a enriquir el relat. El completaven amb minúcies de collita pròpia. Afegitons en aparença gens significatius, que embolcallaven la història i l'allargassaven. La simplicitat dels fets es va perdre. La línia del que havia succeït es convertí en un laberint, en una funció teatral on abundaven les entrades i les sortides dels personatges, les músiques que acompanyen cada acte, els embolics argumentals. Aviat distorsionaren la realitat. Construïren una història en paral·lel que no tenia gaire a veure amb el desastre. No hi van estalviar els detalls, perquè la duresa de la mort exerceix una certa fascinació entre els que encara són vius.

Els primers dies, s'alçà un mur protector entorn de les que quedaven soles. La vídua i la filla van ser acompanyades i compadides. Les veïnades de sempre —les que tenien dret d'antiguitat—, s'instal·laren a la casa. Obligaven na Maria a empassar-se una mica de brou, li donaven la medicació que el metge li havia receptat, píndoles que la mantenien adormida durant moltes hores, s'ocupaven de la neteja de la sala i de les habitacions. La dona vivia en un estat que alternava la somnolència i la pèrdua de lucidesa, encara que estigués desperta. El cervell es negava a processar la informació: Ell no tornaria mai més. Li fallaven els adverbis. Podia comprendre que no hi era. Havia sortit de casa i no responia als horaris que els regiren la vida. No apareixia a l'hora de dinar ni tampoc de nit, quan s'acabava l'última sessió al cinema del barri. Però què significava «mai més»? On s'establia la frontera entre una quotidianitat d'anys en què les coses es repetien i la ruptura inesperada del món, el trencament sense avisos? Qui podia assegurar-li que no entraria per la porta en qualsevol moment? La gent deia mentides. Havia d'adormir-se i esperar-lo.

No tengué una vida pròpia. La seva existència era la suma de tres altres. La del marit, que resolia els problemes de la casa, que la salvava dels perills, que la feia sentir segura; la de la filla, de qui estava orgullosa; i la seva, reduïda a gairebé no res. Havia viscut en funció d'ells. Mai no se li acudí, per exemple, la possibilitat d'organitzar-se els dies d'una forma diferent. Cada matí era una repetició de coses sabudes, que només li exigien el que s'esperava. Un enfilall de petites activitats que mai no qüestionaren les certeses. S'aixecava d'hora per preparar l'esmorzar, anava al mercat on s'entretenia entre les parades de verdures i de fruita. Li agradava conversar amb els pagesos, assegurar-se de quin era el bon preu, la qualitat més fresca dels aliments. El primer mes de casats, en cobrar a la feina, el marit li havia entregat un sobre amb la mesada. Va rebre'l amb satisfacció. Estava decidida a no fallar-li. Havia d'administrar els diners amb cura, perquè tenguessin un plat de sopa calenta cada dia a taula. Ell li predicava la conveniència d'estalviar. Era important guardar alguns diners per als dies que havien de venir, perquè mai no se sap què ens pot passar. Fer un racó no era fàcil. Les despeses de la casa gairebé cobrien el sou complet d'un acomodador de cinema. Portaven durant moltes temporades el mateix abric, bevien vi barat, i no feien viatges.

S'acostumà a consultar-li-ho tot. No és que fos un home controlador en excés, però li semblava natural que la dona li comentàs les novetats de la vida domèstica. Si la rentadora estava espatllada i havien d'avisar un tècnic, si la filla necessitava unes sabates i ella unes mitges, si havia pujat el preu de les mongetes eren temes freqüents de conversa. Amb els anys va néixer una dependència que la vida compartida feia sòlida. Na Maria no era capaç de prendre decisions. Com un òrgan que no utilitzam i després s'atrofia, la seva capacitat de resoldre petits conflictes s'esmorteí fins que va deixar de ser. Mai no va plantejar-se que el món roda, que les circumstàncies ens porten cap a camins inesperats. No li calia haver de fer grans proeses. Algun equilibri en l'economia i poca cosa més.

Va cometre l'error de creure que res no canviaria. No havia de témer la destrucció del mur que la salvava. Al món hi havia desgràcies: A la televisió, guaitava una realitat llunyana de guerres i de pestes, d'infortuni. S'ho mirava d'enfora, amb un gest de consternació ingènua, mentre lamentava que hi hagués infants que es moren de fam, i tornava a inclinar el cap per sargir uns calçons. Sense adonar-se'n, relacionava la pantalla amb la ficció. Li sonava a mentida. L'únic cert era el redós que habitaven, la cuina de rajoletes que feien una sanefa blava, el rebost amb pots de confitura, fruits secs, carn de porc. Eren els armaris plens de llençols i tavalloles usats moltes vegades, però que desprenien olor de llimona. Era el portal on na Coloma corria a refugiar-se en sortir d'escola, o quan no podia jugar al carrer perquè hi queia la pluja. Era el llumet al menjador, la plagueta on l'home arxivava històries de cinema, la calentor dels cossos al llit quan reposen.

Durant anys, la dissort va passar de llarg per la vida. S'acostumà a preocupacions que podia encabir en una mà, de tan petites. Havia de decidir el dinar, la conveniència de cosir les cortines del menjador, de podar els rosers que creixien al trosset de jardí, rere la casa. Estava contenta i no es feia preguntes. L'existència era una volta de dies, d'estacions en què, si fa no fa, sempre succeïen les mateixes coses. A l'hivern, treien les flassades i encenien l'estufa de butà; a l'estiu, obrien les finestres i mig tancaven les persianes perquè l'escalf del sol no els envaís. Totes les primaveres eren temps de canvis: Mudaven les fulles dels arbres per néixer o morir, els horabaixes començaven a allargar-se o s'escurçaven fins a confondre's amb els vespres. Anava amb la filla al cinema i observava el marit, mentre el veia moure's pel passadís il·luminant butaques. Prenien un aperitiu de martini, patates fregides, olives andaluses, paraules. Es passejaven pels carrers, mentre saludaven amb un somriure la gent que hi trobaven.

Les veïnades van voler fer-li costat, acompanyar-la. Ocuparen la casa després de l'accident. Els dies següents a la desgràcia van transcórrer lents. Recordaven les pel·lícules que duren una tarda sencera de diumenge. No van permetre que veiés el cos del marit. Ho decidiren els parents quan van saber quin era l'estat del cadàver. S'apressaren a tancar-lo en una caixa, el traslladaren al cementiri, i l'entatxonaren en un forat a ran de terra. Encara que na Maria hi fos, vestida de dol, no es va creure que assistia a l'enterrament del seu home. No sabia ben bé on es trobava, submergida en un estat de somieig. Després del funeral, que se celebrà a la parròquia del barri, van portar-la a casa entre mitja dotzena de dones, li administraren la dosi de calmants pertinent, la colgaren al llit conjugal, estranyament fred. S'adormia i es despertava cada parell d'hores. Tenia malsons que, com dimonis dansaires, feien giragonses pels racons de la letargia, instal·lats a les escletxes de la fragilitat.

Les setmanes se succeïren fetes de tristor, d'estones d'una inconsciència benèvola, de breus llampecs de claredat. Primer no s'adonava de quasi res. Era conscient de la presència dels altres perquè hi havia trull d'anades i vingudes, mots pronunciats en veu baixa, sons d'espinguet. A poc a poc, disminuïren les visites.

Van anar minvant de mica en mica. El canvi fou gradual i, per tant, quasi imperceptible per a una persona que viu absent. Tothom tenia obligacions a complir. Les altres dones encara conservaven marits a qui enllestir el sopar, infants que tornaven de l'escola amb els genolls bruts i la cartera a l'esquena, cases amb rebost i vànoves de fil. Es disputaven l'oportunitat d'ajudar-la. Discutien entre elles sobre els drets d'amistat que les lligaven a la família, establien torns i s'entretenien comentant que la vida pot ser molt cruel. En un murmuri, s'explicaven casos d'altres desgràcies, planyien la sort de la vídua i de sa filla, movien el cap en un gest de comprensió. D'una banda, eren actituds que les ajudaven a sentir-se millors, més bones, perquè la dissort d'algú pot justificar la vida dels altres. D'altra banda, era magnífic formar part de l'espectacle. Tornar a ca seva i comentar l'estat de na Maria, explicar a la botiga que semblava haver perdut el cap. Les paraules que deien els feien experimentar una satisfacció secreta, un sentiment que no s'entretenien a analitzar. Elles eren una fortalesa, formaven part del bàndol dels privilegiats, aquells per qui la vida encara és una roda de certituds. L'altra era la feble i saber-ho les enfortia. L'existència a vegades es converteix en un joc de balances, perquè s'alci un platet l'altre ha de davallar fins a les profunditats de l'avern.

Van deixar d'anar-hi els matins, perquè havien de tenir el cuinat llest a migdia. Escassejaven les visites de la tarda amb un seguit d'excuses que solien repetir-se. Alguna deixà de presentar-s'hi de sobte, sense dir res. S'havia complert el termini que la paciència li permetia suportar. Les penes arriben a fer-se avorrides si ens cauen lluny. Altres abreujaren les hores que hi dedicaven, mentre es repetien, convençudes, que només el pas del temps podia ajudar-la. Tenien la sensació del deure complit i, sobretot, ganes d'aire fresc.

Na Coloma visqué sola la mort del pare. Li faltaven poques setmanes per fer els tretze anys quan es produí l'accident. Era una nina callada, que portava la faldilla uns centímetres massa curta perquè les cames li creixien de pressa, que duia mitges de llana davall els genolls, que tenia els cabells rinxolats fins a les espatlles. Desconcertà els familiars i els coneguts amb una mudesa que els incomodava. Quan els comunicaren la notícia, tots els ulls es posaren en ella. Va sentir-los com si fossin dards que fan diana, clavats a l'epicentre del cor. L'únic que va fer fou encongir-se. Tornà un cosset escardalenc on només destacava l'esguard. Va mirar-los quan li explicaren que son pare no tornaria, però no pronuncià una paraula. L'explosió de plors de la mare a la seva vora distragué l'atenció dels presents que s'hi abocaren, sol·lícits. Algú va acaronar-li els cabells en un gest que li recordava les carícies que feia al ca de la veïnada, abans que també es morís.

Ho va entendre tot d'una. La ment, que no perdé la lucidesa, comprengué una realitat que els altres provaven d'endolcir amb expressions que tenien gust de mentida. Li havien dit que era al cel, transformat en una estrella, li asseguraren que els designis de Déu són sovint mals d'entendre, però que cal acceptar-los amb resignació, que havia de ser la roca on sa mare pogués recolzar-se. Mots que hauria volgut interrompre amb un crit de ràbia. Hagué de reprimir els desitjos de fer fora veïns, parents i coneguts. Fins i tot les amigues de l'escola, que acudiren al reclam de la notícia, eren una nosa. Un entrebanc per a la ira.

La guanyava el sentiment d'estafa. Com havia pogut enganyar-la d'aquella manera? Li havia promès viure molts d'anys, ser al seu costat, però l'abandonava sense avisos. Va reaccionar com l'enamorada que perd l'enamorat en qui ha confiat la vida. Sentia la desolació de les aus que veuen que ha arribat l'hora d'emigrar cel enllà, que han de deixar els paratges on han viscut i recórrer quilòmetres d'espai cap a terres càlides. Experimentava la pena dels boscos que s'encenen en fogueres a l'estiu. Són el resultat d'una llosca de cigarreta, llençada a l'atzar, que pren les mates, les alzines i els pins fins a destruir la garriga. Ella devia ser el camp erm després de l'incendi, les soques dels arbres, la nuesa de formes carbonitzades, la desolació. S'identificava amb la gelor de l'hivern, quan la terra s'embolcalla de pluja i de ventades.

Tengué la plagueta del pare entre les mans, amb les pàgines obertes, i s'adonà que no era cert. L'home que escriví paraules que suggerien històries de ficció, trames de llum, no volia morir-se. Mai no havia volgut deixar-la sola, però la mort no l'escoltà, perquè devia ser inflexible. No pogué agafar el son, s'aixecava a les fosques i feia voltes per la casa o es repenjava en qualsevol racó i s'hi estava hores. Decidí que necessitava un llumet que li fes companyia des del menjador. Havia de deixar-lo encès com si el pare encara hi fos escrivint. Veure el punt de claror la reconfortava. Era senzill imaginar-se l'esquena vinclada, el tors girat a la porta, la concentració en l'escriptura. Si entreclucava els ulls podia contemplar-lo amb precisió. Per això no volia dormir. De dia, tot eren presències que li recordaven la veritat. Hi havia la mare agombolada per l'abraçada de les veïnes o pels somnífers. Hi havia la casa que era un desgavell d'anades i vingudes, de veus. Hi havia el verd de la façana que anava fent-se grisosa. De nit, per contra, tot recuperava l'ordre antic. Sorgia l'oportunitat de creure que encara hi era.

Potser hauria estat lògic que mare i filla s'apropassin. Totes dues vivien un mateix dolor, obsedides per la pèrdua. Hauria estat natural que l'una cercàs refugi en l'altra, que volguessin protegir-se mútuament. Però cadascuna vivia reclosa en la pròpia experiència. Na Maria estava mig adormida sempre, caminava d'esme, no veia ningú des del pou que habitava. Na Coloma era una tortuga que té quasi cent anys, que s'amaga davall la closca pètria, que s'endinsa en les profunditats de la terra. Era també un eriçó cobert d'espines que obrien solcs a la pell de qui gosava tocar-lo. Poc temps després de la desgràcia, van tenir una conversa. Gairebé no s'havien dit paraula des que succeí l'accident. La mare va dir-li:

—Filla, saps que el pare és mort?

—Sí, ho sé.

—Qui ha vengut a dir-t'ho?

—Els veïnats m'ho explicaren.

—I els vas creure?

—Sí.

—Doncs no ho facis. Dissimula davant tothom perquè, si no, creuran que has embogit, però no vulguis creure una paraula del que et diguin.

—Em van assegurar que és veritat.

—De nit, veig llum al menjador. Pensen que estic adormida i no és cert. S'encén la lampareta i escriu al quadern. Si fos mort, creus que escriuria?

—No, mare.

Vengueren temps foscos. Èpoques d'una solitud que, encara que visquessin totes dues, no resultava menys dura. No van saber compartir-la. La mare era incapaç de decidir res. No va fer un sol intent per acostar-se a la filla. Si na Coloma ho hagués provat, l'hauria rebuda amb els braços oberts, però na Maria mai no va saber prendre iniciatives. S'havia acostumat a esperar que els altres fessin les passes, que obrissin els camins. La filla no era com el marit. Era una tortuga, un eriçó, una al·lotona a qui la pena va fer créixer abans d'hora. Mentre la mare es recloïa a casa, iniciava un recorregut pels carrers del barri. Feia el possible per retardar el moment d'haver de tornar a ca seva. Si la dona sortia al mercat o anava a l'església, es tancava a la seva habitació i s'abocava en els llibres. La façana començà a perdre el color. Les pluges i els dies diluïren el verd, que es desfeia en escorrialles aigualides que anaven a parar a les clavegueres, però que deixaven un regueró de menta per la calçada.

S'adonà que la mare bevia, perquè el seu alè feia una ferum agra. S'esforçava per ocultar-li-ho. No volia que veiés les ampolles de vi, els tetrabrics que encara desprenien l'olor de la beguda barata. Els amagava en una bossa vora el poal dels fems, coberts amb paper de diari, amb les pàgines de les revistes del cor, fotografies de palaus i dones bellíssimes ocultant la misèria. L'alcohol servia per alleugerir la pena, li distreia el pensament i el portava a la inconsciència, un estat de deixar de sentir que resultava molt grat. L'embriaguesa suposava el repòs de la ment. Un descans que no durava gaire, perquè tot d'una sorgien els fantasmes. Després del son, quan el cos era un embalum immòbil al llit, començaven les pors. Somniava formes confuses que li sortien a l'encontre pel passadís, que guaitaven als calaixos dels armaris, que la vetllaven des del rebost, entre pots de vidre i olles de fang. Es despertava, esfereïda. Cridava fins que els pulmons perdien la capacitat de retenir l'aire i havia de parar abans d'ofegar-se. Na Coloma corria a la seva vora i li feia infusions de til·la, però no es deien gaires coses.

Aviat ni va esforçar-se a amagar les restes de les festes solitàries. Arreu de la casa, s'escampaven els cartrons buits, les ampolles on encara quedava licor. L'ambient, que no airejaven com calia, tornà resclosit amb un punt permanent de pixarelles. Les veïnades deixaren de visitar-les. Marxaren fent gestos resignats, amb un caramull d'històries per explicar al món que eren quatre carrers. La llàstima anà convertint-se en menyspreu. No era la indiferència dels qui s'allunyen d'una realitat que no els interessa. Ni tampoc un bri de perspicàcia cap a una feblesa que, tot i que ens queda lluny, sabem fer pròxima. No hi havia res d'això. És sorprenent la capacitat que tenim els éssers humans per capgirar una situació. Fer-li fer un gir de molts graus, com si voltàssim un jersei a l'inrevés i ens quedàssim satisfets, quan la tranquil·litat té un preu molt baix.

Els veïns tancaren la porta al seu darrere i deixaren dues dones a la casa pintada de verd. La més jove començava l'adolescència. Una etapa que fou temps de recel. No tenien gaires diners, perquè la pensió que cobra la vídua d'un acomodador és insignificant. Sense la presència del marit i amb l'incentiu de la beguda, na Maria perdé la capacitat d'administrar-los. La segona quinzena de cada mes era difícil. A la gelera, hi havia restes de verdures, pasta, un tros de formatge. Al rebost, un saquet de patates. Havien de controlar l'estufa, perquè les bombones s'acabaven de pressa i eren cares. El paisatge va fer-se d'hivern i, els dies que no queia la pluja, bufava tramuntana.

La finestra de l'habitació de na Coloma donava al carrer. Una via amb quatre fanals on les motos conduïdes per adolescents desafiaven la humitat de l'asfalt, alçaven els esquitxos de pluja dels bassiots i els escampaven per la façana, s'encabritaven. Asseguda a la camilla, amb el braser als peus, els llibres de l'institut oberts, mirava a fora. Hi veia les vides que quedaven lluny. Visqué una adolescència reclosa entre quatre parets, aïllada del món i abocada a l'estudi. Hi havia dos ritmes diferents que no s'aturà a comparar: El del carrer i el de casa. El propi no s'adequava del tot ni a l'un ni a l'altre. A ca seva, hi era la mare. A l'altra banda, rostres sempre idèntics. Passaren els anys fins un dimecres en què va contemplar-se al mirall i hi descobrí els seus cabells.

VIII

Tenia una cabellera amb aires de tempesta. Si recargolava un rínxol entorn d'un dit, semblava que adquirís vida pròpia. Hi havia un acoblament entre la pell i l'ona rogenca que s'hi enrotllava formant una espiral. Una ona que s'enfilava per l'índex mentre n'acoloria la pal·lidesa. Una gamma generosa de tonalitats s'hi barrejava. Eren les oscil·lacions del roig que va des del vermell obscur, al foc, a la mandarina. Suposava una gradació descendent, molt subtil, que culminava en els tocs ataronjats de les puntes. Una mata de cabells desordenats, que contrastava amb la seriositat de la mirada que feia de marc al rostre. Un moviment del cap era suficient, perquè alçassin el vol. Cada rull formava una espiral que descendia, desfent-se en un mantell per l'esquena. Quan estava de bon humor, en despertar-se, es posava de genolls damunt el llit, les cames i les espatlles tibades, el cos vinclat cap enrere. Es doblegava fins que els cabells, deixats anar, li fregaven les plantes dels peus. La sensació era grata: El cos formava un arc. Es corbava en la inclinació del tronc, el gir de les espatlles, la flexibilitat de la cintura. L'arc es tancava en el punt exacte en què els cabells li besaven els peus nus.

Durant anys havia viscut ignorant-los. Els portava recollits, estirats des de les temples fins a la nuca, com si s'esforçàs a baratar-ne la forma, decidida a domar-los. Era una manera de voler passar desapercebuda. Intuïa que haurien pogut cridar l'atenció dels altres, despertar la burla dels companys de l'escola, la rialleta de les amigues. Va pensar que eren el signe de la seva sort. Uns cabells que flamegen no poden portar bons auguris. Va decidir que, quan fos gran, se'ls tintaria d'un altre color. Aniria a la perruqueria com feia la mare quan son pare encara era viu. Es deixaria fer. Unes mans expertes li tenyirien la cabellera d'un negre quasi blau. Aleshores les seves faccions es transformarien, endurint-se. Perdrien l'aire indefens que es barrejava amb la salvatgia per confondre la gent. El canvi la faria ser una altra al·lota, seriosa, inaccessible. El roig era massa escandalós per portar-lo sempre al damunt. Constrastava en excés amb la pal·lidesa del rostre que, per sort, no era pigat. Marcava diferències, quan l'únic que desitjava era confondre's entre una multitud, perdre's en la insignificança i que ningú no fos capaç de reconèixer-la, passar inadvertida en aquella habitació, distant de la resta de la casa que habitava sa mare, lluny del món que es movia rere la finestra.

La despertaren el frec de rodes a l'asfalt. Com que la finestra estava a l'alçada del carrer, tenia unes reixes de ferro. Quan era nina, son pare li deia que hi posarien cossiols amb geranis o una planta enfiladissa que fes flors oloroses. Però ell va marxar i na Coloma mai no hi col·locà cap test. A través del buit a la paret, es filtraven formes, flaires, sorolls. S'obrien pas sense consideració, encara que volgués evitar-ho. Entretancava les cortines perquè el desori quedàs al marge d'ella, però no aconseguia allunyar-se'n. Només l'apagava una mica. Si es concentrava en la lectura, arribava a prescindir-ne encara que hi hagués un rerefons difícil d'obviar. Un concert de veus, de cotxes, de passes.

Era un vespre de tardor, quan fa serena i les fulles dels arbres formen una catifa al carrer. L'escombraire les agranava de bon matí, però era una feina inútil, perquè no s'aturaven de caure.

Queien a poc a poc, com la pluja quan vol ser amable. Es posaven en les carrosseries dels cotxes, a les voreres, a les sabates dels vianants, a l'ampit de la seva finestra. Cobrien el terra d'un mantell ocre que, en caure l'aiguat, les gotellines desfeien en una matèria feta de bosquina, inadequada per a la ciutat. L'asfalt es convertia en una pista per on lliscaven les rodes. Aquell mateix horabaixa, l'infant de la casa veïna havia caigut de la bicicleta quan hi jugava. Degué apuntar un mal gest que li va fer perdre el domini del manillar, que descontrolà l'equilibri de les rodes. Tombà perquè la humitat va superar la seva destresa. L'incident acabà amb una ferida al genoll, l'ensurt de la mare, i el plor del nin.

Se n'anà al llit d'hora. Tenia disset anys i l'endemà un examen a l'institut. Feia dies que no aixecava el cap dels llibres. Només sortia de l'habitació a l'hora de les menjades que compartia amb la mare, totes dues en una taula intercanviant frases breus, monosíl·labs. Na Maria li respectava l'estudi. En els moments de lucidesa, quan l'alcohol no li impedia el control de la situació, se'n sentia orgullosa i hauria volgut dir-li-ho. Com que no en sabia, s'afanyava a caminar de puntetes per no molestar-la, li portava una tassa de llet al dormitori, li oferia un somriure tímid que volia demanar-li disculpes perquè li havia fallat. Era un intent de reconciliació silenciosa que na Coloma captava molt bé, encara que es fes la distreta. No havia aconseguit recuperar-hi la confiança. L'amor que abans sentia semblava haver tornat petit. L'ocultava en un racó on dormien totes les emocions. Només brostaven restes d'afecte del pou profundíssim: Espurnes d'una infantesa feliç que no havia oblidat.

Va adormir-se amb el pensament ple de les frases dels llibres, conceptes que havia retingut de memòria i que ocupaven un espai al cervell encara actiu. Sovint tenia la sensació de no reposar mai. Encara que aclucàs els ulls i perdés la consciència, es mantenia alerta. Vivia en un estat d'inquietud que no superava ni en els moments de pau, quan se sentia més segura a l'habitació closa. Estava a l'aguait, amb la certesa que les coses no són com semblen, que l'univers pot capgirar-se en qualsevol hora. Des de l'accident del pare, havia après a menjar-se la pena. Era senzill: Havia d'evitar que les nines tenguessin la lluïssor de l'aigua, estrènyer els punys fins que tornassin quasi blancs, alçar el front. El resultat era una llosa a la boca del ventre, un cairell que la rosegava per dintre i significava l'ofec. S'acostumà a la respiració intermitent, al son irregular, a una vida que no gosava viure sencera perquè la guanyava la por. La por de confiar-se massa. Si es refiava del món, ignorava què tornaria a robar-li. Mantenint-se atenta, en canvi, es protegia del que li era desconegut, reforçava la cuirassa que començà a créixer en descobrir la mort. Era com l'escorça dels arbres, quan el temps li dóna forma i gruixa, quan l'alimenta.

Abans llagrimejava per qualsevol cosa. Era una nina que ploriyava perquè li feia mal un peu, perquè es tacava el farbalà del vestit, o perquè els reis passaven carregats de regals però no aconseguia veure'ls, només n'entrellucava l'ombra dels camells, l'enrenou de l'escorta, les rialletes dels patges. Si la mestra la renyava a escola, esclafia a plorar i els sanglots l'ofegaven. Quan no li venia de gust el cuinat de la mare, sanglotava una bona estona fins que, farts de sentir-la, li retiraven el plat. L'enllagrimaven les pel·lícules on sortien animalons perduts al bosc, li espurnejaven els ulls quan es feia de nit i havia de travessar la plaça, plorava a llàgrima viva si li prohibien menjar regalim. Fou ploradora per coses petites. Les bagatel·les li semblaven drames que només podia solucionar feta un plor. Aleshores no distingia la minúcia del que ens importa de veritat perquè tot ho trastoca. Ho entengué quan li explicaren que son pare no tornaria. Llavors amagà la tristesa. El seu cos era una capsa massa menuda per encabir-la. A mesura que passaven els anys, mentre creixia, el dolor no minvava. Simplement aprengué a acomodar-se a un nou espai. A l'espai del cos de dona, als rulls dels cabells, a la llargària de les cames. Augmentaren les dimensions del cofre on guardava la pena i la pena va ocupar-hi un lloc sense immutar-se.

Tengué la impressió que algú la sacsava. Trontollava el llit i tremolava el seu cos que encara era lluny. Dormir era una mitja absència, deixar-se anar però no del tot, abandonar-se al repòs amb un punt de recel. No significava un descans complet, alliberador. El frec de les rodes a l'asfalt va despertar-la. Va transcórrer un temps fins que s'acomodà a la fosca de l'habitació. Sortir de l'obscuritat del pensament poblat de frases extretes de llibres i habitar les formes imprecises de la nit no era fàcil. Va haver d'adaptar la mirada a la penombra, distingir-hi el contorn dels mobles, captar la claror difusa que travessava les cortines i endolcia l'ambient. No fou un despertar plàcid. Va sorprendre-la el xivarri de l'exterior, l'enrenou de les màquines amb els motors a punt per a l'envestida, el ressò de les converses. Obrí les cortines sense encendre el llum del dormitori. Guaità al carrer i va endevinar-hi un espectacle en moviment.

Recolzada a la finestra, contemplava els protagonistes de la funció. Eren mitja dotzena d'al·lotells. Bergants que mostraven la insolència de la joventut en cada gest del cos. Semblaven els amos del carrer, del barri, del món. Devien tenir la seva edat. En coneixia alguns de vista, encara que no en sabia els noms. N'hi havia dos ajupits a la vorera. Tenien els genolls doblegats i una llauna de cervesa a la vora. La cigarreta encesa a la mà era un punt de claror que els fanals devoraven. La filera de fanals feien cercles de groc, llunes projectades damunt l'asfalt, gravades als rostres, que adquirien un aire irreal. Una parella estava dreta molt a prop d'un portal. Dubtaven. Els hauria agradat perdre's en la fosca de l'entrada, oblidar els amics que feien cridòria i abraçar-se al racó de les bústies i el taulell. La mà d'ell a l'entrecuix d'ella; els llavis cercant els altres llavis. Però l'espectacle els capturava l'atenció.

Les dues figures estel·lars s'assemblaven: Cossos alts, esvelts en la roba ajustada, caçadores de cuir. Cadascuna muntava una moto distinta, un esquelet de metall. S'alçaven com cavalls i la lluna els encerclava des de molt amunt, talment un far que orienta les passes dels vaixells. Tenien un aire majestuós i fràgil a la vegada. Na Coloma resseguia les anades i vingudes a la calçada. Entengué que volien provar-se en una cursa. El carrer era prou llarg. Hi havia el mantell de fulles cobrint-lo, però no els importava. Si el terra lliscava, seria més complicat mantenir l'equilibri i el guanyador tendria més cervesa esperant-lo al final. Quan deien paraules, l'alè que expulsaven, en contacte amb l'aire, tornava fum.

Va pensar que la cursa no duraria gaire. El trull despertaria altres veïns i avisarien la policia, sortirien al balcó i provarien de posar ordre al desgavell. S'estranyà que el mecànic, un home forçarrut, que tenia les ungles tacades amb l'oli de mil motors, no guaitàs per la finestra. Era de geni curt i s'alçurava fàcilment. El carrer tronava amb la seva cridòria, deia el nom del porc a qui li portava la contra, flastomava sota la carcassa d'un vehicle mig desmuntat, o amenaçava el mosso amb una verga d'ametller que li deixà son pare al cel sia. Però el mecànic era una mica sord. Els anys li havien jugat la mala passada de fer-li perdre la percepció del so, circumstància que provava de dissimular tant com podia, perquè perjudicava la seva fama de bon professional, capaç de captar el desajustament de les peces per un soroll mínim.

Cregué que el firaire, un jove que tenia una furgoneta i recorria les fires venent fruits secs, caramels i regalèssia, prendria la iniciativa. Tenia fama de baralladís. L'imaginà al carrer amb el tors despullat, mentre s'abraonava als adolescents. Semblaria una alzina tombant els branquillons dels pins verds que gosaven créixer a la seva vora. Ignorava que no hi era. Quan hi havia mercat en alguna població molts quilòmetres distant, solia fer-hi nit per organitzar la parada.

Tot i que, ben mirat, ni el mecànic ni el firaire no haurien pogut solucionar gaire cosa. Quan els successos es precipiten en una cadena d'episodis, no hi ha res a fer. Cadascun és una conseqüència de l'anterior, però no significa ni l'efecte definitiu ni la causa única del desastre, sinó que forma part d'un conjunt massa complicat. L'atzar combina les baules amb destresa, les entorcilla perquè resultin indestriables, forjades al foc. Els elements que calen per completar el que ha de succeir no són gaires: L'adequada combinació del temps i de l'espai —els fets han d'ocórrer en el moment de coincidència justa—, el repartiment de papers que ningú no tria —perquè no ens agrada formar part del grup que sempre perd—, l'atmosfera adequada —la nit, la calçada humida, la repetició de llunes, la lluna del cel i les que dibuixen els fanals.

Dos adolescents engegaren els motors. Eren l'un a la vora de l'altre; quasi a tocar. Estaven disposats a iniciar la cursa. Qui en resultàs vencedor obtindria l'orgull de la victòria, una llauna de cervesa i la possibilitat d'alçar el cap com un gallet. Hi havia espectadors. Els qui estaven ajupits a la vorera, la parella a la vora del portal, na Coloma rere la finestra. Era una nit freda i tenia un examen al matí. Feia dies que el preparava però se'n va oblidar. Tota la seva atenció es concentrava en un tros de carrer on els poltres de metall estaven a punt per enlairar-se. Es fixà en les mans enguantades dels qui els conduïen. Eren palmells folrats que desafiaven la gelor. A l'altra banda dels vidres, devia ferhi una fredorada i l'alcohol els ajudava a suportar-la.

Les imatges es perfilaren a càmera lenta al seu davant. Els ulls les captaven sense pressa. S'entretenien en els detalls: La forma de les espatlles del jove que conduïa la moto més fosca, el rictus que feia l'altre, quan somreia als observadors de la vorera, el gest d'un dels al·lots que hi seia, amb la beguda amorrada als llavis. La parella dreta vora el portal, apropant-se a la calçada, el braç d'ell entorn de la cintura d'ella. La mirada de na Coloma capturava formes, superfícies, cares. Primer, rostres complets; llavors fragments disseccionats que es confonien. Una panoràmica completa de lluny; l'aproximació a les coses, aturar-se en la petitesa. L'escena formava un radi de visió prou ampli. Només havia d'allargar o escurçar els plànols, perquè la realitat es perfilàs amb nitidesa des de molts angles.

Van donar gas i acceleraren gairebé alhora. El carrer era una cinta de fulles; un desert de nit fosca. Els cercles dels fanals trencaven l'obscuritat però no l'apagaven. Volaren damunt l'asfalt. Dues formes que es llancen contra la nit. Portaven cascs: l'un era vermell, l'altre de color negre. Les imatges perderen la lentitud que les definia i van precipitar-se. L'esguard rere les cortines comprengué el que succeïa en un llampec. La bosquina formava un tel relliscós, una capa com confitura de melicotó al terra. Era d'un to marronenc que feia reflexos ocres.

Un dels joves va perdre el control de la màquina. Les rodes deixaren una marca al carrer, un solc de goma que es crema. La moto tombà a poc a poc, a pesar de la rapidesa amb què succeïren els fets. Oscil·là cap a l'esquerra, s'inclinà a la dreta en l'intent del qui la conduïa per conservar-ne el control. Fou inútil. Va fer una volta completa damunt ella mateixa, una giragonsa en què tornà a lliscar i va perdre el nord. Amb l'ensurt, la llauna de cervesa que l'adolescent ajupit tenia als llavis rodolà al terra. Des de la finestra, en tengué una visió fugaç. El metall saltironejant per l'espai va recordar-li les estrelles quan cauen del cel. Feia una estona que l'al·lota s'havia desfet de l'abraçada i seia a l'ampit d'una finestra baixa, encreuades les cames. El seu enamorat, empès per l'entusiasme de la cursa, se n'havia fet quatre passes enfora per contemplar les proeses dels amics. La moto xocà damunt la vorera, en el punt exacte on el jove es trobava. Va arrossegar-lo alguns metres per terra i hi deixà un rastre. El conductor també va caure i el casc, que era vermell, es confongué amb el roig més espès de la sang de l'altre.

Na Coloma va veure el cos en un bassiot. Una forma humana cargolada entre cercles lunars. Els fanals del carrer enfocaven l'escena. S'hi projectaven amb una cruesa que no suavitzava els detalls. Totes d'acord per il·luminar el centre de l'acció. Després del moviment vengué la calma; el silenci va seguir l'estrèpit. Ningú no va dir res, perquè cap dels presents no pogué reaccionar en els primers segons. Es miraven la feta com si no fos real, amb la incredulitat dels qui protagonitzen un episodi que no hauria d'haver passat, però que tenen davant els ulls. Una situació que viuen sense voler-ho.

Gairebé tot d'una van encendre's nous llums. Eren els veïns que reaccionaven a deshora. Les finestres dels edificis van omplir-se de caperrins que guaitaven. Hi hagué xiscles d'horror, expressions d'alarma, passes que es dirigeixen al carrer. Algú va telefonar a una ambulància i aviat sentiren enrenou de sirenes. S'havien format rotlanes. La gent portava caçadores i abrics damunt els pijames. Hi havia dones amb els cabells en desordre; homes que anaven no se sabia molt bé cap on. Tot plegat tenia aires de tragèdia amb pinzellades grotesques que accentuaven la duresa del conjunt.

El conductor de la moto havia aconseguit alçar-se pels seus propis esforços. Amb el rostre sense un bri de claror, cendrós, mirava l'amic tombat. L'al·lot del casc negre no es movia del seient, paralitzat per la por. Els que estaven ajupits a la vorera gairebé no hi eren, de tan encongits. Semblava com si acabassin de desaparèixer, fosos dins l'aire. L'al·loteta tengué un atac de nervis. Hagueren d'atendre-la alguns veïns abans que perdés la consciència. Al terra, la desfeta. Un cos convuls que s'agitava pres pels espasmes del dolor. Una mà oberta, quieta; l'altra amb els dits tremolosos que provaven de cloure's i no en sabien.

Na Coloma hi centrà la mirada. Obvià la resta de personatges que es movien en desordre, les entrades i sortides, la incorporació d'elements. Només veia un jove morint-se al carrer. Un home sol, a pesar de la comparsa, perquè la mort mai no ens troba en companyia. Ho comprengué de sobte. Va entendre que és senzill morir sense avisos, que la vida es trenqui en un buf, quan menys ho esperàvem. La mort els havia espiat les passes. Se serví dels fanals, de la llauna de cervesa, de les motos, fins i tot d'ella mateixa que contemplava la fosca. S'instal·là en el joc dels adolescents, de la mateixa manera que hauria pogut ocupar un espai en un altre escenari. ¿L'escollí a l'atzar o fou el resultat inevitable d'una cadena de circumstàncies? Va pensar en el pare caminant per la carretera amb un sol que diluïa la visió de les coses. Va recordar la moto que s'enlaira enmig de la nit. Dues situacions distintes havien donat resultats idèntics: un cos tombat en un bassiot que no era d'aigua de pluja.

Es produí una superposició d'imatges al seu cervell. La primera escena l'havia imaginat mil vegades, encara que no hi fou quan succeí. La visqué des de la distància temporal i física, però amb una intensitat molt profunda. Va reviure-la durant dies i nits. Els dies d'una adolescent que es reclou en una closca i torna un cargol, inaccessible als altres, les nits amb la vista fixada en un llumet que encenia ella mateixa. La segona seqüència era recent: Saltironejava davant els seus ulls com el peix fresc que la mare portava del mercat, en una cistella entre papers de diari, quan hi havia hagut bona mar i els pescadors podien treure les barques. Li mostrava un cos estremit a la vora del carrer: Els membres feien moviments estranys, resultat d'un descontrol en el sistema nerviós, contorsions que l'aproximaven a un ninot de fira. Observada a distància, la figura tenia quelcom d'esperpèntic. Vista de prop, l'atemoria. Va resseguir cadascun dels plànols des de la finestra. S'hi apropava sense voler i hi quedava presa. L'embalum a l'asfalt li parlava d'un altre cos. S'imaginava el dolor del contacte brusc amb el metall, la desproporció d'un encontre entre pell i ferro. Li feia mal la vida: Sentia les cames i els braços enrampats, el cap que tomba, la pena dintre.

Al carrer, dos infermers acabaven d'instal·lar el jove a l'ambulància. El vehicle maniobrà amb eficàcia i va allunyar-se deixant un rastre de sirena que perdurà quan ja ningú no el sentia. L'al·lota, que havia recuperat el sentit, portava una flassada damunt les espatlles. La hi posà una veïna que s'afanyava a col·locar-la-hi de bell nou, quan el tremolor dels muscles la movia. Només les motos mantenien la compostura en aquell quadre. Els joves de la vorera i els participants en la cursa no tenien formes concretes. Eren figures imprecises, reflexos escanyolits de l'arrogància d'un passat que era quasi present, perquè en una estona curta havien succeït massa coses.

Na Coloma s'imaginà que, a la casa d'un barri de la mateixa ciutat, hi havia una gent concreta, persones amb noms i cognoms que dormien. Tenien els pensaments plens de colors o de jocs d'ombres. Ignoraven que el telèfon estava a punt de sonar per trasbalsar-los l'ordre de les coses. No importava què desitjaven o temien, quins plans havien forjat per l'endemà mateix o per als anys que havien de venir. Era igual que haguessin projectat una sortida al cinema, una reunió de negocis, o un viatge a la fi del món, perquè tot es trastocaria. En qüestió de segons, quan encara els quedàs una mica de la son que no tornarien a recuperar en molt de temps, se'ls capgirarien els esquemes, caurien els dogmes, perdrien la fe. Mai més no tornarien a entendre la vida com l'havien entesa fins aleshores. Qüestionarien les certeses, mentre veurien néixer interrogants que ningú no els sabria resoldre: Ni els savis necis, ni els ignorants saberuts. Comprendrien allò que ens diuen sovint, però que no entenem fins que ens toca viure-ho, que els tòpics són tòpics perquè són certs, que la vida dura quatre dies. No hi ha res més fràgil que algú que ha d'enfrontar-se amb una veritat que, encara que ha anat perseguint-lo, mai no li ha arribat més enllà de la pell. Aleshores torna de vidre. Tothom sap que es pot perdre en un instant la més gran fortuna, però ningú no creu que li correspongui, precisament, el número marcat a la rifa de la dissort.

Aquestes persones —un pare i una mare, l'àvia que espera la tornada del nét sense adormir-se, el germà més petit—, van guanyar un pernil en un sorteig del barri. Eren les festes d'estiu i se l'emportaren a casa com qui obté un trofeu. Estava una mica ressec, però no hi hagué discussions: Van trobar-lo molt bo i se'l menjaren amb vi. En una altra ocasió, molts anys abans, la mare s'havia entretingut retallant les butlletes d'un diari que anunciava els regals dels reis que havien de venir d'Orient. Cada dia n'apareixia una i l'omplia amb el nom, l'adreça, el telèfon. La llançava en una bústia, a l'hora en què hi passava el carter.

Hi havia una tómbola d'obsequis. Ella somniava amb la possibilitat de guanyar un apartament vora el mar; els fills volien un aparell musical; el marit sospirava pel cotxe. Van rebre la notícia que havien estat elegits per la fortuna, però, com que la sort és boja, el premi no fou el que esperaven. Tornaren a casa amb una dotzena de mantes de llana que els asseguraven hiverns plàcids i somnis escapçats. Era de nit, quan sonà el telèfon per comunicar-los que, aquest cop, havien perdut mitja vida.

Na Coloma va retirar la vista de la finestra. L'enrenou de la porta del dormitori li distragué l'atenció fixada al carrer. Era la mare. Sorolls llunyans l'havien despertat de la letargia del vi. Va entrar a l'habitació com si fos una ombra. Portava una bata gastada pel temps, que li recordà abraçades de franel·la. Va ser com si la veiés després dels anys. La mirà i trobà una dona trencadissa que la cercava. Sentí la pregunta:

—Què passa, filla? Hi ha molt de trull a fora.

—Hi ha hagut un accident.

—Un accident? —va notar que rememorava la mateixa escena que el seu cervell acabava de perfilar. Pensà que una sola inflexió de la veu ens delata.

—Sí. Han atropellat un home. Crec que és mort.

Es girà i va veure un cosset que tremolava. Devia ser fet de fulles d'arbres que, quan ve la tardor, l'oratge ajuda a estremir.

Les fulles cauen a terra; la mare havia rodolat al fons d'un pou. Captà fins a quin punt era vulnerable, mentre es preguntava com no se n'havia adonat abans. El dolor compartit potser era menys feixuc. Al carrer, s'hi havia imposat el silenci que ve després del desori: L'emmudiment del món. Els últims cercles formats per persones que comentaven el succés es desferen, perquè el fred empenyia la gent a les cases. Tornaven al llit i deixaven l'allau de paraules —els comentaris sobre el succés— per a l'endemà. Durant els pròxims dies, hi hauria temps per a les converses, les preguntes, les interpretacions. Ben aviat el públic es convertiria en protagonista d'un nou espectacle. Reescriuria l'escena explicant-ne cada matís. Hi afegiria detalls i n'obviaria d'altres, perquè la memòria i la imaginació saben acoblar-se.

Na Coloma s'inclinà damunt la falda de la mare. Amb el cap als seus genolls, les mans entorn de la cintura. Ella no va fer cap gest d'estranyesa. S'acomodà al llit i l'acollí entre uns braços que tornava a reconèixer. S'esberlaren els forrellats del cofre, va obrir-se la capsa i en sortí la pena. Feia una olor difícil de definir: Una barreja de resclosit, de pes d'absència, amb un punt d'humitat. La pena es vessà pel seu cos i va escampar-se per l'aire. Inundà l'espai de l'habitació, envaí les rajoles, les parets, els llibres. No tenia forma ni color. S'assemblava al fum.

IX

L'endemà va anar a la perruqueria. Al barri, feia poc que n'havien obert una. Era una sala tota de compartiments, cabines individuals que asseguraven la intimitat de les senyores amb els cabells xops de tintura i dels homes que es retallaven les patilles. Les partions que separaven els diferents espais eren com de paper. Deixaven a lloure les paraules, però impedien la visió dels caps en plena metamorfosi. Servien per ocultar el plugim de cabells que les estisores escampaven pel trespol, els rulls recent fets en combat amb la força de la gravetat, el ble recollit, les nuques despullades. Hi havia sempre una festa de colors. Amb la destresa que un pintor fa servir per manejar la paleta, combinaven els tints.

Quan era una nina, na Coloma hi acompanyava la mare. Li agradava deixar-se seduir per la barreja de colorants. Si la perruquera transformava una cabellera castanya en una altra de reflexos daurats, admirava la meravella. Si els tons cendrosos tornaven de mel, els blancs podien ser avellana, i els d'ala de corb adquirir una foscor blavenca, se sorprenia. Observava l'al·lota del quiosc quan sortia al carrer amb els cabells d'or. Es delia pel coure vell dels rínxols d'una veïna. Expressava admiració per la lluor tornassolada d'un flocall de blat de moro. Perdia la paraula en contemplar una cascada de roig a l'esquena d'algú.

Els dissabtes al matí anaven a casa de la perruquera, una dona que tenia les mans d'ocell. Eren dits hàbils que s'endinsaven en una mata sense por de perdre-s'hi, disposats a fer-ne brostar fulles i branquillons. S'asseia en un tamboret i no perdia de vista un moviment: La gràcia amb què prenia un floc de cabells i li donava forma, mentre n'entorcillava les puntes o n'allisava els rompents, convertint la mar oberta en aigua que besa la riba i s'hi adorm. Mirava la filera de potets que s'acumulaven a la prestatgeria. Les laques que domaven els blens més esquerps, les escumes portadores de volum, les cremes que feien aromes diverses, un ventall que anava de la menta a la maduixa. Veia els xampús que omplien el cap de bombolles, de flaire, quan els dits de la perruquera els escampaven resseguint la forma del crani i l'aigua els donava la flonjor de les coses bones.

La infantesa es corresponia amb un seguit de fets repetits. Circumstàncies que, en resultar idèntiques, dotaven la vida d'il·lació. Hi havia l'escola i el pati on jugaven el temps del descans; l'entrepà a punt en tornar a casa, abans de sortir una estona al parc, de fer els deures, d'anar al llit. Hi havia la televisió encesa a l'hora dels dibuixos animats. Les passejades els dies de festa. La perruqueria del cap de cantó, una sala que tancaren pocs anys enrere. Tot plegat l'empenyia a viure les seguretats petites que ens acompanyen per endolcir el món. Hi eren, sobretot, els pares. Dues figures que dotaven de sentit el mapa de l'existència. Els puntals que hi són sempre perquè res no els capgira. Després de l'accident, la mare va oblidar-se dels seus cabells. Així com esborrà cadascun dels hàbits passats, eliminà també el costum d'anar a la perruqueria. Formava part d'un procés de deixadesa, d'aquell deixar-se caure al fons d'un pou. Comprengué que no li importava la metamorfosi del cos: El rostre pansit, les ulleres que encerclaven la mirada i l'entristien, els cabells descambuixats. Quatre renclins a les temples, la resta de pelussera plena d'embulls. Tampoc no li interessava la casa, ni el jardinet, ni la filla. Així ho va viure na Coloma, mentre ocultava els propis cabells en una cua que els tensava fins a convertir-los en moixons engabiats.

El nou local donava a la plaça. Hi havia passat de llarg moltes vegades. Sovint hi caminava indiferent, perquè la fascinació infantil per les perruqueries quedava oculta en un racó mal d'identificar fins i tot per a ella mateixa. A vegades, no podia evitar fixar-hi la vista. Succeïa els dies de pluja. Devia ser que els aiguats li retornaven antigues dèries. Si la ploguda la sorprenia, no hi havia temps per a la contemplació. La necessitat de córrer a cercar aixopluc li impedia recuperar les imatges d'abans. Si portava paraigua, estava perduda. Aleshores no podia evitar alentir el pas davant la porta que n'anunciava el nom. Era un portal de vidre fumat que, encara que emboirava la visió, no impedia que pogués captar el tragí dels que hi eren dintre. Veia els clients que esperaven torn en unes butaques, fullejant revistes. Espiava les anades i vingudes dels perruquers, quan sortien d'una cabina. S'imaginava olors, la manera com rodolaven els cabells acabats de tallar fins a cobrir les espatlles dels clients i el terra. El passat s'ensenyoria del present i tornava a ser la nina que obre els ulls seduïts per una imatge d'utensilis, de gestos, de cares. Compareixia la col·leccionista que havia estat, àvida per desxifrar quines tonalitats poden il·luminar qualsevol cabellera i canviar l'expressió grisa d'un rostre per una altra plena de claror. Sempre reaccionava a l'últim moment i es feia enrere, sense decidir-se a entrar-hi. En una ocasió tenia el pom a la mà, quan va retirar el palmell com si hagués tocat foc. Tornà a casa.

La perruqueria ocupava els baixos d'un bloc de pisos acabat de construir. Era un edifici modern i l'espai que ocultaven els vidres fumats estava decorat amb gràcia. Hi havia seients per als qui esperaven, armaris, muntanyes de tavalloles. Tot estava disposat en un ordre perfecte. Cada objecte es trobava situat al lloc just, perquè el desgavell en la col·locació de les coses hauria empetitit el local. L'adequació d'un estri al seu perímetre permetia que es multiplicassin els exemplars. Ordenades pels colors, les marques, o la seva funcionalitat, les sèries de productes es repetien.

Quan gosà travessar-ne la porta, va pensar que hi havia secrets bons d'explicar. Durant molt de temps, s'havia esforçat a trobar la clau de determinades incògnites. S'entossudí a reconstruir trencaclosques, però mai no n'encaixaven les peces. Hauria volgut saber, per exemple, com ho feia certa gent per viure tranquil·la. Mirava els veïns i no s'acabava de creure que els anys haguessin mantingut, intactes, les seves inèrcies. S'aixecaven cada dia a la mateixa hora. Repetien amb idèntics gestos activitats iguals que les dels dies anteriors, les setmanes i els mesos passats, els anys que s'esvaniren, la vida que volava sense que se'n temessin, que se'ls escapava entre la desídia i les repeticions. Arribà a preguntar-se si portaven una doble vida: D'una banda, la que oferien a la vista dels altres; de l'altra, la que potser ocultaven, tota de moviments clandestins.

Cap d'ells no feia la impressió de ser gaire feliç. Ni tampoc profundament desgraciat. La majoria anaven de casa a la feina; i de la feina al sofà o a la taula de la cuina amb la televisió encesa al davant. En acabar la jornada, tenien poques ganes de conversa. Si de cas, l'ànim a punt per a alguna rebolcada davall els llençols, una caponada de gall que els facilitava el son. Molts, ignorava com es deien. Coneixia els seus rostres i n'havia observat els costums. Els intuïa per detalls insignificants o se'ls imaginava. Veia les dones que estenien la roba als balcons, aprofitant la llargària de les cordes que els travessaven d'un extrem a l'altre. Vivien engabiades en vertical, en un habitacle que suportava el pes del que s'alçava al damunt, i així successivament, perquè s'enfilaven fins al cel.

A la perruqueria, les coses tornaven a tenir sentit. Va pensar que cada vida és un espai diminut. Hi pot regnar el caos o l'ordre més estricte. En el primer cas, les vivències són objectes que s'acumulen, caixes esbatanades per on s'ha filtrat el polsim. Si s'estableixen partions, i s'organitza el desgavell, tot recupera la calma. Es pot disposar una estratègia de distribució: En un lloc, els embalums; en un altre, els fòtils que es poden trencar. No hi ha d'haver una mescla de colors ni de sentiments. De la mateixa manera que el perruquer només ha d'allargar la mà per trobar la gomina, cal furgar poc per fer comparèixer les pors o els desitjos que sempre ens acompanyen. Quan hi ha una confusió entre allò que ens espanta i allò que ens atreu, la vida es complica. Per això els veïns vivien en pau: Desconeixien el laberint de l'existència. No sabien fins a quin punt podem embullar-nos el pensament i perdre'n les regnes. Ella, en canvi, havia viscut reclosa en una cambra sense endreçar.

Rere el taulell, hi havia una al·lota jove. Na Coloma va tancar la porta al seu darrere i s'hi acostà amb timidesa. Resultava difícil sortir de l'amagatall que fou la seva vida. Se sentia com una bestiola que guaita des de la lloriguera amb la temença d'ensumar el caçador. L'altra li va somiure:

—Bona tarda. Tens hora?

—No —titubejava—. Passava per aquí i se m'ha acudit d'entrar. No sé si podràs fer alguna cosa pels meus cabells.

S'adonà que li desfeia la cua. Una cabellera espessa com els matolls del bosc s'escampà per l'esquena de na Coloma que, instintivament, va encongir-se. Hagué de respirar fondo abans de continuar:

—M'agradaria posar-hi ordre —va fer una rialleta nerviosa—. Potser tallar-los i canviar-los el color. Voldria que fossin negres.

—Baratar-ne el color? N'estàs segura?

—Fa anys que els porto recollits. Són massa cridaners i resulten una molèstia. Sempre m'he imaginat amb uns cabells obscurs. Aquests, en canvi, semblen fets de foc.

—Són un regal.

—Què vols dir?

—Vull demanar-te que em facis confiança. Permet que et pentini. Si no t'agrades, els tintaré del color que vulguis. Abans, emperò, deixa'm fer.

—D'acord.

La saviesa poden ser unes mans. Ho comprengué aquell dia. La perruquera va demanar-li que es posàs un bata que la cobria sencera, amb les vores d'un material plastificat. La tela feia un ronquet de gata maula o una piuladissa d'ocells cada cop que es movia. S'esforçava a quedar-se quieta, sense bategar un múscul, perquè l'avergonyia el murmuri de la roba que anunciava la seva presència. Hauria volgut passar desapercebuda, que ningú no s'adonàs que hi era. Entrar en un dels compartiments va tranquil·litzar-la i el seu cos perdé un punt de la tibantor inicial. Recolzada en una butaca, amb el cap inclinat en una pica a l'alçada justa dels cabells, va deixar-se anar. No fou senzill. Sense adonar-se'n va redreçar les espatlles, mentre tibava el tronc i enravenava el coll. No eren girs voluntaris, sinó impulsos que no podia controlar. Estava poc acostumada a abandonar-se, a permetre que els altres la veiessin amb la guàrdia baixa.

Una música relaxava l'ambient. No hi havia veus, només un cor d'instruments diversos que jugaven a alternar-se. El resultat consistia en una invitació a la calma. Passaren alguns minuts, fins que la tensió va anar afluixant. Es relaxaren els músculs i deixà de sentir l'espinada com un clau. Va tancar els ulls, quan el pes dels cabells la vinclà cap enrere. La prengué aquella al·lota. En realitat, les mans foren les protagonistes, perquè la perruquera quedà esborrada i només comptava el tacte generós d'uns dits que es multiplicaven en tocar la seva closca. Devien ser més de mil, perquè els podia percebre en la suavitat i la fermesa del frec.

Un raig d'aigua tèbia va desfer-li els rínxols que reposaren, lassos, en la conca del rentacaps. Abans, cadascun tenia vida pròpia. Arribaren a recordar-li serpents dansaires. La vermellor de la llum del migdia els regava amb generositat. Estesos tenien una quietud que, encara que sabia enganyosa, l'assossegava. Les mans van repartir-hi un xampú que feia olor de mandarina. Eren mans que acaronen, dibuixant cercles des de les temples fins al clatell, perdudes en l'abundor de la cabellera. Aclarida amb aigua, tornà a repetir el ritual. Un altre cop el massatge, la delicadesa del tacte, la sensació que només importaven els seus rulls. Quan hi hagué espargit una crema suavitzant que feia olor d'herbes boscanes, els embolcallà en una tavallola calenta i deixà que hi reposassin una estona. A través dels parpres convertits en dues retxilleres, s'intuí el perfil als miralls. Els compartiments estaven folrats de llunes que reflectien els cossos.

Va esbandir-li els cabells i hi passà una pinta. Amb els rínxols desfets, es multiplicava la llargària. Les puntes tenien l'asimetria d'una certa deixadesa. Eren desiguals i algunes, més fràgils, s'obrien en un acabament desfilat. Va retallar-les. Actuava amb decisió: Prenia un floc en la mà, mentre amb l'altra anava espinzellant-ne la forma. Es tractava de posar ordre al bosc. Així com els arbres necessiten que el jardiner podi amb saviesa les seves branques, la cabellera havia de ser modelada. Polir-ne els soscaires significava omplir el trespol d'una capa fina de roig. Amb un assecador i un raspall, completà la tasca. Li preguntà:

—Què et sembla?

Na Coloma va mirar-se i era una altra. En aparença, no hi havia hagut grans canvis, sinó transformacions quasi imperceptibles que li donaven un aspecte nou. Els cabells continuaven en desordre, encara que fos un revoltim aparent, perquè la perruquera havia volgut mantenir l'aire una mica salvatge del conjunt. Però tot estava mesurat. No hi havia una desproporció en els extrems, ni un sol indici de desídia. Destacava, sobretot, l'esclat de colors. Una mescladissa de vermells que havien robat la intensitat de la llum. Des del coral·lí al vermelló, del granat al foc. Oferien la gradació de les flames, que oscil·len entre les roselles i les taronges. Una cabellera carmesina que desafiava les llunes dels miralls, que li queia en rulls per l'esquena, mentre acoloria les seves faccions, suavitzades de sobte. N'hi havia prou amb un moviment lleu del cap, perquè alçassin el vol. El resultat era un rostre mòbil, dúctil, on destacava l'harmonia dels trets.

Va respondre:

—Què hi porto? Mai no havien lluït tant.

—Res d'especial. He permès que respirassin. No tornis a lligar-los en una cua ni pensis a canviar-ne el to.

Va somriure-li i se'n tornà a casa, contenta. S'acostumà a anar-hi cada quinze dies. Reservava part dels diners que guanyava fent classes de repàs als al·lots del barri per als seus cabells. Era l'únic caprici que es permetia. La resta li resultava menys valuós. No utilitzava maquillatges ni es comprava roba. Solia usar la que li donaven les amigues o es cosia una falda amb quatre retalls. Qualsevol peça, encara que fos passada de moda, ressaltava la gràcia del cos esvelt. Estava convençuda que embellí aquella tarda, en una sala de perruqueria amb els cabells deixats anar. Des d'aleshores caminava sense por. Hi havia una gràcia especial en els seus moviments, en la cintura i l'agilitat de les cames. Un encant que havia romàs ocult, soterrat al cofre on guardava la pena, però que sortí l'endemà mateix d'obrir-ne els panys.

Dos germans portaven la perruqueria: Un al·lot i l'al·lota que havia conegut. Ella es deia Carla; ell, Albert. Treballaren com a aprenents en un local de luxe al centre de Barcelona, fins que es decidiren a independitzar-se. Sabien que era l'única via per aconseguir millorar en l'ofici. A pesar dels dubtes, de la por a la competència, de la sensació d'empenyorar la vida en l'intent, gosaren obrir un negoci propi. Llogaren una sala comercial en un barri perifèric de la ciutat, una zona on els preus astronòmics s'abaratien una mica. Era un lloc tranquil, una barreja d'edificacions fetes a corre-cuita i cases d'una sola planta. Era la barriada on vivia na Coloma.

Quan trobaren un espai, gairebé hi havien renunciat. Estaven farts de repetir cada dia la recerca apressada, les visites que sols servien per decebre'ls, les entrevistes amb propietaris que constataven la seva jovenesa mentre els preguntaven quin tipus de negoci volien obrir. N'Albert sempre fou un jove d'empenta. No s'esporuguia davant les dificultats, sinó que les feia servir d'estímuls a l'hora de traçar reptes. Vivia il·lusionat per arribar a ser un bon perruquer.

Va mantenir-se alerta, amb les orelles i la vista a l'aguait, esperant l'ocasió d'iniciar l'aventura. Na Carla era més recelosa. Desconfiada per naturalesa, l'espantava la possibilitat d'un fracàs. Pel seu gust, haurien tardat més temps a fer la passa definitiva. Creia que era prudent sospesar totes les opcions, abans de triar-ne una. Encara que confiava en el germà, temia els seus rampells d'entusiasme. Com que era mesurada, provava de prevenir-lo dels inconvenients que els desbordarien si no podien pagar la llum o els tallaven el subministrament d'aigua. Però la prudència donà pas a l'eufòria que va contagiar-li. Es deixà convèncer, perquè tenia les mans àvides de tocar cabelleres, banyar-les en aigua clara, retallar-les, transformar rostres pel poder d'unes estisores. A més, hi confiava: En observar la seva alçada —la guanyava de quasi dos pams—, la fermesa de la veu, el somriure, endevinava que res de mal no podia venir.

N'Albert s'acostumà a esperar na Coloma. Cada quinze dies, a l'hora convinguda, es despistava rere el taulell de l'entrada. Resultava que hi havia descuidat un quadern de notes, el telèfon que escriví en un paperet, una targeta. Es feia el distret mentre removia el calaix o les carpetes de l'arxivador. No havia de perllongar gaire la comèdia, perquè ella era puntual. A les cinc del capvespre, la silueta es perfilava rere el vidre. Tocava el timbre i s'apressava a obrir-li. Mentre la vidriera els separava, quan eren dos contorns imprecisos, línies que es podien intuir però no capturar, se sentia segur, disposat a moure conversa. En tenir-la al davant, transformada en un ésser concret, perdia la capacitat de filar un discurs coherent. Es limitava, doncs, a repetir les frases de sempre. Eren expressions que l'avorrien a ell mateix, de tan sabudes, però que no sabia enrodonir ni ornar.

És difícil que les paraules s'adeqüin als pensaments, que siguin reflexos fidels d'allò que sentim. Juguen amb nosaltres. Ens roben la vehemència o l'atenuen, quan voldríem abocar-hi intensitats. Poden subratllar el que no cal o esmorteir una sensació que ens crema, convertint-la en una ridiculesa quan té les formes d'un gegant. Els mots no sorgeixen al dictat d'una veu interior que s'esforça a conduir-los per rectes dreceres, sinó que salten, canvien de textura i de to, es moren de riure o ploren. Poden esdevenir autèntiques inconveniències. Si som en un ascensor, o en una consulta mèdica on coincidim per atzar amb mitja dotzena de desconeguts, o en un vagó de tren quan comença el trajecte, solem fer afirmacions poc elevades. El silenci és incòmode i el substituïm pel no-res de paraules buides.

Fins i tot els mots més innocents arriben a trair-nos. Mormolar «bona tarda», «fa fred», o «el cel anuncia tempesta» pot semblar una bona mostra de no explicar-nos a fons. Però si la veu ens tremola, encara que no ho vulguem, els que ens escolten poden reaccionar de dues maneres: Amb la indiferència que sovint té la gent envers l'altra gent —cosa que, en aquest cas, ens salva—, o amb l'espurna de curiositat que encara senten els que no són incrèduls del tot. Aleshores estam perduts. Resulta senzill substituir el que hem dit pel que realment diríem. En lloc de «fa fred», per exemple, «tenc fred al cor». Quan voldríem exclamar «t'enyor» se'ns pot escapar un «oblida'm». Si ens fascinen uns ulls, solem comentar que algú té la mirada expressiva. En desitjar la lluna, diem que ens agradaria passar la tarda fent voltes per uns grans magatzems. Transformar la quimera en realitats absurdes ens consola i ens perd.

A n'Albert, li succeí durant mesos. Els discursos que hauria volgut pronunciar i que morien abans de ser dits no eren gaire originals. No inventava paraules ni conceptes. Enamorar-se no constitueix una estranya proesa. Explicar-ho sol ser complicat, però les dones i els homes se n'han sortit durant segles. S'ho repetia sovint per encoratjar-se, i era inútil. Encara que hagués assajat una dotzena de formes de dir-li-ho, totes es fonien en obrir la porta i trobar-la. Na Coloma no somreia gaire. Li oferia una ombra de somrís. Quan estava animat, n'Albert hi veia la vida. Si era una tarda d'hivern, es preguntava si l'havia inventat. Ella es treia l'abric i el deixava al penjador, a prop del taulell on seia. Preguntava per na Carla i desapareixia en un dels compartiments. En alguna ocasió, la sentia parlar. Les paraules eren una remor que es confonia amb les dels altres clients. No en distingia els significats però n'intuïa un toc cristal·lí d'aigua que cau. No era el doll que sortia de les aixetes i omplia els rentacaps, es tractava d'aigua viva. Li semblava aiguamel.

Un capvespre va ocórrer l'imprevist. Na Carla s'havia despertat amb trenta-nou de febre. Tenia els ulls congestionats, una tossina seca que l'ofegava, i les galtes enceses. El germà li demanà que reposàs a casa. S'ocuparia d'explicar a les clientes que no es trobava bé. Hi havia una passa de grip i ningú no se n'estranyaria gaire. Ell, com sempre, s'ocuparia dels clients masculins. Quan arribà na Coloma, va estar a punt de repetir-li les frases que havia anat dient tota la tarda. Comunicar-li l'estat de la germana i proposar-li que canviassin l'hora del pentinat. Tenia la plagueta on apuntaven les cites al davant, quan paraules inesperades van sorprendre'l. Foren noves sobretot perquè era ell mateix qui les pronunciava. Els mots el sobtaren en positiu. Li digué que podia pentinar-la. S'hi oferí amb un somriure i l'estranyà la naturalitat amb què ho acceptava. Sense dir paraula, entraren en una de les partions que feia la perruqueria, ella va acomodar-se al seient, inclinà el cap enrere i aclucà els ulls, mentre es deixava anar.

Els dits de n'Albert dominaven els registres del llenguatge. La inexactitud de les paraules es transformava en certesa en el moviment. Els espais en blanc, els punts suspensius, les interrogacions indirectes s'esborraren. No hi havia espai per al dubte on només hi cabien afirmacions. Prengué la cabellera entre les mans i hi barrejà aigua amb xampú. Deu branquillons acaronaren els rínxols, des de l'extrem fins a l'arrel. Hi dibuixaven cercles. El seu cap era un univers perfecte, on brostava l'herba i s'hi alçaven les mates que regava la pluja. S'entretingué a l'alçada de les temples, en el punt on una pesantor secreta sovint li feia mal. N'alleugerí la feixuguesa. Llavors va perdre's pels contorns de la nuca que deixà de ser rígida per tornar flexible com una canya que el vent fa vinclar. Es dirigí al centre exacte de la clepsa, hi estengué els palmells, va recolzar-los-hi un instant, fent-hi una mica de força, perquè s'adormissin les tristeses que la feien avara en somriures. Cadascun dels branquells va multiplicar-se. No eren deu dits, sinó més de mil. Poblaven totes les escletxes del crani, van fer carícies als rínxols de coure i als de tarongina, despertaren la pell quan l'aigua desfeia l'escuma. Era un rastre de broma molt blanca que reposava al fons de la pica i que desapareixia a poc a poc, perquè l'aigüera se l'empassava.

En la quietud, el cos de na Coloma començà a despertar-se. Encara que no es bategàs, immòbil a la cadira, s'adonà que responia a les paraules d'aquelles mans. Primer fou una sensació d'estranyesa, un rampell que naixia a les venes del coll i s'estenia pels braços, el tronc, el ventre. No tremolava de fred ni tampoc res no l'espantava. La situació, encara que fos inusual, li resultava còmoda. Només havia d'escoltar-se. Parar atenció a les formigues que s'obrien camins a l'epidermis, des de fora a dintre, fins molt endins. Una humitat salobre, d'onada marina, va envair-la. Aleshores comprengué que la serena dels vespres es feia presència. L'aigua que xopa els cabells va tornar suor en cada centímetre de la pell callada.

X

Estimar s'assembla al rompent que acull un cop de maror. La força de l'escumera s'hi trenca i es va vessant en degotissos que cauen entre les roques i n'omplen les esquerdes de sal. L'aigua forma cercles. Són bassiots que, quan se'ls beu el matí, tornen salobre. És el rastre de l'envestida, la manera que té d'aquietar-se l'amor. Un anar i venir que s'assembla a l'ondulació d'una cabellera roja quan es troba a lloure, entre els palmells oberts. De la mateixa manera que els rínxols sobresurten en les mans, les roques no saben contenir l'empenta blanca.

Hi ha tendreses que creixen i són com l'herba nascuda en un prat després de dallar-lo. Herbetes menudes que fan bona olor i tenen el verd clar. No es tracta d'un herbassar en què l'herbatge és una confusió de matolls, d'ortigues, sinó d'una planura amable on ajeure's és descans. Hi ha afeccions que alleugereixen la vida. Mai no pertorben l'ànim de qui les viu ni ennuvolen cap cel. Hi ha volences fetes de flames. Alcen i empenyen, cremen estatges i ports. Quan són caliu, les brases semblen robins. En tornar cendra, deixen el record d'un foc. Pot haver estat intens però breu, el resultat d'apilonar branques seques i encenalls. La pira s'eleva amunt i mor tot d'una. Pot ser com hectàrees de bosc devorat per onades roges durant dies.

Les diferents formes de viure l'amor configuren una tipologia extensa, difícil de catalogar. No són com els insectes que l'investigador observa a través d'una lent, classifica, etiqueta. No hi ha distintes espècies ni existeix la puresa del sentiment. No trobarem mostraris d'amor. Tot resulta més confús. Hi ha amoretes que deixen un record amable. Hi ha passions que ens desfan la vida. Entre els dos extrems, un ventall quasi infinit de possibilitats. Cadascuna amb els propis matisos, les tonalitats que la dibuixen, les ombres que les disfressen. Encara que ens sonin repetides, les històries no segueixen cap motlle. Són semblants les reaccions dels qui les viuen, encara que els seus protagonistes se sentin únics. Les actituds d'algunes persones presenten graus de proximitat i, en canvi, les respostes d'altres es contradiuen. Ningú no en sap donar raó, del caos.

Na Coloma i n'Albert van començar a estimar-se en una perruqueria. Va ser un horabaixa de tardor, quan l'hivern s'ensuma. Si na Carla no hagués tengut el grip, potser hauria passat molt temps, abans que poguessin expressar aquella inclinació. Com que qui dies passa anys empeny, tal vegada ho haurien deixat córrer. Un altre personatge hauria pogut aparèixer en escena i interrompre un idil·li que encara no havia nascut. Allò que només existeix a la ment o al cor no forma part de cap història comuna. Constitueix un patrimoni individual que es transforma en els records, fets d'una matèria enganyosa. Els records són fang o plastilina, perquè canvien a mercè de les mans, de la memòria.

Si el refredat de na Carla no hagués coincidit amb el dia que na Coloma havia triat per rentar-se els cabells, tampoc no s'haurien trobat. Si el malalt hagués estat n'Albert en lloc de la germana, res no hauria succeït. Els amants solen fer provatures d'hipòtesis, quan les històries ja són realitat. S'imaginen com hauria estat la vida en una combinació distinta dels elements que van configurar-la. Capgiren el sentit inicial de les coses i dubten.

Es fan preguntes, mentre pensen que la seva relació va penjar d'un fil. Totes les històries depenen d'una cordellina que alguns anomenen atzar i altres destí. Els agrada reflexionar-hi, quan consideren que viuen un do. Ho expliquen també, quan els filats es trenquen i els queda l'absència, la solitud o l'enyor. En fan monòlegs o confidències. Els amants poden repetir-se massa, quan el món se'ls fa nou i creuen del cert que ningú no ha estimat com ells estimaren.

Van descobrir-se vora bombolles d'escuma que omplien l'aire d'olor, entre dits que ignoraren el ritme del temps i s'entretingueren a parlar, mentre l'establiment era ple de clients que esperaven, pacients, que els arribàs el torn. Un torn que va anar retardant-se sense gaires motius. Alguns llegien les revistes que hi havia a la tauleta de la sala d'espera, un angle amb dos sofàs. Altres miraven el rellotge amb impaciència. N'hi va haver un que decidí anar-se'n, quan feia hora i mitja que seia sol al rentador de caps. Na Carla va pensar sempre que, aquella tarda, perderen clients. Mai no gosà dir-li-ho al germà, que semblava un altre home, amb més empenta que abans. Tampoc no li ho comentà a na Coloma, que no tornà a passar per la caixa. Hi acudia un dia sí i l'altre també, perquè n'Albert li acaronàs la nuca un instant, entre dolls d'aigua.

Amb el cap d'ella inclinat cap a terra, la cabellera espargida, va assecar-li els rulls. Era el primer horabaixa, però se'n van recordar sempre. Fins i tot quan més endavant provaren d'oblidar, l'escena reclamava un espai en el pensament. Es negava a travessar l'estadi de la vivència per instal·lar-se al dels records. N'Albert hi endinsava els dits amb lentitud, en una carícia que anava del coll a la punta ataronjada. En contacte amb l'aire, els cabells van prendre forma i volum. Vellutats, llenegaven per les seves mans i el fascinaren. Fent un moviment sobtat, va llançar-los al darrere. Es redreçà. Els miralls reflectiren un cap xop de llum i una mirada encesa.

Van passar molts mesos fins que li parlà de sa mare. D'ençà de l'episodi de les motos al carrer, succeïren dos fets. El primer només afectava na Coloma. El segon va fer-les víctimes d'unes circumstàncies que escapaven qualsevol intent de control. No li va ser senzill comprendre què succeïa. Formava part d'un procés que va perllongar-se i que no li mostrava una finestra oberta per on guaitar al cel, una possibilitat de sortir-se'n airosa, del que vivia. La part bona fou el reencontre amb la mare. Una trobada feta de tacte i de pena compartida per primer cop. Gairebé n'havia oblidat l'olor, però la recuperà sencera entre els seus braços. Tocar algú vol dir acostar-s'hi. Negar-nos al contacte directe, refusar una altra pell, és posar-hi murs. Ella construí paredons que anaren prenent gruixa amb els dies. Va afegir-hi ciment, maons: Una carretada de material d'obra, una col·lecció de deixalles que servien per augmentar les distàncies, un desig de solitud. No és que, de sobte, hagués decidit aïllar-se del món. Ni tan sols no va proposar-s'ho. Tampoc volgué fer culpable sa mare perquè, sense avisos, s'havia desbaratat l'ordre de la seva existència. Una existència feliç fins que el sol encegà un home en una línia de ciment.

Quan era petita i els pares sortien, ensumava les seves bates penjades a l'armari. N'hi havia una de quadres verds i marrons; l'altra era color de cel. Feien boletes menudes que s'hi adherien. Endinsava el nas en la suavitat de les teles —reblanides per l'ús i les rentades—, i hi trobava l'aroma dels absents. Aquelles peces de roba adquirien un tros de vida robada. Substituïen els que havien marxat, li alleugerien la sensació d'absència. S'hi abraçava mentre els sentia molt a prop. Amb els ulls clucs, sense veure-les ni palpar-les, hauria estat capaç de distingir-les perfectament a través de l'olor. L'olor de la mare era una barreja d'aigua de roses, fum de cuina, pa acabat de fer. A la del pare, hi havia rastres de tabac i de taronges. La suma d'ingredients no tenia res a veure amb el resultat de l'operació: La flaire final era tot allò i molt més, perquè tenia un punt d'inexplicable que devia venir de la pell. De la mateixa manera que hi ha olors que ens atreuen i altres que ens inspiren refús, l'aroma dels cossos ens produeix el mateix efecte. N'hi ha que, malgrat l'ús dels millors sabons i perfums, ens deixen indiferents. Altres ens captiven i no sabem explicar-ne les raons. Hi ha qui diu que l'amor és cec, però segur que té bon olfacte.

Els perfums no fan la mateixa olor en totes les persones. La coincidència en l'elecció d'una essència no vol dir que ensumar dos cossos distints pugui ser el mateix. La suma de substàncies que dóna com a resultat una determinada aroma, encabida en un flascó, es barreja amb l'olor de la pell. Però aquesta no sorgeix de cap laboratori ni pot guardar-se en una ampolla de vidre. És individual, intransferible: Ens ajuda a reconèixer amb els ulls tancats les persones que estimam. Deixa un rastre als llençols, a la roba, a la vida dels altres. Forma part d'algú amb la intensitat de les pròpies faccions, dels gestos que ens individualitzen, de la forma en què pronunciam les paraules. Podem enyorar-la en l'absència i buscar-ne la traça en les teles i els objectes que se'n van impregnar.

Els amants s'ensumen amb deler els racons secrets. Hi reconeixen la pell que voldrien fondre amb la seva pell, l'aroma de les valls i les carenes, dels corrents d'aigua salada, dels dits de l'amor. Olorar un rastre significa recuperar una part de qui no hi és. S'assembla a mirar una fotografia: En el paper, hi trobam els trets d'una cara que ens afanyam a conservar viva en la memòria. Com que la memòria pot ser traïdora —esborra línies, desdibuixa contorns, altera la tonalitat d'uns ulls o uns llavis—, els retrats ens ofereixen les formes fixades de l'absent. Ens les retornen calcades d'aquella imatge última que guardàrem al cor. Per això ens consola mirar-los. A pesar que pugui entristir-nos constatar-hi una pèrdua, ens fan companyia. Ocorre el mateix amb una pista d'olors. Na Coloma s'obrí completa entre els braços de sa mare. Feia molt temps que no s'abraçaven. En va reconèixer el tacte, la figura, però, sobretot, l'aroma. Va pensar en dues bates penjades a l'armari i en el seu cap d'infant entre els plecs del teixit. L'envaí un sentiment de confiança que creia irrecuperable.

El segon fet que va canviar l'ordre de les coses després de la nit dels motoristes, no es produí de sobte. Va ser la conseqüència dels mesos que visqueren aïllades, sense paraules, a la casa verda on la pluja, les ventades, i el sol no deixaven marca: Hi passaven de llarg. Sense que na Coloma se n'adonàs, la mare es va transformar. El seu món petit, segur, s'havia trencat i ella va trencar-se també. Incapaç de suportar la incertesa, tornà una altra dona. Quan una existència és feta d'un enfilall de repeticions que la doten de sentit, qualsevol canvi brusc significa el buit. Com omplir els dies, si el temps ha estat sempre un cercle tranquil? Com inventar fórmules que ens agombolin, quan abans hi era l'altre per dir-nos el nom de cada cosa? Havia viscut massa anys sense prendre decisions, confiada. No era gaire distinta de la majoria de les seves veïnes. L'educaren per tenir un home a la vora, disposat a solucionar-li la vida. És clar que ella havia de complir el seu paper. L'hi ensenyaren de nina. Havia d'ocupar-se de la casa i dels fills, saber escoltar, parlar amb prudència, aconhortar l'espòs quan la vida es fes complicada, oferir-se-li sempre amatent, disposada a rebre'l al llit en una festa real o simulada, això no era gaire important, adormir-se, després, al compàs d'una respiració que ens tranquil·litza.

Quan una persona s'esquerda, ningú no sol adonar-se'n. Es tracta d'un procés que no es fa visible fins que ha passat un període de temps mal de calcular. Un parèntesi que canvia d'un cas a l'altre, però que sol ser definitiu. Si uns al·lots que juguen al carrer llancen amb força la pilota a la finestra d'un edifici pròxim, l'impacte pot clivellar-ne el vidre. En un primer moment, la superfície presenta un aspecte fragmentat que ens recorda el mapa dels rius d'una geografia imaginària. Pot ser que les peces mantinguin l'equilibri, suspeses enlaire, recolzades l'una en l'altra, però la simple pressió d'un dit servirà per desmuntar-les. Oprimir amb el polze un dels trossos farà que salti del seu lloc. Si es produeix un primer forat, encara que sigui minúscul, no hi haurà remei. Tota la resta de peces caurà desmuntant-se. El buit es farà cada cop més immens, fins que ocupi la finestra sencera. Llavors hi entraran el celistre i la calabruixada. Es produirà el caos.

En perdre el marit, va trencar-se. S'esberlà el pensament, que sempre havia estat poblat d'idees senzilles, però no se'n temé. Els qui l'envoltaven interpretaven els seus desvaris com símptomes de dolor. Qui ha viscut una pèrdua, deien, és com l'arbre que té podades les branques i viu nu de fulles. Fa falta que passi el temps perquè tornin a brostar. «Els anys tot ho calmen», exclamaven amb la resignació que, a vegades, dóna la vida viscuda. Disculparen, doncs, les seves rareses, mentre cadascú retornava al propi món, arrecerat de l'infortuni. A poc a poc, emperò, notaren els gestos extraviats, l'estridència en la veu. Van comprendre que quelcom s'havia perdut sense remei. Algú intentà entendre-la des de la distància. La majoria se n'allunyaren, perquè intuïren el que podia venir. Na Coloma, reclosa a la seva habitació, fou l'última a adonar-se'n.

La casa feia sempre olor de vi barat. S'acostumà a beure'n un tassonet amb les menjades, seguint l'hàbit de l'home. Quatre dits de vi negre a l'hivern per encalentir-se la sang; quatre dits de rosat a l'estiu per refrescar-se. A vegades, hi afegien glaçons i l'aigualien encara més. Les marques variaven segons les ofertes del supermercat o depenien de la bonança de la butxaca. Si era dia de festa grossa, per exemple, encetaven una botella de rioja. Normalment, compraven tetrabrics a l'engròs i els guardaven davall una escala que els feia de celler. Quan quedà vídua, va refugiar-se en la beguda. Comprovà que, si augmentava la quantitat de vi, s'adormia més fàcilment. La barreja d'alcohol i sedants era molt eficaç. La transportava a una espècie de letargia on no hi havia malsons ni fantasmes. Una mena de mort dels sentits que hauria volgut perllongar. No en despertava alleugerida, sinó que li quedava mal gust de boca i pesantor a les cames. Se li ennuvolava el cap. La boira cobria els buits de la consciència, portava un oblit momentani que li permetia respirar. Fins que escampava la broma. S'aclarien els racons de la ment enterbolinats pel vi. Llavors s'imposava la vida que es negava a viure, les certeses que eren clivelles convertides en esvorancs. L'única solució era tornar a beure, perquè la lucidesa li empitjorava l'existència. Cercava les ombres que suavitzaven el món.

Al principi, s'esforçava per no traspassar certs límits. Bevia amb mesura, sense creuar el punt últim que no té retorn. Quan les passes es feien trontollejants, el gest maldestre, retirava el tassó. S'alçava de la cadira amb un esforç de voluntat i, al lavabo, s'omplia el rostre d'aigua freda. Calculant cada moviment, guaitava a l'habitació de la filla i repetia l'esbós de conversa mil vegades iniciat. Li deia:

—Coloma, no em trob gaire bé.

—Què tens, mare? —feia la pregunta sense alçar els ulls del llibre.

—No res, una mica de mal de cap. M'ajauré una estona.

—Vols que et porti una infusió al llit?

—No cal, gràcies.

Sempre les mateixes paraules que no volien dir res. Per a la mare, eren una forma d'assegurar-se que no es descobria. Suposaven l'intent de protegir-se en un aire de normalitat. A la filla, li confirmaven la sensació d'aïllament. Va ser un camí sense tornada. El seu caràcter nerviós, amb una tendència a la tristesa, accentuà les característiques mentre passaven els dies. Els signes externs no tardaren a comparèixer: El rostre presentava símptomes d'esgotament que el maquillatge no dissimulava. S'empastifava la cara de coloret sense netejar-ne restes de llàgrimes. Un fil de saliva vorejava el llavi inferior, les lleganyes li omplien els ulls. Cobria els parpres embotits d'un tel blau sense notar que accentuava la profunditat de les ulleres o que adquiria l'aparença d'algú a qui han fet un ull de vellut. Augmentava l'espessor del rímel però en desviava el traç fins que es tacava la pell. Eren provatures de dissimulació que van funcionar mentre la filla visqué a la closca de caragol. Els coneguts en parlaven. Constataven el declivi de la dona que coneixien des de feia mitja vida i que semblava una altra. També deixà de tenir cura de la roba. Portava el mateix vestit durant dies, perquè li feia mandra treure's la roba. Arribava a dormir-hi quan la vencia l'alcohol.

En recuperar l'olor antiga, na Coloma se'n va dur una sorpresa. No ho captà desseguida, perquè hi ha coses que costen d'entendre. La impressió inicial fou massa intensa perquè pogués analitzar una realitat nova. Entre els braços de la mare, hi eren les olors de la infantesa. Li servien per recuperar la memòria de tot el que havia perdut, d'un temps que no existia. Va percebre el passat amb una força que anul·lava les transformacions que hi havia afegit el present. Per això aconseguí vessar la pena. Una pena que havia conservat encartronada, rígida, que feia mal. Aquella nit no hi hagué espai per a més descobertes. Mentre l'acollia en l'abraçada, tornà a ser qui fou. L'instint vencia la degradació; els sentiments més primitius s'imposaven en un seny extraviat. Va ser una victòria breu, perquè només durà una estona. L'espai de temps que durà l'acostament dels dos cossos: La mare va gronxar-la sene dir paraula, com si fos un infant. Ella va deixar-se fer, mentre el seu cos guaitava de bell nou a la llum.

Poc després va entendre-ho. Sortir del refugi significava adequar-se a un context diferent. Va comprendre que la casa no era la mateixa d'abans. Fora dels límits estrictes de la seva habitació, hi havia el caos. Un desordre de mobles, de ritmes, d'horaris.

Barrejada amb la flaire d'abans, descobrí una olor nova. Sorgia del cos d'una dona que, tot just recuperada, es feia distinta. Hi havia un punt de brutícia que se sumava a l'aroma coneguda. Hi era el tuf de l'alcohol. No el notà fins que sortí de la cambra amb els sentits esmolats a la vida. Succeí després d'una nit en què espiava moviments de motos al carrer, quan va veure un jove esbocinar-se a l'asfalt. Feia fosca però li semblà —degué ser una il·lusió dels fanals— que era migdia. L'al·lot tenia pocs anys i, tanmateix, el seu rostre va recordar-li el rostre del pare. L'impacte del cos contra el ciment va despertar-la d'un son que havia durat massa temps.

Sa mare passava hores al carrer. Va adonar-se'n quan tornà a obrir els ulls a la realitat. Durant el parèntesi de reclusió, no havia volgut fer-se preguntes. Era un consol saber que disposava d'hores de solitud. Quan la sentia tancar la porta, empènyer la persiana i rodar la clau, se sabia mestressa de la lloriguera. Ningú no guaitaria a través de la porta entreoberta, encara que només fos per preguntar-li si volia sopar. S'imaginava que havia sortit a visitar parents o coneguts. Les parets de la casa li devien caure a sobre i cercava distraccions fora. Li semblava natural, còmode perquè li estalviava les converses. Diàlegs que els anys havien convertit en una successió de monòlegs que s'alternaven en un catàleg d'incomunicació. Quan s'assabentà de les rutes que feia sa mare, comprengué que havia fet tard.

Sortia de la casa verda i es dirigia cap a la parada d'autobusos. No s'entretenia gaire en el trajecte: Saludava d'un tros lluny els coneguts amb un gest del cap. Si feia fred, s'embotonava la jaqueta; si cremava el sol, s'arremengava el jersei i s'obria el coll de la camisa. Passava a la carretera bona part del dia i del vespre, suportant la duresa dels elements sense immutar-se. La gent de la zona la coneixia de vista, encara que n'ignorassin el nom. Creien que no tenia família i que era boja. En alguna ocasió, els veïns reclamaren un cotxe de la policia per telèfon. Demanaven que se l'emportassin enfora, perquè no volien descompondre el paisatge de xalets adossats, de senyores que passejaven els cans, de cans que passejaven les seves propietàries sense dents o amb massa maquillatge. No abandonava els límits de l'asfalt. Mai no va posar els peus a les urbanitzacions de carrers com taulers d'escacs, de fanals que dibuixaven línies rectes on no tenia cabuda la confusió.

Només li importava la volta grisa que li duia records que hauria volgut esborrar d'un traç. La memòria era un pou obscur on allò que visquérem se submergia, reposava, adormint-se fins que, de sobte, tornava a surar per sumir-la en el desconhort. Coneixia totes les trampes del joc i sabia escapar de l'oblit, evitar que l'aglapissin els desitjos de repòs. La memòria la traïa a qualsevol hora. Compareixia quan menys l'esperava, a la cantonada on hi havia el forn, a les habitacions de casa, als carrers i a l'autobús.

Li agradava despertar l'home els matins, escoltar-li els ronquets de moix, espiar-li la mandra mentre preparava cafè. El món no era dur perquè existien els seus ulls. Aquells ulls enormes que encara la perseguien pels racons de la memòria, a les voltes de la carretera quan es feia de nit i els fars dels cotxes il·luminaven l'espai. El temps insistia a tornar enrere, fins que es deturava en un punt llunyà que oscil·lava entre el passat i el present. S'acostava al passat perquè succeí fa temps. Pertanyia al present perquè les coses no depenien d'un calendari, sinó de la data de caducitat que portam dintre. Podien haver passat les setmanes i els mesos, anys sencers, però conservava el que va viure al seu interior. Hi era immutable. Cada dia vivia la mateixa experiència que li marcà la vida. La repetició no l'afeblia ni podia enfosquir-la. Només n'indicava els perfils i n'intensificava els colors.

Armada amb pedres, pales i fustes —deixalles convertides en armes—, amenaçava els cotxes en passar. Els esperava amb crits, insultant els conductors amb paraules amargues. S'amagava rere un matoll o s'asseia, obertes les cames, en una cantonada. Feia temps que va perdre la vergonya. Podrien confondre-la amb una fera salvatge que habitava la foscúria o creure que era un fantasma sorgit d'altres mons per desbaratar-los el camí. Una vegada, una dona vella va senyar-se tres cops, en veure-la: En nom del pare, i del fill, i de l'esperit sant. Un al·lot va escopir-li des de la finestreta del cotxe. El gargall se li enganxà a la galta i va esborrar-lo amb la mànega sense adonar-se del tacte de gelatina.

Les nits de lluna la seva ombra es retallava i es veia des de lluny. Quan feia molt fred, dibuixava cercles de fum amb l'alè, però no era capaç de percebre la duresa del sol ni les gotes de pluja que picaven l'asfalt. Quan tot era fosc, la seva veu s'imposava al silenci. Se'n difuminaven les formes, encara que mai no s'allunyàs gaire del mateix lloc. Va aprendre a sobreviure a l'asfalt. Mai no tenia gana i el cos es convertí en una carcassa d'ossos i de pell. La set l'ofegava a voltes. Llavors tornava a casa i bevia cervesa de litrona o vi del supermercat, amorrada al tetrabric.

L'home morí a la carretera. Sabia que un cotxe l'atropellà en un punt de l'asfalt gris. Va perdre el seny en entendre-ho. No va poder oblidar-se'n ni tampoc va saber allunyar-se d'aquell indret. Només li quedava el lloc on va caure el cos i els ulls es tancaren com papallones. Cada matí es vestia amb la mateixa roba i es posava un capell cobrint-li el front ennegrit pel sol. Agafava l'autobús, caminava fins a la cruïlla de l'accident. Allà on creia que va perdre'l. Després, moltes passes que anaven i que venien. Crits saltaires, espires de foc. La ràbia desbordant-la.

Era la imatge de la desolació i la resistència. Va negar-se a admetre que la vida pot canviar en un moment. Cercava culpables. Entretenia les hores convençuda que, un dia, el conductor assassí recorreria el mateix tram que va fer aquell dia al volant. No el coneixia i s'imaginava que era qualsevol. Quan veia els cotxes que circulaven i els rostres indiferents, s'encenia com una torxa.

XI

Mentre els dits de n'Albert es posaven al coll de na Coloma, ella notava un pessigolleig que la desbordava. Les mans en resseguien la finor de la forma, pujaven per la columna esvelta, des del naixement fins al final de la nuca. S'entretenien en l'ascensió, mentre comprovaven la flexibilitat dels ossos, dels nervis, de cada múscul que bategava. Les vibracions de la pell eren la resposta al tacte del polze que hi dibuixava cercles, moviment d'ones, ales d'ocell. Mai no hauria cregut que s'hi poguessin concentrar tantes sensacions alhora. En alguns centímetres d'epidermis, hi havia el tremolor, la inquietud, les ganes. Era el desig de tocar-lo i de ser tocada. Li hauria agradat que el món es detingués en aquell punt de percepció: L'instant en què el cos reclama. Esmolats els sentits, s'aguditzava la capacitat de voler.

Quan ja no hi havia clients i la porta era tancada, s'amagaven a la perruqueria. Disposaven de l'espai sencer per a tots dos, lluny de mirades, de presències incòmodes. Aleshores la vida es recollia entre les parets, els assecadors de disseny, les butaques on s'abraçaven. Els agradava envoltar-se de bombolles de xampú. Combinaven aromes, feien provatures que envaïen l'aire d'una densitat de fragàncies que, en condicions normals, els hauria resultat difícil de suportar. Però no vivien una situació regular, perquè els dies eren una descoberta contínua. Habitaven un estadi de l'amor on el seny s'extravia i només hi ha espai per a l'egoisme. Un egoisme magnífic en què les coses importen en la mesura que serveixen per subratllar un nosaltres. La resta del món quedava massa enfora.

Si les mans deixaven el coll, quedava una certa recança. La d'ella, que hauria volgut perllongar la carícia; la dels dits, que enyoraven el tros de pell tot just abandonada. Hi havia també la frissor de perdre's en un nou paratge: la cabellera de foc. Les mans de n'Albert hi traçaven rutes, seduïdes pel roig. Li preguntava:

—Quants vermells distints hi ha als teus cabells, Coloma?

Ella reia:

—No ho sé. Abans creia que eren d'una única tonalitat feta de coure. Des que m'estimes, contenen tots els vermells de la terra.

—I tu, m'estimaràs sempre?

—Sempre.

Es feien l'eterna pregunta. La responien de la mateixa manera que, abans que ells, a la vegada i després, ho farien molts altres amants. Parelles que mastegaven els mots com si fossin els primers a pronunciar-los, mentre hi abocaven la força del convenciment absolut. Res no pot trencar la certesa que els qui s'estimen posen a les paraules. Són capaços de transformar-les en actes notarials, en sentències, en llei. Inconscients de la fragilitat de les coses, jurarien pel cel i per la terra que l'amor mai no es trenca. Són crèduls i confiats, viuen feliços.

Un capvespre, va rentar-li els cabells amb un sabonet que es desfeia entre les mans. Era cremós, suau, feia olor de móra. Flaires de boscatge i de malesa. L'aire va espessir-se com si la boira els protegís. A l'ambient, hi suraven borbolls de xampú. S'abraçaren quan encara portava els cabells humits, perquè esperar alguns minuts pot fer-se etern si ens guanya la impaciència.

A terra, un parell de tavalloles de cotó i els cossos que es buscaven. El centre del desig eren el coll de na Coloma, els dits de n'Albert. Des d'aquells punts, el deler s'expandia en un radi ampli. Ocupava la pell sencera fins al racó últim, els recorria els braços i les cames, s'ensenyoria dels seus ventres, els inflava els llavis de la boca i del sexe. S'abraçaren al trespol en una capa de cabells i de roba que s'escampa.

La sala es convertí en el seu paisatge. Hi havia les rames dels arbres que formaven un tramat de branquillons damunt els caps. Encara que no les veiessin, sentien remor de fulles i olor de móres. També se'ls diluïa la visió del cel —que devia ser molt blau—, perquè una boirina baixa l'ocultava. Era el resultat de la barreja de bombolles coloraines i aromes denses. Les làmpares que els il·luminaven eren molts sols que provaven d'obrir-se camí entre la broma. Un combat entre claror d'astres i ombres producte de la química. La roba desfeta feia muntanyoles al terra, crestes que alteraven l'horitzontalitat de la superfície que els acollia. Ella li va dir:

—Una vida és massa breu per a l'amor.

—Tenim dues vides que se sumen en una sola. Farem que duri —va respondre-li.

—M'ho promets?

—Tens la meva paraula.

En la lluita de clarobscurs, els cossos que s'abraçaven eren mig del sol, mig de la lluna. No va importar-los gaire; ni van adonar-se'n, perquè els colors de la pell es confonien amb els del paisatge.

Per primera vegada, na Coloma va obrir-se per rebre'l. N'Albert era el peix que llisca entre les ones o la proa del vaixell que en talla l'escuma. Recórrer-la era fer camí. Un trajecte per comellars, a través de correnties d'aigua viva, de salts agrests, de planures. Quan va penetrar-la, va creure que es trencaria. La sensació no va durar gaire, perquè el plaer i el dolor poden barrejar-se fins que formen una matèria única. El mal físic s'ajuntava amb un altre dolor que no hauria sabut explicar, que era imprecís però molt intens. Era la pena que, sovint, produeixen els excessos. Quan vivim un moment de rara bellesa, que escapa de la quotidianitat, podem patir per una simple qüestió de comparacions. Fibla la descoberta: Saber que som capaços de viure amb força, que hem passat molts dies distrets en la quietud, ignorants del que era nostre. Un cabal d'energia que guardàvem oculta —qui sap on— es vessa, ens venç. Com podia haver viscut —va preguntar-se— sense ell dins ella? Quants dies es perdien en la grisor, en l'aïllament d'una cambra que donava a un carrer? ¿Era possible que el cos es convertís en una onada que s'alça, que creix, que ens inunda?

Abraçats a terra, en l'espai reduït de la cabina, rodolaren per un pendís. N'Albert va deixar un rastre de saliva al seu ventre, a les cuixes, al sexe. Foguerades. Amb les cames de na Coloma encerclant-li la cintura, es movia envant i enrere. Es miraven al fons dels ulls, i hi veien el sol. Va deixar-se emportar pel tacte. Oblidà la resta de l'univers, perquè només existia el temps capturat. Un parèntesi que els pertanyia complet, sense escletxes. Aturar-lo devia ser el mèrit de l'amor —va pensar-ho després, mentre reposaven. Va oblidar que els rellotges continuaven fent via, encara que fos lluny d'ells. S'acostumaren a descordar-los, abans d'estimar-se, de la mateixa manera que es desfeien la roba. Els deixaven de banda, en un racó. Era una forma d'imposar-s'hi. Les agulles a les esferes quedaven enfora i era fàcil imaginar-se que s'havien detingut.

Poques coses aconsegueixen aquietar la seva roda. Tan sols les experiències que tenen una força peculiar que ens marca la vida. Recordava com s'havia immobilitzat l'existència quan morí son pare. Una veïna, que anava de negre perquè havia perdut mitja família, aturà el rellotge que hi havia a la sala de casa. Li digué que, en la mort d'algú, el temps es paralitza a les existències dels qui l'estimaren. Ho entengué molt bé, perquè percebia el món immòbil. Visqué una vida encallada. Plegats, n'Albert i ella embarrancaven el temps. Eren capaços d'una proesa que, abans, només la mort havia fet possible. Ara la protagonitzava l'amor. L'amor i la mort, en aparença irreconciliables, provocaven idèntics efectes. Resultava sorprenent, poc tranquil·litzador. Cap dels dos no s'entretingué gaire a pensar-hi. Estaven massa ocupats l'un en l'altre per desviar l'atenció cap a nous rumbs. L'única història que valia la pena era la pròpia. Així fou durant molts temps.

N'Albert era un jove ambiciós, que tenia el cap clar i l'ànim despert. Havia decidit dedicar-se al que més li agradava: Modelar cabelleres, retallar-les, transformar-ne el color. Era un artista de les estisores i del xampú. Sabia combinar textures, mesclar tints, encrespar coronetes o allisar puntes indòmites. No havia oblidat els inicis, encara pròxims, quan treballava amb un perruquer a la zona alta de la ciutat. Havia de limitar-se a assecar cabells, ordenar prestatgeries, renovar tovalloles i tenir els estris llestos, preparats per quan fossin necessaris. Era diligent, pulcre, i, sobretot, observador. No se li escapava ni un sol detall de l'activitat que l'envoltava.

Amb els ulls, resseguia cada moviment dels dits en contacte amb els cabells. Era l'única raó que justificava la dedicació a una tasca repetitiva, gens interessant: Aprendre. Volia retenir tot allò que el perruquer feia al pensament. Convertir-se en un receptacle del saber aliè, memoritzar-lo. A l'acadèmia, li ensenyaren unes tècniques que s'esforçava a practicar quan podia. Li mancava, emperò, l'habilitat que dóna l'experiència. Tenia l'enginy, li faltava la destresa. L'un era un do innat; l'altra havia d'adquirirla amb la pràctica. Com que mai no l'espantaren els esforços, hi dedicava interès, voluntat. No l'espantava la feina. Ni se'n queixava ni es mostrava neguitós. Era conscient que el camí era llarg, si no estava disposat a ser només un professional correcte.

Aspirava a ser el millor, teixia somnis que havia de dissimular perquè el patró no el veiés com un competidor i el fes fora. Així com els talps fan camí davall terra, treballava a les fosques esperant que arribàs l'hora de guaitar el dia.

Durant quasi tres anys, es dedicà a una tasca obscura que li aportava un sou petit. L'autèntica compensació era la possibilitat de fer preguntes, si trobava l'amo de bon humor, disposat a explicar-li detalls secrets de l'ofici. Era l'opció de visualitzar noves tècniques, d'aprendre formes de tractar els cabells, de reconvertir els rostres quan es canviaven el pentinat. Poder transformar la gent, polir-ne els soscaires, suavitzar-ne els trets amb una tonalitat de tintura o un tall distint l'entusiasmava.

Quan la perruqueria tancava les portes al públic i el propietari havia fet caixa, el deixava sol. Havia d'endreçar el local per a l'endemà: Agranava el terra, fent caramulls amb la pelussa que rescatava de tots els racons on havia volat. Observava l'entremesclall de cabells que recollia. N'hi havia de tots els tons. Color de palla, de blat madur, de raig de lluna, d'herba groga. Color d'aram, d'escorça, de terra humida, de foc. Color de carbonissa, blau vellutat, de dona endolada. Els ajuntava dins la pala i els llençava als fems, en unes bosses de plàstic que es tancaven amb dues tires. Ordenava les laques, les cremes; netejava els rentadors, les pintes. Procurava concloure la tasca de pressa, sense entretenir-s'hi massa. No és que tengués pressa d'anar-se'n. No frissava perquè havia entrat de bon matí i les hores es feien feixugues. Volia una estona per a ell, encara que fos robada.

En un armariet on guardava les quatre pertinences, hi havia una bossa que ningú no havia vist. Quan tenia algun diner estalviat, comprava una perruca postissa. En tenia més de mitja dotzena. Cadascuna era de mides i colors distints. Hi havia també un cap de maniquí. Va trobar-lo a les deixalles d'uns grans magatzems, entre cartrons. Cada vespre el vestia amb una cabellera. S'havia reservat un racó del local per als experiments, una part de la sala que li permetés visualitzar el moviment de les estisores des d'un angle de miralls. Es tractava d'assajar el que havia vist durant el dia. A vegades, imitava els pentinats que portava gravats a la memòria: Un recollit de núvia que mostrava la nuca, el tall irregular d'una cabellera, capes de cabells que dotaven de moviment el crani, una cabellera retallada en forma de coroneta de patge, un anar i venir d'ones que queien per l'esquena inexistent del maniquí.

En altres ocasions, n'inventava de nous. Experimentava dotzenes de pentinats per a cadascuna de les cabelleres. N'alternava les tonalitats i la llargària fins que, rebregades per l'ús, es convertien en manyocs inservibles que havia de fer desaparèixer. Era un aprenent constant. S'assemblava als alquimistes que juguen amb els elements. Tenia la tenacitat del ferrer que bruny el metall, que el modela a la boca d'un forn. També la delicadesa de l'orfebre, que ajunta peces minúscules i en fa baules de cadenes d'or. Era hàbil, imaginatiu, pacient, tres qualitats indispensables per a un bon perruquer. No importava si el rostre de qui pentinàs no era atractiu. L'únic indispensable era conèixer-ne els trets, estudiar-ne la forma, perquè sempre hi havia alguna cosa a destacar: L'amplària d'un front, els ulls com ametlles, la perfecció de l'òval o el llavis molsuts. Un pentinat fet amb gràcia reconvertia una expressió grisa en una altra capaç de fascinar. N'estava segur.

Fins que descobrí que ja no hi tenia res a fer. No li quedava cap element nou per aprendre allà. Coneixia els secrets del mestre, n'havia assimilat les tècniques i era capaç de reproduir-les en una mímesi perfecta. També podia superar-les. Ho comprovà després de molts vespres de feina silenciosa. Com un vell avar que acumula monedes en un cofre, el guarda davall les rajoles de la cambra on dorm, l'obre quan sap cert que no el mira ningú, en fa recompte amb ulls ardents i un fil de bava als llavis, es complaïa en cada descoberta. Conservava a la memòria els fotogrames de tot el que havia vist, en una recopilació d'imatges que no s'esborraven; havia adquirit la saviesa que atorga l'experiència. L'habilitat inicial de les mans havia estat substituïda per la mestria: Una precisió en el tall i en la combinació de tintures que s'esforçava a dissimular davant mirades alienes. Durant mesos, va tenir cura de no desvetllar el secret. Havia observat la progressió en l'aprenentatge, els propis avenços, amb cautela i entusiasme. No havia de confiar-se gaire, perquè quan ens refiam perdem la voluntat d'esforçar-nos, però tampoc no havia de permetre que l'engrescament l'encegàs. Era conscient de la importància de mesurar les passes, de dosificar-les fins que no fossin simples victòries d'un moment, sinó coneixements sòlids. Troballes que l'acompanyarien i que li permetrien tirar endavant amb les provatures i la recerca.

Va acomiadar-se amb gratitud, cortès i distant, sense donar explicacions. Havia convençut la seva germana perquè s'atrevís a llençar-se a l'aventura. Ella també havia treballat per altri. En sabia els avantatges i els inconvenients. Barataven la seguretat d'un sou a final de mes per les preocupacions que porta controlar un negoci. A canvi, guanyaven emoció. Arriscar-se pel que havien convertit en causa comuna els omplia la vida. Encaraven els reptes amb il·lusió, hi abocaven el que sabien mentre s'afanyaven per continuar l'aprenentatge. La perruqueria va ser el centre de la vida de n'Albert, fins que comparegué na Coloma.

Na Coloma hauria volgut estudiar medicina. Ho desitjava des que era una nina. En realitat, no recordava si la idea fou seva o del pare, però hauria pogut reproduir les converses, quasi idèntiques, que tengueren sovint. Ell li deia:

—Què vols ser quan siguis gran, filla?

Somreia, decidida a despistar-lo amb un joc de paraules.

—Voldria ser... bomber!

—No, fillona, això no. No veus que el foc et cremaria?

—Doncs, pallasso!

—No, petita. Has pensat que, amb la cara pintada i un nas postís, mai no podria reconèixer-te?

—Aleshores em faré acomodadora de cinema com tu.

—Impossible! Hauries de veure la mateixa pel·lícula més de mil vegades.

—Potser pastissera? Treballaré en un forn i menjarem pastissos de xocolata cada dia.

—Ens faria mal la panxa. Només hem de menjar-ne quan hi ha festa grossa.

—Doncs seré metge i podré curar la gent que el foc crema, els pallassos quan estan tristos, els acomodadors que tenen la vista cansada, i la gent que menja massa dolços —li picava l'ullet.

—Magnífic!

S'abraçaven en un paisatge de carrers recorreguts per una línia d'arbres. Caminaven a poc a poc, mentre feien una ruta que sabien de memòria, de retorn a la casa pintada de verd. La casa on els esperava la mare quan encara portava els cabells recollits i una bata que feia floretes menudes. Hi havia un plat de sopa a la taula, pa calent, un cossiol a la finestra de la cuina. Quan l'escenografia va fer un tomb inexplicable, tot es capgirà. Es desmuntaren la vida i els somnis; va refugiar-se en els llibres. Era una bona estudiant que tenia una voluntat de ferro. A l'institut, no va fer gaires amistats perquè era massa introvertida per formar part de les rotlanes de jovenetes que s'entretenien al bar o que conversaven pels passadissos. Procurava escapolir-se dels convits i de les confidències.

La situació va empitjorar a mesura que passava el temps. Quan es va fer obvi que la mare havia perdut el seny, l'avergonyia imaginar els comentaris de les companyes. La majoria vivien al mateix barri, algunes eren veïnes. Era conscient que sabien la seva història. Podia figurar-se els comentaris, la burla. Tenia la impressió que els cercles on tot eren rialles i paraules emmudien, quan ella passava. Es feia un silenci que l'encenia com una magrana. Hauria volgut girar-se de cop, palplantar-s'hi al davant, encarar-s'hi amb l'empenta d'un brau i la ràbia de l'adolescència, però no en sabia. Es limitava a encongir-se en els vestits barats que portava, davall l'abric passat de moda. No els envejava les samarretes, ni les arracades o les polseres de plata; tampoc no patia perquè els seus calçons massa amples feien riure els al·lots. Era un sentiment molt més imprecís, que no hauria sabut explicar. Una tristesa que tornava cada matí, just en despertar-se. S'acostumà a rebre-la com si fos una antiga amiga que ve a retrobar-nos.

No pogué fer medicina. Encara que les qualificacions de l'institut fossin excel·lents, el seu expedient immillorable, no fou possible. Molt aviat va entendre que no tenia massa coses. Tampoc no disposava de temps. Havia d'invertir els esforços en uns estudis que no durassin gaire, que li permetessin incorporar-se a la feina, guanyar un sou i ajudar la mare. Ajudar-se també a si mateixa, encara que no sabia molt bé com. Elegí infermeria. D'una banda, perquè amb tres anys —si s'afanyava— obtindria el títol; de l'altra, perquè era el que més s'assemblava al que son pare hauria volgut. L'entusiasme amb què va sentir-lo pronunciar la paraula «magnífic» perdurava en ella. Hi pensava sovint, quan s'inclinava damunt els llibres. Cada vegada li era menys senzill estudiar. Encara que conservava la voluntat, la ferum de vi li impedia concentrar-se. Si aconseguia fer-ho durant un parell d'hores, se sentia alliberada. La memorització de conceptes la salvava de veure les passes vacil·lants, de comprovar un procés de degradació que li feia por. Si es recollia a desxifrar algunes definicions que li ocupassin tot l'horabaixa, podia respirar.

Sa mare va enfilar-se al terrat. Era una perllongació de la teulada on, en lloc de les correres des d'on es recollia aigua de pluja per a la cisterna, hi havia cairons. Fils llargs creuaven l'espai d'una banda a l'altra, perquè hi estenguessin la roba. Hi volaven els llençols, empesos per l'airet. També hi havia un traster on s'acumulaven caixons, bombones de butà, paperassa. S'hi pujava per una escala de pedra que començava al jardinet i donava a la terrada. Na Coloma no va témer-se'n fins que sentí els crits que venien del carrer. Guaità per la finestra i hi descobrí persones que feien gestos nerviosos. Avançaven i retrocedien. Algú aconsellava tranquil·litat; altres clamaven el seu nom i el de l'altra. S'adonà del que succeïa: La dona que no sabia reconèixer s'abocava a l'asfalt des de les altures. Embogida, feia culpable el món de la pròpia feblesa. Acusava tothom de la mort del marit. Els preguntava on era. Mirava les veïnes que es feien enfora, quan les amenaçava. Les insultava sense vergonya, amb mots que mai no li havia sentit pronunciar. Va tenir molta por; quedà quieta, sense dir paraula. Amb una bombona de butà fent equilibris al cairell del terrat, sa mare semblava decidida a llençar el seu trofeu al cap d'algú.

Passaren pocs minuts fins que fou capaç de reaccionar. Es precipità escales amunt. No va ser fàcil convèncer-la perquè davallàs l'escala i es tombàs al llit. Hagué d'allargar-li una mà, suavitzar la veu que estava a punt d'esquerdar-se, parlar-li del pare. Explicar-li que havia tornat de la feina i les esperava a la sala. Si aconseguia fer-la dormir unes hores, s'oblidaria del que havia estat a punt de fer. Quan obrís els ulls, tornaria a ser una dona dolça, incapaç de fer mal a ningú. S'estanyaria si les veïnes la miraven amb mala cara pel carrer. Es preguntaria què havia pogut fer per ofendre-les. Les saludaria com si res, i li caurien quatre llàgrimes en veure que li giraven la cara. Ho havia pensat moltes vegades: Esser vídua volia dir viure sola, a pesar de la filla i dels coneguts. Aquesta sensació justificava la ira que —ho havia de reconèixer— li ennuvolava el cap. No és que fos una altra. Els medicaments que havia de prendre d'ençà de la mort del marit la trastornaven. Feia coses lletges que no depenien de la pròpia voluntat. Va provar d'explicar-ho a les veïnes, però no l'entengueren. Deien que tot era culpa del vi. ¿El vi? Se n'hauria pogut riure, si no fos perquè havia perdut les rialles feia temps. Beure un tassonet de vi amb les menjades mai no l'afectà gens.

El vi no era la causa de les seves desgràcies. Si de cas, n'era el remei. Mai no pensà que la beguda fos una solució definitiva, ni que li servís per esborrar els fets passats. Res no pot canviar allò que ha succeït. No existeixen proeses capaces d'alterar la forma de les experiències viscudes. Ni els déus no ho aconseguirien. Havia de resignar-s'hi, acotar el front, fer-se menuda. L'alcohol apaivagava la pena. Ho comprovà quan cada glopada allisava els soscaires de velles imatges. Els records eren com pedres pinyonenques. S'assemblaven als monòlits o a les pedres angulars, tots plens d'arestes. Calia llimar-ne els caires més vius, retallar-ne les vores. Però no hi havia eines prou esmolades ni amb la força necessària perquè l'enfrontassin amb la duresa d'una pedrera. Només el vi servia per aplanar voreres, redreçar rompents, condormir la feixugor. Després venien hores plàcides en què viure era dormir o no ser-hi del tot, estats deliciosos que l'aconhortaven. A vegades, sorgia la ràbia com una escumera i no podia fer-hi res, perquè l'arrossegava. L'únic important era no passar el límit entre la dosi que ens convida al son i la que ens exalta els sentits. Encara que les fronteres eren difuses, a pesar que s'entremesclaven els efectes grats amb els altres menys amables, valia la pena refugiar-se en un tassó ple a vessar.

La vida també era plena per a na Coloma, quan es refugiava a la perruqueria amb n'Albert. Va passar molt temps fins que li parlà de sa mare, perquè no s'hi veia amb cor. No sabia explicar el que havien viscut, resumir-ho en un relat lineal que tengués una coherència mínima, quan res no era lògic. Ni la mort del pare ni la transformació de la mare. Ni tan sols la seva manera de créixer sola, aïllada del món. S'hi referia sense donar-li detalls, en una narració fragmentària que recollia moments del passat i del present, els intercalava, els confonia. Eludia certes preguntes, calculava les respostes, mentre procurava deixar a la porta les preocupacions de la vida quotidiana. Les abandonava al penjador on col·locava l'abric i la tristesa. Sabia que l'esperarien allà mateix fins que es fes nit fosca i hagués de marxar a casa.

Va succeir entre bombolles color de menta. Un representant havia portat aquell xampú nou i n'Albert va voler rentar-li els cabells, omplir-los d'aroma de bosc. El líquid s'escampava pels rínxols i hi formava escuma verdejant. Li descordà la brusa i va estendre-la per les espatlles, pels pits, pel ventre. L'aire feia olor de piuladissa d'ocells, de capvespre detingut perquè la vida és robada. ¿Hi ha res millor que retenir fragments de vida que valguin la pena de ser evocats? ¿Existeix una sensació més intensa que el frec de dos cossos ruixats amb flocs de sabó? Va desembotonar-se la camisa i abraçà la pell que lliscava. El contacte era com de flames. Volia perdre's dins ella. Na Coloma hauria volgut ser un pou profund on n'Albert es capbussàs per sempre. Desitjar-se volia dir la por de no ser-hi a temps, de no tenir prou dits per acaronar, llavis per recórrer-se, dents que els deixassin marques al coll o a les espatlles, braços que els abraçassin sencers. Significava l'avidesa de retenir i la por de perdre. Totes dues coses combinant-se alhora, mentre les seves vides es confonien en una sola entre una escampadissa de tavalloles, barnusos i sabonetes.

Nou mesos després va néixer en Marcel. Obrí els ulls al món per il·luminar-los. No s'ho acabaven de creure, al llit de l'hospital on na Coloma reposava i n'Albert seia. Era un infantó menut, sense cap cabell:

—Ensuma'l —va dir-li ella, quan el sostenia.

—Fa olor de llet —reia l'home—. Exactament igual que els altres nadons.

—T'equivoques —li tornava el somriure—. Torna a intentar-ho: Vinga, respira fondo a prop de la seva pell.

—De què fa olor el nostre fill, Coloma?

—De bosquina.

III PART

XII

El taxi recorre un tros de voltes. Són a la Nacional 420 en zona muntanyenca. Hi ha clapers de roca nua que recorden la calba d'un gegant. La resta és verdor de pins. Baixa cap al Priorat i comencen a destacar-se les vinyes. No disposen d'espai franc per créixer. Només poden cercar escletxes, crulls a la pedra on aferrar-se. És la dificultosa lluita de l'home que vol imposar-se a la natura hostil. Una cinquantena de figures rígides alcen els braços al cel. Són acumuladors d'energia eòlica, molins de disseny que giren. Servirien per despistar qualsevol Quixot modern amb els seus perfils esmolats. N'Albert sap que la geografia pot crear pau o angoixa. A vegades, els arbres han de créixer com si fossin acròbates de circ, funàmbuls que avancen per la corda fluixa que és la terra a prop de l'aire. La naturalesa és profundament desmesurada; no hi ha possibilitat de pactar-hi.

El rètols senyalitzadors se succeeixen. Alguns el distreuen un moment. Altres ni tan sols això: Falset, nom de falç petita, d'instrument per a la verema. Un cotxe els fa senyals amb els llums:

—Què passa? —pregunta.

—No res. Ens avisa que hi ha la policia. Deuen ser controls rutinaris.Tranquil.

—Tranquil? —es mossega els llavis, voldria riure i calla.

Travessen una vall. Els arbres són d'un verd que pesa. La carretera s'ha transformat en una línia recta. Deserta. De tant en tant, fa una volta per recordar-los el que deixen enrere, però el paisatge és monòton. Hi ha arbres baixos que s'alternen amb matolls encara més baixos, fins que apareix l'Ebre. Les aigües del riu fan meandres. La imatge se superposa amb la dels últims veremadors, gent que sempre empata amb la vida: Treballen només per poder seguir treballant. S'encreuen amb un camió conduït per un jove. Porta el darrer raïm i deu tenir l'edat d'en Marcel. Potser és una mica més gran. El cotxe entra a la província de Terol. Els envolta la mateixa pobresa que han deixat camí enllà, perquè la ruta no marca diferències. Aragó és gris: Se li ha de treure la pols.

Anant cap a la ciutat de Terol, troben tallada la carretera que havien d'agafar, la que s'indica en el mapa. Voldrien avançar per Alcorisa i han d'aturar-se a una benzinera a demanar informació. Els expliquen que es pot voltar per darrere. Uns metres lluny, hi ha un desviament que els permet entrar-hi. Se celebren unes noces. Una multitud espera la núvia a l'entrada de l'església. Un tros enfora, hi ha un ramat d'ovelles que pasturen. La carretera és una cinta que travessa ones entapissades de verd nomésací i enllà, amb clapes de pedra despullada. Entorn de la Serra del Maestrat, hi ha una zona minera. El verd dels matolls és sec, tancat en si mateix, desesperançat. Rabiós? Tal vegada. L'únic cert és que no convida a allargassar-s'hi ni ofereix refugis de frescor. El Monestir de Nuestra Señora del Olivar és en una ruta tota de pedra. Els pobles s'hi confonen. Com que les cases tenen el seu mateix color, quan compareixen són males de distingir. Un corb passa volant, solitari, perquè la mort sempre viatja sola, encara que vulguem acompanyar-la.

N'Albert s'adona que en Martí ha canviat, d'ençà que començaren el trajecte. L'home cordial s'ha fet esquerp. Ignora si és una influència del paisatge. Entre l'esgotament i la distracció, no té consciència del moment exacte en què s'ha produït el canvi. Al principi, el taxista no li semblava gens interessant. Era l'instrument necessari per aconseguir la meta, i poca cosa més. Li havia de servir per recórrer molts quilòmetres. Tant li eren el seu nom, la vida que devia viure fora d'aquell vehicle, el rostre que l'observava. L'únic que pretenia era defugir les preguntes personals, evitar converses. Primer, perquè estava massa cansat; sobretot, perquè no volia explicar-li històries. Ni les d'altri ni, molt menys, la pròpia.

No sap com ha viscut la transformació, però sent una certa curiositat. En algun punt de la ruta, un fet ha alterat el semblant tranquil que capta de rampellada pel mirallet retrovisor. Es tracta d'una circumstància que no té res a veure amb ell. Ni tampoc amb el fill. N'està segur. L'espurna d'interès que li endevinava ja no existeix. El brot de dubte que ha reprimit perquè la seva actitud no el convidava a les confidències ha desaparegut del tot. Una nova preocupació —molt més real perquè l'afecta directament— ha substituït les preguntes que hauria volgut formular-li. La percepció el calma: Si el taxista té problemes, no tendrà temps ni ganes de descobrir els del seu client. A la vegada, emperò, s'adona que la metamorfosi s'ha produït no fa gaire. No és el mateix home que els ha recollit a Bellvitge, que ha provat de fer algun comentari en els primers quilòmetres, satisfet davant la possibilitat de guanyar un bon jornal.

Constatar que l'altra gent també pateix pot ser molt reconfortant. S'ho confessa sense embuts. És una sensació de derrota compartida, encara que sigui en exèrcits distints. La tristesa se sent insultada per l'alegria aliena. No és que —almenys d'una manera conscient— ell desitgi el mal per a ningú. No es troba en condicions de voler bé ni mal, perquè tant li és si el món s'enfonsa. La situació li recorda una escena de la infantesa. Acaba de rescatar-la i ha de treure-la amb compte, perquè penja d'un cordillet. Si es despista, perdrà el record que tot just comença a perfilar-se. Veurà com s'estimba al pou de l'oblit i no serà capaç de recuperar-lo: Era un nin i havia anat a fira amb els pares. Succeí en una tarda remota de diumenge. Eren en un parc d'atraccions molt semblant al que visitaren en Marcel i ell fa quinze dies. Hi havia una roda que, en girar, s'alçava part damunt la ciutat i n'oferia una vista d'ocell. Hi havia cavallets de cartró que es perseguien en un cercle amb ritmes de música de l'oest. Si encertaven el centre d'una diana amb una sageta, podien guanyar un ós o un camell.

Havia insistit perquè li comprassin cotó de sucre. En tenia un núvol enorme entre les mans. Només li calia enfonsar-hi la boca i permetre que el bromalló rosat anàs desfent-se-li al paladar. Havia de fondre's en contacte amb la seva saliva, deixar-li un regust de paradís. Gairebé el sentia abans de provar-lo. Aclucà els ulls per concentrar-se en el sabor, quan algú passà per la seva vora. Un cop de colze i el cotó al terra, l'instant abans que hagués pogut tastar-lo. Començà a plorar. No era una ploradissa —exclamà son pare—, sinó brams d'ase. No tenien temps de tornar enrere, perquè ja marxaven. S'havia fet tard i eren a prop del cotxe. Un altre dia, un altre dia —li asseguraren. Va tenir la impressió que el món s'enfonsava als seus peus. La mare hagué de subjectar-lo amb força, perquè pretenia recollir el caramel, enfangat, del sòl. Encara va guanyar-se un parell de galtades. Amb el rostre descompost, quan se sentia el més dissortat de la terra, va veure un nin de la seva edat. Acabava de trencar-se-li un globus que portava a la mà i que havia vist enlairar-se al cel tota la tarda. Una bola vermella que quedà reduïda a un tros de plàstic sense aire ni vol. L'altre també plorava. Es miraren sense dir-se res i, de cop, s'acabaren les llàgrimes de n'Albert. Se sentí reconfortat, agraït. No va fer cap comentari, mentre s'instal·lava al seient del darrere. Per la finestra, observà com es convertia en un punt en la distància. Un punt fet de moc i de plor.

El satisfà saber que el taxista no està content. L'alegria de l'home havia resultat una nosa durant la primera part del trajecte. No és que desitgi la desgràcia aliena. No pensa en els altres. Però agraeix no haver de suportar el mig somriure, les preguntes amables, el to de complicitat amb la vida. Intuir que té dificultats el calma. Fa que no se senti l'únic habitant de l'infern. Li distreu l'atenció, petrificada en una sèrie d'imatges que es belluguen al seu cervell, que el retenen en el passat immediat quan, malgrat les evidències, és incapaç de creure que sigui cert. L'amargor busca l'amargor. No hi ha fonts d'aigua clara que apaguin la set dels qui pateixen fiblades de pena. Si se senten culpables, preferiran tolls enfangats on no puguin veure's la cara. Si creuen que han perdut massa coses, provaran d'endinsar-se per indrets poc transitats on la joia dels altres no subratlli la seva dissort.

La tristesa cerca refugiar-se en la tristesa. Hi ha el desig de trobar-hi complicitat. Res no ens fa sentir més fràgils que estar sols en l'infortuni. La situació és complicada, perquè n'Albert ha rebutjat la companyia de na Míriam. No se'n penedeix ni l'enyora, sinó que necessita una presència diferent. No hi ha lloc al seu costat per a la dona que el coneix massa, que li pregunta massa, que li exigeix massa; que vol saber-ho tot. Fins ara no ho havia entès, però el taxista és perfecte. No li ha agradat quan somreia de bon matí, sorprès davant el viatge, encuriosit pel fill i per ell mateix. L'aconhorta, en canvi, veure'l conduir sense dir res, amb una expressió nova al rostre. En algun moment del viatge, s'ha produït la transformació: El personatge vulgar, que portava els calçons massa balders, ha tornat un home preocupat. No sembla obsedit per futileses absurdes. No hi ha minúcies ocupant-li el pensament, sinó una realitat dura. Una realitat que ha recuperat en el temps que porten plegats. Potser ha tengut una estona per pensar i s'adona que hi ha quelcom que no encaixa a la vida. Tal vegada és una visió del camí, del paisatge. No importen les raons. Sap que són del bàndol dels derrotats. Cap dels dos no hauria endevinat les causes que empenyen l'altre a fugir. De sobte, n'Albert ha comprès que ja no és una fugida en parella, protagonitzada per ell i en Marcel, inclinat a la seva vora. És una fuga a tres.

De què escapa en Martí? En quin moment el taxista xerraire s'ha transformat en un home que calla un secret? Des de quan s'ha produït l'aproximació de tres éssers que no tenen res a veure, però a qui el camí fa molt semblants? Escapar-se vol dir estar mort de por. Fugir cap endavant és voler abandonar una geografia, però també una història. Una part de nosaltres que es vincula a un lloc, l'experiència viscuda en un determinat indret i que ens deixa un regust amarg. Tothom ho fa alguna vegada, pensa n'Albert. No és cap originalitat, ni suposa una reacció estranya. Ell mateix va fer-ho un cop; i també na Coloma. Aleshores no va servir-li de gaire, perquè oblidà que escapava d'un episodi de la seva vida que, malgrat tot, portava amb ell. Els intents de partir no són gaire útils, si allò de què escapam és dins nosaltres. Podrem recórrer milers de quilòmetres o canviar d'escenari, però portarem el llast a l'esquena. Voldria preguntar-li al taxista si ho sap. Dir-li que pitjar a fons l'accelerador no l'ajudarà a oblidar. Recórrer la ruta el farà obtenir els diners que li ha promès, tornarà a casa amb la sensació que ha fet un bon jornal. Molt abans d'arribar-hi, emperò, haurà comprès que les distàncies no calmen les descobertes.

Se'l mira des del seient del darrere amb curiositat. Veu l'esquena ampla recolzada a la cadira. Porta un jersei que —suposa— degué cosir-li la dona fa alguns hiverns. Té els colzes a punt de foradar-se: La llana hi és més clara, el teixit desfilat transparenta la camisa. Algú diria que la roba ha perdut la forma, però no és cert. Ha anat emmotllant-se al seu cos. S'ha adaptat a la corba del ventre, a les espatlles, al pit. S'assembla a un amor usat. Quan s'estrena, sol ser com una peça nova de trinca que costa d'ajustar a la vida. L'amor no encaixa amb els hàbits individuals, fins que crea els propis costums. A mesura que passen els dies, s'acoblen les peces sense dificultats; o es fa evident que no és possible configurar el trencaclosques. A vegades costa adonar-se'n. Treure's un jersei i llençar-lo al fons d'un armari és senzill. No hi pensam mai més. Fer el mateix amb l'amor no és gens fàcil. Tampoc no és possible arraconar-lo del pensament perquè ens queda massa esquifit, o perquè s'ha fet enorme, després d'una rentada amb el detergent inadequat.

En Martí —recorda el seu nom— semblava un home satisfet. N'Albert no s'atreveix a emprar l'adjectiu «feliç» per definir-lo, perquè és una paraula que no pronunciaria frívolament. «Satisfet» li sembla millor, menys compromès. En un moment del viatge —s'esforça a saber quin—, s'ha produït la transformació. El personatge tranquil torna un ésser desassossegat. No es molestarà a preguntar-li què li passa. D'una banda, perquè està massa cansat i no posaria la mà al foc per garantir les seves percepcions. D'altra banda, perquè només li importa la pròpia història. No hi ha espai per a cap altra. Malgrat tot, el gir en les circumstàncies l'afavoreix, perquè li fa companyia. Els motius poden ser qualssevol. L'únic que compta és que hi ha un taxista que fuig amb ells.

És el seu secret. El paisatge també en té un. Ha pres els colors de la tardor. Els verds pàl·lids deixen de ser-ho i es transformen en groc. La terra va cloent-se en ella mateixa; s'enfosqueix. Vol protegir-se del fred com si fos una casa. Així com tancam els porticons de l'entrada, la terra comença un temps de vida interior. Haurem d'avançar casa endins —cor endins—, si volem escatir-ne els misteris. L'entorn cada cop és més àrid, un immens crani on tot és desolació. El cobreix un cel de núvols compactes que accentuen la sensació de despullament. N'Albert comprèn que la naturalesa ja no hi és, en l'escapada. No els escorta. Fins aleshores havia volgut seguir-los. Però fins i tot ella els abandona, perquè no hi ha verd. Es tracta d'una fugida de tres persones en solitari.

El conductor té la mirada fixa en la carretera. És el centre de la seva atenció. Amb els ulls clavats a l'asfalt, procura no fer-se preguntes. Tanmateix, no pot evitar que una idea faci voltes pel seu cervell. Es repeteix que hauria estat millor no començar aquest trajecte. Constata que, a vegades, els déus ens castiguen concedint-nos allò que els demanàrem. Havia volgut una carrera llarga, sortir de l'entramat de la ciutat, d'unes rutes breus entre semàfors, retencions, nervis. Desitjava fer camí a través de carreteres i paisatges diferents. Veure altres cels. Ho ha aconseguit, però en maleeix l'hora. L'alegria infantívola que sentia s'ha esvanit.

Hi ha un pont que travessa un riu sense aigua. Un cartell n'anuncia el nom pretensiós: Río Ancho. Recorda el títol d'una pel·lícula de l'oest, sessió de dissabte a la tarda. Crispetes i beguda, abraçades en la fosca. Evoca també un noble decadent que encara conserva el títol, que el llueix amb orgull, a pesar que no tengui propietats ni diners. Hi ha muntanyes de carbó que s'adiuen amb els seus pensaments. Tot i que no ho vulgui, s'atura a analitzar el que ha succeït: Ha trobat una agulla en un paller. Certes coses mai no haurien d'ocórrer. És complicat entendre per què passen a deshora, quan ningú no en treu res. La vida no deu portar rellotge. Si de cas, un de butxaca molt vell, amb agulles que es mouen sense concert. Avancen i retrocedeixen, mentre ens esforçam per adaptar-nos als seus ritmes. Mai no ho aconseguim. En Martí era un home content del món fins fa una estona. No havia estat massa ben tractat per la fortuna, però es conformava. Havia fet de la resignació norma de viure; aprengué a alegrar-se en la petitesa. Ha succeït en un bar de carretera que es diu *La Parrilla*. S'hi atura la gent que treballa en dissabte quan vol esmorzar. Ha aparcat el cotxe davall un lilà, hi ha deixat els passatgers, ha demanat un cafè assegut a la barra.

El seu braç al colze de l'home que jugava a màquines. Estava d'esquena i ha hagut de fer-hi pressió, perquè s'adonàs que hi era. Sense voler-ho, li ha clavat els dits a la pell. Tenia el braç com un canyís. El tacte li ho ha descobert, però també la mirada. Ha vist un cossarrí escardalenc, que s'inclinava cap endavant, empès per l'artrosi o atret per la dringadissa de les monedes quan cauen. Ha intuït una nuesa d'ossos coberts amb la jaqueta i els calçons, roba abrigant un cos que ocupava molt poc espai. No li ha estat difícil reconèixer-lo. Els anys compartits deixen rastres que no esborra el temps. Encara que l'oncle tengués un aspecte distint, a pesar de la magror que el feia mal d'identificar, en Martí l'hauria distingit entre una multitud. Mirava la forma del cap, amb la barbeta en punta que veu de biaix, el clatell pelat, l'esquena. Mai no s'havia aturat a contemplar-lo amb atenció, perquè anys de vida comuna no impliquen una observació detallada. Podem passar temps al costat d'algú sense veure'l de veritat. Dinar-hi, sopar-hi, compartir-hi hores mortes davant la televisió, ignorant com són els trets exactes de la seva cara. És una qüestió de grau d'interès. Quan l'oncle va desaparèixer, el rostre que havia vist molts cops començà a diluir-se. No va oblidar-lo, però hagué d'acostumar-se a l'absència.

La tia retirà els retrats de les cambres. No els quedà una fotografia oblidada a la tauleta. La imatge de les noces —tots dos quaranta anys enrere— va perdre's a les fondàries d'un calaix que mai no obrien. No tornà a posar-se a la boca el nom del marit. Es concentrà en les dèries de sempre: els resos i la casa, enclaustrada al pis. Una sola conversa serví per posar punt i final a les preguntes, a qualsevol intent d'evocació. La inicià en Martí, que aleshores era un adolescent enamorat de na Teresa. Va preguntar-li:

—Per què ha marxat l'oncle, tia?

—Se n'ha anat perquè ja no té motius per viure en aquesta casa.

—I nosaltres?

—Ni tu ni jo mai no l'hauríem retingut tants anys aquí.

L'estranyà el to metal·litzat de les paraules. Parlar de la teva vida com si et referissis a una altra no és bo de fer —va dir-se—, però la tia semblava tranquil·la. Era una calma freda, que li deixava marques al rostre. El preu per un to de veu monocord era la tibantor de les faccions. Tornaven rígides, a mesura que pronunciava cada paraula. Ignorava que era l'inici d'una transformació. L'encarcarament s'accentuaria. El rictus a la boca, l'engrandiment de les conques dels ulls, les arrugues al front. Va insistir-li:

—Sempre he viscut amb vosaltres. Us imaginava —va fer una pausa, perquè no trobava la paraula justa— contents.

—Jo no he viscut mai contenta, sinó resignada. Ell sí.

—I doncs?

—La veïna del primer era la causa de la seva alegria. Tothom ho sap. Si vols, pregunta-ho als altres veïns. És clar que s'estalvien els comentaris, quan hi sóc present, però no és cap secret per a ningú. Ni tan sols per a tu.

—Ho sabies? —La pregunta sortí amb tota la ingenuïtat de la seva edat. Després no va saber aturar-se. Continuà—: T'havien parlat de les anades i vingudes, de les visites al seu pis?

—Parlar-me'n? No. No calia.

—No t'importava? Potser hauries pogut fer alguna cosa...

—Quina? Retenir un home que només serveix per fer una mica de companyia? Els cans també en fan i no porten la meitat de problemes. Està decidit: Demà mateix aniré a comprar-ne un. M'anirà bé per distreure'm.

—I l'oncle?

—L'oncle fa una setmana que no tenia res a fer en aquesta casa. Tots dos ho sabíem. Només esperava que es decidís a marxar. Ho he sabut des del principi. Podien passar tres dies o tres setmanes, però arribaria el moment. Avui, quan he trobat l'armari buit i la nota, no me n'he estranyat gens.

—Quina nota? Deixa'm que llegeixi el que hi ha escrit.

—No hi ha cap paper. L'he fet desaparèixer. Martí, no m'agrada que em facis preguntes. Des que eres petit, has estat un al·lot tafaner. Crec que has sortit a ta mare, que era una bocamolla, la pobra. Ara no diguis res. És l'hora de dinar i hem d'agrair a Déu el menjar que ens posa a la taula.

Una setmana abans havia mort la veïna del primer. Era una dona vídua que en Martí no coneixia gaire. Sempre havia provat de defugir-la, quan es trobaven a l'escala. N'escapava perquè li hauria fet vergonya que els veïns veiessin que li dirigia la paraula. Tothom sabia que s'entenia amb l'oncle. Durant anys, fou un escàndol fins que la gent va acostumar-s'hi. Arribaren a acceptar-ho com un fet natural i ni en parlaven. De tant en tant, algú en feia un acudit de mal gust. La majoria ho deixava córrer. «Si haguéssim de treure els pedaços bruts de tothom —remugava na Rosa, quan la portera li'n parlava—, seria per compixar-se de riure.»

Es deia Angelina i mai no va renunciar a fer-li cas. Quan en Martí passava per la seva vora saltant els graons de quatre en quatre, sentia una salutació alegre, que li recordava els matins de sol. Si l'agafava desprevingut i es topaven de front, engrandia el somriure, li cercava el fons dels ulls. Havia de reconèixer que tenia un aspecte simpàtic. Ho admetia amb escrúpols, conscient que havia d'estar de la banda de la tia, la germana de sa mare, que el recollí d'infant. Però no podia evitar trobar-se còmode a la seva vora. Quan coincidien, el convidava a ca seva. Li oferia gelat, galetes, o li parlava del piano del seu difunt marit, preguntant-li si li agradava la música. Li responia amb monosíl·labs, abreujava la conversa, se n'anava més aviat que de pressa. Ella deixava un rastre de perfum al replà. Portava sabates amb talons, es pintava els llavis. Devia tenir una seixantena d'anys i no encaixava amb els models d'aquesta edat que coneixia. No tenia res a veure amb la tia, que portava un mocador negre al coll, la casa plena d'estampetes. La dona del primer caminava airosa, li agradaven les flors, reia fort.

Aprengué a endevinar quan l'oncle la visitava. Els comentava que anava al futbol, al bar de la cantonada, a fer un tomb aprofitant la claror. L'esposa no deia res, fent un gest d'assentiment amb el cap, els ulls baixos. Ell enfonsava la mirada en els dibuixos d'un còmic o alçava el volum de la televisió per no haver de respondre-li. El veia distint. L'endevinava un altre home. Havia triat la camisa planxada i feia olor de net. A en Martí, la vida li semblava aleshores molt complicada. Es menjava les preguntes, mentre observava la tia de reüll. La veia sargir una falda i cantussejar el rosari. Passaren els anys. Quan la veïna va morir-se, l'oncle se n'anà de casa i no tornaren a veure'l.

El trobà en un bar de carretera, quilòmetres lluny de casa. Més prim i més major. Posà la mà al colze de l'oncle i va fer que es giràs cap a ell. Fou un gest lent, d'home que vacil·la. No hi havia la intuïció de la sorpresa. Era el cos que tentineja, no l'ànima poruga. Va endevinar-li una fatiga molt gran i sentí una espurna de pena. La primera imatge li va permetre recuperar les visions del passat: Reconèixer-lo. Hi retrobava detalls d'unes fesomies que creia oblidades, però que tornaven precises. Compareixien davant la seva mirada i suposaven el retorn d'una part de la vida. En Martí no hauria sabut explicar-ho. L'oncle sempre el tractà amb afecte. Era molt més càlid que la tia. Encara que no fos sang de la seva sang —com ella els recordava per fer-los la punyeta—, hi abocava la generositat i la paciència, la comprensió de la bona gent.

Un home vell que jugava a màquines va girar-se d'esquena. Els seus ulls toparen uns altres ulls que coneixia bé. Quan es van retrobar, el silenci costava de ser trencat. Algú hauria cregut que eren quasi desconeguts, que no tenien res a dir-se. Hi havia molts mots que els ballaven pel cervell, però no sabien posar-hi ordre. Ordenar les paraules pot ser una tasca impossible, sobretot quan hem acumulat anys de frases no dites, nits de preguntes que queden enlaire. Quan l'oncle marxà, en Martí estrenava la vida. Començava a tastar-la. Per això era incapaç d'entendre moltes coses. Va fer-lo culpable perquè el deixava sol. Encara que mai no hagués parat gaire esment en la importància de la seva presència, descobrí que deixava un buit a la casa. Com que era un al·lot, no va fer-se retrets. No es preguntà per què mai no provà d'entendre'l. No volgué saber si n'era un poc culpable, de la partida. Anar-se'n significava desaparèixer del mapa. S'havia acostumat a tenir-lo a prop i enyorà que no hi fos. Es casà amb na Teresa, tengueren un pis propi i cregué que l'havia oblidat. De tant en tant, encara hi pensava.

Va trobar-lo en un bar. Portava roba usada, tenia les faccions marcades, l'aire absent. Era el mateix home, però hi havien passat moltes pluges. Cadascuna hi deixà empremta. Després del silenci, el titubeig:

—Bon dia, oncle.

—Bon dia, Martí. T'has fet un home.

—Voleu seure una estona amb mi? Beurem plegats.

—Prendré un cafè, gràcies.

Sense preàmbuls, la pregunta:

—Per què vau marxar?

—No podia viure més en aquella casa. Vaig imaginar-me que ho entendries.

—Entendre-ho? Encara ara se'm fa difícil.

—No me n'hauria anat sense cap paraula. Mai no vaig dir-t'ho, però t'estimava com un fill. Per això vaig escriure't la carta.

—Quina carta?

—La carta que t'explicava la història de n'Angelina.

En Martí mirà per la finestra i va veure el taxi davall el lilà. S'hi endevinaven dues ombres que l'esperaven. Tornà a observar l'oncle: Movia poc les mans, tenia el cap cot.

XIII

Un escull pot fer perdre el nord als vaixells. En un matí de boira, els navegants coneixen rutes perilloses que travessen les rieres. Saben que han de malfiar-se de les arestes que fan les roques, si el pas de les aigües és angost, poc clar. Han de mantenir la proa encarada al vent, a punt per tallar-lo, mentre avancen amb precaució. La naturalesa humana és temerària. Li agrada saber-se forta, desafiar els obstacles. En moltes ocasions, la mateixa seguretat cau en l'excés de confiança, s'abaixen les defenses, la nau s'estavella a la vora d'un riu. Es fa un esvoranc a la quilla de l'embarcació i comença a inundar-se d'ones que no tenen gust de sal.

N'Angelina alterava la vida dels qui la coneixien. La dels pares, la dels veïns, la dels amics. Per a alguns, es tractava d'una influència inofensiva. La comparaven amb el vent. Podia ser l'airet dels matins, que neteja l'ambient i el renova. L'oratge que esbatana portes, finestres, vides. Convertir-se en un cop de celistre, si s'enfadava. Ser un vendaval, de sobte. Era una sorpresa contínua. Una al·lota jovial, amb un punt d'obscenitat a la rialla, perquè l'alegria pot resultar impúdica. Sobretot als ulls dels qui viuen sempre tristos. Les existències grises no suporten l'esclat de colors dels altres. Tenia els ulls de cabra salvatge, entre el verd i l'or, els cabells foscos, els llavis molsuts, quasi d'infant. Portava les faldilles massa curtes, segons sa mare. La roba s'enlairava, quan es movia, per descobrir-li les cames i els genolls. Tenia la pell fina, les dents molt blanques.

Altres la consideraven massa agosarada per a la seva joventut. Li criticaven l'aire disimbolt, la facilitat de paraula, les coses que deia i també les que callava, però que s'insinuaven al fons dels ulls. Justificava el propi caràcter dient que havia crescut mig salvatgina. Els pares tenien una botiga de roba i s'acostumà a escoltar converses rere el taulell, des de molt menuda. Sense adonar-se de la seva presència, la gent parlava del món. Els comentaris sorgien entre metres de vellut, de batista, de percala. Amidaven pams de drap, mentre les paraules volaven. Fou filla de les històries. S'hi reconeixia, en els relats que parlaven de futileses o explicaven grans drames. Narracions de desencisos, que eren dures com pedra viva; xafarderies que feien crònica de vida quotidiana; confidències dites a cau d'orella que caçava en l'aire. No feia l'alçada d'un ca assegut, quan ja es dedicava a escoltar. No actuava per inèrcia, era el que més li agradava. Si tenia l'ànim despert, caçava cada matís de la veu. Era curiosa la capacitat de la gent per adequar-la al contingut del que deia. Espessir-la per donar gravetat a una frase, aguditzar-la quan es volia contenir l'excitació i no se'n sabia, allargar les síl·labes per intensificar el misteri del que es narrava. Si estava cansada, captava l'eco de les històries, la seva ressonància. Llavors aclucava els ulls, agombolada pels mots.

S'asseia rere el taulell en un tamboret petit, de corda trenada. S'hi instal·lava molt quieta, fins que els adults la ignoraven. Els clients, situats a l'altre extrem, ni la veien. Els pares anaven massa atabalats en la feina per parar-hi esment. Mentrestant, acumulava històries. N'hi havia que semblaven repetides, però era un engany. Ho aprengué de pressa. Només hi havia una reiteració de certes línies argumentals; mai no n'hi havia de fons.

La fascinava intuir que cada personatge era únic, que els sentiments es feien nous, quan els patia un altre. Res no era el mateix, perquè el món gira i roda. El cabal d'un riu sempre recorre idèntics camins, però hi porta aigua distinta. L'adormien remors de paraules. Just abans de perdre la consciència, feia un esforç per assaborir la música dels últims fragments de relat. Encara que li arribassin diluïts per la son, capturava les paraules per mastegar-les a poc a poc. Li deixaven regust d'herbes dolces als llavis.

N'Angelina va fer-se una adolescent sàvia. Ningú —ni ella mateixa— no ho sabia. Havia escoltat tantes històries que era com si hagués fet centenars de viatges. Des del seu enfony, havia viscut mil vides. Arribà un moment, emperò, en què no n'hi hagué prou. No fou suficient escoltar aventures d'altri. Era l'hora d'encarar-se al món. Havia de capbussar-s'hi ben endins. Havia de mirar els carrers de prop. No hi hagué un moment en què decidís que era temps de viure. Un dia, descobrí que les cames li havien crescut massa. No podia encabir-les en l'espai que deixava lliure el taulell, vora les prestatgeries. Hi estava inquieta, delerosa de moure's. Tampoc no aconseguia passar desapercebuda com abans. La gent li feia preguntes, la mare li demanava que li acostàs l'escala o que fes un paquet. Passà a formar part del moviment de la botiga. Ja no n'era l'ombra, la figura que es veu i s'oblida, sinó que es trobava a l'escenari. Havia d'habitar-lo, d'omplir-lo amb la veu i el gest. Tenia pocs anys, però portava un enfilall de vides al pensament. Intuí que era el seu torn: Aviat hauria de protagonitzar-ne la pròpia.

Ningú no ens deixa triar la nostra història. Quan encara no sabem el que ha de venir, tenim l'audàcia dels ignorants: Som capaços de creure que sabrem cisellar el futur. Ens imaginam posseïdors de l'estilet que traçarà línies rotundes, que treballarà el marbre i en traurà formes de meravella. Amb les mans aprendrem a fer jocs de màgia. Què pot impedir-nos la tria? L'elecció dels moments que haurem d'assaborir, dels llocs que podrem recórrer, de la gent que ens hi acompanyarà. Solem equivocar-nos gairebé sempre, perquè no tenim el control del destí. Ni tan sols de la voluntat. El que avui desitjam podem arribar a avorrir-ho demà; allò que ara mateix negaríem, de sobte ens atreu. L'existència no és estàtica. Canviam perquè som fets de matèria viva. Només les peces d'un museu es mantenen immutables rere un vitrall.

N'Angelina creia que no trobaria certeses absolutes. Ho havia entès escoltant converses. Tampoc no hauria volgut ser el penell que gira empès pels vents quan bufen. Trobar l'equilibri no és gens senzill. S'imaginava un món amb les dosis adequades d'emoció i l'aventura que dotàs de llum les coses. Estava acostumada a sentir explicar infortunis. No eren dissorts amoroses que, al cap i a la fi, empenyen a la intensitat, sinó relats que es repeteixen en la grisor. Hi havia persones que mai no sortien d'un cau; i això no tenia res a veure amb els viatges. Un viatjant de comerç podia ser una criatura sense horitzons; una mestressa de casa, que no abandonava el refugi de quatre parets, tenir l'ànima de rodamón. Tot depenia del grau de curiositat que cadascú posa en el que ens envolta. Era el resultat, sobretot, de la predisposició a mirar. La gent que sabia mirar devia viure millor.

Ella n'havia après rere el taulell. Passar desapercebuda era un privilegi que va saber aprofitar bé. Sense que els altres la veiessin, se sentia lliure per observar. Li agradava classificar la gent, diferenciar-la segons la gesticulació o la rigidesa, la seriositat o els somriures, la torrentera de paraules que deien o l'ús parc dels mots. Aviat comprengué que es teixeixen llaços invisibles entre les dones i els homes. Quan es formava un grup a la botiga, s'entretenia a analitzar les diferents formes de relació que s'hi establien. Hi havia persones que creaven vincles d'afinitat que la resta no sabia veure. Dones que confiaven en altres dones; homes que reien amb un company de feina o un veí; parelles que s'agradaven. Hi havia també els extrems contraris: jovenetes que, tot i expressar-se simpatia, s'odiaven cordialment. Al·lotes que haurien tret els ulls a una amiga per qui sap quines raons. Vells que acumulaven odis d'anys contra algú. Nines que començaven a experimentar l'enveja. Rivalitats i simpaties, desencisos i enamoraments desfilaren davant els seus ulls. Aprengué a reconèixer-ne els símptomes, encara que no hauria sabut explicar-los. Els espectadors contemplen la interpretació dels qui actuen, fins i tot arriben a implicar-s'hi. Poden vibrar quan els altres pateixen o són feliços, però matenen una distància protectora que els salva. La vida no és per als qui la contemplen, sinó per als qui la viuen. Ho comprengué quan va conèixer en Jaume, l'oncle del Martí.

Aleshores en Jaume no tenia res a veure amb l'oncle d'en Martí. En Martí encara no havia nascut. L'al·lotell no s'assemblava gens a l'home de passes vacil·lants en un bar de carretera. S'hi convertiria més tard. Seria un procés al qual l'abocarien els anys i la tristesa. El matí que entrà a la botiga, en canvi, tenia les faccions agradoses —encara infantívoles—, el cos magre, els cabells molt foscos. N'Angelina estava dreta damunt l'escala. La mare la hi subjectava des del terra perquè no perdés l'equilibri. Col·locava capses de fils a les prestatgeries. Recolzat el cos a la paret, s'alçava de puntetes perquè no arribava al prestatge superior. Amb l'esforç, els mitjons que la cobrien fins davall els genolls s'havien afluixat una mica: Descobrien la cama nua. S'alçava la falda i mostrava dos dits de cuixa. Estava de mal humor. Sa mare l'havia despertat alçurada de bon matí, perquè la moixa havia fet els moixons a l'aparador. Trobaren l'endemesa damunt les robes que hi exposaven. A fora, la gent s'hi arremolinava morta de riure. La moixa, esgotada, s'havia instal·lat en un coixí de vellut. Els moixons eren formes menudes amb els ullets que no s'acabaven d'obrir a la claror. Semblaven més sedosos que la seda. Al seu costat, els setins s'havien convertit en estrassa. Li va fer gràcia l'escena fins que els renecs del pare l'obligaren a netejar el mostrador. Portava els cabells embullats, suava. Enyorava el temps en què les hores transcorrien tranquil·les al tamboret.

Mai no s'havien vist abans, però no els ho semblava. Girà la cintura des del graó, en Jaume alçà els ulls cap a ella i s'avergonyí. Estava vermell com una magrana, perquè era més empegueïdor que l'al·lota. A dir ver, mai no tengué la seva empenta. Això els va perdre. Mentre es miraven, no es mogueren. Quedaren molt quiets, perquè havien concentrat l'atenció en el rostre de l'altre. No van dir-se que s'estimarien sempre. Tampoc no es van fer promeses ni repetiren les paraules que els amants aprenen a fer noves. Feia sol al carrer. A l'aparador, acabat de fregar, devia quedar-hi un rastre d'olor quasi imperceptible: Flaires de carn acabada de néixer. Havien començat a estimar-se i, malgrat els vents que bufen a desgrat nostre, quan la vida és adversa, aquell amor havia de durar fins a la mort de n'Angelina.

Ningú no sap el temps que hauria estat la imatge detinguda, perquè cap dels dos no va fer esment de bategar-se. Vivien un rar moment de temps immòbil. Després, paradoxes de l'infortuni, quinze dies passaren en un vol. Varen ser dues setmanes d'espera i d'inquietud: El que faltava per al casament d'en Jaume amb una pubilla. Sentiren campanes que tocaven migdia. Era l'hora del ple, quan homes i dones abarroten les calçades. Tot eren anades i vingudes, mentre es miraven. Mirar-se és capturar-se. Ho comprengueren més tard, quan no hi podien fer res. N'Angelina va pensar que ho havia d'haver endevinat, les hores d'observació haurien hagut de servir-li d'alguna cosa. No és el mateix contemplar els altres, que deturar els ulls en algú concret. Posar-los en una mirada que pren la nostra.

La veu de la mare trencà el silenci. La dona no s'havia adonat del que succeïa. Amb un gest, va fer-la davallar de l'escala. Oferí el millor somriure al client; exclamà:

—Benvingut, Jaume, i enhorabona! Fa dies que t'esperava. M'explicà ta mare que passaries per triar la roba del vestit. Tendrem el temps massa just, haurem d'apressar-nos —movia el cap en un senyal de consternació—. De tota manera —gest de complicitat—, ho comprenc bé: Unes noces porten molt de trull. No has de preocupar-te: Deixa el tema a les nostres mans. Coneixem en Serafí, el teu sastre, de tota la vida, segur que farà la feina ben feta. Pots estar tranquil.

Casar-se? La paraula surà un instant enlaire fins que n'Angelina aconseguí entendre'n el significat. Aquell jove es casava. Formulà la frase sense dir-la i fou com si es cremàs. Hi ha fets que ocorren amb un excés de rapidesa. Hi ha percepcions que produeixen un efecte semblant. No tenim espai per assimilar-les. Podem sentir-les, però costen de ser processades, perquè el cervell és més lent que la pell. Tornà a mirar-lo i ell davallà els ulls fins al trespol. No havia dit paraula des que travessà el portal. Tampoc no fou gaire explícit quan li prenien les mides per tallar la tela. N'Angelina apuntava, mentre sa mare anava calculant l'amplària de les espatlles, la llargada dels calçons. La cinta mètrica era groga. Hi havia partions minúscules, assenyalades en negre.

Va sonar la campaneta del portal. Era una dona que reclamà durant uns segons l'atenció de la venedora. Una micona de temps pot salvar-nos la vida; o capgirar-la. En Jaume s'inclinà cap a n'Angelina, mormolà la frase sense pensar-la:

—Quan puc veure't?

—Veure'm? Per què? —s'enrojolava.

—He de parlar-te.

—A la plaça del Pi, aquesta tarda. No sé quan podré escapar-m'hi.

—T'hi esperaré tot el capvespre.

Va inclinar-se cap a la prestatgeria, quan sa mare tornà a dirigir-los la paraula. Li era difícil dissimular la tibantor dels músculs, la rigidesa del cos. S'agenollà a terra com si hagués de recollir-hi quelcom acabat de caure. Els mots que escoltava venien de lluny. Deien:

—Seràs un nuvi molt elegant, Jaume. M'han dit que la núvia és ben maca també. Fareu una parella esplèndida. Saluda-la de part meva, encara que no tenc el gust de conèixer-la. Saluda, sobretot, la família.

—Gràcies, senyora.

—Adéu, adéu. I, fes-me cas, no et preocupis per res. Tot anirà com una seda.

La plaça del Pi és un bon refugi. Encara que sigui petita, ofereix racons on amagar-se de la gent. Convida al descans o a la passejada. Hi ha tarongers que fan ombres amables, carrers que hi desemboquen. Són carrerons, vies i passatges que animen a escapar. Si algú es decideix a perdre-s'hi, pot endinsar-se pels millors racons de la ciutat. Una plaça que s'obre als carrers ha de ser per força amiga dels amants. Els ha de convidar a trobar-s'hi. Hi ha algun cafè que, quan fa bon temps, treu tauletes i cadires. Si lluu el sol, és grat seure-hi. Al vespre, la fresca ens calma la xafogor i el neguit. El millor, emperò, és la proximitat de la pedra. La zona vella de Barcelona és un niu de pedra. Les façanes de les cases, els ampits de les finestres, els balcons, les esglésies són fets d'una matèria dura. La solidesa ajuda a esvanir dubtes, ens fa sentir forts encara que sigui mentida. És bo cercar-ne la protecció. N'Angelina no va pensar-ho quan hi cità en Jaume. No va tenir gaire temps i digué el primer lloc que se li acudí. Sense adonar-se'n, ordia l'engany: La proximitat de la pedra omple de força els qui s'estimen. Vora els murs que emparen, poden sentir-s'hi totpoderosos. Sovint només és una il·lusió. Quan se n'allunyen, torna a imposar-se la realitat. Els espais oberts ajuden a recobrar el seny, perquè ens fan sentir vulnerables. Són massa immensos per encabir-hi la follia.

Arribà a les sis tocades. L'esperava des de feia algunes hores, arrecerat en un portal. Fosquejava i no hi havia gaire gent. Els batents eren opacs com l'aire que s'enfosquia. S'hi protegiren de les mirades. Tots dos estaven nerviosos, però l'ansietat no els robava els mots. A l'inrevés del matí, en Jaume parlava de pressa:

—A la fi, has vingut. Temia que et fessis enrere. Estava mort de por. Hi he estat tot el dia.

—Què vols? —provava de protegir-se'n.

—Et vull.

—Et cases d'aquí a quinze dies. Com pots dir-me aquestes paraules? A què pretens jugar?

—Si no hagués vengut aquest matí, si no hagués descobert que existies, t'assegur que seria un home...

—Feliç?

—Resignat a la seva sort. He de casar-me amb una dona rica. Sé que és educada, de bona família, sana i creient. M'ho han repetit des que vaig néixer —provà de riure, però no se'n sortí—. De fet, ens degueren comprometre quan portàvem bolquers.

Es besaren, àvids. Els llavis d'en Jaume tenien gust de vi. Li recordaren el vi negre que son pare guardava al celler i només prenien els dies de festa. Els llavis de n'Angelina eren de paper. Es trencaren i en sortí una gota de sang.

«És com si ploràs pels llavis», pensà ella.

«És com si em begués la seva vida», pensà ell.

«Es casa. Es casa —es repetia—. No importa. No m'importa», li deia el pensament.

Entre els seus braços, les coses semblaven petites, quasi absurdes. Què significava una núvia vestida de blanc, quan els llavis poden tintar-se de sol que es pon? Què eren quinze dies, si en un matí se'ls capgirà l'univers? Podien ser l'eternitat. L'aire els empenyia a abraçar-se. Succeí en un horabaixa oratgívol amb quatre bromallons al cel. Una dona passà de pressa per la seva vora. Caminava decidida, amb una mà al coll de l'abric per protegir-se del celistre. No va veure'ls. Ells tampoc no la veieren, perquè el cos de l'altre els impedia guaitar al món. No existia res més enllà dels seus llavis. Bufava el vent, però les pedres dels edificis ni se'n temien. A la plaça del Pi, mai no hi ha tramuntana.

S'hi trobaren cada dia per espai de dues setmanes. A la tarda, quan aconseguia escapolir-se de la botiga amb una excusa qualsevol, acudia al portal. Avançava pels carrers, recorria la Rambla sense mirar els ocells ni les flors. No veia la gent que encreuava les passes amb les seves. Amb el front i les espatlles altes, la pressa escrita als ulls, cercava el recer dels pins. Durant la ruta, s'imaginava dotzenes d'arguments per convèncer-lo. Havia de desdir-se de la paraula donada. Un compromís de casament no significa res, quan hi ha raons que tenen més força. Raons que el cor no oblida. Havia d'abandonar aquella núvia perfecta que mai no havia vist, però que imaginava dotada de mil virtuts. Una dona que no sabia fer-li fiblar la pell, emperò, que no li encenia la sang. No els quedava gaire temps, si volien refer la història equivocada. L'eternitat els fugia entre els dits, tornava no res.

En tenir-lo al davant, callava. L'al·lota valenta perdia la capacitat de defensar el propi terreny. Es deixava emportar pel desig de perllongar un paradís que encara podia sentir propi: La volta de pedra on el món era una abraçada, el gust de la saliva, el tacte. Eren certeses que, en ser recuperades, semblaven impossibles de perdre. Volaven les pors com s'enlairen els ocells de les teulades. S'esmunyien les inseguretats pels laberints dels carrerons. Faltaven moltes tardes per a unes noces que degué inventar-se, «que no poden ser de veritat», es deia. Calia aprofitar cada gota del temps, abans que poguessin confondre'l amb la pluja. El temps no era un aiguat. No queia del cel per netejar l'ambient, per condormir la pols de terra. Era la persistència i l'esperança, el desig d'assaborir la vida.

S'esforçava a perdre el compte dels dies. Quan era sola, a casa o a la botiga, la realitat s'imposava. Aleshores tornava l'espant.

Comprenia que no podia ser, que havia perdut les regnes d'una situació que la superava. Es preguntava com seria l'existència després d'un parèntesi de felicitat massa breu. A voltes provava d'odiar-lo. Ho intentava amb els arguments dels altres, els que li haurien dictat els pares o els coneguts, però no bastaven. Repetia que era covard, mentre l'enyorava. Es deia que no devia estimar-la prou, i pensava que li era igual. Un capvespre, en Jaume li va dir:

—Demà és el dia del meu casament.

—Demà? —la veu es trencava com es trencaren els llavis en el primer bes.

—Digues-me que no vols que em casi, Angelina.

—No ho vull. —La frase omplia l'espai.

—No em casaré.

La gent dibuixava cercles que no es tancaven del tot. Feien ones damunt la vorera, enmig del carrer, a la volta de pedra. Anaven i venien seguint els acords de les salutacions, les abraçades, la gesticulació exagerada d'algú, o els moviments continguts d'un altre. Les veus i la bellugadissa guiaven els encontres. L'embranzida del cos que buscava presències conegudes envaïa l'espai d'una rotlana, descomponent-la. La timidesa de qui no coneix els qui l'envolten creava reductes de navegants perduts. Hi predominaven els cossos tibats, perquè hi ha qui no sap estrenar un vestit. Quan la roba és molt nova i no s'ha adaptat a les formes de la carn, té l'encant del que es comença. Quasi totes les sensacions d'inici són magnífiques: Ens fan adonar que encara ens queda vida per endavant. La percebem sencera. Vestir-se amb la faldilla i la brusa tretes de la capsa, tot just tallada l'etiqueta, rejoveneix la gent. S'hi barreja la il·lusió infantil de la descoberta —ens sorprenem el perfil al mirall i ens veiem distints— amb el desig d'agradar. Tothom vol seduir. La seducció no és una qüestió de roba, naturalment, sinó que sorgeix d'un punt mal d'explicar. L'adequada combinació d'uns elements que no consten en un inventari dóna com a resultat l'encís. Hi ha l'encant de les paraules, de la mirada que revela intel·ligència, de l'harmonia de les mans quan es mouen, el cap que s'inclina, un somriure esbossat.

La núvia no era seductora. Malgrat els plecs perfectes de la falda, estesa damunt els graons, la gràcia en la caiguda del vel que li mig cobria el rostre, la simetria de les faccions, resultava freda. Una estàtua que espera, sense el batec de la vida als llavis ni als ulls. Com respiren les pedres de marbre? No ho fan. Quan es mouen, semblen fragments de muntanya empesos pels gegants. Les serralades són fetes per a la quietud. Hi acudeixen els ocells, hi neixen els matolls, els arbres, però no tenen moviment propi. Els girs i les evolucions provenen de fora, perquè les muntanyoles, els pics, fins i tot les carenes viuen immòbils. Arribà amb quinze minuts de retard, com pertoca. Davallà del cotxe que estiraven quatre cavalls, i mostrà la puntera de les sabates. S'alçà lleugerament la falda, mentre li componien el vel.

Era un capvespre tranquil. La claror del cel envaïa cada racó amb impudícia. Subratllava l'excés de maquillatge d'algunes senyores, la taca de pols a la jaqueta del pare de la núvia, els desfilats de la catifa que conduïa a l'altar. Accentuava, per contrast, la pal·lidesa o la vermellor de certes cares. Res no impediria que l'acte resultàs d'una brillantor absoluta: L'organista havia assajat les peces, el cor tenia la veu esmolada, els bancs eren plens de flors blanquinoses amb un punt rosat al botó. Hi havia dotzenes de parents, que reunien els representants de les millors famílies de la ciutat, amics, coneguts. No havia faltat ningú acompanyant el nuvi durant l'espera. En Jaume portava un floquet al coll. Estava seriós, però tothom va atribuir-ho als nervis propis de l'ocasió. Moltes mirades s'hi fixaren. Li seguien les passes, els comentaris de benvinguda als familiars, l'aire de qui no acaba de ser-hi. Un amic s'hi acostava per fer-li un toc amb el palmell a l'esquena, una broma que ni entenia, un comentari en to còmplice. Els pares el flanquejaven, somreien amb l'expressivitat que li mancava, estrenyien espatlles, abraçaven gent. Se'ls veia eufòrics, ebris abans del xampany.

Entre tots els ulls, hi eren els ulls de n'Angelina. Emparada entre la multitud, amb el vestit de percala que es posava els dies de festa, el coll rodó i blanc, les sabates amb un ditet de tacó. Va mirar-lo mentre durà l'espera del cotxe que portava la núvia. Li clavà les pupil·les amb la intensitat dels qui han de parlar sense mots. Mantingué el cap enlaire, en el buit que li deixaven els cercles de gent. Es movia quan els girs dels altres li dificultaven la visió. Dues passes endavant, tres cap enrere. Feia un camí que tenia la figura d'en Jaume com a únic horitzó. Se'l veia suós, incòmode. Els convidats ho atribuïen a la impaciència. Encara pogué contemplar-lo inclinant-se per obrir la porta i ajudar a davallar la futura esposa del vehicle. Ella li posà un brot de flor de tarongina al trau del vestit. Sonaren acords solemnes. Va entrar a l'església sense girar-se. Tornà a casa. Li hauria agradat que el sòl dels carrers fos ple de bassiots. Hauria volgut enfonsar-hi els peus, treure'ls de l'aigua amb rastres de fang, plorar el tacte del llot: La suavitat llefiscosa. Hauria desitjat cercar una excusa per arribar a casa feta una mar de llàgrimes. Travessà el portal sense dir paraula. Va passar molt temps fins que s'acostà de bell nou per la plaça del Pi. Mentrestant, va casar-se amb un home bo que tocava el piano; no tingueren fills. Procurava no pensar-hi, encara que no sempre en sabia. No tornà a veure'l fins trenta anys més tard, quan l'atzar els reuní en una mateixa escala. Va ser la nova veïna del primer, al bloc on vivien l'oncle i la tia d'en Martí.

XIV

Hi ha fileres de pollancres. Contrasten amb la pobresa absoluta de la terra i els costers de calç. A mà dreta, els queda la imatge d'un cotxe solitari. S'hi intueixen les formes d'una parella en moviment. L'amor deu ser aquí com el paisatge, mesetari. Potser es dóna com una almoina. Un tros enfora, es retallen pobles tristos enmig de la planúria. No es veu ni una ànima.

A Villel troben un tros de verd fals a la terra. És el primer verd des de l'Ebre, però no els convida a la vida perquè és momentani. Tot d'una retorna la sequera. Hi ha senyals de trànsit que recomanen no circular a més de cinquanta quilòmetres per hora. És com si el paisatge volgués aturar-los en la seva lentitud. N'Albert pensa que res no s'improvisa. No neix un camp de blat ni s'alça una muntanya en dos dies. No s'improvisen les persones: Dones i homes que voregen els vuitanta són el paisatge humà que guaita rere els portals, mentre travessen els poblets. Han hagut de passar molts anys, dies i nits que semblaven idèntics, perquè els cossos es vinclassin quasi a ran de terra. Tampoc no s'improvisa un fill.

Creu que, si hi hagués un incendi, ningú no ho lamentaria. Aquests camps són l'expressió de la mort. Si a la mort li sumàssim una altra mort feta de flames, el resultat seria encara més mort. És probable que ningú no se n'adonàs, perquè la desolació ja era absoluta al principi. De sobte, sent la necessitat de parlar. Ha de trencar el mutisme que el porta a fer divagacions estúpides. S'adreça al conductor:

—Té fills?

En Martí tarda uns segons a parlar. El seu pensament era enfora, en la història que una conversa de cafè li ha permès recuperar. No té ganes de respondre-li. S'havia instal·lat en un silenci que li facilita el procés de pair l'encontre amb l'oncle. Contesta sense alçar gaire la veu:

—Tenc una filla. Es diu Paula.

—Quants anys té?

—En complirà divuit la pròxima primavera.

—Si fa no fa, és de la mateixa edat d'en Marcel. Ell els farà d'aquí a un parell de setmanes. Va néixer un dia de tardor molt semblant a aquest. Però és millor néixer a la primavera.

—Na Paula sempre ho nega. Ho fa des que, a l'escola, li explicaren que un autor important (no en record el nom, disculpi'm) deia alguna cosa trista sobre l'abril.

—Parlava de la pluja?

—No. Deia... Tenc mala memòria. Assegurava que l'abril és un mes cruel, perquè barreja els lilàs amb la terra morta.

—Aquest autor degué fer el nostre camí una primavera: Va adonar-se que, fins i tot quan hi brosta la vida, és un escenari sentenciat.

—No ho sé.

Són a la província de Cuenca. S'hi percep la mateixa aridesa. Hi ha runes de cases i camps de gira-sols morts. Han caigut cansats de tant buscar. Giraven cercant el sol, però no el trobaven. Veuen extensions grans de terra. Hi destaquen les flors bocaterroses, d'un groc que s'ha convertit en olivaci. L'espessor de l'ocre barrejat amb punts de verd produeix un efecte curiós. Vist de lluny, el groc s'intensifica. La visió perd els detalls que descobrien la mustiesa. Es dilueix la negror dels tanys, s'oblida l'herbei que els envolta. La imatge ens evoca un camp regat de sol. De prop, per contra, destaca el que és lleig: Les corones abatudes, quasi marronenques. Comença a ploure. Ara és en Martí qui continua:

—Veu? És durant la tardor quan cauen moltes pluges.

El paisatge, que semblava somort i on res no vibra, s'alegra quan plou. Plou molt, amb fúria. Cada gota és una martellada al cervell i als vidres. Davallen les finestretes per sentir l'olor de la terra que sua. Hi ha un cert vapor al paisatge. Els grocs es fan més brillants: Arriben a la màxima esplendor. El repicó de l'aigua subratlla la monotonia de la ruta. N'Albert no sap reprimir l'interrogant:

—Coneix la seva filla?

—Què vol dir? No l'entenc.

—Perdoni. Ha estat una pregunta poc afortunada. És clar que la coneix. Em referia a la manera de ser: Als gustos, a les manies, als costums. Si sabria quin és el color que més li agrada, o seria capaç de triar-li un regal sense por d'equivocar-se.

—Conec com és, però no suposa cap mèrit. És clar que té els seus secrets, encara que intenti endevinar-los, com tots els pares.

—No tots. Jo vaig començar a conèixer en Marcel quan era massa tard.

—Massa tard? Per a què?

—Per viure-hi.

No s'han adonat del canvi de papers. Les actituds de l'un i de l'altre no són les mateixes del principi. El viatge ha modificat els rols establerts quan han iniciat la ruta. Eren un taxista encantat de fer un trajecte llarg i un home obsedit per arribar a una meta. Els primers quilòmetres han aguditzat la solitud de cadascun. Els pensaments han anat intensificant-la. La proximitat d'en Marcel adormit ha fet recuperar el fil d'algunes històries a n'Albert. L'aturada en un bar de carretera ha permès que en Martí recobràs el personatge que li mancava al mapa de la vida. Les emocions pesen. Resulten feixugues, difícils de moure, a vegades impossibles de suportar. Poden alleugerir-se si es comparteixen amb algú, sobretot si no cal explicar-les. L'home que viatja i el seu conductor continuen sense saber res de l'altre. Tanmateix, el fil de les paraules els fa companyia, els acosta.

L'atzar fa una tria d'encontres insospitats. Ningú no els elegeix abans de viure'ls. Si ens imaginam una via transitada per gent de tota mena, on ocupam un lloc petit, podem espantar-nos. Temem el sentiment de multitud. Les masses ens fan tornar minúsculs, ens permeten adonar-nos de la pròpia feblesa. Quan érem nins, el món dels adults era un univers de gegants; quan som adults, descobrim que no s'ha produït un canvi significatiu de proporcions. Encara hem d'obrir molt els ulls per entendre la majoria de les coses i hem d'alçar-nos de puntetes, si volem tocar-les amb un dit. A la via ampla on ens trobam, hi ha molt trànsit. Deu ser hora punta, perquè els camions ens deixen ràfegues de vent. Els cotxes porten la pressa dels qui fugen. Caminam per la vorera: Colzes amb colzes, passos que es fan nosa. No tenim temps de capturar tot allò que ens surt al camí. Ni la gent, ni els gossos, ni els aparadors de les botigues: Ens distreuen els semàfors.

Si ens aturàssim a pensar la quantitat de rostres que algun cop hem topat sense veure'ls, tendríem una sensació de pèrdua. Existeix la mirada d'algú que, si la casualitat ho hagués permès, ens hauria travessat la vida. No hem tengut el temps ni l'oportunitat de fixar-nos-hi. Tal vegada arribàvem tard a la feina o a una cita important que, anys després, considerarem prescindible. Les agendes són plenes d'anotacions irrellevants que ens han fet perdre hores, o d'apunts que ens han portat a viure vides equivocades. Vides que no volíem. Si poguéssim reescriure les pàgines d'una vella agenda, potser en canviaríem noms, dates, presències. Voldríem suplir-los per altres que mai no han estat pròxims, que ni vam pressentir quan ens hi topàrem, que només hem intuït o ens hem imaginat. Mai no sabrem si entre la gent que omplia el carrer aquell matí, hi havia les persones correctes. Els rostres que hauríem volgut sumar a la nostra història particular. Ens preguntarem si vam deixar-los passar de llarg en un ascensor, en un trajecte en vertical, quan férem un comentari sobre el temps o qualsevol tema que serveix per abreujar parèntesis poc importants.

Tenim les trobades comptades com hi tenim els dies. En desconeixem el nombre i la intensitat. Per què na Coloma? L'adolescent que va robar-li el cor no devia ser gaire distinta de dotzenes d'al·lotes de la seva edat. Va trobar-la i la descobrí única. Ignora si ho era, però visqueren moments irrepetibles. Encara no sabia posar barreres a l'amor. Estimava amb la força de qui no cerca protegir-se de res, de qui hi aboca la vida. N'aprengué amb el temps, quan les nafres no es curaven amb mercromina, quan el cinisme es convertí en clau de supervivència. Aleshores només existien els llavis, el sexe, els cabells de na Coloma. La pell que lliscava dins les seves mans com un arquet de violí, perquè el xampú la feia tornar música. Per què na Míriam? Una dona interessant. La casualitat va fer que es trobassin en el moment just, quan tots dos vivien el desencís. Encara que mai no li ho digué, va estimar-la amb precaució. Era la cautela que donen els anys de vida viscuda. No estrenaven gaires coses, però hi havia la complicitat i la tendresa, el desig de companyia, també la part més vulnerable que s'esforçava a amagar rere una fortalesa estúpida.

No pot evitar trencar de bell nou el silenci. Torna a ser amb una pregunta que ja no desconcerta en Martí. El taxista ha acceptat el tomb de la situació sense adonar-se'n. Intueix que són una mica còmplices. Li demana:

—Com s'enamorà de la seva dona?

—Fa molts anys. A vegades crec que fou en una altra vida, que nosaltres mateixos érem uns altres.

—Com es van conèixer?

—La seva mare netejava l'escala del bloc on vivia. Ella l'ajudava.

—I s'enamoraren?

—Crec que sí.

—Continuen junts?

—Sí. Ja li he dit que hem canviat molt. La vida ens canvia, és inevitable. No tenim la cara ni l'esperit de llavors.

—Són feliços?

—Anam tirant. No ens podem queixar: El taxi ens dóna per viure. A més, hi ha na Paula.

—És clar.

Es pregunta per què en Martí. Li resulta difícil calcular el nombre de taxistes que haurien pogut acudir a la seva crida de Bellvitge. Les possibilitats de coincidir precisament amb ell devien ser més aviat escasses. Qui sap si remotes. S'ha produït un sincronisme del qual s'alegra, encara que alegrar-se'n sigui un sentiment molt relatiu, donades les circumstàncies. Hauria dit que el tranquil·litza comprovar l'encert de l'atzar. L'atzar, que s'entesta a facilitar encontres inoportuns, ha triat bé. Després de tres nits sense dormir —només algunes becades quan s'acabava la resistència—, no és fàcil fer-se una impressió d'algú amb un mínim de fiabilitat. Tampoc no ha provat d'endevinar com és l'home que el guia per carreteres secundàries cap a Madrid. Al principi, només formava part de l'escenografia necessària per assolir l'objectiu. Era una baula de la cadena que ha de recórrer. En un moment determinat, emperò, ha adquirit consistència. S'ha transformat en un personatge de carn i os. N'ha intuït el patiment —perquè el dolor ensuma el dolor com si fos un llebrer rere la caça. Llavors ha sorgit el que creia impossible: La curiositat per la vida de l'altre. També el desig de compartir-hi una mica de la pròpia història o algunes paraules.

El taxista sembla un home absolutament normal. Té un físic que no crida l'atenció. Si de cas, ressalta l'excés de greix a la cintura i a la panxa, característiques més aviat comunes a molts altres homes. No és gaire agut, sinó que parla amb una certa eixutesa. N'Albert es demana si és de collita pròpia o si la hi transmet el paisatge. Està convençut que el que ens envolta ens influeix fins al punt de transformar-nos. Així com els pobles que recorren combinen la grisor i l'ocre d'aquests camps, també les vides dels qui hi viuen i dels qui hi passen se'n queden un rastre.

A pesar d'una aparença que no destaca, d'un caràcter que ha optat per la prudència de no descobrir-se, n'Albert sent interès per en Martí. Intueix que ha fet descobertes, que guarda secrets, que no vol explicar-los-hi. El calma tractar d'endevinar-los. No prova de descobrir-ne l'anècdota, que no li importa, sinó la profunditat. Hi ha secrets que guaiten per la pell, que necessiten respirar. No és que siguin superficials o que tenguin poc valor, però són criatures terrestres. Viuen en contacte amb l'aire i han d'omplir-se'n els pulmons. Hi ha secrets que s'assemblen als éssers marins. La seva respiració és lenta, callada, segueix el compàs de l'aigua. S'amaguen en cavernes fondes on només arriba el reflex de la llum, coneixen les lleis del silenci. Per això s'estranya quan el taxista pren la iniciativa i li diu:

—Una vegada vaig pensar deixar-ho tot: Anar-me'n.

La frase no sona inadequada ni inconvenient. No sembla sorgida d'un monòleg personal que deixa escapar un fil de veritat sense voler-ho. L'escolta amb una expressió que no delata sorpresa. Li diu:

—Per què no ho va fer?

—No ho sé. Tampoc no podria dir com sorgí la idea. Va ser de nit. Em vaig despertar de sobte. Tot el que jo era es concentrava en un nus a l'estómac. Era una sensació terrible.

—Una sensació d'angoixa.

—Hauria volgut desfer-me del pes dels llençols, cridar molt fort, però vaig quedar quiet sense dir paraula. No volia despertar na Teresa.

—La seva dona?

—Feia sis mesos que havia nascut na Paula. Estava malalta i havíem hagut de recórrer molts hospitals. Aquest matí he estat a punt de no respondre la seva cridada. Des d'aleshores, els hospitals no m'agraden.

—A mi, tampoc no m'agraden.

Tornen a callar. En Martí pensa que no hauria de parlar-li de clíniques ni de malalties. N'Albert constata la fragilitat de l'atzar i les seves combinacions. Quan ha sabut que ha estat a punt de ser atès per un altre taxi, no ha pogut evitar estremir-se. Li ha semblat que se li confirmava un pressentiment: És cert que les coses vénen de ben poc. Un pam de distància fa que no obtinguem l'objecte que, a pesar de ser molt a prop, no podem agafar. Un parell de passes aconsegueixen separar-nos de la meta. Una antiga por hauria impedit que dos homes es coneguessin. En Martí continua:

—M'havia adormit com sempre, però els ulls se m'obriren un parell d'hores després. Vaig tenir la sensació que no tenia gens de son. Tan sols el maleït nus a la boca de l'estómac que amenaçava engolir-me sencer. Vaig descobrir que no és bo pensar de nit. Les idees prenen formes noves, més terribles que quan el sol les il·lumina. Amb la claror, els dubtes semblen menys obscurs; les certeses fan menys mal.

—És cert: La fosca tot ho multiplica.

—Estava decidit. Volia anar-me'n. No podia suportar la situació. Vaig pensar que no havia fet res per merèixer aquella desgràcia, que no havia de pagar cap culpa. L'infant dormia en un bres a la mateixa habitació. Record el ritme de la respiració compassada, quan vaig proposar-me partir.

—Per què volia marxar?

La pregunta queda suspesa en l'aire. Acaben de passar de llarg per Cuenca. La ciutat és només a quatre quilòmetres de distància, retallada entre el cel i la terra com una superfície de pedra. La llunyania n'ha difuminat els detalls. A la carretera augmenta el trànsit. Rere un revolt, hi ha un cotxe aturat. Fa senyals amb els llums quan veu que el taxi l'avança. Com que no en fan cas, qui el condueix pitja l'accelerador i els va seguint de prop. Un senyal els avisa del risc de despreniment de pedres. Veuen una torre de vigilància que degué construir-se en temps dels moros. Dóna una impressió de fortalesa i de runes, una estranya combinació del que perviu i del que el temps devasta. Plovisqueja entre les alzines, però encara predomina la sensació de sequera: Els gira-sols negrosos, els núvols que es mouen. El sol també és negre i no fa mal als ulls mirar-lo. Hi ha ovelles blanques i negres. Les guarda un pastor que gairebé no es perfila. Porta un impermeable groc cobrint-li les espatlles. La nota de color és l'únic detall que n'accentua la presència. Els en sorprèn el moviment i els despista. Podrien gosar imaginar-se un gira-sol gegant que es belluga, que corre camp a través.

En Martí s'adona que els empaiten. Ho diu sense alçar gaire la veu, impertorbable:

—Hi ha un cotxe que ens ve al darrere des de fa una estona. Ens fa indicacions amb els llums perquè ens aturem. Què vol que faci?

N'Albert es gira. A través del vidre, on el plugim traça caminois, veu la figura solitària que els encalça. La reconeix tot d'una. Identifica el rostre que s'oculta en unes faccions crispades. Hi endevina la determinació: La voluntat de trobar-los. Durant un instant, admira que hagi estat capaç de sortir-los a l'encontre. Deu haver recorregut molts quilòmetres de carenes pelades com cranis, fins que s'han topat. Hi hauria hagut de pensar, però no ho ha fet. Pensa que potser hauria d'alegrar-se d'una companyia que se'ls ofereix completa, sense condicions, però tampoc no ho celebra. Hauria preferit que no es produís un encontre que endevina tens. Veu les mans al volant, els punys que proven de retenir alguna cosa que ignoren. Si no tengués tanta pena, en sentiria una mica més. Si la tristor pogués capturar-se, pensaria que les mans de la dona la contenen. Respon:

—Aturi's quan pugui, sisplau. Tenc una conversa pendent.

Disminueix la velocitat fins que arriba a un revolt en què el camí permet desviar-se. L'asfalt s'eixampla i s'obre en un espai llis, massa buit per trobar-s'hi. No hi ha vegetació que serveixi per ocultar les figures que es toparan, que en suavitzi els volums, que les empetiteixi. Imaginar-s'ho li produeix un cert vertigen: L'amplitud li fa mal. Obre els ulls i els escampa pels matolls. Són més voluminosos, però també n'hi ha menys. Abunden les clarianes. N'Albert voldria un bosc on refugiar-se. Si la natura no li fos adversa, faria el miracle d'oferir-li un tros d'arbreda, un flotó d'arbres on desaparèixer. Les paraules dites a cel obert són d'una duresa extrema. Les que s'amaguen entre canyissos, troncs, arrels fondes tenen racons on perdre's. Poden estimbar-se en un llit d'herbetes que les acull perquè no caiguin en terra. Saben escapolir-se de la nuesa del cel observant-les, de l'aspror del sòl que les multiplica. Els mots necessiten indrets com a recers, que els facin companyia.

Abans de davallar del cotxe, diu a en Martí que aprofiti l'estona per estirar una mica les cames. El taxista no ho dubta: Surt del vehicle amb un entrepà de formatge a les mans, l'ampolleta d'aigua que ha comprat fa hores i que el trajecte ha anat caldejant, un diari que té dies. Es fa un tros enfora d'on, recolzat al capó del cotxe, espera la dona que ha entrellucat pel mirall retrovisor. N'Albert no vol allunyar-se gaire del vehicle: D'una banda, perquè no ha de perdre de vista en Marcel. De l'altra, perquè la presència del taxi entre la solitud el tranquil·litza. És una mola negra enmig de la planúria, un punt que senyala on es troben, en un mapa sense referències que tot ho ofereix repetit. La mirada se'n cansa, de la reproducció de les mateixes imatges, sobretot quan són una rèplica de les que poblen el pensament. El paisatge pot recordar-nos la vida, quan ens preguntam si les coses transcorren sempre de la mateixa manera, si mai no perden la capacitat de fer mal.

Alertada pels intermitents, ha reduït la velocitat quan ells ho feien. Ha estat fàcil tombar al punt on el taxi girava, aparcar-lo pocs metres enllà, sortir del cotxe amb la falda arrugada i l'expressió que recorda el tros de paper amb què en Martí ha embolicat l'entrepà, al bar de la carretera. És una barreja de rigidesa —la del paper barat— i de pell que es trenca —com les lletres escrites en tinta. Hi ha ulleres que encerclen els ulls, línies que comencen a apuntar el contorn dels llavis. Són molt fines, quasi no es perceben, però l'espai serveix per engrandir-les. Com que no hi ha rius, el cel busca caminois que serpentegin. Si els troba, s'esforça a subratllar-los. Li ha capturat els llavis i, en el moviment, amunt, els núvols s'aclareixen.

Des d'on es troba —en Martí ha recorregut un centenar de metres amb la intenció d'estirar les cames—, observa l'encontre. Veu com la dona avança cap on n'Albert l'espera. El seu client no fa una sola passa endavant. Ni tan sols insinua la intenció de moure's guiat per un gest elemental de cortesia, sinó que resta immòbil. Es limita a contemplar-la amb les mans al fons de les butxaques, el cos tibat, la mirada de qui s'esforça a reconèixer un miratge. Tots dos homes coincideixen a fixar la mirada en un mateix punt que s'aproxima, mentre va perfilant-se. L'actitud, emperò, no és idèntica. L'un es pregunta qui deu ser la dona apareguda del no-res. L'altre constata com poques hores poden transformar el rostre de qui crèiem conèixer. La metamorfosi l'ha convertit en una màscara rígida. Els espais oberts no només ens mostren la cara oculta de les coses, també serveixen per descobrir-nos les persones. En una ciutat, en una coreografia d'anades i vingudes, és senzill camuflar-se: Maquillar la vida com es maquilla la pell. Entre els matolls i la buidor, els cossos semblen molt vulnerables perquè res no els disfressa. Ho constaten sense voler-ho, conscients de la pròpia fragilitat. En Martí rosega l'entrepà amb ganes. Fa algunes passes que li permetin estirar els genolls i allunyar la rampa que se li enfila pel turmell esquerre. Quan la parella es troba, el taxista recorda els animals que mantenen els nervis alerta, previnguts en la topada.

Mira n'Albert. Són a tocar, però no fa cap gest per abraçar-lo. Ell tampoc no li pren el braç o la mà. Són dues figures a l'aguait, l'una davant l'altra, conscients que no hi ha llorigueres on refugiar-se perquè el camp és erm. Al principi no diuen res. Hi ha un retret fondo als ulls d'ella; la mirada de l'home és una barreja de misteri i determinació. Na Míriam endevina que no hi ha remei. Cap mot no servirà per fer-lo tornar enrere. Es diu que ha estat una imbècil de seguir-lo. Immediatament precisa que, en realitat, va ser una imbècil en estimar-lo. La gent no canvia: Ho hauria hagut de saber. Ens imaginam que modificarem el caràcter de l'altre, que en canviarem certes reaccions que no acabam d'entendre, que matisarem algunes conductes, però ens enganyam. Caure en l'error de voler alterar la personalitat d'algú implica una pèrdua considerable d'energia, perquè hi abocam fragments de vida que no podrem recuperar. Se n'adona abans de pronunciar paraula.

Es pregunta com ha pogut sentir-s'hi pròxim, alguna vegada. Els ulls que l'observen no són amics. No estan disposats a comprendre'l, ni porten el segell de la complicitat. Oculten un llambrec dur. És l'esguard del jutge que no entén ni perdona, que no vol escoltar perquè creu que està tot dit. L'accident d'en Marcel li deu haver descobert aspectes nous de la realitat. Ho pensa amb un punt de sarcasme. Voldria saber on acaba el món real, quins són els seus límits, i on s'obre l'espai de la follia. A l'hospital ha estat a punt de perdre el seny, però ara es manté segur. Sap què cerca i no s'aturarà fins que hi arribi. Les primeres frases són breus, tallants, de foc. En Martí no les pot sentir, encara que n'endevina la duresa. Els rostres i els gestos que les acompanyen reforcen la impressió de desacoblament: Res no hi encaixa. Calcula que hi ha quilòmetres de gira-sols. La planura és ocre. El rostre de na Míriam també té la tonalitat ocrosa, quasi olivàcia, dels qui han respirat la pols i l'espant. En algun moment, sembla que la terra té una veta roja, però és mentida. Els sentits sovint ens enganyen.

Les paraules pugen de to. Li arriben expressions soltes, inconnexes. La singularitat de l'escena no li permet sentir-se massa curiós, perquè forma part del decorat: Hi ha tres figures solitàries enmig de la terra eixorca. Una parella que parla, que crida. Un home s'ho mira d'un tros lluny i, alhora, participa en l'escena. S'alça un ventet que li porta l'últim fragment de la conversa. Na Míriam exclama:

—Sisplau, no ho facis!

—Em fas perdre el temps en una conversa inútil. No hauria hagut d'haver-te dit res. Pensava que ho havies entès, quan t'he trucat: La decisió és presa.

—I ara —hi havia accents de derrota a la veu—, què em cal esperar de tu?

—No t'ho imagines? Jo tampoc. Probablement el mateix que jo puc esperar de la vida: Poca cosa.

N'Albert obre la porta del cotxe i hi entra sense girar-se enrere. La dona li ha desaparegut del mapa del món. Només en Martí la veu, recolzats els braços al volant, el cap ocultant-s'hi, el cos tremolós. Quan ocupa el seu lloc al taxi, el sorprèn la pregunta de n'Albert:

—Per què volia marxar?

—Quan?

—Fa anys, mentre la dona i la filla dormien.

—Creia que no podia resistir la meva dissort: Na Paula és cega. Ara sé que tot pot suportar-se.

N'Albert no hi afegeix més paraules. Enfilen la carretera.

XV

A na Paula, sempre li havia fet mandra aixecar-se del llit els dissabtes. Feia estona que l'àvia i la mare conversaven a la galeria. Comentaven, si fa no fa, les mateixes coses de cada setmana: Els preus de la fruita al mercat, l'artrosi que torna els ossos de vidre, les últimes notícies sobre quatre coneguts. Si una veïna havia tengut un fill o l'altra havia deixat l'home, que feia de carter, per un manobre que li cantava cançons des de la bastida, a l'alçada de la finestra, quan ella ficava la roba a la rentadora. S'explicaven anècdotes petites que parlaven de la vida dels altres. Fragments d'històries que transcorrien a la seva vora, que veien passar com si fossin el cabal d'un riu. Na Rosa hi abocava la curiositat que encara sentia pel món, un punt de malícia que entendria na Paula, perquè hi endevinava l'experiència que donen els anys, i una certa tendresa cap als dubtes dels qui l'envoltaven.

L'àvia mai no era gaire dura amb la gent. Sabia justificar les febleses, perquè entenia que el món és fet d'aigua i d'argila. La mare, en canvi, no tenia la flexibilitat del pensament que s'adapta a cada situació. Era una dona de paràmetres rígids. Li costava admetre que el món és un cau de sorpreses, que res no és blanc ni negre. Na Paula s'imaginava el blanc com un silenci amable de matí assolellat; el negre era un silenci trencat per gotes de pluja que cauen. Na Teresa ocultava la pròpia inseguretat rere aparents certeses, s'abraçava als dogmes per protegir-se. A na Rosa, no li calien. En tenia prou amb veritats fràgils.

Quan bullís l'olla del dinar al foc, obriria la porta i s'asseuria a la vora del seu llit. En sentiria les passes pel passadís. Serien suaus com les petjades dels moixos al terrat les nits de gener, quan busquen d'aparellar-se, just abans que comenci una cridòria que recorda plor de nadons. Hauria de capturar el frec del pom que gira i aclucar els ulls, perquè cregués que encara dormia. Malgrat els seus esforços, sempre l'endevinava desperta. Era un joc que repetien des de nina. Un ritual que servia perquè s'abraçassin entre els llençols, mortes de riure. Llavors na Paula s'incorporava. Agenollada damunt el matalàs, s'arraulia als braços de na Rosa, amb el cap a la falda. La mà de l'àvia es perdia entre els seus cabells; ella aspirava amb delit la flaire coneguda d'aquelles mans. Feien l'olor de les herbes amb què cuinava, espècies aromàtiques que li impregnaven els dits, l'ànima. A l'hivern, desprenien aroma de mandarines. A l'estiu, hi trobava el fum dels pebres vermells, quan es torren al caliu de les brases. Reconeixia les estacions per la fragància d'unes mans. Capturava el temps a través dels seus perfums.

La instava a vestir-se. Insistia perquè es dutxàs de pressa, mentre li preparava una faldilla i un jersei. No havia perdut el costum de preguntar-li de quin color volia la roba. Durant anys, na Teresa li digué que era millor no parlar-n'hi. En Martí torcia el gest, si la sentia. Ells actuaven amb tots els miraments que els inspirava la ceguesa, temorosos de ferir la susceptibilitat de na Paula. L'àvia mai no va escoltar-los. S'adreçava a la néta amb una veu que dringava somriures:

—Què prefereixes avui, el vestit color de cel o la falda vermella?

—La falda vermella, àvia, amb el jersei morat.

—Molt bé: Semblaràs la tarda.

—La tarda té aquests colors?

—Sí. Es tinta de vermell i morat, quan el sol es colga.

Reien totes dues, les mans menudes de na Paula entre els dits de na Rosa.

—Per què tens les mans tan grosses? —li preguntava.

—Aquesta pregunta va fer-li na Caputxeta al llop.

Tornaven a esclafir. Na Paula continuava el joc:

—I què va respondre-li?

—Tenc les mans enormes per abraçar-te millor.

—És cert?

—En el meu cas, són el resultat de l'artrosi que les deforma i del lleixiu que les ha fet tornar aspres.

—Et fan mal?

—Un poc. Però ja t'he dit —estrafeia la veu— que em serveixen per abraçar-te amb més força.

Vora l'àvia, la fosca era amiga. L'obscuritat l'acompanyava a qualsevol hora. Als tres mesos, patí una malaltia que la deixà cega. Els pares recorregueren els hospitals. Visitaren els millors especialistes. Es desesperaren. Va créixer i s'acostumà a aguditzar els sentits que posseïa per suplir el que li mancava. Tenia el tacte esmolat, l'olfacte a punt per capturar olors, el gust disposat a assaborir la vida pels llavis, l'oïda prompta a seguir moltes pistes a través dels sons.

Na Paula tenia un secret. El guardava com si fos un tresor o una penyora. No volia explicar-lo a ningú. Si un secret es conta, deixa de ser-ho i perd tota la gràcia. Succeïa com quan ens oblidam de tancar un flascó de perfum: Se n'evapora la flaire i no en queda res. A vegades, emperò, li feia pessigolles a la llengua. Es delia per fer-lo volar, desitjava escampar-lo al vent. Convertit en paraules, prendria més consistència. No seria la substància liqüescent que l'habitava per dintre, sinó que, en solidificar-se, es faria gran. Devia ser com l'aigua quan torna gel —pensava—, però el gel és fet d'una matèria massa freda. El seu secret produïa una reacció diferent a la del glaç en ser tocat. S'assemblava més al foc que escalfa.

Només hi havia dues persones a qui hauria fet la confidència. La primera era l'àvia. Va estar a punt de dir-li-ho molts matins, en l'estona que compartien de rialles i llençols. S'aturava sempre a l'últim instant, quan les paraules estaven a punt de vessar-se. La detenia la por. No era que temés la seva reacció en escoltar-la. L'espantava la possibilitat de no trobar la intensitat adequada per descriure el que vivia. Escoltar-se a si mateixa i no saber reconèixer-se en els propis mots, que les emocions es diluïssin en ser narrades, fins perdre la força. S'imaginava que les paraules podien expressar els sentiments, però també trair-los. No estava acostumada a cercar l'expressió que descriu amb exactitud el que ens passa. Havia viscut de portes endins, avesada a crear un univers habitat per ella sola. Si havia de compartir-lo, pensava que el podia trencar.

Na Rosa sabia que na Paula tenia un secret. Ho intuí temps enrere amb la perspicàcia que la caracteritzava. Va alegrar-se'n, perquè s'imaginà que patia mal d'amors i se'n recordà dels anys perduts en una escala. També va pensar en la filla, quan era capaç d'assaborir la vida en un habitacle mal ventilat. A na Teresa, l'empenta no li durà gaire. La sang d'en Damià, n'estava segura, aigualí la seva. Era una dona grisa que vivia reclosa. La néta, en canvi, vivia històries fluorescents des de la fosca. Mai no va fer-li preguntes. «Aquestes coses —es deia— no s'han de forçar. Si sorgeixen d'una forma espontània, cal escoltar-les com si fossin el més important del món. Sense donar massa consells, emperò, perquè les experiències d'altri no serveixen de gaire.» Per això es limitava a esperar. Parava les orelles, atenta a qualsevol símptoma que anunciàs la confidència: Un silenci llarg que presagiava torrenteres de paraules, contingudes al darrer moment, un sospir gairebé imperceptible, la frase que queda enlaire, un mot que s'escapa i es reté tot d'una. Obria els ulls, preparada per llegir al rostre de na Paula els signes del desconcert, la joia i el patir, l'esperança.

La segona persona que na Paula hauria convertit en confident era ell. Seria magnífic palplantar-se al seu davant i dir-li que l'estimava, però no n'era capaç. Aparentment, jugava amb un cert avantatge: Mai no li veuria el rostre. No n'hauria de llegir la reacció, si era de refús, de sorpresa o de llàstima. No tendria la necessitat de davallar els ulls, en trobar-se amb els de l'altre, plens de preguntes. Tampoc mai no la decebrien aquells ulls, que havia imaginat moltes vegades. Inventar les cares dels qui ens envolten, dibuixar-les al pensament des de la precisió d'un retolador molt fi, acolorir-les amb tonalitats inexistents que creen les veus o els sabors, que es desprenen del tacte, suposava un exercici màgic. Qui ha dit que la ceguesa és un càstig dels déus? —es preguntava. Només alguns escollits són privats del sentit de la vista, perquè puguin rebre a canvi el millor do: Els altres sentits s'afinen, permeten explorar les arestes ocultes de les coses.

Els déus no van privar-la de res. Només van proposar-li un intercanvi: Si renunciava a la visió del món, l'obsequiaven amb una capacitat molt més profunda de percebre'l. A la gent, la confonia sovint el simple fet de mirar. La mirada devia posar-se en la bellesa del paisatge i de la gent; també en la seva lletjor. Hi quedava presa, mentre oblidava que hi havia molt més per descobrir. El poder dels ulls era gran. Per això sovint disminuïa altres opcions; fins i tot les negava. A l'escola, li parlaren de Tirèsias, l'endeví cec. Va entendre que era endeví a causa de la seva ceguesa. Les imatges immediates de l'univers no el distreien. No eren obstacles perquè pogués endinsar-se en el coneixement dels elements, en l'aproximació a la vida. Els ulls que estimava sense veure'ls no la decebrien mai, però ell no podria enganyar-la. Des de la foscor, capturaria el més lleu indici de desig o de rebuig. Entendria tot allò que habitàs l'obscuritat. El moviment, el gest, l'enrenou que altres sorolls ofeguen, el frec de la roba en sentir-lo a prop, el so de les parpelles quan, de sobte, es clouen.

Encara que havia convertit l'habitació en un reducte protector, no hi romania immòbil. Estava acostumada a moure's per tot el pis. Podia davallar l'escala i sortir al carrer, recórrer un tram de ciutat amb el gaiato blanc apuntant els racons i els girs de la vorera. Li agradava anar sola a fer una volta, quan els matins eren assolellats. Saludava l'home que venia dècims de loteria a la cantonada, conversava una estona amb alguna veïna, s'aturava a la botigueta de queviures, s'asseia en un banc de la plaça i escoltava els jocs dels infants, la piuladissa dels ocells, el murmuri de l'aire i de la gent que passen. Amb el cap una mica inclinat, les mans a la falda, assaboria l'escalfor dels raigs a la pell. També li agradava tastar-hi la pluja, al seient. Escoltava les corregudes dels qui en fugen, el desplegament de plàstics que s'escampaven en protegir els diaris del quiosquet, els noms que les mares deien per arrecerar els fills quan encara jugaven. Quan tot quedava en silenci, comptava les gotes d'aigua. Calculava les que li recorrien el rostre, els degotissos que descendien fins als palmells, que li mullaven els peus. Pensava en la quantitat de pluja que devia inundar els racons de la placeta, que humitejava la fusta dels gronxadors, que recorria les vetes que fan les fulles dels arbres. Cada gota, rodona i freda. En tenia les galtes i el vestit xops, quan se n'anava.

Explicar un secret és perdre'l una mica. Significa deixar-lo escapar cap a destins remots que ignoràvem. Els adolescents no ho saben i senten la necessitat de compartir el que viuen amb amics de debò. Se'n senten còmplices, encara que sigui mentida. Però na Paula havia crescut abans d'hora. Sabia que els amics de veritat mai no arriben a mitja dotzena. Intuïa també que esser adult vol dir aprendre a callar. No considerava que construir una cuirassa fos un gran mèrit, ni tan sols una qüestió d'enginy, sinó una norma elemental de supervivència. Quan era una nina, els pares li ensenyaren que havia d'explicar-los el món. Com que era extravertida per naturalesa, no li fou difícil contar el que pensava, el que vivia. Ho deia als pares, a l'àvia, als companys d'escola. Fins que començaren els silencis. Quan deia quelcom que els altres jutjaven inconvenient, es produïa un mutisme general que s'acostumà a reconèixer. Un parèntesi incòmode perquè una observació no era prou encertada o un comentari escaient.

L'única persona que mai no la castigà amb el silenci fou l'àvia. Quan ella callava, no es produïa incomoditat, perquè no havia d'avisar-la de res. No existien les advertències. Així, doncs, aviat aprengué coses essencials per sobreviure. Hi havia dos tipus de silenci. Els que ens acompanyen i els que ens jutgen. És important no confondre'ls. S'adonà, sobretot, que era necessari guardar la vida molt endins, aprendre a tenir secrets. No va preguntar-se de quin color són els secrets, encara que se n'imaginàs el gust, el tacte. El seu es desfeia com la mel barrejada amb llimona dins la boca, perquè tenia un punt de dolçor i un altre d'acidesa. Si hagués pogut tocar-lo, estava convençuda que devia ser de lli, tot d'arrugues que la roba dibuixa quan cau, i que s'assemblen a la pluja.

La història començà amb l'arribada dels nous veïns. Va escoltar-los encuriosida pel canvi de simfonies rere la paret. Els vells que havien desaparegut d'un espai d'estossecs i de baralles eren substituïts per altres músiques. Hi havia converses que explicaven relats de carretera, les hores en un camió, amb la ràdio encesa i la mirada a l'asfalt, els dies convertits en una línia que s'allarga. Comentaris sobre el preu de les coses i la necessitat d'estalviar; projectes que reflectien la il·lusió d'anar al cinema o de sopar en un restaurant xinès un plat de vedella i bambú, regada amb salses agredolces. A vegades, les converses acabaven en una discussió. La veu d'ella li recordava una flauta que desafina un punt; la d'ell era com un timbal. Aquelles escaramusses no tenien res a veure amb les disputes de la parella d'abans, perquè eren enèrgiques, directes. No amagaven el ressentiment que el temps acumula. No estaven farcides de petites trampes, de retrets aparentment morts per la distància —que mai no és l'oblit— i ressorgits de sobte. Eren bregues nascudes en un instant de nerviosisme. Podien ser conseqüència de la manca de costum de viure plegats, de la inexperiència, del desconeixement d'algun racó de l'altre, però no producte de l'acumulació de greuges. No eren fruit de l'amargor que els anys han creat, que està quieta com una poma a la fruitera de la cuina, fins que va pansint-se de mica en mica, o mentre un cuc hi fa camins.

Les baralles culminaven en reconciliacions renoueres que resseguia amb enveja. Podia endevinar la remor de les peces de roba que es descorden, que cauen a terra. Era capaç de capturar cadascun dels besos que recorrien els cossos, la ruta de les mans per la pell, les abraçades. Espiava la corba ascendent del desig, quan només comença, mentre és foc encès que dura. Es recreava en la culminació del plaer, quan torna aigua que es vessa o crit. S'adormia en la calma que ve després de l'amor. S'afeccionà a espiar-los. No hi havia la tafaneria d'abans, quan robava frases tristes a una parella trista, sinó que s'hi imposava la pròpia voluptat. Na Paula no era una simple espectadora. Participava en la funció. Sense que ho sospitassin, havia convertit les nits solitàries en una aventura compartida. Experimentava les sensacions que vivien. Tremolava amb el seu tremolor, desfeia els llençols mentre els altres els rebregaven, vivia la mateixa mort petita que extremia els veïns, que els omplia les venes de flames. Tots tres compartien el plaer. El vivien a prop, encara que dos ho ignorassin. Distrets en la pròpia festa, no s'imaginaven que pocs metres enllà, una al·lota havia de mossegar-se els llavis perquè no deixassin escapar estols d'ocells.

Algunes nits els veïns s'adormien de seguida. Ell havia tornat d'un trajecte de molts quilòmetres per carretera; ella estava esgotada. Es treien la roba sense dir paraula, s'ajeien entre els llençols que feien olor de suavitzant, s'abraçaven i s'endinsaven en un son profund. Aleshores se sentia abandonada. Pensava en els cossos enllaçats mentre l'envaïa la tristesa. Hi havia un mur que no podia saltar. El silenci on no tenia lloc, perquè l'univers detingut dels amants la foragitava. Se sentia una intrusa que cerca un racó en vides d'altri, una lladre d'amor. Havia sentit a parlar dels qui viuen a través d'imatges robades. Ho sentí a la ràdio. Un home jove, que no volgué revelar la seva edat, explicà que vivia a través dels ulls. De res no servia l'ordre de la seva vida, quan tombava la fosca. La dona i els fills desapareixien de l'horitzó —figures de paper, voladisses—, i només importaven les escapades nocturnes.

Confessà que li resultava complicat inventar-se una excusa. Havia hagut d'espaiar les sortides i arribà a viure només per enyorar-les. S'inventava un sopar de treball, una reunió que no era possible ajornar, un viatge d'un parell de dies. Agafava el cotxe i sortia del pàrquing de casa amb una imprecisa sensació de perill. Una sensació que li pujava al cervell. Conduïa amb calma, esforçant-se a retardar el plaer d'assolir l'objectiu. Així n'afavoria després l'esclat. En les nits càlides, tot era més senzill. Havia de recórrer una platja i descobrir-hi parelles fetes un nus damunt la sorra. Aturava el cotxe i n'apagava els llums. Observava un joc d'ombres: Cossos abraçats que es movien en un ritme regular, cames que n'encerclaven unes altres, cintures vinclant-se, esquenes. Cada mirada omplia totes les escletxes de l'existència absurda que —no sabia per quina raó— li tocà protagonitzar. Pels ulls podia sentir i viure. Era com si cadascuna de les seves pupil·les fossin mans que abracen, llavis que tasten, orelles que escolten, i narius plens d'algues. A l'hivern —explicava—, havia d'anar amb més cura. Les platges estaven desertes, l'aire era tallant i fred, els amants en fugien. S'acostumà a perdre's per solars abandonats on aparcava el vehicle entre d'altres. Havia de mantenir una certa distància, perquè cap de les parelles no el pogués sorprendre vigilant-la de lluny. L'amor sol ser distret, cosa que l'afavoria.

Na Paula va entendre el desconegut; se'n sentí còmplice. Va pensar que el seu cas no era gaire distint. Havia topat un home que percebia la vida dels altres pels ulls, que se n'apropiava. Només canviava un detall, anecdòtic en el fons: El sentit que cadascun utilitzava. En el seu cas, no era la vista sinó l'oïda. A vegades creia que també l'olfacte. La paret era molt prima. Estava segura que l'olor dels dos cossos es filtrava a través dels totxos. El captava amb una precisió absoluta, l'ensumava a fons, aprengué a reconèixer-lo. Descartava la flaire de la dona per rescatar complet l'aroma d'ell. Olor de sabor barat, de barba afaitada, un punt de suarda, la carretera. Es deia Andreu, era camioner; i el seu amor. Mai no li veuria el rostre, però no importava gens. Ho pensava quan s'adormia, en el silenci del son dels altres.

Passaven algunes hores. Era difícil calcular amb precisió el temps exacte. No hauria sabut dir amb quina freqüència succeïa. De tant en tant, un moviment del genoll trobava les cuixes de na Rita, el colze reposava en l'inici de l'esquena. Es produïa la percepció del tacte, la sensació de presència. Voltaven els cossos, es multiplicaven les mans, se cercaven. Na Paula havia aguditzat l'oïda fins a l'extrem que el més lleu moviment la despertava. Obria els ulls en la fosca, mentre recorria el propi cos amb els dits.

Estimar-lo era el seu secret. S'acostumà a depertar-se uns minuts abans que sonàs el despertador de n'Andreu. Esperava sentir-ne el so: Un timbre que aviat li fou familiar. Llavors s'entretenia en el murmuri de paraules que remuguen perquè és massa d'hora, en el llit que grinyola en incorporar-s'hi, en les passes cap a la dutxa o l'armari. Na Rita solia aixecar-se més tard. A aquelles hores, no havia sortit el sol. Encara que na Paula només havia sentit parlar de la claror, era capaç d'inventar-la. Així com forjava imatges de sons i d'olors, també dibuixava el rostre de n'Andreu. Sentia l'enrenou del portal que es tancava al seu darrere, quan marxava a fer camí. Moltes vegades quedava quieta al llit, fins que s'adormia pensant-lo. En alguna ocasió, s'alçava de puntetes. S'orientava amb els braços, recorria les distàncies concretes del pis, arribava a la porta, en perseguia les últimes passes. Li va ser difícil decidir-se a dur a terme el seu propòsit. Hagué de pensar-ho molt i molt, perquè la porta tancada la protegia. La foscor també la salvava, quan ell hi era a prop. Un matí, va obrir el portell. S'hi acostà per guaitar al replà, just quan hi esperava l'ascensor. Era d'hora, quan es toparen. La cara endormiscada d'ell i el rostre cec de l'al·lota que l'estimava.

Va acostumar-se al ritual: Alçar-se del llit quan n'Andreu s'aixecava, recórrer passes simètriques fins que es trobaven al replanell. N'obria uns centímetres, en treia el nassarrí, després el cap sencer. Portava una camisa de dormir de color groc que resseguia les formes del cos adolescent, que es perdia en la finor de les cames, amb unes tiretes que recorrien les espatlles, marcant-li l'inici dels pits. Tenia els cabells escambuixats i, als ulls, hi havia la fixesa dels cecs. Amb el temps, l'escletxa del portaló va fer-se més gran. Ja no hi guaitava amb timidesa, sinó que s'hi mostrava sense titubejos. Durant un temps, ell va atribuir els encontres a l'atzar. Li havien parlat de l'al·lota que vivia al pis, però no esperava veure-la cada dia a la mateixa hora. Li inspirava curiositat, una mica de llàstima pels ulls castigats a la foscor, la fascinació del misteri. La mirava sense dir-li res, somreia preguntant-se per què ho feia si no podia veure'l, li deia bon dia. Va desconèixer els motius de les coincidències reiterades fins que sentí la cançó. No ho endevinà la primera vegada, ni la segona; tampoc la tercera. Com que era poc subtil, cregué que les trobades eren fruit de la casualitat. Les frases d'una cobla serviren per il·luminar-lo.

Succeí a poc a poc, sense presses. Na Paula s'havia capbussat en una recerca plena de neguits. Com podia dir-li que l'estimava? Havia de fer-li saber que no era un amor qualsevol. No es tractava del caprici d'una al·lota que viu tancada entre quatre parets. No volia que es confongués: Ser cega no era una limitació, sinó una forma diferent d'encarar els dies. Hauria volgut fer-li entendre que el coneixia millor que ningú. Havia ressequit cadascuna de les seves paraules fins a les inflexions més ínfimes. Dominava la gradació dels tons de la vida de n'Andreu. Tot allò que deia quan estava despert i també quan dormia. El soroll d'un gest, la llargària d'un badall, la placidesa del son, la pressa dels matins. Na Rita no hauria estat capaç d'identificar-lo com ella, perquè no havia après a escoltar-lo. Viure al seu costat devia ser un luxe, però també una font de distraccions. Per a na Paula, en canvi, les hores existien per captar un nou matís, una coloració distinta de la veu que expressa rebuig o atracció, preocupació o alegria. Intuïa els seus estats d'ànim, quan tornava del treball, abans que la dona pogués adonar-se'n. Sabia si havia tengut una jornada difícil per la manera de fer girar la clau al pany, o a través de l'eco de les passes que n'anunciaven el retorn. Era un amor de foc i hagué de buscar paraules enceses que l'explicassin.

Cada matí li posava la mateixa cançó. Encenia l'aparell de música perquè les paraules s'enlairassin, mentre esperava l'ascensor. Una veu intensa, aiguardentosa, pronunciava els mots: «*Te quiero más que a mis ojos,/ te quiero más que a mi vida,/ más que al aire que respiro/ y más que a la madre mía*». Sonaven acords tristos. Na Paula es posava també trista. Hauria volgut dir-li que era els seus ulls, l'aire, la vida sencera. Callava. N'Andreu emmudia també. Quan va fer mitja dotzena de vegades que l'escoltava, començà a posar-se nerviós. El matí setè no s'entretingué en l'espera, sinó que va llençar-se escales avall com si fos el vent que l'empenyia.

El sentí marxar amb el cor encongit. Des que el va conèixer, tenia una vida de papallona: Fràgil i voladora. Els pensaments saltaven pintats de tintes; pensava que havien de trencar-se. L'àvia li deia que les papallones són els colors que voletegen. S'imaginava la bellesa de les ales que s'obren per mostrar un esclat de tonalitats. Havia d'inventar-les a partir d'altres percepcions, però no era gaire difícil. En algun moment, hauria desitjat veure-hi. Els déus, que l'havien fet afortunada, podrien extremar la seva generositat, concedir-li un parèntesi de llum. Uns segons per resseguir ales que fugen. Després retornaria sense recança a la fosca, perquè s'hi sentia còmoda, però l'esclat de la claror projectada en els objectes quedaria gravada al cervell per fer-li companyia. Al replà, va il·lusionar-se quan intuí que s'obria la porta. Era el matí següent; l'enyorava. Seguiren les músiques i continuà la veu: «*Que se me paren los pulsos si te dejo de querer,/ que las campanas me doblen si te falto alguna vez./ Eres mi vida y mi muerte,/ te lo juro, compañero;/ no debía de quererte,/ no debía de quererte/ y sin embargo te quiero.*» Endevinà l'ombra nerviosa que tornava a escapolir-se per un trajecte descendent de graons i barana. Des de les ombres, podia intuir-ne d'altres. S'adonà que suava: El cos s'havia transformat en una font d'aigua marina. Feia un poc de fred. Va apressar-se a tancar la porta.

XVI

Costa acostumar-se a la visió de quilòmetres de gira-sols, que són l'ocre i l'obscuritat a la terra. Hi ha pals de fusta com creus verticals. Són el canemàs dels fils elèctrics, una línia de filferro que talla la visió dels arbres. Entre els núvols, hi guaiten trossos de blau. L'espai és un joc de tardor: S'hi combinen el marró, el vermellenc, els verds i el color de la palla. El taxi passa per un estret de roquissar, un túnel fet de pedra, una part petita de muntanya que es tanca. N'Albert pensa que, precedint les grans ciutats, hi ha un desert. També abans de les grans desfetes, regna un segon d'harmonia perfecta. Algú va explicar-li que, als pobles que són evacuats, sempre hi ha algú que toca el piano. Deu ser una mentida, una escena de pel·lícula que explica la sensació d'amplitud i de soledat.

Veu una fàbrica de galetes Cuétara i recorda una infantesa d'esmorzars tranquils, en una cuina on no feia fred. Fa tant de temps que ni en podria dibuixar els detalls. Hi havia cortines de cretona a la finestra, un fogó i una estufa de butà. A la taula, s'hi arreceraven del que encara havia de venir. Una vida que no s'i-maginaven. Es pregunta com hauria reaccionat l'adolescent que fou, si li haguessin explicat la pròpia història. És probable que no hagués entès gaires coses, perquè els anys ens transformen fins que ens fan tornar incognoscibles, desconeguts per a nosaltres mateixos. Cada versió nostra en el temps resulta, des de l'òptica d'un altre temps, només un miratge. Un reflex detingut. Encara que no pugui entretenir-se en els detalls, seria capaç d'escriure pàgines senceres sobre una minúcia: La tassa amb què prenia la llet. És curiós que la memòria salvi certes coses de l'oblit i en descarti d'altres. Fa una tria absurda. Ha difuminat el rostre de la mare i manté, amb una precisió quasi ofensiva, la imatge d'una tassa blanca que tenia la vora esbocinada, plena de llet amb colacao cada matí. Com que cremava, havia d'abocar-hi un raig prim d'alè abans de beure-la. Li agradava desfer-hi les galetes, trossejar-les fins que s'esmicolaven i tornaven una barreja dolça. S'ho bevia sense pressa, s'encenia la llengua i el paladar, abans de penjar-se la cartera a l'esquena, d'alçar-se d'un salt per besar aquell rostre que no recorda amb exactitud, d'emprendre el camí cap a l'escola. Sabia que, quan hagués fet mitja dotzena de passes, havia de girar-se enrere, perquè ella l'observava amb un somrís des de la finestra. Aleshores encara no volia ser perruquer.

Quan era petit, hauria volgut ser pilot. La fascinació sorgí perquè li encantaven els núvols. Era un nin inquiet que només s'encalmava quan alçava la vista al cel. Les formes dels bromallons que es desfeien, mentre dibuixaven formes que eren elefants, girafes, cares somrients, resultaven màgiques. Quan feia bon temps, s'ajeia al jardí de casa i alçava la mirada amunt, disposat a capturar-hi l'imprevist. Si feia fred, es recolzava al vidre de la finestra, mirava enfora, perseguint-hi les nuvolades. Si tot era blau, enyorava els grops que feien un capell damunt les muntanyes. En la contemplació, hi trobava el repòs després del joc, la possibilitat de perdre's en un paisatge de blaus i blancs. Primer, va imaginar-se planant per l'espai, els braços estesos i el vent a la cara. Hauria volgut enlairar-se, alçar els peus de terra amb els ulls clucs i obrir-los quan fos a frec de núvols. Amb els anys, decidí que el millor seria conduir un avió que deixàs un rastre al cel. Li faria fer giragonses impossibles, elevar-se en vertical a una velocitat extrema, surar per la volta celeste com si hi navegàs, iniciar un descens que el dugués, sense voler-ho, a aterrar enmig d'una plaça en dia de festa, en un camp de roselles, o al pati de l'escola.

La primera vegada que viatjà en avió no s'ho podia creure. Encara no havia complert els vuit anys. Havia passat la nit anterior despert, pensant en el cotó de sucre que li compraven els pares a la fira. S'assemblava als núvols que no es poden tastar, però que devien tenir un gust melós. Si hagués estat possible tocar-los, li haurien deixat els dits empastifats de sucre. Va insistir perquè volia seure vora la finestreta i va passar el trajecte guaitant-hi. No s'ho podia creure: Era fantàstic endinsar-se en una massa compacta de broma. Meravellat, sentia l'empara de la blancor. Entrar en un núvol era millor que menjar-se les llepolies de les fires.

Alça els ulls i fixa la mirada a l'esquena d'en Martí. Mormola:

—Sap? Quan era un nin, volia ser aviador.

Es produeix un silenci que no dura gaire estona. La veu del taxista és tranquil·la, en respondre-li:

—Jo sempre havia somniat que seria carter.

—Carter? Per què?

—Em semblava una bona manera de viure la vida. Portar cartes a la gent, perquè poguessin llegir-hi les paraules dels que no hi eren.

—Avui gairebé ningú no escriu cartes.

—No. És una pena.

—Vostè n'escriu?

—No tenc ningú a qui enviar-ne. A vegades hi pens, i em sap greu.

En Martí recupera imatges d'un temps antic. Creia que mai no hi tornaria, que romanien en un calaix de canterano, que algú n'havia perdut la clau, que la reclosió del passat el salvava. Es difuminen els contorns dels records, com si fossin fotografies que el temps devora. És l'època anterior als anys de vida amb els oncles. Se n'hi anà a viure quan morí sa mare. De son pare, ni se'n recorda. No el va conèixer, però tampoc ningú no va esforçar-se perquè en retingués una espurna d'enyor. No li van contar com era. No li explicaren què li agradava fer ni com es movia o parlava. Ningú li digué si l'havia estimat, si desitjà tenir un fill. Ni li ensenyaren a reconèixer-ne les faccions en un retrat. Ignorava si era viu o mort. Un silenci amable envoltava la seva figura, una boirina en desfilava les formes imaginades.

A la mare, no li'n feia gaires preguntes perquè estava segur que la feia patir, quan en parlava. La recordava amb una nitidesa absoluta. A vegades, no li semblava ver: Tenia nou anys, quan va morir-se, però, si aclucava els ulls, el seu rostre es dibuixava amb més rotunditat que el de na Teresa. La dona s'havia convertit en un costum que no fa nosa. Estava avesat a les manies petites, als hàbits compartits que formaven part d'una cadena de sobreentesos, a la manca de sorpresa. Era una bona dona, però poca cosa més. Ho reconeixia sense embuts. Feia temps que comprengué que la seva sogra tenia raó: Na Rosa i na Paula estaven fetes d'una matèria diferent. Mantenia la il·lusió que la filla s'assemblàs a la morta. Hi pensava en contemplar-li les faccions perfilades, els ulls d'ametlla, el front. Superposava la figura de na Paula amb la que mantenia en el record i hi encaixaven del tot. L'enyorança de la mare perduda s'havia reconvertit en debilitat per la filla. L'únic que les diferenciava era la claror dels ulls. Els de na Paula tenien un fons de cendra.

La mare era una dona trista. La tia li assegurà, anys després, que no sempre fou així, que havia estat una joveneta alegre, però no li importava. Computava la seva existència en el temps estricte que compartiren: Des que en tenia memòria, la recordava amb l'expressió seriosa, les faccions rígides. Algun matí, es despertava al seu llit. Havia anat a cercar-la entre malsons, descalç i temorenc. Ella separava el cobertor i les flassades, l'alçava de terra, l'acotxava sense dir paraula. En Martí-nin sospirava, feliç, esvanides les bubotes, mentre s'arraulia a la seva vora. No comprenia per què no se sentia afortunada, si tots dos eren la mesura del món. No els mancava ningú més per viure. Ni els oncles que els visitaven, ni el pare que no compareixia.

Es transformava quan esperava l'arribada del carter. Era matinera i s'aixecava d'hora. Enllestia les feines de la casa amb la mirada a la finestra, al caminoi que pujava des de l'església. Era una senderola que feia ones de serpentina. Un home l'enfilava en una bicicleta. Portava un farcell de sobres a l'esquena. Caminava una mica inclinat, perquè el guanyaven les lletres escrites, el pes de les paraules que feia anar amunt i avall. Cada carta tenia un destinatari concret: En coneixia el nom, l'adreça, el lloc exacte on havia d'acudir. Se sentia important, perquè ningú no l'esperava amb indiferència. El seu pas podia trastocar les vides dels altres, il·luminar-les o enterbolir-les. La mare d'en Martí l'esperava amb un gest inquiet. Un rictus que s'obria en un somriure, si el jove li portava correspondència: Una carta en un sobre de color crema, escrit amb la cal·ligrafia corbada com l'esquena del carter. El saludava, distreta, prenia el paper entre les mans, tornava una altra dona. D'una banda, se'n sentia gelós. Qui era capaç de fer-la somriure, quan ell ho aconseguia només molt de tant en tant? De l'altra, estava content. La màscara que era el seu rostre adquiria vivor, i embellia. Per això hauria volgut ser carter.

El sol il·lumina el paisatge amb una certa intensitat, en el darrer tram del recorregut. El taxi avança per una línia que s'allarga. El sol ha davallat entre els núvols més baixos i els torna cotó. Es produeix la percepció d'una claredat diàfana, però és un engany dels sentits, perquè l'opacitat torna a imposar-se. Falten cinquanta quilòmetres per arribar a Madrid. A l'aire, el gris i el groc combaten. Els ulls d'en Martí coincideixen amb els ulls de n'Albert al mirall retrovisor. No és una topada que els incomodi, sinó que els calma. No sabrien explicar el procés d'aproximació que han viscut durant el trajecte. Una complicitat que no sorgeix tan sols de les paraules, perquè és més complexa. No hi ha ni una espurna de retret a la veu del taxista, quan afirma:

—Hem tengut sort. Ja no falta gaire per entrar a Madrid. Si la guàrdia civil no ens atura en un control rutinari, haurà complert el seu objectiu.

—Ho sé.

N'Albert tomba el cap al seient. Per primera vegada, expressa la tensió que ha contingut durant el camí. En relaxar-se els membres, l'esgotament s'imposa. No es permetrà gaires més parèntesis. Es mantindrà ferm fins al final, però és necessari recuperar un bri de força. L'altre continua en un to monocord:

—Per què ho ha fet?

—Havia de tornar-lo a casa.

—I ara?

—He de buscar la seva mare, dir-li que he complert el que li vaig prometre —els llavis dibuixen un rictus d'amargor—, que li retorn el fill que vaig emportar-me.

—Ella sap que li torna mort?

—No. No sap res. I vostè, quan ho ha endevinat?

—Fa hores. No és gaire difícil reconèixer un cadàver, sobretot quan la distància és curta.

—Ha callat, quan podria haver-me acusat de complicar-li la vida.

—He estat a punt de fer-ho, però acabava de trobar una persona que creia haver perdut. La impressió em feia sentir com si tot fos irreal, un somni. He esperat molts quilòmetres, mentre li veia els ulls a través del retrovisor. Llavors he pensat en el seu dolor i he decidit no dir-li res.

—Gràcies. Només cal que arribem a Madrid. Hem d'anar a l'adreça que hi ha escrita en aquest tros de paper —l'hi allarga—.

Procuraré traslladar-lo ràpidament. Vostè cobra i marxa de seguida. Serà com si mai no ens haguéssim trobat, no vull comprometre'l.

—Tots dos sabem que ens hem trobat.

—Només nosaltres dos. Si ens posam d'acord, no ens serà difícil oblidar-ho.

—Aparcaré el taxi i l'ajudaré a portar-lo fins a la porta del pis. El deixaré sol, perquè hi ha moments en què qualsevol companyia és un destorb, però l'esperaré al cotxe. Seré a prop seu, mentre li ho digui. Encara que no em pugui veure, sabrà que hi sóc.

—M'agradarà saber-ho. Per què ho fa?

—No ho sé. Deu ser que el paisatge m'ha pujat al cervell i no vull tornar-hi sense saber el final de la història. Potser jo també he canviat durant el camí. He recuperat coses, n'he perdut alguna altra. Estic cansat.

—No són raons.

—Estic cansat de viure històries incompletes, de desconèixer com s'acaba el que he vist començar. Aquest cop no em faré enrere.

—Podríem oblidar el viatge. Només ha de posar-hi voluntat.

—Mai no l'oblidarem. Ho sabem cert. Digui'm: Com és ella?

—Es diu Coloma.

—Va estimar-la?

—Vaig trencar-la fa anys. Amb el temps m'imagín que va refer-se'n, perquè tenia en Marcel. Supòs que avui remataré la jugada.

Recorda un capvespre que sembla molt llunyà, encara que hagin passat pocs dies. El fill i ell seien en un sofà de casa. Eren en un pis de Barcelona a la plaça Francesc Macià, amb la televisió encesa i una bossa de blat de les índies. A la tauleta, un desordre de llaunes buides, revistes, cintes de vídeo. El telèfon sonà un parell de vegades, però no van respondre, perquè els feia mandra moure's. Van deixar que es disparàs el contestador automàtic i veus que no identificaren hi deixaren el seu missatge. Li va semblar reconèixer na Míriam, però no n'estava segur. Al matí, havien anat al zoològic. En realitat, mai no li agradaren gaire els animals. L'avorria la perspectiva de recórrer un espai de bèsties més o menys salvatges, envoltat de gent igualment salvatge, però no havia estat capaç de negar-s'hi. «Vols dir que, a la teva edat, et fa il·lusió anar al zoo?», va preguntar-li. Es penedí tot d'una d'haver formulat la pregunta, perquè en Marcel va mirar-lo i se'n recordà que mai no l'hi portà, quan era un nin. Devia ser una altra de les assignatures pendents que havien anat acumulant al llarg dels anys. No s'esforçava a dur-ne el compte, perquè ho intuïa inútil. Era impossible reescriure la història: La pròpia i la de l'adolescent camaleònic. El sorprenia la capacitat de transformar-se de l'al·lot. A vegades, es reconeixia en el seu rostre. Les faccions del fill eren un calc de les seves; se'n sentia orgullós, quan l'observava de cua d'ull.

El mirava des d'un angle diferent, emperò, i tot canviava. On era la forma del seu nas, que acabava de veure reproduïda amb exactitud? Havia desaparegut la línia de les celles, idèntica a la que li mostrava el mirall cada matí. Tampoc no hi havia el clot de la barbeta ni la forma dels ulls, que s'allargassaven fins tornar el reflex d'uns altres. Llavors hi veia na Coloma, la imatge de la dona a qui havia perdut. En recuperava la mirada, els llavis que li agradava mossegar, perquè eren de melicotó, els rínxols de coure. A través d'en Marcel, retornava la figura que havia romàs condormida en la memòria. L'òval de la cara revifava la història viscuda, els anys passats. Si hagués pogut reconèixer que era una barreja de tots dos, hauria estat senzill. Però no era possible diferenciar-hi els trets de l'un i de l'altre, sinó que —segons quan— era la còpia quasi exacta del pare o la mare. En un moment, li semblava veure's a si mateix. A l'instant següent, compareixia ella. No era fàcil d'assimilar, perquè implicava viure un sentiment de desconfiança perenne. Quan es delectava en l'autocontemplació que significava mirar en Marcel, l'assaltava el temor d'adonar-se de la presència de na Coloma. No volia dir que es decantàs pel narcisisme, però la proximitat d'aquell rostre l'inquietava profundament. Va preguntar-se si la dona havia patit el mateix calvari durant anys: Veure'l en el fill, quan menys s'ho esperava. Hauria desitjat que fos així. L'afalagava imaginar-se que no hagués pogut desprendre's mai del que compartiren, convertir-lo en record que s'arracona. Li agradava pensar que viure amb en Marcel hagués significat, encara que hi oposàs resistència, continuar vivint amb ell.

Al zoològic, no va avorrir-s'hi. Havia de reconèixer que no era mèrit seu, sinó del fill. Feia possible que el temps no es convertís en un pes feixuc, perquè les hores transcorrien amb fluïdesa. La seva companyia li era grata. Per això maleïa els anys de distanciament, tot allò que perderen i que, malgrat els seus esforços, no era possible recuperar. No havia sabut confessar-li-ho, encara que hauria desitjat fer-ho. Com podem dir-li, a algú, que enyoram allò que no visquérem? És possible l'enyor del que hem posseït o del que vam conèixer i ens fou pres sense avisos. Podem imaginar que sentim nostàlgia per algú que ja no hi és, per l'objecte que no sabem on para, per una situació que recordam en la distància. N'Albert sospirava per redibuixar el passat. Hauria volgut reescriure la vida i incloure-hi en Marcel, perquè l'enyorava d'infant, de nin, d'adolescent que comença a interrogar la vida.

Abans de veure la pel·lícula, dinaren un parell de pizzes encarregades en un bar veí. Van beure cerveses, asseguts a la cuina, mentre conversaven de futileses i se sentien còmodes. Era fàcil caure en el parany de creure que sempre havia estat igual, que l'escena no tenia res d'inèdit. Sabien que no era cert. Es tractava d'una situació del tot nova, encara que s'hi acomodassin amb una facilitat absoluta. No havien dinat plegats gaires vegades. No estaven acostumats a compartir l'espai ni les paraules; ni aquells fragments de vida que els qui s'estimen solen donar-se. Assajaven posats, provaven d'acostar-se, de reduir els límits d'una certa desconfiança que devia ser inevitable, evitaven parlar d'alguns temes, fer-se determinades preguntes. Malgrat les partions establertes, les fronteres, allò que es pot dir i allò altre que es calla, es trobaven bé. Quan estava a punt d'interrogar-lo sobre el passat, de demanar-li que li parlàs de na Coloma, callava. No era manca de curiositat, sinó el desig de no trencar la placidesa. «Li ho preguntaré demà», pensava, i el tema s'ajornava indefinidament.

L'esperava al sofà, amb el comandament a punt per engegar la pel·lícula. Va notar que tancava la porta que comunicava amb el passadís i s'imaginà que li telefonava. Cada dia, a una hora o l'altra, trucava a na Coloma. N'Albert feia com si no se n'adonàs. Aquella tarda, emperò, va davallar el volum de l'aparell per escoltar-lo. Les frases del fill li arribaven esmortides per la distància, però hi captà una espurna de preocupació que va entendrir-lo. Comprengué que patia per la mare que havia deixat sola en una altra ciutat. La seva enyorança era real. No es tractava d'un intent de canviar la vida ja viscuda, sinó del desig de recuperar coses certes. Va sentir gelosia per tots dos. Estava gelós de na Coloma, que havia compartit disset anys de la vida d'en Marcel; però també ho estava del fill, que ocupava un lloc d'honor a la vida d'ella. Un espai que ell no havia sabut fer durar, que va permetre que s'enlairàs pel cel. Això era l'únic que havia quedat de la il·lusió infantil de pilotar un avió: La capacitat de perdre en un buf, escampades en l'aire, les hores millors de la vida. Va escoltar la veu que deia:

—Segur que et trobes bé, mare? Em preocupa que treballis massa. Ja saps que després et fan mal les cervicals i el cap et roda. (Silenci.) Sí, hem anat al zoològic i ha estat divertit. No sé per què, però l'imaginava més gran. Deu ser que tu expliques les coses més boniques del que són en realitat. (Silenci.) No, és clar, Barcelona m'agrada molt, però seria millor si hi fossis. Avui he decidit quin regal et portaré quan torni. Hi he pensat molt, però crec que serà una sorpresa. (Silenci.) No, no, encara tenc diners. A més, el pare és molt generós. Has sabut res de na Maika? Li he trucat algunes vegades, però no és a casa. Esper que no m'hagi oblidat. (Més silenci.) Sí, de veritat, estic molt bé, però us enyor. T'enyor.

Les últimes paraules van ferir-lo. Es digué que era absurd, que no hi havia raons, que era lògic que, després de quasi dos mesos, el fill tengués ganes de veure na Coloma. Al cap i a la fi, era un adolescent que tenia el seu món en una altra ciutat. Mai no se n'havia separat i la sensació devia resultar-li estranya. Més difícil encara que a ell mateix. Haver de conviure amb un home ple de manies, de qui desconeixia els hàbits i amb qui no tenia gaire confiança, era complicat. Reconeixia que els anys havien contribuït a endurir-lo. Va crear-se un espai propi que, per primer cop, obria a un altre. Va pensar en na Míriam, i va reconèixer que no compartiren la vida. Només alguns dies i algunes nits; també molta solitud.

Era una pel·lícula d'indis i vaquers. Hi havia prades com cranis, pobles de cartró pedra, una taverna on servien rom i aiguardent. Un xèrif portava una estrella de joguina a la solapa. Tothom disparava: Se sentia un desori de vidres trencats, cadires i taules que volen, homes que cauen a terra mentre els altres continuen bevent. També ressonaven els trets a la planura. S'hi retallaven perfils de carenes per on guaitaven els indis, movent-se com les serpents. Cavalcaven els cavalls, els bons feien cara de bons —encara que mai no somreien—, els dolents tensaven els arcs i llançaven sagetes. En Marcel semblava concentrat en el fil de la història, atent als moviments de la pantalla. Resseguia les anades i les vingudes, l'emboscada en un pas estret de muntanyes, el foc que il·luminava la nit al desert, el crit de guerra dels indis.

Mentrestant, n'Albert decidí que no podia continuar ajornant la conversa. Havien passat les setmanes i sempre trobava una excusa vàlida per no parlar-n'hi. Primer, va dir-se que eren gairebé dos desconeguts, que calia acostumar-se a la companyia mútua, abans d'abordar temes difícils. A mesura que les coses encaixaven, retardava el moment perquè tenia por de no fer-les malbé. Resultava senzill deixar-se emportar per la ficció d'una aparent normalitat. Tot ho facilitava: L'actitud del fill, la satisfacció del reencontre, el simple fet de constatar que encara tenien molt temps per endavant. Com que s'esforçava a separar el passat del present, li feia mandra recuperar una història que l'avergonyia, haver de reconèixer les pròpies misèries davant la mirada que l'observava amb orgull. Entre els trets i les sagetes, va proposar-se un termini definitiu: Abans d'anar-se'n al llit, li hauria donat l'explicació que es mereixia. Provaria de trobar les paraules precises. Hauria de saber equilibrar intensitats per explicar-li que li havia fallat, que li sabia greu, que volia ser sempre al seu costat. No havia de caure en l'autojustificació excessiva ni en l'afany de treure's sencera la culpa. Havia de ser sincer, si encara en sabia. No seria senzill, perquè dimensionar la vida fa mal.

La pantalla va omplir-se de ratlles blanques que destacaven en un fons negre; tremolaven. S'interromperen les imatges, substituïdes per línies en moviment. Va adonar-se'n en sentir l'exclamació d'en Marcel. Distret en les pròpies cabòries, no havia captat el canvi. De fet, tenia la mirada fixada en ell mateix, molt lluny de la trama del televisor. L'escoltà dir:

—I ara? S'ha espatllat el televisor en el millor moment!

—És l'antena —va respondre-li—. Deu fer vent al terrat. Quan s'alça una mica d'oratge, tomba i s'interromp l'emissió. Demà avisaré el tècnic.

Va sentir la seva impaciència:

—No podem fer-hi res?

—Pujar al terrat i redreçar-la. Sovint, emperò, és inútil: Torna a caure tot d'una.

—Podem intentar-ho. Voldria saber-ne el final.

Volia conèixer un final de cel·luloide, quan son pare maldava per explicar-li com havia acabat la pròpia història. Pujaren l'escala fins al capcurucull. En Marcel al davant; ell, resignat a seguir-lo, encara amb el pensament enfora. Un portelló de fusta el separava del replà. Estava pintat de verd, s'obria amb una clau petita, però no l'utilitzaven per a gaires coses. Algunes veïnes hi pujaven a estendre roba. Els fils el recorrien de banda a banda; hi voletejaven els llençols. Hi havia parelles d'adolescents que, a l'estiu, s'hi refugiaven per estimar-se. Quan estava trista, na Míriam s'hi enfilava per mirar el cel. N'Albert no la hi acompanyava.

Va provar d'adreçar l'antena que l'aire havia vinclat. El canvi de posició havia fet aparèixer les ratlles blanques a la pantalla. «Tot deu tenir una causa i un efecte», va pensar. A terra, hi havia una claraboia de vidre que servia per il·luminar l'escala. A través de l'obertura circular, es filtrava la claror dels matins. Hi queia a raig, perquè el sol s'aboca a il·luminar els espais de la vida. S'hi escampa, generós. No se'n va témer, quan en Marcel trepitjà el cercle de llum. Hauria hagut d'advertir-lo: Dir-li que el vidre tenia molts anys, que les coses es trenquen. Però no va veure'l. Sentí un soroll estrany. No fou un enrenou terrible, ni hi hagué un sol crit, perquè succeí de pressa. Una superfície que es clivella, que s'obre, el cos que cau en vertical. Vist i no vist. Hi era i no hi era. No s'ho podia creure. El vent li acaronava el front, mentre una suor freda el cobria sencer com si fos pluja menuda. Es llançà escales avall sense plors ni paraules. Tenia el cor tan quiet que hauria cregut que s'havia parat per sempre. Va veure'l a terra, d'esquena, inconscient. Un raig prim de sang li recorria les temples. En la primera ullada, hi va reconèixer el rostre de na Coloma.

IV PART

XVII

Mentre na Coloma esperava en Marcel, posseïen l'eternitat. L'eternitat, que no és el temps que dura sempre, sinó aquell altre que perdura al cor. El temps retingut s'assembla a una ametlla: Des de la flor blanquinosa al fruit verdosenc, i després al torrat. Es tracta d'una metamorfosi quasi màgica. De la flor al bessó hi ha un llarg camí. Ells s'hi delectaven. Saber que estava embarassada va transformar-la. Li donà ales. No tenia res a veure amb l'al·lota poruga que havia estat, sinó que tornà una altra dona. Descobria a n'Albert aspectes desconeguts que el fascinaven.

Quan s'estrena l'amor, la seducció i el desig enterboleixen la percepció de les coses. Sentir-se seduït fa perdre el nord. Algú es converteix, de sobte, en el centre de l'existència. Tota la resta passa a ocupar un nivell inferior. Cau al fons d'un pou que té la pedra obscurida pels anys. En guaitar-hi, ens arriba la besllum d'allò que ens commovia, el reflex de les històries viscudes, de les persones que hi tengueren un lloc. L'únic que importa és la figura que il·lumina el present amb una intensitat que apaga les llums petites. Recorda la lluna plena en una nit d'estiu, quan escampa claror pels carrers i les cases. Un cercle blanc que ocupa sencer el cel de la vida. En el fons, potser un miratge. Un cristall distorsionador que ens mostra la realitat des d'una òptica desproporcionada. Els amants podrien intuir-ho, però mai no ho fan. Prefereixen viure sotmesos als efectes de l'embriaguesa. La realitat exterior es modifica en funció de la presència de qui s'estima. El paisatge, per exemple, no ens causarà una determinada impressió segons una mirada objectiva. Veurem muntanyes, rius, garrigues, mars, però els jutjarem des d'un únic punt de vista. Si l'altre hi és a prop, seran molt bells. Si és enfora, ens provocaran indiferència o tristesa. Un paisatge de tardor, que en algunes circumstàncies podria produir-nos desànim, ens fa sentir eufòrics, quan ens espera la persona que volem trobar-hi. Un dia assolellat pot fer-se gris, en saber que és absent.

El desig és fill de la seducció. Quan na Coloma somreia, n'Albert hauria volgut beure's el seu somriure. Mentre s'estimaven, creia que no tenia prou dits per recórrer-li la pell. En penetrar-la, hauria desitjat fondre-s'hi. De la mateixa manera que ens resulta difícil abandonar ca nostra, quan sabem que ens esperen els oratges del món, li resultava quasi impossible deixar el refugi del seu ventre. Van descobrir uns versos que parlaven de les besades que es fan els amants. Eren d'un poeta llatí que cantava a Lèsbia, l'estimada. La dona li preguntava quants besos necessitava per quedar satisfet. Ell li assegurava que tants com «grans d'arena líbics hi ha a Cirene» o com «els nombrosos estels en nit callada que contemplen furtius l'amor dels homes». Van llegir-los moltes vegades. El poeta havia trobat les paraules exactes per descriure el que vivien sense saber-ho explicar.

Aprengueren de memòria els gestos de l'altre. Gravaren els moviments que els eren propis. La manera que tenia n'Albert de vinclar el coll tombant el cap, quan li parlava, la forma de caminar de na Coloma, que li recordava l'herba que es mou si el vent hi bufa. Sentien passió per les qualitats més rellevants de cadascun: Les cames d'ella, inacabables com els rius, els seus ulls, la cabellera de rínxols i coure; les espatlles amples de n'Albert, la profunditat de la mirada, la rialla que convidava a riure. En una curiosa proesa de l'amor, capaç d'obrar meravelles, els feien gràcia també els defectes, detalls que des d'un punt de vista objectiu no eren gaire meritoris. A na Coloma, li agradava l'aire malgirbat del seu cos, el punt estrident de la veu, quan volia imposar raons. A n'Albert, li semblaven delicioses les seves inseguretats, els dits amb les ungles rosegades que amagava rere el vestit.

Els qui s'estimen es perceben complets, encara que són capaços d'acolorir els aspectes foscos de la personalitat de l'altre. No és que els ignorin, però no suposen cap nosa. Ens molesta allò que no ens agrada. Ens causa rebuig la faceta desagradable de qui inspira indiferència. Així com podem ser autèntics artífexs en l'art de justificar les pròpies febleses, l'amor possibilita un procés semblant. Qualsevol mancança es pot excusar, perquè res és del tot bo ni dolent. Com que la realitat és polièdrica, podem enfocar-la des de l'angle que més ens convé. S'assembla a mirar a través d'un calidoscopi que juga a combinar colors. Hi ha centenars de possibilitats distintes, sorgides en recompondre peces minúscules moltes vegades. Es tracta d'una forma d'engany, perquè implica una certa distorsió. Passam per alt defectes que no toleraríem a la gent, disculpam limitacions, disfressam la realitat amb robes de setí.

Seduir vol dir sorpresa, descoberta. Descobrir-se cada pam de pell, però també els pensaments més profunds. Apropiar-se de la vida de l'altre, emmotllant-la a la pròpia. Hi ha motlles que, en aparença, encaixen a la perfecció. Altres han de forçar-se una mica, perquè s'adaptin les formes. Costa ajustar-ne els perfils, aconseguir que dues siluetes superposades resultin una figura única. A vegades, cal retallar-ne les vores o allargassar-ne els límits fins que en resulti un sol cos. Aquest procés d'acoblament només resulta dolorós a llarg termini. En el primer moment, res no constitueix un obstacle. Quan va saber que esperava un fill, na Coloma va dir-li:

—M'hauria agradat que el meu pare hi fos.

—A mi també, però has d'acceptar que és mort.

—Potser tornarà a néixer una mica amb l'infant. T'imagines si té els seus ulls, o si hi puc reconèixer la forma de les mans?

—Preferiria que tengués els teus ulls i les teves mans.

—Quan va morir, vaig morir-me també. Només per dintre. Fa temps que he entès que el patiment mai no mata de veritat. Només t'esqueixa la vida. Tu m'has fet tornar a viure. Haver-te trobat esborra tot el que vaig patir. Ara... entenc que, quan algú marxa per sempre, pot arribar algú per sempre també.

—Quin nom vols posar-li?

—Marcel.

—Per què?

—És un nom que em recorda el meu pare. Quan era nina, creia que podria ajuntar el mar i el cel per a mi. Tan sols havia de demanar-li-ho. Una vegada ho va fer.

—Explica-m'ho.

—Va succeir a la platja. Era un dia clar. No record haver-ne vist un altre més lluminós. Em col·locà la mà damunt el front, improvisant una ombrel·la perquè la claror no m'enlluernàs, i em va demanar que miràs enfora. Els dos blaus es confonien. L'aire i l'aigua adquiriren una tonalitat idèntica. Tenia sis anys. Vaig creure que havia fet un prodigi per fer-me feliç.

—Jo faria qualsevol cosa per fer-te feliç.

—Ho fas: M'il·lumines la vida. Quan et mir, veig la mar i el cel que tornen a besar-se com aquell dia.

—Es dirà Marcel.

—Vindrà a les nostres vides per quedar-s'hi. Ens acompanyarà sempre i mai no li fallarem.

—Es dirà Marcel. —Ho va repetir mentre l'abraçava.

En aquells dies, na Teresa i en Martí protagonitzaven cites furtives a l'habitacle d'una escala. Havien d'esperar amb paciència el moment propici per trobar-s'hi. A vegades, costava aconseguir-ho. Aleshores els semblava que el món s'havia posat d'acord per impedir-los l'accés al refugi. Maleïen la portera, que movia el cap i gronxava el cos seguint els ritmes d'una música de ràdio, amb els ulls oberts per capturar qualsevol moviment al seu costat. Li agradava controlar la vida dels veïns. Veure les sortides i les entrades de l'edifici, calcular el temps que l'oncle d'en Martí passava amb n'Angelina, saludar el carter i espiar de reüll els sobres que farcien les bústies. Res no alterava la curiositat primitiva amb què perseguia històries alienes. No era el resultat d'un interès desbordant per la vida, sinó d'una tafaneria absurda que li servia per respirar. Constituïa la millor manera d'oblidar-se que la pròpia existència era una conca buida per on mai no corria un fil d'aire. Havia de conformar-se amb les correnties que es formaven a l'entrada, el buf de vent que es filtrava per la porta, que duia la gent a la roba, a les mans, fent cercles de pols al taulell. Eren ròdols prims que no renovaven gaire l'ambient, però que aconseguien recalar al racó que ocupava.

Si la vencia la son, recolzava la còrpora al seient, li penjava la barbeta, badava la boca. Eren els símptomes que els anunciaven la festa. S'acostumaren a perseguir-ne el indicis: Quan es movia, nerviosa, sense trobar un lloc on quedar quieta. Si alçava una cama, primer, després l'altra, refregant el turmell esquerre amb el dret, o a l'inrevés, com si un exèrcit de formigues començàs a fer camí fins als genolls. Mentre els parpres amenaçaven de cloure's, núvols que davallen per cobrir el paisatge però no es decideixen a encaixar-hi del tot. Ara suren damunt la terra, l'enterboleixen, encegant-la; llavors escampen. En Martí l'observava des del replà de l'entresòl. Guaitava el cap per la retxillera de la barana, comptava els minuts, reprimia la impaciència. Na Teresa seguia les passes de la mare en un trespol embrutit per les petjades. Havia descobert que cada peu deixa una empremta distinta. N'hi havia que eren molt fosques, tacades de fang o de tinta. Altres semblaven marques lleugeres, polsim que s'esborra de pressa amagant qui hi ha passat. Molts li recordaven rastres de moscardins; alguns tenien la mida dels gegants.

Na Rosa els era còmplice, encara que ho ignorassin. Treballava pendent de la portera. Com que en coneixia les reaccions més insignificants, intuïa l'hora en què cauria retuda per l'avorriment. No l'adormia la fatiga, sinó el tedi. Alimentar-se només de vides d'altri porta aquestes conseqüències: Ens devora la quietud. Si el nostre interior és un ermàs, tan sols pot mantenir-nos desperts el que succeeix fora de nosaltres. Quan s'adorm el petit reducte que anomenam món, ens adormim en una mimesi perfecta. Li feia gràcia intuir el perfil d'en Martí a través del forat de l'escala, imaginar-se el neguit de la filla que hauria volgut tranquil·litzar. Na Rosa anava amunt i avall, enfilant graons amb entusiasme. Treia llustre al metall de la barana, escampava lleixiu o aigua de roses. Sempre deixava l'últim tram per a l'hora darrera. Repetia el mateix ritual: Constatava que la dona estava adormida, es refugiava al punt més alt de l'escala, lluny del cau dels amants, s'afanyava a enviar la filla al carrer amb l'excusa d'un encàrrec improvisat. Pretenia regalar-los temps perquè s'estimassin. Sabia que era el millor que els podia oferir. Combinava els elements perquè afavorissin l'encontre, els protegia de presències que destorbassin l'amor. Era la guardiana fidel, la dona generosa que s'esforça perquè els altres assaboreixin el que la vida li ha negat.

En un espai reduït, es poden recórrer molts quilòmetres. Na Teresa i en Martí eren dos adolescents que aprenien el joc del tacte. Es deixaven emportar per la curiositat dels cossos. Era magnífic perdre's en la suavitat d'uns llavis, en la duresa dels mugrons que es tensen, quan els pits dibuixen una corba que es pot encabir al palmell de la mà. Van entendre que una pell pot tenir set d'una altra pell. Voler beure-la sencera, assaciar-se'n. Sentir, a la vegada, que mai no en tendrem prou, que estam condemnats al desig. Tenir tota la pressa però aprendre a alentir-la, perquè el plaer perduri. S'abraçaven en un esclat d'onades que s'alcen. Eren incapaços de dosificar l'aigua i l'escuma, perquè els guanyaven les ganes, fins que assajaren compassos diferents. L'oscil·lació que ens porta de la cadència lenta a la rotunditat del ritme. En cada estadi, hi perdien el compte del temps. S'acoblaven els cossos i s'acoblaven les vides. Cap dels dos no havia experimentat gaires coses. Tenien una existència reduïda que s'eixamplava en entrar a l'habitació fosca, bruta. Abraçar-se volia dir saber que existien. Els ho deien els sentits. Una vegada, en Martí va fer-li un morat al coll. Era una marca obscura que na Teresa provà d'ocultar amb un mocador, perquè l'avergonyia mostrar-la a la gent. Va portar-lo fins que se'n diluïren els contorns. Quan sa mare va descobrir-la, no va parlar-n'hi. Va fer com si res, però hagué de dissimular la il·lusió d'acaronar-li aquella ombra blava amb la punta d'un dit.

En saber que estava embarassada, na Teresa tornà un cuquet mort de por. Va encongir-se sencera, en una metamorfosi que la portava al procés invers del que havia viscut: De la papallona al verm. Havia començat a obrir les ales, a descobrir la intensitat dels propis colors, quan la vida la replegava en si mateixa una altra vegada. Era incapaç de suportar la vergonya. Es preguntava què en dirien els coneguts i els parents. Què pensarien, si descobrien que havia fet Pasqua abans de Rams? S'observava el perfil, mentre s'imaginava la línia lleu del ventre transformada en una lluna. Quant temps podria dissimular-ho? En Martí va espantar-se en veure-la entrar al refugi feta un plor, convertida en una micona de pena que s'escampa com un airet. No tenia la força de les ventades, perquè tot en ella era menut. Es tractava d'un zèfir que travessa les esquerdes de les parets, guaita pels clivells dels objectes, alça el paper, la fullassa, però no té prou força per alterar l'ordre de les coses.

Va refugiar-se entre els seus braços, mentre mormolava paraules inconnexes. Ell no havia descobert que era una dona feble. Es trobava en la fase que no permet separar la raó del sentiment. Encara que cadascun dicti paraules contràries, la suma no crea conflictes perquè som incapaços d'interpretar-la. Discernir entre les veus del cor i del cap exigeix, com a mínim, serenor, però la serenitat sol vincular-se a altres estadis de l'ànim. Li va dir que esperaven un fill i la veu s'esfilegassava en pronunciar els mots. També va tenir por. La sensació no durà gaire. Va ser percebre que una muntanya es feia un lloc a les seves espatlles, instal·lant-s'hi, que la pedra el vinclava a ran de terra. No feia gaire que tenia la llicència de taxista i hi havia invertit tots els estalvis. La tia havia fet un esforç per regalar-li el cotxe; no podria ajudar-los gaire més, si havia de formar una família. Tot d'una va refer-se, perquè no era un al·lot poruc. La il·lusió de viure amb na Teresa li donà coratge. Li va dir:

—No pateixis. Tenir un fill és magnífic.

Ella va respondre-li:

—Serà una filla. Sé que mai no tendré fills mascles.

—Com n'estàs tan segura?

—Vaig somniar-ho. A més, les dones de ca meva només tenen una filla.

—M'encantarà que s'assembli a tu.

—A mi? Voldria que no tengués les meves pors.

—Si fos un calc teu, encara l'estimaria més.

—Saps? M'agradaria que s'assemblàs a la meva mare. Jo no he heretat la seva fortalesa. Ni tan sols no he tengut la gosadia de dir-li que admir l'empenta que posa en tot el que fa. Una empenta que jo només he sabut abocar en una cosa: Estimar-te.

—Com es dirà la nostra filla?

—Paula.

—T'agrada aquest nom?

—És un nom de dona forta. Vull que la meva filla tengui els ulls oberts a la vida, que no sigui una ombra. Una vegada, la meva mare va dir-m'ho. Jo era molt petita. Devia tenir cinc o sis anys.

Havia anat amb els pares a un mercat i m'espantaven tots els animals que hi vaig veure. M'arrecerava a la seva falda, incapaç de suportar la visió de les caponades d'un gall o de les envestides dels cabrits. Ella va alçar-me amunt, s'acostà a una vaca clapada que tenia el cap cot i va fer que l'acaronàs. «Res no ha d'espantar-te. Només has de tenir por de les teves pors», em va dir.

—Es dirà Paula.

—Serà una al·lota valenta que no s'encongirà quan hi hagi tempesta. No em demanarà que li encengui un llumet a la nit, perquè la fosca és tota de bubotes. No l'atemoriran les paraules ni les mirades tafaneres de la gent. No tendrà por dels propis actes.

—Es dirà Paula —tornà a dir, mentre l'abraçava.

Era un dia clar. A l'habitacle de l'escala, no hi entrava la llum del sol. Il·luminats pel tremolor d'una bombeta malalta, dos cossos s'hi buscaven. Hi havia la passió de sempre en l'encontre. El combat els feia rodolar per la catifa vella que els servia de jaç. Els encenia un desig que crema. S'enfilava per cada racó des dels peus fins al front; convertia un centímetre de braços o de cuixes en un camp sencer. S'hi afegia un punt de tendresa nova, concentrada en l'espai del ventre ple. En Martí s'entretenia a acaronar-lo, hi deixava camins de saliva que humitejaven la pell, en besava les formes. A poc a poc, la muntanya va anar desfent-se. No fou una barrumbada de blocs erràtics. No hi hagué sorolls ni ensurts, sinó que la caiguda va ser lenta. En lloc d'una catàstrofe, una metamorfosi. Els rocs es transformaren en marès. La pedra del marès pot desfer-se i tornar pols. Sorra blanquinosa que es desprenia de les espatlles d'en Martí, que l'alliberava de l'angoixa inicial per donar pas al repòs. El terra va cobrir-se d'una capa d'arena finíssima, blanca d'escuma. Van arribar a creure que eren a la vorera del mar.

El capvespre de les noces de na Coloma i n'Albert, va ploure. «Núvia mullada, núvia afortunada», deien els parents. A ella, no li va fer gaire gràcia que les vores del vestit haguessin de portar un rastre de fang. No era un disseny convencional, però se n'enamorà només de veure'l a l'aparador i decidí que havia de portar-lo: L'escot descobria l'esquena, la tela s'arrapava a la cintura, resseguia les cames. Era d'una simplicitat contundent, que suggeria les formes del cos, l'esveltesa. El millor, emperò, era el color: Aquella tonalitat de sorra escalfada pel sol, daurada pel reflex de la llum. Quan es movia, el to es matisava. Podia perdre força, mentre adquiria la melositat de l'ambre o de la palla. Sa mare va aconseguir adoptar una aparença normal. Pentinada i serena —momentàniament lliure dels efectes de l'alcohol—, li recordava el reflex de qui fou. Na Coloma s'havia hagut d'acostumar a un procés de decadència que li féu experimentar diverses fases del sentiment. Des de la pena inicial, a la ràbia que fa veure com un ésser estimat es precipita en un abisme, a l'afany d'abocar-s'hi sencera per treure la dona del pou, a la percepció d'inutilitat en l'esforç, a la indiferència. Va ser un procés que durà molts anys. L'estadi últim era el pitjor, perquè no hi ha res més dur que instal·lar-se en la impassibilitat. Ho acceptava sense autojustificacions ni falses excuses. Ni tan sols se'n sentia culpable. Quan hi pensava, predominava la fatiga. Una gota rere l'altra, les decepcions ompliren el vas de la paciència i de l'amor. Estimar-la s'havia convertit en una obligació que havia de recordar-se, en un costum que no tenia res a veure amb l'afecte que preservava, intacte, pel record del pare.

Quan la mort ens pren algú de forma sobtada, la seva figura se'ns grava a la vida. No hem tengut temps de fer-nos la idea de la pèrdua, no hem pogut acceptar-la perquè se'ns ha imposat des de l'exterior. No ha sorgit del fons d'un cos que la malaltia aboca a la decrepitud. No és l'estadi darrer d'un camí que fa baixada, sinó que compareix de sobte. Es fa present en el moment més imprevisible, quan res no s'ha avançat a anunciar-la. Si experimentam de prop aquesta mort, tardarem temps a tornar a ser com érem abans. Ens costarà riure per les coses que ens feien gràcia i les tristeses dels altres ens semblaran sempre no res, comparades amb el nostre dolor. El propi patiment ens reclourà en una cloïssa, ens farà insensibles a la vida que passa. Si ho vivim quan encara no som adults, es destaroten els horitzons, tornen petits. Recordar l'absent vol dir recuperar-lo. Per això ens hi entestam, obsedits a viure en la ment allò que no podem recuperar en la realitat.

Els records ens traeixen, juguen a distorsionar els trets d'un rostre, a alterar les modulacions de la veu, a canviar els moments viscuts per uns altres d'inventats. Així, doncs, reescrivim la història i en som esclaus. A vegades resulta difícil que el cervell recuperi una determinada seqüència que voldríem reviure. El pensament tanca les finestres; posa forrellats i panys. En altres ocasions, sense buscar-ho, un detall insignificant torna gegantí. Mentre signava l'acta del seu casament, na Coloma recordava la manera en què son pare es cordava els cordons. Una volta d'un, llavors la llaçada de l'altre, per fi l'encreuament de totes dues i el resultat sempre asimètric. Hi havia una certa torpor en el procés i en el resultat. Mentre la ploma escrivia al paper, el veia assegut al tamboret del dormitori, ajupit fins a l'alçada de les sabates negres de pell, provant de sortir-se'n airós.

Se'n van anar a viure a un pis menut, assolellat. S'asseia amb els cabells xops al balcó que donava a una placeta, perquè els hi eixugàs el vent. S'alçaven amunt com estels de coure. Si estava de bon humor, tombava el cap per avall per sentir l'escalf del matí. La llum en ressaltava els reflexos, mentre molts raigs es perdien en l'espessor de la mata. N'Albert hi endinsava les mans, els llavis. Van decorar les parets amb pòsters emmarcats. N'hi havia un que reproduïa *Els gira-sols* de Van Gogh. Ell ignorava que només trobaria aquell groc inquietant molts anys després, en un itinerari per carreteres secundàries. Una ruta que ni hauria estat capaç d'imaginar-se. Aleshores encara vivien amb intensitat: Obrien els llavis per assaborir el sabor de l'altre, s'ensumaven amb el deler que posen els gossos a l'hora de rastrejar la peça cobdiciada, es miraven per retenir sencera la imatge.

Na Teresa i en Martí s'instal·laren en un apartament que ella s'esforçava a portar molt net. Hi regnava un ordre perfecte, cada racó feia olor de detergent perfumat. A la cuina, hi bullia una olla amb llegums, quatre patates, una mica de pollastre. S'ho menjaven amb un glop de vi tacat de gasosa. Havia volgut casarse de blanc. Sempre li havia fet il·lusió portar un vestit amb farbalans, randes, llaçades. L'excés de roba només contribuïa a destacar la menudesa del cos, però l'al·lotona insignificant va complir el somni de transformar-se en princesa. Així va creureho en contemplar-se al mirall, quan la lluna mentidera o els propis ulls il·lusionats van enganyar-la. Sa mare aplaudí els seus desitjos; el nuvi va veure-la molt bella, perquè l'amor s'assembla a la memòria, que tot ho transforma. Després del casament, va tallar-se els cabells curts com un nin, cosa que accentuava l'efecte de migradesa. L'home feia moltes hores al taxi amb la il·lusió d'estalviar per al fill que havia de néixer. S'aixecava amb el sol i no tornava fins que la lluna era alta. Continuaven abraçant-se amb la fúria d'abans, perquè el cansament no mata el desig, si el desig ens guanya.

—M'estimaràs sempre? —preguntava na Coloma a n'Albert.

—Tota la vida —responia ell, ignorant quants dies hi pot haver en una sola existència. Dies de pluja i de sol.

—M'estimaràs sempre? —li demanava na Teresa a en Martí.

—Fins que em mori —assegurava l'home que havia de ser el pare de na Paula, sense saber que, a vegades, abans que arribi la mort —que deu ser la tardor— se'ns desfullen els afectes.

—Quan era petita —explicava na Coloma—, m'agradava banyar-me els peus als bassiots, quan queien els aiguats. Esperava que el llim hi quedàs quiet, que formàs ròdols de fang, hi endinsava els peus. Al principi amb una certa timidesa, observant de reüll la gent que hi havia a prop, cada vegada amb més confiança, satisfeta de sentir la humitat a les sabates, als mitjons, a la planta. Si hi pens, és un bon senyal que plogués quan ens casàrem. Els bassiots van esquitxar el meu vestit. Llavors em va saber greu, ara sé que és un bon auguri.

—Quan era nina —contava na Teresa—, la pluja em posava trista. Sempre m'han fet por les tempestes: Les vergues dels llamps, els trons que resplendeixen, encara que vulguem esmortir-los amb flassades i coixins. Jo preferia el sol que crema a migdia, l'hora més clara. Estic contenta d'haver-me casat quan sonaven les campanes de l'àngelus, perquè és un signe de sort.

Perseguien la fortuna. En cercaven indicis pouant a les supersticions infantils que tenien gravades a la memòria. S'afanyaven a establir nexes entre contraris, a cercar motius que justificassin allò que la raó no explica. L'únic important era la voluntat de fer perdurar el present, de preservar-lo. No havien de preocupar-se. Quan comença una història, res no hem de témer. Recorda un plançó que ha arrelat en terra bona, que brosta perquè el regam, que creix cap al cel blau. Havien de passar molts dies fins que vengués la tardor i els arbres perdessin l'última fulla.

XVIII

Na Paula va néixer amb el front fosc, perquè el part fou difícil. Tenia els ulls com dues retxilleres primes que es posaven en les coses sense aturar-se enlloc. Els braços i les cames li feien dogues de carn rosada. Era un infant sa que va deixar la mare retuda al llit. Amb el temps, en Martí va creure que la transformació de na Teresa començà a la sala de l'hospital quan els portaren la criatura. Encara que mai no havia tengut la força de na Rosa, abans no era malaltissa ni apocada; o potser ho havia estat sempre però l'enamorament li'n capgirà la visió impulsant-lo a confondre debilitat amb timidesa. S'esforçava a convèncer-se que la vida n'era la causa.

Es culpava d'haver-se adonat de la metamorfosi només des de la distància. No va seguir-ne el rastre en la immediatesa, ni entengué l'abast dels canvis minúsculs que van anar sumant-se. Cau una gota i no mulla el terra; ni hi deixa rastre. Un degotís que no para, per contra, fa reguerons d'aigua al carrer, forma bassiots, omple cisternes. Era estrany: En la quotidianitat, no hagué d'enfrontar-se amb grans problemes, perquè ell s'ocupà de construir-li un entorn confortable. Li ocultava les precarietats econòmiques que passaven sovint, desitjós de no alterar-li els nervis. Mai no li explicà els seus dubtes, ni volia entristir-la quan l'eterna pregunta l'assaltava en nits d'insomni o de vetlla, i es demanava per què l'oncle havia marxat sense cap paraula. L'oncle, que no era sang de la seva sang —ja li ho recordava la tia—, però que l'entenia tàcitament, que degué enganyar-lo durant tota una infantesa de silencis compartits, còmplices. Hi pensava moltes vegades. Se'n recordava en la primera època de matrimoni, quan s'enfrontava amb una llicència de taxista gairebé acabada d'estrenar, el lloguer d'un pis, un infant a punt de néixer. Es refugiava en la imatge de l'home que deia poques paraules —sovint la mateixa vida ens força a callar—, que vivia sempre amb un punt d'infelicitat al fons dels ulls. Un pòsit que va esborrar-se quan arribà la veïna del primer, n'Angelina.

Li hauria agradat tenir-lo a prop com quan era un nin que vol jugar, un adolescent que cerca tastar la vida però no gosa. Hauria desitjat tornar a experimentar la sensació d'afecte que no cal formular en paraules. L'oncle no tenia la brillantor del verb ni l'enginy d'enllaçar frases capaces de commoure'l. L'emocionava, en canvi, d'una manera profunda. Li arribava al cor quan s'asseia a la taula al seu davant, amb un plat de sopa i un tassó de vi. L'entendrien els moviments pausats que portaven cada cullerada a la boca, mentre entreclucava els ulls, mirant-lo. També l'ombra de dubte que compareixia al rostre, quan en Martí-infant li assegurava que, a l'escola, li havien dit que l'esfera terrestre és de color blau. Era mal d'explicar. Hauria volgut que hi fos, quan na Paula va perdre la vista. Havia complert tres mesos, era bruna i blanca, començava a somriure. Va tenir molta febre durant dies i nits. Descobriren que ja no fixava la mirada en els objectes ni les cares. Havia viscut atenta a la claror, als volums, a les formes, fins que clavà els ulls en un lloc imprecís que devia tenir un fons blanc, d'absència. No hi pogueren fer res. Després de la desesperació incial, cadascú reaccionà d'una forma distinta. Na Teresa va recloure's en ella mateixa, va recrear-se en l'autocontemplació, s'endevinà incapaç de tirar endavant, abandonà la lluita. Resignada, mirava la filla amb una barreja de pena i de calma salvadora. Havia trobat un motiu sòlid que li permetia encongir-se definitivament. Tothom estava obligat a entendre-la: Una dona amb una nina cega té tot el dret del món a sentir-se infeliç.

En Martí va recórrer metges, hospitals. L'acompanyava na Rosa, que mai no tractà de justificar l'actitud de na Teresa. Tampoc no la feia culpable. Intuïa que no podia reaccionar d'una altra manera perquè era filla d'en Damià, un home amb la sang d'aigua. No havia fruitat al seu ventre com a resultat del plaer obtingut en un graó. No era la conseqüència del vent entre les cuixes en una bicicleta que vola rost avall. L'antiga creença es tractava d'una il·lusió pueril que li serví per distreure's de la realitat. Ara tocava enfrontar-se al seu caire més dur. Havia d'acceptar que na Paula mai no recobraria la visió del món; havia d'assumir que na Teresa no conservava un bri del coratge que la feia córrer a l'amagatall de l'escala on l'esperava en Martí. Va concloure que l'amor, a vegades, dóna unes ales molt curtes. Ales que la vida escapça quan els altres havien arribat a creure-hi de debò.

Era un taxista que passava moltes hores al carrer. Quan tornava a casa, s'abocava en la filla. Ella aprengué a reconèixer el tacte de les seves mans. Eren aspres; li inspiraven seguretat, li comunicaven tendresa. Capturava l'olor de la barba afaitada, de la suor a les aixelles, dels cabells del pare. A mesura que na Paula va anar fent-se gran, els vincles s'intensificaren. A la vegada, emperò, començà a defensar un terreny que era només propi. Li costà entendre-la, perquè hauria volgut amagar-la entre els braços, salvar-la de les inclemències del món. Tenia un caràcter decidit, independent. Era tossuda com les mules —li deia sa mare—, havia descobert que necessitava apamar un espai particular. Un territori que ningú no podia recórrer al seu costat. Era un món d'olors pensades, de sabors que es descobreixen, de mans. L'àvia ho acceptà tot d'una amb orgull; en Martí s'esforçava a respectar-la sense allunyar-se'n gaire; na Teresa mai no va comprendre-la. Un vespre, quan jeien al llit, abans d'adormir-se, va dir al marit:

—He mirat na Paula i he tengut la sensació que era una desconeguda. No sé què em passa. Ignor quina falta vaig cometre perquè Déu m'enviï aquest càstig, la sensació de viure amb una estranya. És com si no hagués crescut al meu ventre.

—Desvarieges —procurava mantenir la calma—. La nostra filla és una al·lota absolutament normal. Una al·lota extraordinària, diria jo.

—Normal? T'atreveixes a afirmar que la ceguesa és un fet normal? Intent consolar-me i em dic que els seus ulls l'allunyen de mi. Si no coneix el rostre de sa mare, com pot estimar-la?

—Coneix de memòria els trets de les nostres cares. Ens podria identificar entre mil. Només ens ha de tocar.

—A mi, no em toca. Tenc la sensació que defuig el meu contacte. Quan era més nina, sovint m'abraçava, encara que sempre va preferir els braços de mumare. Ho sé cert. Ara se m'escapa.

—Potser ets tu qui la perd. La culpa no és dels seus ulls que no hi veuen, sinó dels teus que no saben mirar.

—Em fas culpable?

—No, Teresa. Només voldria trobar raons per explicar aquesta distància. Na Paula ens necessita. També a tu.

—Ets un ingenu: Et deixes enganyar perquè no hi veu. Creus que has de protegir-la, però no és cert. La nostra filla és forta. No hem de protegir-la de res. Sempre he sabut que s'assemblava a mumare.

—Era el que volies. No ho recordes?

—No record el que volia. Ara vull una altra cosa.

—Quina?

—No perdre-us.

—Mai no ens perdràs.

Ho va dir amb la resignada convicció amb què un home gris accepta que la vida és grisa. Ho digué amb un fons de tristesa que ella no va captar. Callaren. Era una nit estelada, però la claror del cel moria rere les cortines, a les persianes closes. Passà una estona llarga, fins que en Martí va adormir-se.

En Marcel va néixer magre i llargarut. Semblava un conill. Na Coloma va alçar el cap per veure'l. Acabava d'abandonar el seu ventre, una tonalitat blavosa el tintava sencer, quan esclatà a plorar. Algú va reclinar-lo, encara sangonós, a la seva sina i ella va sentir que mai no havia estimat com l'estimava. Experimentava una barreja d'incredulitat i de por. D'una banda, li costava d'assumir que la carona minúscula fos el seu fill. L'infant que havia crescut durant mesos dins ella, el rostre que havia jugat a imaginar-se. De la mateixa manera que un al·lot observa els núvols cercant de reconèixer les formes que dibuixen, na Coloma havia contemplat el món només per trobar-hi el rostre que esperava. Es dedicà a fragmentar les faccions de la gent: Compilava ulls, llavis, òvals. En feia milers de combinacions possibles, desitjosa d'endevinar com seria la cara del seu nin.

Mirar-lo per primera vegada fou reconèixer-lo, identificar-ne els trets. Va dir-se que l'havia vist abans, que protagonitzava un reencontre. Va creure que l'havia somniat, que no era un desconegut que compareix de sobte, sinó una part de la vida que es recupera, un guany inesperat. D'altra banda, tengué por. L'espantava la possibilitat de no saber tenir-ne cura. Com podria agombolar-lo sense fer-li mal, evitar que es trencàs amb un moviment brusc de les mans inexpertes? Li recordava el vidre. Li feia pensar en les copes que sa mare, abans de l'accident, guardava a la vitrina del menjador per als dies de festa grossa. Mai no va atrevir-se a tocar-les, perquè eren fràgils i belles. Son pare les colpejava amb la punta d'un dit, suaument, perquè sentís com dringaven. En contacte amb la seva ungla, feien una música de cristall.

Quan el mirava, evocava la capa fina de glaç que es forma als llacs, en els països molt freds, llocs que coneixia a través de dibuixos de postals. S'imaginava caminant damunt el gel, trepitjant-lo a poc a poc, temorenca de rompre'l. Hauria volgut ser una ploma que es posa en la superfície d'aigua que ha tornat pedra, sense perill de clivellar-la. Hauria desitjat uns braços ferms on encabir-hi el cosset. El seu ventre enyorava el fill. Va pensar que havia d'haver-lo retingut més temps, abans d'abocar-lo a la intempèrie. Havia nascut una nit de tardor, quan la terra és ocre. Sempre li agradaren aquells colors: Els grocs quan es combinen amb el to marronenc de les fulles que cauen, els verds que tornen pàl·lids mentre s'amaguen rere punts daurats, els parcs que s'embolcallen en un mantell que els cobreix per protegir-los del fred. En Marcel era fill de la tardor. Per això tenia els ulls verds amb una pinzellada d'or a les nines.

Va ser un infant ploraner. Plorava a llàgrima viva a tothora. Al llarg de les nits sanglotava esmaperdut, fins que l'alçava del bres i el passejava pel pis cantant-li. Havia de repetir sempre les mateixes modulacions: Frases amb moltes vocals, consonants que li feien arrossegar la llengua perquè durassin els sons, que allargaven la cadència de les paraules. Els mots que na Coloma li mormolava a cau d'orella el tranquil·litzaven. Eren com un encanteri que calma les pors vingudes amb l'obscuritat. No li resultava difícil comprendre'n els temors. Se'n recordava del llumet que, quan era nina, veia des del seu llit. Rere un bri de claror, s'hi ocultava la seguretat, la confiança. Hi havia un home que era l'univers, disposat a protegir-la dels perills reals, però també dels que s'imaginen, aquells que sovint són els més terribles. Bubotes que prenen aparences desdibuixades, que ocupen un espai entre les ombres per recordar-nos la presència de la fosca. La seva veu havia de convertir-se en els raigs de sol que il·luminen la matinada. Li havia de recordar que existeix la claror que tot ho va condormint.

Plorinyava també en fer-se de dia, quan callava, retuda per l'esforç de l'insomni i les músiques. Eren miulos de moix que juga a arraulir-se en un terrat o a l'ampit d'una finestra assolellada. Un ploricó que no li permetia descansar, perquè la mantenia neguitosa, amb els sentits alerta. Xisclava al capvespre, a mesura que el dia avançava, com si intuís la proximitat d'una altra nit, la feixugor del blau. A n'Albert, l'impacientaven els plors. Treballava moltes hores. Arribava a casa amb el desig d'estirar-se al sofà, de desconnectar de la feina, d'adormir-se. Era una època difícil, perquè el negoci se li escapava de les mans. El present imposava transformacions inesperades. Sempre havia pretès ser un bon perruquer, però no s'imaginava fent d'empresari. El negoci començava a adquirir unes proporcions que no era capaç de contenir. Es multiplicaven els horaris d'atenció als clients, el personal contractat, les necessitats de material i d'espai. Es repetia que havia d'estar-ne satisfet, però la realitat el desbordava. Encara no havia après a organitzar-se. Sense saber-ho, vivia una etapa de transició entre el que havia estat i el que havia de venir. Mentrestant, la vida resultava confusa.

Na Coloma provava de justificar-li la ploradissa del fill. Cercava motius que semblassin prou sòlids, perquè no pogués retreure-li que l'aviciava en excés. Li deia que l'infant tenia problemes de digestió, que els còlics li retorçaven el ventre, que devia tenir els budells com serpents bellugadisses. Li parlava del mal que fan les primeres dents, quan estan a punt de trencar les genives i les inflamen. No podia explicar-li la veritat, perquè només ella era capaç de comprendre-la. En Marcel plorava per raons quasi inconsistents, en aparença absurdes, però molt més sòlides que un simple dolor físic. ¿Com podia fer entendre a l'home que el nin temia el món, que l'espantava la vida tot just començada a tastar? Era un infant de bolquers però devia haver mamat la por als seus pits. Els temors que l'acompanyaren des que va perdre son pare, que li capgiraren l'ordre natural de les coses. Quan va saber que l'esperava, tornà forta. La llavor que creixia al seu ventre l'empenyia a un entusiasme desconegut. Va fer-se valenta perquè l'animava a ser-ho. Sentir-lo bategar-se, viu, inquiet, l'omplia d'una sensació de vida que s'estrena. A canvi, degué transmetre-li la por. Li havia fet un llegat de flaqueses a través de la sang, de cada cèl·lula, de la llet que li vessava pels mugrons, regalimant-li per la pell.

No va estranyar-se'n quan començà a tenir problemes per agafar el son. La primera nit que va demanar-li que deixàs una lampareta encesa no experimentà sorpresa. Feia temps que ho esperava. Sense fer comentaris ni preguntes, col·locà un llum de vidre amb una mampara de paper en una taula pròxima a la porta del dormitori. Escampava una claror indecisa, que semblava venir de fora, però que l'acompanyaria fins que aclucàs els ulls. Recordava molt bé la sensació: Tenir la certesa que, si obrim els parpres, no ens envoltarà la fosca, perquè hi haurà un punt blanquinós que obre camí. L'abraçà fort i se n'anà a l'habitació on l'esperava n'Albert.

Hi ha centres de claror que són petits com un llumí, però que serveixen per despullar fantasmes. No calen grans focus perquè s'imposi la pau. Amb una llàntia o un fanalet en tenim prou, perquè no és una qüestió de dimensions, sinó d'intensitat. Una sala inundada de sol pot provocar el mateix efecte d'una gota de llum. Es tracta de la fondària de la lluminositat: Un sol bri és fondo com un aljub que reflecteix perfils d'estel. A cada llenca de lluna que travessa la finestra, s'hi amaga la intensitat de la vida. En un únic raig de sol, que ha aconseguit travessar una escletxa de paret, s'hi concentra la percepció de totes les formes. La claror sura en l'espai, hi retalla figures, destaca el polsim que vola per l'aire, que es posa en els objectes, que cobreix la vida amb un tel mal d'esborrar.

Una nit, abans d'adormir-se, n'Albert li va explicar:

—Tenc la impressió que em superen les coses.

—Què vols dir?

—No sé trobar exactament el meu lloc. Tots els espais que cerc estan ocupats per altres històries o altra gent.

—És la feina. T'atabales massa. —Ho va dir en un to poc convençut, perquè sabia que no era només el treball. N'Albert es referia a ella i al fill.

—Volia ser un bon perruquer. Diuen que hauria de considerar-me un home afortunat, perquè sóc propietari d'un negoci pròsper. Aviat ni em caldrà posar-hi les mans, als cabells dels clients. Em pregunt si n'he d'estar content o si hauria d'entristir-me'n.

—Ets un bon perruquer: El millor del món. Pots transformar un rostre amb un pentinat. Això és magnífic.

—Supòs que tens raó. Però sempre estic cansat, vaig contra rellotge, com si no pogués respirar. Visc amb angoixa. A més, hi ha en Marcel.

—En Marcel? —tornà a controlar la veu, perquè intuïa la proximitat del foc—. Què et preocupa?

—Gairebé ni em coneix. Sempre arrib a casa quan dorm. Abans era una criatura ploranera que m'amargava els vespres. Ara m'és estrany.

—No siguis absurd. Encara és molt petit i no s'adona gaire del que passa, però potser hauries de dedicar-li més temps. Podries esforçar-te a jugar-hi de tant en tant.

—Més temps per a ell? Si no en tinc ni per a mi!

—Hauries d'establir un ordre de prioritats —no evità el retret.

—M'ho dius tu? Des de quan has establert prioritats en la teva vida que m'incloguin? Només existeix en Marcel en aquesta casa. L'infant ocupa tots els espais.

—Cadascú té el seu lloc, amor meu. No ho saps veure? En Marcel i jo et necessitam molt a prop. Volem que hi siguis sempre.

—N'estàs segura?

—Del tot.

Callaren. Na Coloma va desvetllar-se pensant en el fill. Es preguntava si el llumet devia fer-li prou companyia. Mirà l'obscuritat que els envoltava. Era fàcil intuir el volum dels seus cossos davall els llençols. Si allargava la mà, podia tocar el perfil de l'home a frec del seu. Tanmateix, estava sola. S'imaginà que feia una nit molt fosca al carrer i hagué de reprimir l'impuls d'encendre l'interruptor, perquè morissin les pors.

La vida és feta d'espais i de temps. Hi ha llocs i hores per a cada cosa. Alguns són previsibles, no causen sensació de sorpresa perquè els esperàvem. Ens tocava formar part d'un determinat paisatge i l'hem vist estendre's davant la mirada, en una confirmació de les certeses que ens guien. No importa si és un indret ocult al cor del bosc, on un tel de molsa ha crescut protegida per la humitat del terra, ni si ens trobam entre el trànsit de l'urbs en una hora de cotxes, de gent que corre. L'únic que compta és la sensació d'equilibri. Si no hem fet tard ni hem arribat massa prest, l'harmonia pot semblar perfecta perquè és complicat que encaixin les peces. Hi ha d'haver una correspondència entre cada individu i el tros de món que habita en un determinat moment. És un joc en el qual les caselles han de coincidir. Han d'encaixar les tessel·les del mosaic, perquè representi una escena completa.

N'hi ha d'altres que són un error. Ni ens trobam on havíem de ser, ni es corresponen les agulles del rellotge amb el nostre horari particular. El temps ha embogit i transcorre massa de pressa; o es mou, per contra, molt a poc a poc. La geografia i les hores tampoc no concorden. Mentre tot es complica, ens sentim perduts. No sabríem explicar-ho, però tenim la impressió que hi ha un desajustament entre l'univers, que és enorme, i la nostra existència, tan petita. Aleshores neixen els dubtes, el desconcert. Havíem d'alçar la mirada a un cel retallat amb perfils d'edificis, però només trobam la nuesa del blau. Miram el rellotge, perquè el roig de l'alba —la claror primera— es vessa per l'espai; però comprovam que ens hem equivocat, perquè és l'hora del crepuscle: Ens hem perdut entre vermells.

Per a na Teresa, des que na Paula es posà malalta, res no passava en el lloc ni l'instant correctes. L'existència de l'home i la filla transcorrien al món exterior, als carrers que el taxi enfilava, a les sales d'espera dels hospitals. Com que n'havia quedat al marge, va recloure's al pis. A mesura que passaven els anys, augmentava la sensació d'aïllament. Ella, sola entre quatre parets, els altres habitant la vida. Fins i tot quan eren a casa semblava que no hi fossin. El marit era un bon home que s'esforçava a allunyar-li les dificultats —prou que ho sabia—, però no s'assemblava gens al jove que va trobar en una escala d'Aribau. Només en reconeixia els gestos, en contemplar-lo amb na Paula. Ella aconseguia fer-li recobrar el somriure que va enamorar-la, l'empenta que posava en totes les coses. Adonar-se'n la incomodava. Mancada d'aplom, sense coratge, els veia de lluny encara que fossin a la vora. Des que se n'adonà, van transcórrer molts dies, anys sencers. Cada hora viscuda augmentava les desproporcions, però aprengué a ignorar-les.

Hi hagué una tarda en un parc molt verd. La guardava escrita a la memòria. La nina devia tenir sis o set anys. Feia un sol magre, que tot just travessava els núvols. Portaven abrics, una bufanda que els envoltava el coll i on enfonsar la cara resultava un exercici confortable, una manera innocent d'escapar-se del món. Va asseure's en un banc, mentre en Martí jugava amb na Paula en un gronxador. La ceguesa no era un obstacle perquè volgués enlairar-se amunt i son pare l'empenyia fins al cel. Li havien dit que havia de subjectar-se fort a les cordes, no permetre que el balanceig del cos li fes perdre l'estabilitat. Ella estrenyia les mans amb fermesa, mentre movia les cames envant i enrere per donar-se impuls. Observar-los des d'una certa distància la inquietava. No comprenia quin plaer podia trobar-hi, si volava cega. No tenia la possibilitat de contemplar el món que se'n va i que torna, quan ens gronxam. Tan sols existia el moviment en un buit de fosca. Pensà que li hauria hagut de fer por i va preguntar-li-ho:

—No t'espanta alçar-te tan amunt?

—No, mare. Els altres nins també volen pujar fins al cel. —La resposta, contundent, gens explícita, li va saber greu.

—Ells veuen el cel que tu no pots veure, fillona. Hauries de jugar a coses diferents. Vols que jugui amb tu?

—Puc veure'l, de veritat.

—Què dius?

—L'oratge a la cara m'explica com és el cel. Quan em moc amunt, m'ho diu.

N'Albert marxava de casa quan en Marcel encara plorinyava. Hi tornava quan na Coloma s'esforçava a adormir-lo. Abans de veure-la, sentia el seu cantussol monòton, la veu que repeteix uns sons que s'allarguen. Vivia amb la idea de no ser mai al lloc adequat al moment just. Era l'element sobrer en un escenari on la seva funció significava callar sempre. El director devia haver oblidat que li corresponia una part del guió. Potser només eren algunes frases. Amb un paper tan breu, no era difícil que li passàs de llarg el moment d'intervenir. No se'n recordava d'introduir els mots i l'obra continuava sense ell. Ni el públic ni els altres actors no s'adonaven de l'oblit, perquè no suposava cap mutilació per al conjunt. A vegades, s'avançava; sovint s'endarreria. Hi havia un desfasament entre les paraules i el temps de pronunciar-les. El silenci no produïa confusió ni evitava que cada escena tengués una textura particular, la consistència del que forma part de la representació.

Durant anys, ca seva fou el regne del fill. La feina l'havia transformat en un home preocupat per l'ordre. Saber que cada objecte ocupava la prestatgeria correcta li produïa una sensació de descans. Al pis, mai res no era al lloc on havia de ser. Si no hi eren les coses, com podia ser-hi ell mateix? A mesura que passaven els dies, augmentava la impressió de desequilibri. D'una banda, vivia obsedit pels horaris. Un ritme de treball intens exigia que el dia fos fet de partions exactes, que no hi hagués un segon perdut. Tots els qui treballaven a la seva vora n'eren conscients; s'esforçaven a mantenir l'agilitat en la feina. D'altra banda, vivia amb la sensació d'haver perdut l'agenda i el rellotge. Això succeïa fora dels àmbits protectors del negoci, quan s'enfrontava amb el trull del món.

Ignorava com escapar-se d'una percepció que l'angoixava. Veure que encara fa claror i creure que ens queden moltes hores del dia, però comprovar que ens hem equivocat. En el moment de confiar-nos, s'encenen els fanals als carrers, s'adorm el cel, el món es retira. Podia succeir a l'inrevés: Una efervescència de moviment l'envoltava, quan volia tombar el cap i reposar agombolat per la fosca. Arribà a pensar que en Marcel havia nascut a deshora. N'estava convençut encara que no gosàs dir-li-ho a na Coloma. S'avançà en el temps, sense concedir-los un parèntesi de calma, la possibilitat de trobar el propi lloc l'un vora l'altra. No tengueren l'opció de conèixer els racons de la casa i saber que els pertanyien, de recórrer cada indret de l'amor abans que no s'adormís, retut per una quotidianitat viscuda en temps distints sota un mateix sostre. S'estimaven amb la intensitat que els permetia la vida. El desig els obligava a rodolar per una catifa, a tombar-se al sofà, a perdre's entre els llençols, fins que el reclam de l'infant, demanant un llum en la fosca, feia que na Coloma saltàs dels seus braços per acudir a la crida. Llavors n'Albert s'adonava que era molt tard, que havia de dormir. Es girava d'esquena a la porta i aclucava els ulls.

XIX

Les històries no comencen ni acaben de sobte. No neixen o moren en un instant, sinó que pateixen processos que duren. El temps imposa els seus ritmes a la vida. No és suficient abocar-hi el desig, posar-hi la voluntat, perquè aquests elements són una part ínfima d'un engranatge que ens supera. Allò que volem amb força pot arribar a complir-se; o no. El que ens ha costat molt es fa a vegades realitat, però sovint queda suspès en l'aire, convertit en no-res. El que havíem perseguit com una quimera magnífica es materialitza, quan havíem decidit renunciar-hi. Hi ha fragments d'existència irrecuperables, encara que ens entestem a retenir-los entre les mans. El que ens fuig és probable que mai no torni, però, com que el món és un saltimbanqui de fira, podem descobrir que les línies es converteixen en cercles i que el passat retorna.

Així succeeix amb l'amor. Cada amor es correspon amb una estació distinta, perquè s'estableix un vincle entre la seva naturalesa i els cicles del temps. Hi ha els amors de primavera, que ens conviden a tastar els dies llargs. Les passions d'estiu, que solen ser breus i intenses. Els amors de tardor, que s'emmirallen en l'asfalt on cau la pluja quan no passen taxis. Els d'hivern, que ens ofereixen refugiar-nos del fred. Alguns estan condemnats a morir des que neixen. Encara que tenguin la força del vent, se'ns desfan com es fon el gel en contacte amb la calor. N'hi ha que mantenen la seva força, a pesar de les inclemències. Poden semblar condormits, inexistents, però es revifen quan menys ho esperàvem. Hi ha amors que mai no moren: Només es transformen. Experimenten èpoques de dormició que fan creure que ja no hi són, que no han de comparèixer per incordiar-nos els dies. Qualsevol minúcia pot fer-los tornar. N'hi ha prou amb un gest o amb una ombra.

Els afectes són fets de matèria viva. Estan sotmesos a canvis, perquè no els configura la inflexibilitat dels metalls ni la duresa de les pedres. No tenim certeses que afirmin que es mantindran inalterables, que podem comptar-hi per sempre. Si ens hi confiam, una metamorfosi sobtada ens demostra que són camaleònics. Qui es manté a l'aguait sap que cal tenir-ne cura. El temps marca també els ritmes de l'amor. No és possible tòrcer-ne els camins, abreujar-los cercant dreceres que ens portin a la meta. Hi ha amors que moren joves; altres tenen la vida llarga. Com que no som sibil·les, no podem endevinar-ne la sort. Si algú fos capaç de veure el reflex del propi futur, no seria digne d'enveja. No importa el resultat concret, sinó la suma d'elements que ens hi condueixen.

La història de na Coloma i n'Albert va consumir-se, a poc a poc, com una llàntia. Devia assemblar-se als llums que ajudaven en Marcel a adormir-se. Tota la intensitat del món es concentra en un punt de claror, fins que la claror s'apaga. Ningú no hauria sabut dir el moment en què hi hagué els primers indicis de canvi. N'Albert, que era distret, no s'adonà de les transformacions fins que prengueren cos, presència tangible. Na Coloma, que era més perspicaç, perquè s'havia acostumat a mirar la petitesa, va témer-se'n abans. Patia i callava cadascun dels signes, incapaç d'entendre'ls.

Si haguessin hagut d'aventurar hipòtesis destinades a establir l'inici del caos, no s'haurien posat d'acord. A partir d'un determinat dia, tot ho enfocaven des de prismes diferents. Ni tan sols sobre aquest aspecte haurien aconseguit arribar a una mateixa conclusió. Havien recorregut un llarg camí que les paraules tot just expliquen, maldestres, perquè no saben resseguir-lo. No és fàcil trobar els mots que siguin reflex fidel de la peripècia humana. N'hi haurà que s'hi aproximin; altres se'n faran molt enfora. Una realitat, la de les paraules, ha d'ajustar-se a una altra, la de la vida. Encara que no hi hagi un mirall més perfecte que els mots, formular la vida en paraules vol dir distorsionar-la. Si un únic fet és explicat per dues persones diferents, mai no ens arribarà idèntic. Hi haurà diferències de forma i de fons. Alguns matisos desapareixeran i seran substituïts per uns altres. Hi afegiran detalls de collita pròpia, que sorgeixen de la imaginació o de la memòria que tot ho barreja, deixaran espais en blanc que ocultaran oblits volguts o imprevisibles.

N'Albert hauria parlat de la solitud del qui torna a ca seva però sent que no hi té un lloc. Els seus espais estan ocupats per altres presències. Na Coloma hauria descrit la solitud de qui espera que l'altre arribi amb il·lusió, però l'altre sempre ve massa cansat. Esgotat per a la conversa i per a l'amor. Mal disposat a l'hora de compartir estones mortes en un sofà, convertits tots dos cossos en una forma única que sorgeix de l'abraçada al llindar de la son. Les pells que senten el tacte pròxim, les formes conegudes que acompanyen i escalfen. Ho haurien concretat en exemples que resultarien quasi avorrits, de tan vulgars. Ella hauria dit que, un dia, s'adonà que la mirava sense veure-la. No s'entretenia en els rínxols de coure, ni endevinava si estava trista o alegre d'un cop d'ull. Ell hauria assegurat que, una nit, va sentir-se molt lluny d'on la dona es trobava. Compartien un espai reduït, un recer de flassades i llençols, però era com si s'hagués perdut en un desert.

Quan minva l'amor, el desig s'acopa. Recorda un gira-sol en un camp on no lluu mai el sol. De la passió a la ràbia, no hi ha gaire camí. Allò que estimaren començava a fer-los nosa. Els molestaven les imperfeccions de l'altre, la incoherència d'un gest o d'un mot, la cara cansada després d'una nit de vetlla. Es perderen unes intensitats, però se'n van guanyar unes altres amb menys fortuna. La força de la mirada seduïda va deixar pas als ulls que descobreixen la imperfecció. Els defectes que els havien fet gràcia eren vists amb la mirada crítica de qui adverteix que els sentits l'enganyaren. Multiplicaren l'exigència, quan abans resultava tan senzill ser tolerant. Tornaren impacients, neguitosos. Els seus rellotges deixaren de marcar les hores a l'uníson. Oblidaren els dies en què acoblaven cada minut en funció dels minuts de l'altre. Deixaren de banda les hores que havien volgut compartir, el temps que visqueren esperant-se. Quan n'Albert tenia una estona lliure, ella havia de resoldre un assumpte urgent. Si na Coloma li reclamava una estona, ell recordava mil compromisos.

La transformació va ser subtil, lenta. Tenia forma de serpentàs que vigila, en un estat d'aparent letargia, fins que les víctimes es confien i pot devorar-les. Als amants, els devoren el desamor i l'oblit. Al principi, no es tractava de la desmemòria absoluta, sinó d'una suma de descuits en aparença inofensius. Era una qüestió d'estratègia: La bèstia esperava veure'ls confiats, distrets, mentre s'anaven afegint greuges a la llista de la soledat. Trobar-se sol en una multitud és una sensació poc grata. Sentir-se absolutament sol a la vora de qui hem estimat és començar a morir-se. Es perden els punts de referència comuns, la capacitat de fer projectes, els desitjos que formen la trama d'una quotidianitat compartida. Queda la sensació d'haver fallat, els dubtes que no ens deixen, les ganes de tornar a començar, de fer ofrena de la vida a l'amor, d'immolar-se només per recobrar el que perdérem. Queda, després, el ressentiment que inspiren els murs on les paraules s'estavellen, la fùria contra un mateix, que ha permès que l'arena s'esmunyís entre els dits, la indignació contra l'altre que no ha sabut evitar-ne la pèrdua. Els que dominen l'art d'autojustificar-se aprenen a centrar la ràbia en la parella. Resulta més senzill, més còmode i, per a alguns, més higiènic.

Na Coloma hauria pogut sintetitzar la història parlant de la clau de casa. En un simple objecte i les reaccions que suscitava, s'hi condensava el que visqueren. La línia que enllaçava les seves vides, tota d'oscil·lacions, de carenes que pugen i davallen, de tremolors imperceptibles, d'abismes, es concretava en un fòtil de metall. Hauria estat capaç de descriure'n el so quan n'Albert la feia rodar al pany de la porta. Durant molt temps, va viure a l'aguait d'un enrenou minúscul que tenia la capacitat de commoure-la. Era un murmuri de porta que s'obre, de vida que entra. Intuïa que arribava i se li aturava el cor: La devorava la impaciència de veure'l. S'acostumà a moure's pel pis amb els sentits a l'aguait. Estava sempre pendent del dring del metall. Parava l'orella quan era a la cuina, mentre preparava el sopar; si seia a la sala, des d'on millor es capturava qualsevol soroll, estava molt atenta. Al dormitori havia d'aguditzar la capacitat auditiva, perquè hi havia més distància, però no renunciava a concentrar-s'hi. Quan calculava que no faltava gaire perquè tornàs, el món quedava quiet. L'espai i ella eren fets per esperar-lo. Sovint, emperò, la traïa la impaciència. Aleshores s'enganyava. Era senzill imaginar-se que havia sentit la clau, quan la percepció de l'objecte només existia a la seva ment. Algun capvespre, va anar mitja dotzena de vegades al punt on només trobava la porta i el silenci.

Quan començà a produir-se una manca de sincronia en l'horari de tornada, no va adonar-se'n. Era l'època en què en Marcel li robava les hores i no resseguia el pas del temps amb la intensitat d'abans. Endinsades les mans en l'aigua de la banyera i xop el cos del fill, provava d'escoltar amb atenció. S'aturava a comprovar si havia imaginat la clau o si n'Albert tornava de veres. Si es tractava d'una percepció errònia, la distreia el plor de l'infant o l'entretenien els seus somriure. Era com si tengués el cap en dos llocs a la vegada. El primer era el pany de la porta; el segon, la banyera que vessava escuma. Cada vegada arribava més tard, més cansat. Ella provava de calcular l'hora per sortir al rebedor, els braços estesos, però era impossible encertar-la. El marge, que havia estat de minuts, es convertí en un parèntesi d'hores. Un espai de temps que no sabia calcular ni comprendre. Va preguntar-li-ho:

—Per què no véns mai a la mateixa hora?

—No ho has entès? No tenc horaris: La feina es multiplica i no puc fer-hi res.

—Quan arribes, en Marcel ja dorm. Aviat em trobaràs adormida també.

Hauria pogut explicar com el que ha estat el centre del nostre interès va perdent força. Una clau havia retingut la seva atenció durant molts vespres. N'havia memoritzat l'enrenou, el contacte amb el pany, dos metalls que es troben. Era capaç d'inventar-lo abans de reconèixer-lo. El cervell l'havia gravat amb una intensitat que res no esborra. No va perdre's l'eco en la seva ment, sinó l'efecte que l'eco suscitava. S'acostumà a prescindir-ne, perquè hi havia altres coses a fer. En el fons, s'hi barrejaven dues sensacions: L'una era objectiva, la quantitat de feina que li donava el nin; l'altra era secreta, la necessitat de protegir-se de l'abandonament. Quan sentim que l'altre ens fuig, inventam recursos salvadors. Som capaços d'alterar els hàbits, només perquè costa enfrontar-se amb l'evidència. Podem adaptar-nos a moltes situacions, abans d'acceptar un fracàs.

Hi havia una clau que obria la porta de casa. Era el pis on na Coloma vivia amb n'Albert. Quan s'adonava de la seva presència al pany —era qüestió de segons—, tremolava d'impaciència. Se li encenia el desig d'un encontre, com s'encenen els fanals del carrer. Sense témer-se'n, va aprendre a prescindir-ne. Fou un procés lent. D'una banda, li vengué imposat; de l'altra, la transformació va produir-se dins ella. Primer, quan s'obria la porta, s'abraçaven. Era una sensació grata: Fondre's dins l'altre, sentir el contacte del cos que ve del carrer, que porta olors de fora. Olors desconegudes que es barregen amb les que coneixíem i estimàvem. Amb el temps, les circumstàncies —el fill i ells mateixos— alteraren l'entusiasme inicial. Els motius no eren mai repetits, però sí que ho eren els resultats. A vegades era causa de la fatiga; sovint es tractava d'en Marcel que absorbia la seva atenció, o del negoci que concentrava la de n'Albert. No importava. L'únic cert era que no duia les regnes de la vida entre les mans. Era un cavall desbocat que volava, sense que hi pogués posar brides.

Va acostumar-s'hi. No oblidà l'enrenou de la clau, però esborrà la impaciència. El desig, les ganes. Tot el que anava associat al frec dels metalls a la porta. En un determinat moment, se'n va adonar. Intuí que el món era incontrolable. No en sabia les causes, però n'Albert se li escapava, es feia incognoscible. La idea li va fer tombarelles al cap, fins que s'aquietaren els pensaments. Va avesar-se a no esperar el so de la clau, a viure'n enfora. La indiferència deu ser l'estadi últim, quan ja no ens interessa allò que ens feia vibrar.

A la cuina del pis on vivien en Martí i na Teresa, hi havia una sanefa de rajoles blaves. Les parets i el sostre eren de color blanc. L'orla feia un dibuix d'onades que anaven i venien. Menjaven en una taula plegadissa que, en desplegar-se, ocupava mitja habitació. Anava de la paret fins a la gelera que, quan hi havia algú assegut, s'obria amb dificultats. Al rebost, que tenia la porta de fusta trenada com la gelosia d'un convent, hi havia sempre una botella d'oli, pots de llegum, tomàtigues de ramellet, herba lluïsa i, a l'hivern, taronges. Menjaven taronges durant molts mesos. A en Martí, li agradaven quan s'aixecava, al migdia, al vespre. En tornar de fer feina, en solia pelar dues. Procurava que la pell no es trencàs i exhibia la seva habilitat per retallar-la en una sola tira que feia cercles. Si en subjectava una punta entre les mans, la tira sencera queia en una espiral cap al terra. Si, per contra, tornava a compondre-la, podia reconstruir-la. Vista d'un tros lluny, mentre s'obviassin els clivells, semblava una fruita. Ningú no l'hauria confós amb la simple pellofa que era en realitat. Col·locava els grells de cada taronja en un platet i els portava a la sala. L'un era per a na Teresa; l'altre per a na Paula. La filla solia ensumar-li les mans, abans d'agafar el plat, perquè feien olor de tarongina.

S'acostumaren a les taronges en una fruitera. Era una imatge grata als ulls i a l'olfacte que formava part de la quotidianitat. Sol succeir que un objecte inanimat prengui vida pròpia, perquè algú sap dotar-lo de sentit. Significava els dies viscuts, les certeses petites que trobaven pròximes, que els protegien. Una taronja pot enfortir-nos els dies. No és la conseqüència d'un estrany sortilegi, ni el resultat d'una ment que desvarieja. Es tracta d'un procés molt senzill: Quan la repetició d'un episodi ens deixa un bon record, tendim a identificar totes dues imatges —vida i memòria— en una única seqüència. Com que hi hagué molts grells desfent-se a la boca i la sensació del suc que ens refresca l'alè, de l'olor que s'escampa en l'aire i en els vestits, associaren les taronges amb la placidesa. Un estadi que va durar anys. Seria fals afirmar que vivien en un estat d'harmonia, perquè hi hagué tempestes, però hi predominava un cert equilibri. Cadascun tenia secrets, parcel·les que no hauria volgut desvetllar, desitjos que es callen perquè només poden viure's en solitud. Hi dansaven les ombres que eren reals als ulls de la filla; que es feien inconcretes als dels pares, però no menys certes. Les taronges omplien el rebost d'una flaire bona. L'escampaven per la cuina i la casa, per les vides.

En Martí va tardar anys a adonar-se'n. Quan es cullen, les taronges fan una aroma intensa. A mesura que porten dies a la fruitera, es transformen. Es tracta d'una metamorfosi curiosa, poc evident si no ens hi fixam. La fruita comença a pansir-se. El canvi es produeix amb lentitud. Per això la conclusió ens resulta inesperada, sorprenent. Poden passar molts dies fins que la pell llisa es fa rugosa. En principi, no hi ha un canvi de color: L'ataronjat encara recorda els raigs del sol, la intensitat matinera. Ni tampoc hi ha alteracions de forma o de mida. L'esfera perd l'aroma, cosa que representa un soscaire, una mena de naufragi sense nau. La taronja s'esllangueix. S'imposa la flaccidesa en una pell que es va buidant de matèria. Els grells, que són sucosos, s'assequen com una esponja allunyada de l'aigua. Llavors torna una mica més petita, s'arrufa perquè té fred. Un dia, en mirar-la, ens sembla que ha tornat vella. Les taronges envelleixen a poc a poc, amb dignitat.

Na Teresa s'assemblava a una taronja. Era com la fruita abandonada a la plàtera o, encara millor, com la que s'oblida a la branca molt temps. Quan l'arbre que l'ha fet créixer té fam i set, menja i beu d'ella mateixa. Així comença a esllanguir-se. El marit ho comprengué quan feia temps que havien començat les transformacions. Hi havia hagut canvis d'olor i de textura que van sobtar-lo, quan no els esperava. Va entendre que s'havia acostumat a no parar-hi gaire esment. Succeïa exactament igual que amb la plàtera de taronges. Cada hivern sabia que hi era, la seva presència formava part del paisatge quotidià, d'un entramat que el tranquil·litzava, però res més. Es preguntava per quins indrets es perdé la matèria polposa i, sobretot, el desig del tacte. El cos adormit a la seva vora li produïa una sensació de calma, encara que no desitjava allargar la mà i perdre's en el palpeig. S'havien acostumat a viure plegats, però l'habitacle de l'escala quedava lluny.

No s'hi assemblava: Ho era. S'havia convertit en una fruita que ofereix en aliment inútil la pròpia carn, perquè la resta del món l'oblida. Aquesta era la seva percepció. Allunyats el marit i la filla, aprengué a recloure's. No hauria estat capaç de sortir del cercle en què es convertí l'existència. Tampoc no podia explicar-ho a ningú, perquè no hauria sabut trobar les paraules. Hi ha sensacions que tenen tota la vivesa del món però que no sabem transformar en un discurs lògic; ni tan sols en algunes frases que tenguin una coherència mínima. Podem percebre-les amb una claredat absoluta, però ens embullam a l'hora d'expressar-les. La percepció que es manté tancada resulta dolorosa, perquè els mots alleugereixen els mals. En dir-los, volen els fantasmes. És grat vessar els sentiments. Fer com si fossin l'aigua d'una gerra que s'aboca als tassons de la taula. Alliberar-nos-en una mica, perquè flueixin i corrin. La flaccidesa s'instal·là a la pell de na Teresa; però també ocupà un lloc a la seva ànima. Ja ho sabem: Una ànima que viu pengim-penjam sol ser una ànima trista.

En Martí s'acostumà a la dona nova que era na Teresa. S'avesà als aires de resclosit que tenia. La forma en què encreuava les mans, els gestos nerviosos, la respiració descompassada. Mai no va retreure-li l'actitud envers na Paula, encara que li resultava difícil d'acceptar. Va incorporar un seguit d'inèrcies al seu bagatge i no feia preguntes compromeses. La convivència es convertí en un trobar-se junts, sense gaires incomoditats, mentre es respectaven els temes prohibits. Predominaven els silencis que no resulten molestos, perquè no carreguen l'ambient de retrets. No hi havia grans greuges que hagués calgut escopir-se al rostre. Només una llista molt llarga de decepcions petites que, quan se sumaven, formaven muntanyoles de malestar. Era com viure sempre amb unes dècimes de febre, un punt de pesantor al cap, de feixugor. Res important per deixar la feina o interrompre el ritme de la vida, però prou molest per impedir-nos respirar a plaer.

Quan na Coloma decidí que no hi havia possibilitat de tornar enrere, lluïa el sol. En aparença, era un dia com qualsevol altre. S'alçà del llit fent un esforç per vèncer la mandra. Des de feia mesos li costava aixecar-se. Pel seu gust, en sonar el despertador, s'hauria encongit entre els llençols i no hauria bategat un múscul. Ni tan sols hauria allargat el braç per apagar l'estridència que la reclamava a la vida, perquè suposava un esforç massa gran. Volia endinsar el front davall el coixí, però era incapaç de transformar aquell desig en un simple moviment de la mà. No era una peresa vulgar, sinó una sensació de derrota. Poques ganes d'enfrontar-se amb la vida. Encara que s'hi esforçàs, no trobava gaires motius per perpetuar la farsa. Li era impossible acostumar-se a una relació reduïda a breus encontres, a unes converses on només els silencis tenien significat, a la sensació d'estranyesa.

No recordava l'última vegada que soparen junts. Farta d'esperar-lo, un vespre s'assegué a la taula i menjà sola. Un plat, un joc de coberts, un tovalló. En Marcel dormia. Va posar-se una mica trista, però res més. No es produí el terratrèmol d'emocions que esperava. Aleshores va entendre que s'havia acostumat a la solitud compartida. Havia de recórrer un tram cap a una solitud plena, l'única situació que veia perfilar-se, nítida, al seu davant. Va menjar amb calma. Encara que no tengués gana, procurava acabar-se la carn, no deixar les mongetes ni la patata daurada al forn. S'esforçava a actuar com si fes un exercici de preparació per al futur. Va prendre's el cafè mentre mirava la cadira de n'Albert, on ningú no hi seia. Molt més tard, quan va arribar, va fer-se l'adormida perquè no encengués el llum de l'habitació. No hauria resistit el conat de conversa en què s'havien convertit les seves xerrades. L'enfilall breu de frases que no explicaven res de cadascun, les provatures inútils, el sexe transformat en una abraçada dels cossos que no gosen mirar-se als ulls, aquell abocar-se dins ella i deixar-la buida. Abans d'adormir-se de veritat, va pensar que no hi ha estats que perdurin immòbils, perquè la vida és moviment. Havia descobert que el so de la clau a la porta, multiplicat per la fondària del silenci, li resultava impossible de suportar.

Els matins dels últims mesos foren difícils. Quan n'Albert se n'anava a treballar, entreobria els ulls com si fossin persianes que proclamen una manca d'oli, engranatges que es queixen, i el mirava vestir-se a través de la línia fina dels parpres. La distreia l'atenció que posava en el nus de la corbata. Era capaç de refer-lo quatre cops, abans de considerar que tenia les proporcions correctes. Des dels calçotets a la corbata pulcra. Si la vencia la ràbia, pensava que un home pot resultar ridícul vist en calçotets i mitjons. Li veia la corba incipient de la panxa i se n'alegrava. Si la guanyava l'enyorança del que perderen, es mossegava els llavis per no demanar-li que l'abraçàs. Era l'hora de les converses apressades. N'Albert li deia, per exemple:

—Hauries de trucar a un llanterner. L'aixeta de la cuina porta massa calç.

—Vaig fer-ho ahir.

—Te'n recordes del sopar de dissabte? És un compromís important. Convé que tot funcioni.

—Sí.

—És probable que la setmana que ve hagi de ser fora alguns dies.

—Bé.

—Si és així, s'acumularà el treball quan torni. No sé com organitzar el local nou de Diagonal. La meva germana ha renunciat a fer-se'n càrrec. Na Carla aconsegueix impacientar-me. Diu que en té prou amb el de Rambla Catalunya. Hauré de buscar més gent de confiança.

—És clar.

—Mai no em cansaré de repetir-ho: Hauries de plantejar-te deixar l'hospital i ajudar-me en el negoci. Ens calen mans.

—M'agrada la meva feina.

—Ho sé. Però no és una qüestió de gustos, sinó de prioritats. Ho hauries d'entendre.

—Em costa entendre res en aquesta hora. Per cert, en Marcel té angines. Ahir a la tarda vaig portar-lo al pediatre.

—Angines? Jo sempre en tenia, quan era infant. No deu tenir gaire importància.

—No.

—Quina hora és? —(exclamació)—. Ja torn a fer tard. El trànsit a la ronda em fa perdre trenta-cinc minuts cada dia. Ho tenc calculat. Bé, me'n vaig. Si vols alguna cosa, busca'm al mòbil.

—D'acord.

Mai no volia res que pogués ser dit en una conversa telefònica. Es limitava a esperar que passassin les hores, omplint-les de mons que ell no compartia: El fill, la feina, les passejades per la ciutat. Fins que va decidir que n'hi havia prou.

Era un matí assolellat. S'alçà en sonar el despertador, circumstància inusual des de feia temps. Guaità per la finestra i va veure els carrers de Barcelona que vessaven tota la vida que estava disposada a esborrar. Hi havia gent que semblava contenta amb la sort que li havia tocat; altres tenien un rictus compungit a la cara i no devien saber-ho. N'hi havia que li recordaven màscares. El cel era molt clar i feia mal als ulls. Va pensar que totes les intensitats ens perjudiquen, però no va experimentar la pressa. Era una fugida prevista, encara que improvisada. No calien gaires preparatius per deixar-ho tot, encara que abandonar un home i una ciutat no fos senzill. Havia hagut de passar molts mesos vivint l'assaig del que estava a punt de fer. Setmanes senceres amb el gust de la pèrdua als llavis, amb la llunyania gravada als ulls. Ja havia viscut l'enyorança; quedava la urgència de no perdre un instant. A través del vidre de la finestra, va gravar el paisatge de l'urbs. El retingué al fons de la mirada, aquietat com en una fotografia que ens duim enfora. Va omplir dues maletes. Hi col·locà vestits, llibres, algun disc, les joies. Preparà les joguines i la robeta d'en Marcel. Escriví una nota: Quatre frases per dir-li que se n'anaven, que li trucaria. No hi havia més explicacions. Demanà un taxi per anar a l'aeroport. Quan tancà la porta, la clau va fer un so d'objecte que es trenca; un enrenou petit que no va saber identificar.

XX

Les ciutats que coneixem es transformen en fragments de vida. Cadascuna s'hi instal·la en un moment, quan no l'esperàvem. Ens sobten amb la respiració silenciosa, lenta, dels paisatges viscuts. N'hi ha que només ens deixen un bri de llum a la memòria. Són les que hem trepitjat amb l'afany dels viatgers encuriosits per la descoberta d'un pont o una plaça, de les façanes de pedra, de les ombres que juguen a projectar-s'hi. Poden ser les que hem imaginat en una visió fugaç, des de la finestreta d'un tren que passa per indrets que veim de lluny: Un fumeral entre bromes de capvespre, la sirena d'una fàbrica que anuncia el torn als obrers, el perfil de blocs de pisos o del campanar d'una església, un jardí. Són ciutats de pas, capaces de despertar l'emoció, però també de deixar-nos indiferents. Algunes ens posen un punt d'amargor als llavis, la recança d'allò que no s'acaba d'assaborir perquè el temps no ho fa propici, el desig de perpetuar el que passa de pressa.

Hi ha la ciutat i les ciutats on vàrem viure. Hi ha la ciutat on vivim. L'ús del passat o del present té, en aquests casos, una importància cabdal. Els llocs que pertanyen a una època anterior de la nostra vida ens inspiren dos tipus de sensacions oposades. D'una banda, l'enyor; de l'altre, el rebuig. En el primer cas, el sentiment sorgeix quan haguérem d'abandonar-los sense voler-ho, forçats per circumstàncies que no decidírem. En el segon, sol haver-se produït una fugida. La necessitat d'esborrar la pròpia història ens va forçar a abandonar un espai, a cercar nous destins. Na Coloma sentia una barreja d'enyorança i de rebuig, quan recordava Barcelona. La combinació era el resultat d'una biografia concreta. Quan va anar-se'n, s'endugué impreses a la memòria moltes imatges. Va perdurar la visió obtinguda a la finestra, quan tot ho mirava des d'una absència intuïda, a punt de fer-se certa.

La ciutat on vivim és feta de realitats que percebem inalterades, perquè no hi ha tels de distància que les difuminin o disfressin. Hi patim les molèsties de la vida quotidiana, la forma que tenen de transcórrer els dies. Són geografies que no donen lloc a la distorsió que entendreix, ni a les metamorfosis del pensament que tot ho altera. Els fums, els cotxes, la pressa serveixen per recordar-nos que trepitjam la vida real. No hi caben les recreacions, quan feim cua al supermercat, els pàrquings són plens, feim tard a una cita. Els llocs del nostre present mai no enganyen, però tampoc no ofereixen la possibilitat de convertir-se en matèria de somni. La geografia deu ser com la majoria de les coses: Quan som molt joves, tenen gust de mentida. Hi ha de passar la vida per sobre perquè adquireixin cos, perquè el que era emboirat es faci diàfan, perquè les paraules s'enrodoneixin, s'omplin de sentit. A les ciutats que habitam, hem perdut el costum de passejar-hi amb la mirada atenta, de traçar-hi rutes. Massa sovint ens guanya la concretesa, les coses que hem de fer cada dia, abans que es pongui el sol, que ens empenyen a moure'ns i no ens permeten reposar. Aturar-nos a observar l'espai.

A na Coloma, li hauria agradat tornar a les classes de geografia de l'adolescència. Havien passat els anys. Creia que, si pogués reviure-les amb la mirada del present, se li farien noves. El nom d'un lloc podria significar la coneixença, el record, la mirada clara o el pas atrafegat, la curiositat per la descoberta. El retorn al passat podria ser molt senzill: N'hi hauria prou amb una imatge o una conversa que fossin fils conductors; referents, al cap i a la fi. Si alguna mercè els déus li concedissin, els demanaria poder tornar —durant una estona breu— enrere. Habitaria els passadissos foscos de l'institut on no havia entrat més. Veuria rostres que la memòria encara conservava, arrecerats molt enllà, en un pou fondo. Es contemplaria amb uns calçons blaus, un jersei ample, la mirada més neta. Podria reconèixer els racons on es refugiava per oblidar que el pare no hi era. Els passadissos on somniava que aniria a la universitat de medicina. A l'aula, asseguda en un pupitre amb els ulls plens de son —eren les vuit del matí i, en aquestes hores, resulta dura qualsevol geografia—, escoltaria les paraules que parlen d'indrets que constituïen un punt en el mapa per a l'adolescent. Ho faria amb el bagatge que, després, li havia ensenyat a portar la vida.

Els records no tenen una forma plàcida de morir-se. Na Coloma ho va entendre quan deixà n'Albert. Hauria volgut que la distància i el temps es confabulassin al seu favor, que l'ajudassin a trobar la calma, però no succeí com desitjava. La memòria li retornava un enfilall d'escenes del passat: Cadascuna era un tros del temps que compartiren. A vegades, s'esforçava a subratllar-ne el caire menys amable. Sorgien les hores de solitud, recorrien el territori del pensament, hi plantaven un arbre trist. En altres ocasions, predominaven els instants de plenitud que la llunyania intensificava. Les imatges arribaven a confondre's en situar-les al calendari. Podia dubtar del moment en què protagonitzà cadascuna de les escenes. Les agulles del rellotge havien iniciat una cursa boja que l'animava a confondre les estacions, els mesos, els dies. Es preguntava quants anys havien volat, d'ençà que es conegueren. Alguna nit, en despertar-se enmig de la fosca, hauria pogut recitar la data de l'episodi més ínfim. Hi havia dies que s'esforçava a pouar en el cervell, cercant-hi trobar fragments de vida en la línia oscil·lant del temps que volem recuperar.

No succeïa el mateix amb l'espai. La geografia té una consistència que ens allunya de la dansa absurda de les hores. Capturar el temps no és possible, perquè pateix una metamorfosi contínua. El present es convertirà en passat, en paper escrit, en història que s'esborra; el futur es fa present i, abans que ens n'adonem, ja se'ns escapa. Hi ha moments que s'allarguen, que perduren enlaire. Podem inventar instants que s'eternitzen. Altres són volàtils com les fulles dels arbres, en caure a terra, o com les pàgines d'un llibre llegit amb avidesa. Retenir l'espai és més senzill. Les transformacions que experimenten els llocs on hem viscut són lentes. Transcorren amb una pausa que no té horaris ni es preveu. Però tenim l'ocasió de percebre-les o, com a mínim, d'imaginar-les. Els escenaris canvien, els paisatges es refan, encara que les peces que els configuraren quedin intactes. Els llocs que ens importen sobreviuen a les mutilacions, als afegits, a les desfetes. L'última visió d'una ciutat pot acompanyar-nos sempre, sobretot quan hi deixam mitja existència. Ens queda gravada a la retina, impresa a la fondària dels ulls. Els records ens hi retornen, serveixen per preservar-la, fins i tot quan només hi ha runes. El temps ens fuig; els espais ens persegueixen.

La primera època a Madrid va transcórrer entre la confusió i el desànim. Amb uns estalvis que desapareixien a una velocitat vertiginosa, pogué llogar un apartament minúscul. Només hi cabien el llit, un sofà, la cuina, ella i en Marcel. S'hi arreplegaven de qualsevol manera. Durant mesos, no gosà buidar el contingut de les maletes. Mantenir-les a mig desfer, mentre en treia i hi entaforava peces de roba, obeïa a una raó: L'ajudava a accentuar la convicció de provisionalitat. Res del que feia no era definitiu. Es tractava d'una etapa de transició que li permetia apamar espais, ordenar els aspectes més elementals de la vida. Mentre hagués d'ocupar-se de trobar feina, no tendria gaire temps per plànyer la seva sort. En fer-se fosc queia retuda entre els llençols, amb el cos desfet de recórrer els carrers i els hospitals. No hi havia estones mortes que obrissin pas a la memòria. La fatiga es convertia en una aliada que li permetia crear una ficció d'oblit.

El pitjor eren els diumenges. Totes les ciutats tornen tristes els diumenges a la tarda. Quan els comerços tenen les portes tancades amb reixes, la majoria de gent encara no ha tornat, però s'ensuma a l'aire l'olor del dilluns que s'aproxima. S'hi viu una barreja de silenci inusual, d'absències. Els que s'hi passegen conserven encara la tebior de la llum que els ha acompanyat durant hores massa curtes, senten l'alè d'una pau que, quan no hem d'escapar-nos d'enlloc, sol ser grata, però que sovint conté un punt d'angoixa. L'espai enfosqueix, mentre els vianants caminen. Proven de dissimular l'estranyesa, miren de cua d'ull l'altra gent i es pregunten si són éssers estrafolaris o si formen part d'un conjunt de figures aperduades.

El temps s'allargava com en un dia sense pa. Encara que s'aixecàs tard i se n'anàs a dormir d'hora, decidida a recuperar-se del trull de la setmana, li sobraven molts minuts. Minuts d'una immobilitat que compareixia de sobte, que li retenia els membres sense que pogués fer-hi res, quieta a l'ampit d'una finestra, a la vorera, vora el quioc de la cantonada, que l'allunyava de la rutina de moviments que li condormien la pena. Moure's era l'antídot: No aturar-se ni un segon, viure centrada en el que era immediat, urgent.

Va enviar currículums a les clíniques, a les consultes dels metges que trobà a la guia telefònica, a les agències de col·locació. Anava amunt i avall, mentre es proposava no pensar gaire, però la quietud dels diumenges la traïa. En una ocasió, estirada al sofà amb el front recolzat entre els palmell, s'adonà que havia perdut les persones que li importaren. El pare a l'asfalt; la mare, convertida en una desconeguda. Per últim, n'Albert. Es resistia a preguntar-se si n'era culpable. Quina falta havia comès perquè la condemnassin a una soledat absurda? On era l'error, l'estupidesa? Mirava el fill, que havia complert quatre anys, i es proposava no perdre'l també.

Hi va abocar l'energia que li quedava, el desig d'afecte, la por que li feia la solitud. Es proposà protegir-lo de la indiferència del món, ser-ne la còmplice, l'amiga, la mare. L'obsessió per l'infant tenia un aire malaltís que amb els mesos va aconseguir situar al seu lloc. Es deia que el nin no havia de ser la corda que la lligava a la riba, que garantia la pròpia supervivència. Havia d'estimar-lo sense afanys possessius que el convertissin en una víctima de la seva sort. Aprengué a ser-hi present, a allunyar-se'n quan calia, perquè pogués respirar. Havia de créixer sense enyorar cap afecte, sense una gota de tristesa, ni un bri de ressentiment. Per això evitava parlar-li de son pare.

El primer contacte amb n'Albert fou una conversa telefònica pocs dies després d'haver marxat. A través del fil, la veu es filtrava com un eco de la ràbia. Li va dir:

—No t'entenc. Mai no m'hauria imaginat que series capaç de fugir d'aquesta forma, sense explicacions ni paraules.

—Fa mesos que no hi ha paraules. No te n'havies adonat?

—No m'ho puc creure. Sincerament, creia que estaves contenta.

—Contenta? Estava sola. L'únic que he fet ha estat assumir-ho.

—Em pregunt on és l'error, però no sé trobar-lo. La relació no és com abans, però deu ser inevitable. Les persones evolucionen, la gent canvia.

—Ho reconeixes.

—Admet que he hagut d'assumir noves responsabilitats, que la feina em desborda. Res més.

—Escolta'm, Albert, perquè no tornaré a parlar-ne, si ho puc evitar, però em cal dir-t'ho: He marxat i no tornaré. No vull ferte retrets i esper que tampoc no t'atreveixis a fer-me'n. Sé que no has entès res, però ja ni em cal que m'entenguis. Vull el divorci.

—El divorci?

—Sí.

—Hi ha un altre home?

—Un altre home? És clar: No has entès res. És com si no ens haguéssim conegut mai, i això és terrible.

—Sí, és cert. Escolt la veu d'una estranya. Una estranya amb qui he compartit molts anys. No compten?

—Deixa-ho córrer. Buscaré un advocat. No vull causar-te problemes econòmics. No pateixis per aquest tema. Només m'importa la custòdia d'en Marcel.

—En Marcel forma part de les meves responsabilitats.

—Tu ho has dit. És una responsabilitat —va fer un riure burleta— i tu ets un home responsable.

—No has d'afegir-hi més qualificatius, a la definició?

—Crec que hem trobat el millor.

—Estarem en contacte, Coloma?

—Preferiria que fos a través dels advocats.

—D'acord. Només repetiré que no t'entenc. Et deu sortir la vena de ta mare, que és boja.

Va encaixar el cop sense esbossar un sol rictus al rostre, sense manifestar sorpresa ni dolor; després, tallà la comunicació amb un gest que no va ser brusc.

En Marcel substituí els plors pel silenci. L'infant que es desfeia en ploradisses a qualsevol hora callà. El canvi va ser molt radical i na Coloma va preocupar-se. Intuïa que era un al·lot de contrastos que hauria d'entendre. Emmudir va transformar-lo en un nin tímid en aparença, indecís, que buscava el recer de la mare. La realitat era més complexa: Des del mutisme observava la vida amb atenció, sense distraccions inoportunes. La mirada del fill es posava en les coses i hi quedava quieta. A vegades, succeïa amb un simple objecte: Una joguina, un llapis, un tinter.

Contemplava les formes de qualsevol estri amb una intensitat estranya. Als seus ulls, hi havia la fixesa dels vells, que miren el món sense presses, però també la impaciència dels joves, que volen descobrir-lo sencer. Era una curiosa combinació de prudència i de gosadia. Mentre s'esforçava a capturar el màxim d'informació possible sobre el que veia, era capaç d'emmagatzemar cadascuna de les dades. Seguia sempre un cert ordre; ho feia amb mètode. Aviat descobrí que tenia una memòria extraordinària. Les minúcies li quedaven impreses al cervell. No només li recordava on eren les estisores, les claus, o el rellotge —era despistada per naturalesa—, sinó que podia recuperar episodis de la vida a Barcelona que la mare hauria volgut esborrar.

Una situació semblant es produïa amb les persones. Si en Marcel veia una cara, no l'oblidava. En retenia els trets, la forma, i era capaç d'identificar-la temps després. També la situava en el context d'on procedia, al lloc on l'havia descobert. Ho feia amb una precisió absoluta i sense gens d'esforç. El cas extrem, emperò, era el dels paisatges. Des de molt nin, va manifestar una predilecció especial pels espais oberts. Li agradaven els parcs, les places, les avingudes. Na Coloma provava de justificar-ho recordant els metres quadrats minsos on es refugiaren, en instal·lar-se a Madrid. Creia que l'opció d'en Marcel pels llocs grans era una conseqüència de l'encarcerament que van viure. Pensava que tenia fam d'amplitud. Els primers anys, el portava sovint al Retiro. S'asseia en un pedrís, o es recolzava en un desnivell del terreny, amb un llibre que no tenia ocasió d'obrir entre les mans, mentre s'esforçava per no perdre'l de vista. Era bellugadís, inquiet. Resultava difícil seguir-ne el rastre, perquè podia ser vora l'aigua del llac o a la copa d'un arbre. Quan na Coloma s'impacientava perquè l'havia perdut, li compareixia a la vora amb un somriure tranquil.

Era la seva millor gràcia: Aquell somriure que mai no va saber de qui havia heretat. No era el somriure nerviós, ple d'impaciències, de n'Albert. Ni tampoc el seu, que mai no lluïa amb gaire força. Era un mig riure que l'apropava a les coses contemplades, que l'acostava a la gent i als llocs. Una expressió que encenia altres somriures, perquè s'encomanava amb facilitat, i robava el cor. Encara que no parlàs gaire, era un al·lot comunicatiu. Es comunicava amb els gestos: La forma d'encreuar els braços, quan no sentia interès per un assumpte, la manera de moure les cames, si estava impacient, el joc dels ulls en un gir constant, quan creia que no era a temps de capturar la vida en una mirada. Si estava alegre, feia saltets menuts que recordaven el moviment dels granots. Si estava cansat, tombava el coll com si no pogués resistir-ne el pes.

Entre na Coloma i en Marcel s'establí una relació de complicitats i dependències que es perllongà durant la infantesa del nin. Sense adonar-se'n, la mare buscava el suport de l'infant. Representava la certesa de viure acompanyada, la possibilitat de prescindir de la resta del món. El seu caràcter s'havia fet esquerp, des que se separà de n'Albert, i manifestava una certa tendència a la melangia. La sensació dels diumenges no va desaparèixer quan s'estabilitzà la seva situació, sinó que anà accentuant-se. Hi havia setmanes que es convertien en un llarguíssim diumenge: Les hores inacabables jugaven a perseguir-se sense pressa. Li recordaven les escenes d'una pel·lícula que transcorren a càmera lenta, que alenteixen el món. Quan va créixer, continuaren essent còmplices. Mentre ell s'esforçava a construir espais, na Coloma entenia que en Marcel-adolescent reclamava llocs i temps propis. Va obrir-li totes les finestres perquè en pogués guanyar.

Tenia els ulls verds amb un punt daurat al fons de les nines. S'assemblaven a les fulles dels arbres abans de caure de les branques i rodolar a terra, empeses per l'airet. Nasqué a la tardor. Era alt, magre com un canyís perquè no fou gaire menjador. Gesticulava amb moviments que li recordaven n'Albert sense voler-ho. Mai no va dir-li-ho. Son pare era un silenci entre tots dos. Tres o quatre vegades l'any, visitava el fill. Eren encontres breus que na Coloma solia evitar. Marxava de casa per no coincidir-hi.

Arribava en un cotxe, el recollia al portal de casa, el duia a dinar i al cinema. Aquells dinars duraven poc, perquè no tenien gaires coses a explicar-se. A en Marcel, el retenien massa traves: L'estranyesa de seure amb el desconegut que era el seu pare, la fidelitat a la mare, el desig de marxar però, sobretot, els silencis que n'Albert mai no va entendre. Els interpretava com una forma de marcar distàncies, ignorava que formaven part del caràcter del fill. El millor eren les sessions de cinema. Les crispetes, la fosca de la sala i la projecció de la pel·lícula evitaven que haguessin d'intercanviar cap paraula. Al final, sempre s'havia fet massa tard i n'Albert tenia pressa. L'home marxava amb una sensació de fracàs, de pèrdua irremeiable. Es distreia pensant en la feina. El fill quedava tristoi, però s'esforçava a dissimular-ho. Cada mes, amb una puntualitat escrupolosa, na Coloma rebia la transferència bancària d'una quantitat que garantia el futur de l'al·lot. L'acceptava perquè representaven la possibilitat que pogués tenir una vida millor. L'opció de comprar llibres, de portar roba bona, de viatjar. Na Coloma treballava a la consulta d'un pediatre. No era el que hauria volgut, perquè sempre preferí la feina en un hospital, però no havia de patir un desgavell d'horaris. Un treball estable i regular li facilitava la convivència amb en Marcel. Esmorzaven junts cada matí, sopaven davant la televisió. S'explicaven els detalls del dia, les anècdotes. Ell dibuixava un somriure, en escoltar-la, i na Coloma somreia també, contagiada.

No calien les preguntes. Ni tampoc eren necessàries les explicacions: Intuïa que estava trista abans de sentir-la parlar. La mare respectava l'habitació del fill com si fos un lloc sagrat. L'animava a convidar-hi amics, no protestava pel volum de la música. Desapareixia quan endevinava que no hi havia de ser; tornava quan la seva presència resultava necessària. Era un estudiant brillant que volia fer medicina. Pensar-hi li feia recordar son pare, mort a la carretera. L'emocionava imaginar-se que, al cap i a la fi, la seva renúncia no fou inútil. El que havia desitjat es materialitzaria en el fill i saber-ho la justificava. Van compartir molts dies de sol, quan cercaven espais amples que els permetessin respirar. Moltes llunes els acompanyaren, mentre conversaven o dormien. Vivien tranquils, contents, perquè havien trobat un refugi. Quan encara era un nin, ella li feia creure que era possible construir una casa amb el cos. Li deia que el front n'era la teulada, que els braços marcaven les partions de les parets, que els ulls es convertien en les finestres per on entrava la vida. La vida, que era un buf d'aire net, quan el sol l'escalfava.

Fins que es capgirà l'ordre de les coses. Una situació nova, que na Coloma no hauria imaginat, els sortí a l'encontre. Després va pensar que el món s'ensorra sense avisos, que l'univers que ens hem afanyat a construir desapareix en un buf. Succeí a principis d'un estiu que s'anunciava calorós. En Marcel havia acabat els exàmens amb bones notes. Estava relaxat, satisfet. La telefonada es produí el capvespre d'un dijous. Se'n recordaria sempre. Era n'Albert i el fill despenjà l'aparell. Parlaren una estona llarga; tal vegada més llarga que en altres ocasions. Hauria hagut d'alertar-se. En aquell moment, emperò, no va adonar-se'n perquè vivia confiada. Havia oblidat que mai no ens podem refiar, que cal viure a l'aguait, com si fóssim conills en una lloriguera, espiant les passes del caçador que ens ha de parar una trampa. Els anys li havien fet abandonar les reserves, deixar de banda la por. Les paraules d'en Marcel eren inesperades:

—Vull parlar amb tu. T'he de dir una cosa.

—Què et passa? —encara no hi havia signes d'alarma a la veu.

—És el pare. Fa temps que me'n parla. De fet, l'últim cop que em visità va insistir-hi molt.

—Què vol? —hagué de contenir els primers indicis de tensió.

—Em convida a passar l'estiu amb ell a Barcelona.

—L'estiu? A Barcelona? —la resposta, irreflexiva, sorgí irada—. És increïble! Què s'ha cregut? M'imagín que li has dit que no hi aniràs.

—Li he dit que m'ho pensaria.

—Pensar-t'ho? Marcel, no el coneixes. Ell t'és estrany; la ciutat et serà estranya. Saps que mai no li he impedit que vengués a veure't, però les visites han estat molt escasses. No formes part de la seva vida, fill.

—Ho sé. Sempre ho havia cregut i no em feia preguntes. Ara, en canvi, em deman si en sóc una mica culpable, d'aquest distanciament.

—Tu?

—Les seves visites sempre han estat una nosa. Significaven un dolor per a tu i em feien posar reserves, quilòmetres entre tots dos. Mai no he provat de conèixer-lo, de descobrir el seu món.

—Et record que és un món del qual haguérem de fugir.

—Tu en fugires. Jo era molt petit i no vaig tenir l'oportunitat de triar. Ni tan sols me'n record de la vida d'abans. Puc conservar-ne alguna imatge dispersa, perduda en la memòria, però res més.

—Vols anar-hi?

—M'agradaria, però no et vull fer patir.

—Això és l'únic que t'atura?

—Sí.

—Vés-hi. No en parlarem més. Posa una data i marxa a conèixer el teu pare. Tens dret de fer-ho, encara que m'entristeixi.

—T'entristeix molt?

Llavors na Coloma s'esforçà a posar-se una màscara que li permetés respondre-li, serena:

—Una mica. Supòs que és la sorpresa: No ho esperava.

L'ajudà a preparar la maleta. Hi col·locaren les camisetes i els calçons, la roba de bany, alguns llibres. No va fer cap comentari, mentre en Marcel guardava una fotografia seva a la butxaca. Era un retrat recent, que subratllava el coure dels cabells, la pal·lidesa del somriure. Aquell aire de dona trista que no havia aconseguit desprendre's de la pell, de la forma dels llavis, del fons dels ulls. La nit abans que se n'anàs, no aconseguia adormir-se. L'havia abraçat i el notà tranquil. Mirava a través de la finestra i veia els carrers de la ciutat. Era una ciutat distinta, però tots els carrers s'assemblen quan es fa fosc. Recordava Barcelona i revivia hores amargues. Poc abans de mitjanit sonà el telèfon. Era n'Albert:

—Coloma, esper que ho entenguis.

—Se'm fa difícil.

—T'agraeixo que li permetis acompanyar-me unes setmanes.

—Ho he acceptat perquè en Marcel ho volia. No hi ha més raons.

—He decidit prendre'm aquesta temporada de vacances. M'hi dedicaré per complet. Li mostraré la ciutat... Crec que és hora de conèixer-lo millor.

—Fes el que vulguis. Només m'importa que en tenguis cura. Es pensa que és un home, però encara és un nin.

—No et preocupis. Te'l tornaré sa i estalvi.

—M'ho promets?

—No exageres? El nostre fill no se'n va a la fi del món.

—Has de prometre que em portaràs el meu fill quan s'acabi l'estiu, abans del seu aniversari.

—T'ho promet. —Hi havia un to d'incomprensió resignada a la veu. Ella s'imaginà que continuava pensant que era una boja. Es digué que potser tenia raó.

—Bé —va fer un sospir—. Bona nit.

V PART

XXI

El taxi arriba a Madrid per l'entrada O'Donnell. Des de la finestreta, n'Albert observa que passen vora el cementiri. En Martí augmenta la velocitat del vehicle. Voldria estalviar-li la visió de les formes grises i blanques, que semblen sorgides d'un paisatge rocós. L'envolta una petita murada color ataronjat. El mur deu haver pres les tonalitats últimes del capvespre, perquè el cel va enfosquint-se. Una penombra que voldria ser amable els cobreix. A l'interior del cotxe, emperò, res no resulta plàcid.

S'endinsen pels carrers d'una ciutat en moviment. S'hi apunta el trull dels vespres de dissabte. Hi ha gent que recorre les voreres, cafeteries que encenen rètols lluminosos. Es dibuixa un escenari amb els elements per iniciar l'actuació. El joc dels actors, les giragonses de les ballarines, els gestos grandiloqüents del director d'orquestra, els més discrets dels acomodadors. Hi ha músiques sorgides de coves on la gent s'amaga, mentre crema la tarda entre fums de cigarreta. Hi ha botigues encara obertes, que reclamen l'atenció dels vianants. Hi ha una filera de semàfors on predomina el vermell, on regna el vermell, on el vermell s'aquieta per tallar-los el pas.

N'Albert ensuma l'olor de la multitud a través dels vidres tancats. Una bafarada que costa de reconèixer s'alça de les voreres, puja amunt, s'escampa en l'aire. Travessa les retxilleres del cotxe. Qualsevol obertura, imperceptible a la visió, serveix perquè els arribi un tuf de mort. Pensa que és curiós: La percepció de la mort li ve de fora. La capta en indicis de fressa, que és sinònim de vida, però no en la immobilitat del cos d'en Marcel. Deu ser un error dels sentits o un símptoma de l'esgotament que viu. S'ha produït una alteració en la seva capacitat de percebre el significat real de les coses. Confondre la vida i la mort s'assembla a no saber destriar un silenci d'una música d'orquestra, però encara és molt pitjor, perquè no hi ha dues situacions més oposades. El brogit del carrer contrasta amb la quietud del cos que l'acompanya. Per què, doncs, encara el sent viu? A pesar que el cervell li ho negui, pot capturar el ritme compassat del cor que batega a la seva vora. Si s'inclina una mica, l'alè d'en Marcel li acaronarà el coll. Ha de repetir-se, una vegada i una altra, que el fill no respira, però ho diu tan fluix que ell mateix no s'acaba de sentir.

Durant tot el dia, la ruta s'ha estès en una línia recta, solitària, davant els seus ulls. La mirada s'ha avesat al gris de l'asfalt, al groc del paisatge, als pobles que han anat succeint-se. La memòria els confon, perquè transmetien la mateixa sensació de nuesa, de sobrietat que no destorba. És clar que no eren idèntics. Cadascun deu tenir unes particularitats que el fan distint, singular per als qui hi viuen, però n'Albert no n'ha captat les diferències. L'únic que li interessava era la impressió d'uniformitat, de camí que adquireix uns colors que ens acompanyen. Mentre els quedaven quilòmetres per recórrer, era possible provar d'ajornar la certesa. La mort que no volem admetre, que tancam entre les quatre parets d'un vehicle, que troba refugi en la complicitat d'un taxista generós, es pot confondre amb la vida. Només cal que ens ho proposem.

La situació s'altera en transformar-se l'entorn. En entrar a la ciutat, quan han deixat enrere l'autopista, s'ha imposat una situació de contrastos. Acostumat a la quietud del paisatge, a una presència humana més aviat escassa, l'exèrcit de dones i homes el sobta. L'aglomeració li sembla un caos. Un desordre que accentua la confusió de la ment, que la subratlla. Per això desitja tornar enrere. Voldria moure les busques del rellotge, fer-les girar fins al punt en què sortien de l'hospital de Bellvitge, quan encara hi havia un camí a fer. Però el camí s'acaba. Entén que ha convertit el cotxe en un racó on protegir en Marcel de la mort. Intueix que, en davallar-ne, la veritat se'ls imposarà definitivament. No podrà fer res per salvar-lo del que ha de venir; ni tampoc podrà rescatar-ne na Coloma. La ciutat li envia aromes de mort. Dins l'explosió de vida, no hi ha lloc per als qui marxen. Entre els que riuen, parlen, gesticulen, no hi té cabuda l'absència. La pena, que germinava lliure en la planúria immensa, s'ha de reprimir perquè resulta absurda entre muntanyoles de ciment.

Enveja la inconsciència feliç dels qui es passegen, en passar per la plaça de la República Argentina i veure el Passeig de la Castellana. Es fixa en detalls que no li haurien interessat en altres circumstàncies, però que s'imposen i adquireixen un protagonisme insospitat. Veu que una al·lota inclina el cap, perquè algú li parla a l'orella. El tomba en un arc que li recorda el que dibuixa en Marcel, recolzat a la seva espatlla. Hi ha una diferència, emperò: L'un és flexible; l'altre és fet de rigidesa. Observa un adolescent que riu. Compara el seu somriure amb el rictus que esbossen els llavis del fill. En un llampec, ha vist unes mans blanques que saluden. Fan un gest alegre que serveix per cridar l'atenció d'una persona. Llavors mira la blancor quasi ocre de les mans que reposen en les seves mans. Diu a en Martí:

—És curiós. No me'n recordava de com són les ciutats.

—Què vol dir?

—Els tres dies a l'hospital s'assemblaven a viure en un desert. Les parets eren blanques, la gent callava sempre... Vull dir que tots parlaven en veu molt baixa, com si s'explicassin secrets.

—En un hospital, el temps s'allarga. Record quan hi portava na Paula. Mai no vaig suportar-ho.

—Sospirava per sortir-ne. Creia que, si me n'anava, podria complir la promesa que vaig fer a na Coloma: Retornar-li en Marcel abans del seu aniversari. Vaig obsedir-me amb aquesta idea, convertint-la en el centre de les meves cabòries. Imaginava projectes de fugida a la sala d'espera, a la porta del quiròfan, davant el vidre de l'UCI. Mantenia ocupat el pensament. El distreia de l'evidència, de l'únic realment important.

—Costa acceptar l'evidència.

—El trajecte en taxi ha fet durar la mentida. Mentre creia que vostè participava en l'engany, també provava d'enganyar-me una mica. Mantenia el pensament en un estadi curiós. Mig adormit, mig mort. Els pensaments morts no fan mal.

—S'autoenganyava. Molt aviat ha descobert que jo sabia quina era la situació.

—Sí, però la seva actitud m'ha fet sentir-lo còmplice. Em trobava acompanyat. La companyia del paisatge que passava, discretíssim, i el meu conductor —li posa una mà a l'espatlla— m'ajudaven.

—I ara?

—Havia oblidat que les ciutats intensifiquen els sentiments. S'assemblen al bolígraf que ens serveix per subratllar les línies d'un llibre.

—Els sentiments els portam nosaltres.

—Sí, però els llums d'una ciutat augmenten l'alegria i el dolor. El seu trull puja unes dècimes la percepció del que sentim. És com si tenguéssim febre. Si estam contents, la seva disbauxa engrandeix la nostra felicitat. Si ens sentim tristos, el contrast l'accentua.

—No és la ciutat.

—Com?

—No és la ciutat. És l'hora.

—Què vol dir?

—No és una qüestió de llocs, sinó de temps. Sap que no en falta gaire, perquè arribem. Això l'espanta.

—Na Coloma tenia els cabells com el coure. Vaig estimar-la amb una intensitat difícil d'explicar, però també vaig permetre que aquella intensitat es fes malbé. Mai no he estat capaç de tenir cura del que estimava. Com que ella ho sabia, va tenir por de deixar-me en Marcel. Hauria hagut d'escoltar-la, perquè tenia raó. Però sóc un neci estúpid que sempre vol sortir-se amb la seva. Sóc un orgullós de merda que pretén tenir sempre la raó. Digui'm, Martí, com podré explicar-li-ho? Com puc presentar-me al seu davant i mirar-la als ulls?

—Calmi's, sisplau. Calli.

—No puc, perquè hi ha massa enrenous. La ciutat no respecta el dol pels qui moren. És indiferent, terrible. Mai no ho havia sabut, però les ciutats no tenen espai on poder callar.

Sona el mòbil de n'Albert. Passen alguns segons, fins que el senten. Es produeix una barreja de sorolls que no permeten diferenciar els que provenen de l'exterior dels de l'interior del vehicle. D'una banda, hi ha el desori dels carrers; de l'altra, el to de la conversa és cada cop més alt. Quan se n'adona, es treu l'aparell de la butxaca. Ho fa amb un gest precipitat, perquè li costa controlar els moviments. No és fàcil trobar la pulsió justa per a cada cosa. A la mà, hi apareixen també un mocador rebregat i una targeta amb l'adreça d'algú a qui no recorda. Quan la veu, pensa que tota la seva existència és plena de papers com aquell. Cartolines inútils que, en algun moment, li degueren semblar molt importants. Una successió de minúcies on abocava atenció i esforç, però que no valien la pena. Té la sensació d'haver perdut el temps, la vida. La pèrdua d'en Marcel fa present altres pèrdues. El timbre sona. En Martí li ho recorda:

—No pensa respondre?

—No. És na Míriam. —Apaga l'aparell on acaba de llegir el nom de qui li telefona—. No es resigna amb el nostre encontre a la carretera i vol parlar-me.

—És la seva dona?

—No —sembla distret—. La meva dona es diu Coloma. No li ho havia explicat? Na Míriam és un error. S'assembla a una d'aquestes targetes que m'omplen les butxaques. —En Martí creu que desvarieja, quan afegeix—: Un tros de cartró amb unes paraules gravades en tinta que, en algun moment, vaig considerar importants. Na Míriam és una part del meu temps perdut. Val més que no contesti al telèfon. No li agradaria saber-ho.

Na Coloma s'ha alçat més tard que els altres dies. Els bars que hi ha pròxims a casa són renouers i li impedeixen dormir d'una tirada. Músiques incòmodes s'enfilen al seu llit; s'hi instal·len com ho feia en Marcel-infant. L'abracen i la inquieten; just a l'inrevés del que li succeïa amb el fill. Quan s'ha despertat, s'ha proposat sortir a fer un tomb. Vol aprofitar l'escalforeta del sol, recórrer els carrers d'un matí tardorenc i amable. S'ha dutxat de pressa. Mentre l'aigua li queia a doll pels cabells, ha tornat a pensar-hi. Fa tres dies sencers que no en sap res. Se n'estranya, però no es preocupa. Si hi hagués hagut qualsevol incident, n'Albert s'hauria posat en contacte amb ella. Potser han sortit de Barcelona. Tal vegada s'han decidit a emprendre l'excursió pels Pirineus que li anunciaren i el mòbil no té cobertura, entre els roquissars. Aquestes setmanes s'han fet dures. Com si les pedres de les serralades que els altres escalen ocupassin un lloc dins ella. Per sort, la veu d'en Marcel al telèfon ha servit per tranquil·litzar-la, ha condormit l'angoixa. Malgrat el pes de l'absència, l'ha enyorat sense neguits, en la confiança dels qui esperen un retorn segur. Després de la por inicial, del patiment perquè marxava, les converses s'han convertit en un bàlsam.

La veu del fill transformada en un oli protector de la pell, molt semblant als que apareixen als anuncis. Una mà n'escampa una capa fina pels racons del cos. S'estén pels braços, per les cames, pel ventre. A mesura que l'ungüent, que pot ser fet de llet d'ametlles, de flor de taronger, o de maduixes, penetra als porus, el cos resplendeix. Respira. Torna a alenar com alenen els éssers vius. Les cèl·lules mortes, que parlen de fatigues i dureses, cauen en un polsim que s'escampa, invisible, pel terra. Sentir-li la veu serveix per netejar-se la vida. Ha viscut tancada en una casa que fa olor de resclosit, fins que algú n'ha obert portes, finestres, balconades. No ha consistit a deixar-ne una retxillera entreoberta per on es filtra l'aire, sinó que ha estat un esbatanar-se els forrellats, saltar els panys, deixar-hi entrar la brisa.

La veu d'en Marcel li recorda un camp de roselles. Hi ha el verd i el roig que es barregen en una superfície que el sol inunda. Totes les intensitats s'hi poden capturar. També li fa pensar en la façana de la casa dels pares que lluïa reflexos del mateix herbat. En sentir-lo, se sent viva. Ha descobert que la inflexió de la veu li desvetlla secrets que les paraules no saben explicar. No és que el fill pretengui amagar-li res. Tampoc no s'adona del que pot percebre en les modulacions dels mots. La forma en què diu les coses li dóna pistes, li obre perspectives que ignorava. Endevina les seves descobertes, intueix la fascinació pel que troba, els moments d'enyor, les ganes de tornar. Comprèn que el temor de perdre'l era un fantasma absurd; bubotes que la seva veu ha estat capaç de foragitar. Es pregunta si una veu pot ser més expressiva que un rostre. Somriu: Respira tranquil·la.

Viu al carrer Marceliano Santa María. No és gaire llarg, i els edificis tenen una mesura humana. Les cases van ser construïdes a meitat de la dècada dels cinquanta, però es conserven en bon estat. Després dels primers mesos d'incertesa, quan va tenir feina estable i pogué disposar dels diners que regularment els enviava n'Albert, va llogar-hi un pis. Li agradà el carrer perquè enmig hi havia un bulevard, una mena de vorera àmplia que el recorria sencer, on creixien els arbres. Els infants hi podien jugar.

Va descobrir-hi també una farmàcia, algunes botigues. N'hi havia una de robeta d'infant i s'hi aturava sovint. De dia, era una zona tranquil·la; de nit, hi havia la música dels bars.

Quan surt de la dutxa, amb els cabells encara molls, es posa una falda llarga i un jersei amb el coll obert. No es maquilla. Vol aprofitar la claror del matí per sortir al carrer. Des que en Marcel no hi és, ha recuperat el costum de les passejades lentes. Abans sovint s'hi engrescava, en el joc de perdre's per places i ravals. Caminava molt de temps, sense intentar orientar-se o seguir una estratègia determinada, perquè l'important no era l'ordre de les passes ni la direcció que seguien, sinó tot allò que li permetien descobrir. Intuïa que és bo deixar-se endur per la curiositat que ens inspiren les històries que s'oculten als edificis i les botigues d'un carrer, en la gent que l'habita, en les converses i les passes que l'omplen. A la ciutat, s'hi sent embolcallada. Amb la mateixa sensació que li inspirava el llumet que son pare encenia a l'altra punta del passadís, quan vivien en una casa verda. Els edificis deuen tenir cos i ànima, els carrers són poblats d'arbres o de ciment, l'asfalt lluu com un bon presagi. És possible agafar millor el son després de la passejada. Contempla el trull de la ciutat i s'entreté amb qualsevol minúcia: L'expressió d'algun transeünt, les novetats exposades als mostradors de les botigues, el color del cel. Abans mai no tenia temps d'observar les coses. Sempre anava corrent d'una banda a l'altra, amb mil tasques a fer. Ha viscut un estiu de vida quieta. Com que el seu únic objectiu és l'espera d'en Marcel, pot cercar distreure's en la petitesa.

Quan el taxi entra al carrer on viu na Coloma, es produeix una situació sorprenent. N'Albert, que no l'esperava, creu que viuen un malson. En Martí tarda alguns segons a reaccionar, perquè les circumstàncies el desborden. Un riu de suor li davalla pel front fins a les temples, li recorre el pit. La gent s'ha multiplicat de sobte al seu davant. No contemplen l'animació pròpia d'una ciutat en dissabte, sinó un vessament de cossos que envaeix l'espai, que s'hi imposa. És la desfilada d'un exèrcit que avança fent formes, mentre dibuixa figures a l'espai. N'hi ha que es mouen en grups compactes. Semblen una onada immensa que amenaça menjar-se la riba. N'hi ha que fan oscil·lacions, envant i enrere, com les ones que banyen l'arena un instant i l'abandonen. Alguns saltironegen. Recorden els calàpets que confonen la pròpia verdor amb els racons de molsa d'un safareig. Altres són homes ebris d'alcohol, que es mouen en una dansa estranya. Poden tombar un peu, caure a terra, descompondre's i tornar-se a muntar, aixecar-se com si no hagués passat res. Poden també vinclar-se sencers, quedar allargassats a l'asfalt, mentre la turba els esborra.

Mai no havien vist tanta gent en un mateix carrer. Tenen la impressió que la humanitat es confabula en contra seva, que s'ha posat d'acord per barrar-los el pas. N'Albert ho observa sense paraules, convençut que l'atzar n'és la causa. L'atzar ha programat una estratègia per impedir-li complir la promesa. El pitjor és que no té dret a fer-li retrets. Abans es queixava perquè arribaven al final de la ruta, perquè no hi havia excuses que li permetessin ajornar l'instant últim: L'encontre amb na Coloma. Deia que abandonar el taxi significaria haver de reconèixer de ple la mort. Ara un formiguer els impedeix avançar. Han quedat presos entre els cossos. A través del vidre, resulta difícil diferenciar-ne els trets. Tot plegat s'assembla a una massa única que repeteix ulls, braços, cames que fan desaparèixer els edificis. La gentada envaeix l'espai, se'l fa seu; l'anul·la. Pensa en les gomes d'esborrar que utilitzava quan era un nin per als deures de l'escola. Li agradava ensumarles perquè feien olor de nata. Se les hauria menjat. Al quadern, hi escrivia amb un llapis que tenia la punta enrodonida per l'ús. S'havia acostumat a fer-hi una mica de força, en traçar-hi les lletres, cosa que n'afavoria la rodonesa. Les còrpores adquireixen dimensions enormes als seus ulls. No sap si la mirada en distorsiona les mides o si ha tornat Gulliver al país dels gegants.

Posa, una altra vegada, el braç a l'espatlla d'en Martí. La repetició del gest li retorna una certa confiança. Les paraules sorgeixen, precipitades:

—Ho veu? La ciutat es confabula contra nosaltres. No vol que vostè pugui deixar-nos, que aconsegueixi alliberar-se de la nostra presència. No em permet reconèixer, per fi, la veritat. M'empresona en un cotxe que ha arribat a convertir-se en ca meva. O hauria de dir que és la meva tomba? No ho sé. L'únic cert és que la ciutat impedeix que porti en Marcel a na Coloma.

—No pretenc alliberar-me de ningú. ¿Encara no ha entès que jugam la mateixa partida? Fa hores que ho he acceptat. A més, què vol reconèixer? Crec que és perfectament conscient de la veritat: El seu fill és mort.

—Sí. És mort. —S'encongeix, en dir-ho. Pel mirall retrovisor, en Martí veu un home caigut. Ha enfonsat el front a la butaca del seient i les paraules han caigut com pluja menuda—. Digui'm, però, on trobaré les paraules per dir-li-ho, quan la trobi.

—Llavors no caldran les paraules.

—No tenc paraules. Això és el que em passa: No n'hi ha que serveixin per explicar-li el que ha passat. No entenc res, Martí. Per què hi ha tanta gent al carrer?

—Haurem d'esperar una estona fins que marxin, però ja no ens ve d'aquí. Hem resistit tot un trajecte, aguantarem el darrer imprevist. La veritat és que també m'he sorprès. No havia pensat en aquesta possibilitat.

—Deuen ser fantasmes que vénen a fer-me retrets.

—No, amic meu, la vida sol ser molt més simple. És l'hora de sortida del futbol i el camp del Bernabeu queda a la vora. Molta gent aparca els cotxes a prop. Hi ha un col·lapse.

—Viu al número vint-i-set, al quart pis. Va triar instal·lar-s'hi perquè hi havia arbres, era un lloc tranquil, en Marcel hi podia jugar. Quan estava embarassada, érem feliços. Va tenir un embaràs magnífic. Ni vòmits ni malestar. Ens estimàvem. No acabaré mai d'entendre com vaig permetre que se n'anassin.

—No hi pensi. Les preguntes sovint no tenen resposta.

—M'agradaria ser com vostè: Un home que es conforma.

—Un home que es resigna. No és el mateix.

—Tota aquesta gent que ens envolta, que passen de llarg, que criden... No saben que en Marcel és mort. Tampoc no els importaria gaire.

—Estan contents perquè el seu equip ha guanyat; o estan tristos, perquè l'han vist perdre. No pensen en la mort i fan bé. Tot arriba.

Passa molta estona fins que poden apropar-se a l'edifici de na Coloma. És un temps d'espera en què no els queda més remei que observar les coses que succeeixen al marge d'ells. No és senzill veure com la vida discorre sovint amb uns ritmes molt diferents dels nostres, perquè el moviment perdura malgrat la pròpia voluntat. La manca de sincronia entre el món i nosaltres sol produir una sensació de desequilibri, de desemparament. No poden evitar mirar la gent. És impossible aclucar els ulls per allunyar-se d'un paisatge humà que esborra tots els altres paisatges. Els qui passen estan massa distrets, ocupats en la xerrameca, les rialles, la caminada. Ningú no para esment en els ocupants del taxi. Ells han de fixar tota l'atenció en els altres, perquè depenen d'una multitud indiferent que, sense saber-ho, els pot permetre acabar el trajecte. Perden el compte dels minuts. Han comprès que no serveix lluitar contra el temps, enfrontar-s'hi. Si volem que s'afanyin les busques d'un rellotge, corren lentes. Quan pretenem que s'alenteixin, volen com esbarts d'ocells. Les mans d'en Martí volten el volant; n'Albert continua estrenyent fort els dits d'en Marcel. Són dits de canya.

Retorna la quietud. Flueixen els cossos, circulen els vehicles fins que poden reprendre la ruta. El carrer recupera la fisonomia, encara que hi queden rastres de la invasió. Hi ha papers a terra, bufandes i capells que fan l'olor de qui els portava. L'ambient apunta signes de desfeta. Així deuen quedar els camps, quan els travessa l'enemic. Aconsegueixen aparcar el cotxe quasi davant el bloc de pisos que cerquen, perquè la gent ha desocupat la zona de vehicles. S'ha produït un buit que s'afanyen a omplir, encara que les rodes xoquin amb la vora de la vorera, perquè no hi ha prou espai per al cotxe. En Martí ha de maniobrar amb la perícia que li donaren els anys, abocar-hi l'experiència per mantenir la calma.

Quan surt fora, n'Albert tentineja un instant. La verticalitat i l'aire al rostre l'han marejat. Ha passat moltes hores dins el cotxe i sortir-ne suposa un dolor físic. Nota que té els músculs tenallats però no s'hi entreté gaire. Es gira a en Martí, que és a la vora, sense dir paraula. Entre tots dos, treuen el cos d'en Marcel. L'al·lot s'ha convertit en un tronc tibat, inflexible; és difícil de moure. S'assembla a un arbre que té les branques incapaces de doblegar-se. Com que no saben vinclar-se, les ventades les trenquen. En senten la rigidesa a través de la roba. Toca el timbre del porter automàtic. La veu de na Coloma s'imposa en el silenci del carrer. Un monosíl·lab, l'entonació interrogant, com una fiblada:

—Sí?

—Sóc n'Albert, Obre'm.

—N'Albert?

La pregunta queda suspesa en l'aire. S'afanyen a travessar l'arc del portal. És una entrada ombrívola, i no n'encenen els llums. La fosca acompanya la fosca que porten. Són dues figures que vacil·len al moment últim. Hi ha el tremolor d'haver-se d'enfrontar amb la veritat. Per un moment, en Martí es pregunta què hi fa. Sent l'impuls d'anar-se'n, d'abandonar l'home que endevina mort de por. A l'aire, un rastre de tristesa els acompanya. Deuen portar-lo al fons dels ulls, perquè la mirada l'escampa. Pugen amb l'ascensor, que té un mirall enorme que els multiplica. No són tres, sinó sis. La sensació els desconcerta. El taxista n'obre la porta, la subjecta mentre n'Albert sosté el fill entre els braços. Té la cara del color de la bombeta malalta que s'ha encès al replà: Groc vora el groc. En Martí es fa una mica enrere, perquè vol desaparèixer. Li cedeix el pas, just quan ella compareix. Na Coloma va vestida amb una bata, duu els cabells desfets. L'expressió de sorpresa del seu rostre es transforma en una altra. Ningú no sabria descriure'n les faccions perquè, en intentar-ho, es diluïrien les paraules. Els mots perdrien força, resultarien confusos com si s'esvanissin. El cos de la dona és una ombra que s'acopa. Una ombra que s'allarga fins que cobreix el cos d'en Marcel.

XXII

Aquest dissabte, na Paula s'ha despertat molt d'hora. S'ha adonat de la presència de son pare al passadís, però s'ha fet l'adormida i ha permès que sortís al carrer sense cap paraula. L'enveja: Sempre amunt i avall perseguint rutes. A ella, li ha tocat una existència tranquil·la encara que s'esforci per trencar-ne els ritmes. Són intents d'imposar-se a les limitacions d'un món construït per als ulls dels altres. No suposen entrebancs que l'entristeixin, derrotant-la, sinó que la transformen en una criatura combativa, que s'esforça per no avançar a les palpentes, malgrat la foscor. Ajupida entre els llençols, a l'aguait de les paraules que es puguin filtrar a través de les parets, des del pis dels veïns, ha esperat durant hores. Hi ha hagut un llarg silenci, fins que l'àvia ha entrat a l'habitació. Llavors ha aconseguit convèncer-la perquè es vestís amb la falda vermella i el jersei morat.

Li agraden els carrers. Es deleix per recórrer-los —sense escoltar les advertències de la mare, sempre neguitosa—, amb el desig de perdre's en un univers de sorolls i aromes. La guia el tacte, les mans transformades en llanternes menudes, quan es deixa endur per un instint elemental. És la necessitat de sobreviure, les ganes de moure's en un mar d'esculls. Només l'àvia l'entén. N'ha perdut el compte, de les vegades que va explicar-li-ho.

Li ho deia amb els dits, que pronunciaven llargs monòlegs entre les mans d'una vella. En notava la pell rugosa, endurida per la feina, les callositats que li descobrien un passat difícil. Un temps que ha après a estimar, que li inspira una curiositat infantil i afamegada alhora, perquè vol saber-ne els secrets. No ha perdut el costum d'estirar-se al sofà, el cos fet un nus, el cap entre els braços de l'àvia. N'ensuma la roba, recolza el front entre els seus pits, i n'hi ha prou per recuperar la infantesa. El recer de la seva falda —el cercle protector— fa volar totes les pors. Desapareixen pel poder d'una olor coneguda retornant-li sensacions molt petites que la tranquil·litzen.

Totes dues perceben la vida amb la mateixa intensitat, a pesar que les seves existències siguin difícils. Esser una adolescent cega no resulta senzill. Haver viscut la vida a mitges, entre graons i detergents, tampoc no és un regal. Na Rosa no té, emperò, un caràcter agre. Les coses mai no passen de llarg quan hi és, sinó que s'esforça a entendre-les, a implicar-s'hi. No participa de la indiferència amb què na Teresa s'autoprotegeix d'estranys fantasmes, perquè no ha oblidat el gust de la saliva al replà de l'escala, ni l'aire entre les cames quan cavalcava una bicicleta de color vermell. Ha capturat alguns instants. Se'ls empassà com si fossin xocolates que es fonen a la llengua, mentre hi deixen un sabor càlid. No ha oblidat la resta, però no porta un memorial de greuges contra els altres. Na Paula l'admira.

Quan començà a estimar n'Andreu, no va dir-li-ho. Va callar, perquè no calia entretenir-se en els detalls d'una història que li pertanyia en exclusiva. Explicar-la era ventilar el secret, i tot allò que s'oreja perd una certa força. L'aire nou s'obre pas entre núvols de pols i d'ombra, en dilueix els contorns però també n'esborra la intensitat. Intuïa que no havia d'esforçar-se a precisar l'anècdota concreta, els detalls de la trama, perquè l'àvia també l'entenia quan no hi havia paraules. Temps enrere, van tenir una conversa que recordaria sempre. Estaven soles, abraçades al sofà. Hi havia la certesa que res no destorbaria la placidesa. Ni els silencis, que mai no es feien massa llargs, ni els mots. Na Paula li va preguntar:

—Com era l'avi? M'agradaria saber-ho, però gairebé no en parles.

—En parla prou ta mare. Tant que em cansa.

—Què vols dir?

—Si no s'hi referís constantment, jo tendria ganes de dir-ne alguna cosa. Però les seves frases apaguen les meves.

—Per què?

—El disfressa. Ta mare parla d'un home que no va existir. Supòs que ho fa perquè necessita algú en qui confiar del tot. S'ha inventat una mentida. Nosaltres dues mai no ens hem assemblat gens. El record d'en Damià l'ajuda a viure.

—Tu el vas conèixer. Deus saber molt bé com era. Jo, en canvi, només en tenc la imatge que s'ha inventat la mare. En parla com si fos un sant o un heroi. Digues-me què era.

—Ni un sant ni un heroi, pobre. Era un home gris. Un bon home, absolutament gris.

—El vas estimar?

—És clar. Quan ens casàrem, érem molt joves. Teníem una il·lusió que aviat va desaparèixer. Era la il·lusió dels innocents, que mai no dura gaire, però van quedar altres coses. Ens acostumàrem l'un a l'altre, teníem una filla, una casa que ens havia costat tirar endavant. Sí. Vaig enyorar-lo, quan ens deixà.

—Se'm fa rar que en parlis amb tanta fredor.

—Era un home fred. Quasi no servia ni per escalfar-se ell mateix, quan venia l'hivern —va fer una rialleta.

—Tu, en canvi, no ets una dona freda. Jo... sóc com tu.

—Ho sé.

Va fer-se un silenci. Després, preguntà fluixet:

—Com es pot explicar el que em passa, àvia?

—No es pot explicar. Deixa't endur. Has de permetre que les coses succeeixin, que tot sigui com ha de ser. No posis traves a la vida, perquè la vida ja te'n posarà prou sense que puguis evitar-ho. Imagina't que el teu cos és la mar: S'hi poden alçar les ones més altes.

Quan era petita, anaven a la platja. Aprofitaven els matins dels diumenges, l'únic moment en què son pare oblidava els carrers i la feina. L'àvia preparava una cistella amb pa fet llesques, formatge, tomàquets, una botella d'aigua que havien congelat durant la nit, perquè pogués mantenir la frescor de dia, melicotons i prunes que el sol madurava, que es desfeien dins la boca. Associava el gust de la fruita amb la remor de les ones, amb la impaciència per arribar-hi. Feien el recorregut en el taxi. Recordava el banyador que van comprar-li, quan tenia set anys. La roba tenia un farbalà a l'escot. Li agradava passar-hi la mà, notar-ne les tavelles, compondre-les. El sol dels seus set anys li feia pessigolles als genolls, a les espatlles. L'escalfor la posava contenta. Es delia perquè l'aire li dugués un rastre de sol a la pell. Com que l'arena cremava, havia de córrer per protegir-ne els peus nus. Encara que sa mare provàs d'evitar-ho, es treia les sabates abans d'arribar al redós on instal·laven les ombrel·les. Era un acte reflex: Intuïa la sorra, saltaven les sandàlies. Son pare, l'agafava per una mà. Corrien junts, i la sensació de córrer era magnífica. Hi havia l'aire a la cara, el foc a la planta dels peus, l'olor de l'aigua. Volar no devia ser gaire diferent.

A sa mare, no l'entusiasmava la platja. Amb infinites precaucions, es decidia a banyar-s'hi. Abans, emperò, havia de fer un ritual d'aproximació. Des de la vorera, trepitjava l'arena humida. S'acostumava lentament al contrast, perquè la fredor inicial l'atemoria. L'àvia només hi entrava fins als genolls, si no podia agafar-se fort enlloc. Quan era nina, mai no la portaren a veure les ones i no sabia nedar. Es movia amb torpor, fascinada per la descoberta del blau. Si quedava quieta, abraçada a les roques, deixava que l'aigua l'empenyés. La seva còrpora tornava lleugera, perquè no hi oposava resistència. La claror li il·luminava les cames, totes de venes blavoses que li recorrien la pell. Venes que eren com rius perduts en la desmesura del blau. Per a na Paula, la mar volia dir una immensitat en moviment. La sorra als peus, l'aigua fent cercles, el sol. Tot plegat, un gust de vida vessant-se.

Son pare jugava amb ella a saltar les ones. Li ensenyà que una onada s'anuncia amb un soroll sord, d'escuma que saltironeja o de bromera que avança. Havia de parar-hi atenció, de percebre'n els avisos. Era una qüestió d'instants. Témer-se'n de la seva proximitat, inundar-se d'olor salina, afermar els peus a la sorra, prendre la mà del pare, aclucar els ulls. Alguna vegada, una glopada d'aigua li omplí la boca d'un tros de mar. Estossegava i escopia, però no es cansava de tornar-hi. De lluny, a una distància de quilòmetres, sentia les advertències de la mare. Des de la seva immobilitat, els deia que anassin alerta, que podien ofegar-se. Molt més pròximes, li arribaven les paraules de l'àvia. Frases encoratjadores que l'empenyien a tibar el cos, quan l'onada es desfeia en una pluja d'aigua i vent al seu rostre.

Al sofà, li havia dit que era com la mar. Aquella mar dels set anys, gravada en la memòria, on les ones altes creixien i es trencaven. Li va agradar sentir-ho. Eren mots que recordaria sempre, quan l'assaltassin els dubtes. L'enfortirien en l'adversitat, si es trobava molt sola. En interrompre's el parèntesi que servia per recordar, van reprendre la conversa. Li va dir:

—Hi ha nits que em despert. Els pares dormen, però no tenc gens de son.

—En què penses?

—Me'n record de les ones. Ho havies endevinat. Torn a sentir l'escalfor de la platja, el sol que em pren. Et passa el mateix?

—Ja no. Fa temps que m'adorm molt d'hora, mentre mir la televisió. No puc aconseguir mantenir els ulls oberts més tard de les deu. La vida em fa pagar el seu preu, però no vull queixar-me'n. Cadascú té un temps: El meu s'acaba.

—No parlis així, àvia.

—No has de tenir por. Només vull dir-te que hi ha sensacions que caduquen. A la teva edat, sembla impossible. Jo també estava segura de no esgotar mai el temps. En tenia tant que no m'importava perdre'l. Ara és distint.

—Per què?

—D'una banda, hi he guanyat. Visc més tranquil·la. Els neguits són grats, però ens cansen. D'altra banda, hi ha pèrdues que no es poden recuperar. Què hem de fer-hi? Ningú no ens avisa abans.

—M'espanta sentir l'escalfor del sol a la pell, quan és de nit. Tampoc no m'atreviria a explicar-ho a ningú més, perquè creurien que sóc una boja. És una sensació que no sé descriure. M'agrada i m'inquieta a la vegada. Com és possible?

—Quan eres una nina, les ones t'agradaven. Les esperaves immòbil, desapareixies un moment, tornaves a comparèixer. M'encantava mirar-te i me'n record molt bé. És com si et conservàs en una fotografia a la memòria. Portaves una cinta blava als cabells, i sempre perdies les sabates a l'arena. Sabia que estaves contenta, però també que tenies una mica de por.

—Sí, era semblant. No sé com protegir-me'n.

—No has d'intentar-ho. Aprofita el temps perquè és l'únic que tens sencer, esperant-te. Fes com abans: Deixa que la mar t'inundi.

Son pare ha trucat per dir-los que l'havien cridat de Bellvitge, que té una carrera a Madrid, que no tornarà en un parell de dies. L'àvia ha decidit anar-se'n just quan s'alcen de taula. Han dinat estofat de carn amb patates. A na Paula, li agrada sucar-hi una mica de pa. En trosseja la molla i en fa boletes que col·loca, arrenglerades, a la vora del plat. Procura que siguin idèntiques. Amb la forquilla, les esclafa, barrejant-les en la salsa, i se les empassa a poc a poc. Li ha sabut greu que semblàs decidida a partir, perquè s'havia imaginat un capvespre tranquil de bones olors, però ha marxat a pesar de la seva insistència. Assegura que té mal de cap, que prefereix reposar a la butaca de ca seva fins que es calmin les martellades a les temples. La veu li tremola quan parla i l'endevina cansada.

Sa mare s'instal·la a la saleta, disposada a mirar la televisió. Fan una pel·lícula d'indis i vaquers. Quan n'ha sentit el títol, ha pensat que és probable que l'hagi vist començar molts cops. Té el costum d'adormir-se, quan les prades s'estenen com cranis a la pantalla. El trot dels cavalls i els xiulets de les sagetes l'endormissen. El cos de la mare torna una forma inert, molt quieta. Pot resseguir sense dificultats el compàs de la seva respiració. Els alens, profunds, es perllonguen i li diuen que res no ha de témer, perquè és com si no hi fos.

S'imagina un capvespre monòton. Les veus de la pantalla no són gens atractives. El doblatge no afavoreix els actors. Ni tan sols val la pena fer l'esforç d'interessar-se per una història que li resultarà repetitiva, poc suggerent. Sense el suport de les imatges, els diàlegs es desvetllen, en la seva nuesa, absolutament pobres, quasi trists. Són converses de betzols que l'avorreixen. Al fons, es destaca la fiblada dels trets, l'enrenou de tassons trencant-se en una barra de bar, converses de *cowboys*. Un seguit de despropòsits absurds que la cansen. Té la impressió que, sovint, la gent no escolta les paraules que diuen els protagonistes de certes pel·lícules. Deuen distreure'ls les imatges i obvien els mots. S'esquivoquen quan els consideren innecessaris, menystenint-los. És l'única raó que se li acudeix, perquè algú sigui capaç de suportar aquestes històries. Però ella només té les paraules. Ha de poder comptar-hi sempre, d'evitar que la puguin decebre, de defensar-les. S'acosta a la porta del carrer amb la intenció d'anar a fer una passejada per distreure's.

Vol tornar a perdre's pels carrers i allunyar-se de les frases buides. Salvar-se'n. Porta la falda i el jersei que són de les tonalitats de la tarda. L'àvia li ho deia sovint, i havia arribat a imaginar-se que els capvespres tenien un tacte suau de llaneta. Quan està a punt d'obrir-ne el pestell, aguditza l'oïda. De la casa dels veïns, n'ha sortit la dona de n'Andreu, que és al replà de l'escala. Ho endevina de seguida que l'envaeix una bafarada de colònia barata. L'olor, que s'imposa als sentits, només és la disfressa de moltes altres que pot diferenciar sense dificultats. S'hi suma l'aroma del desodorant que porta sota les aixelles, el xampú amb què acaba de rentar-se els cabells, la menta del xiclet que rosega entre les dents, l'esmalt de les ungles, el pintallavis. La sorpresa la deté a una distància curta d'on es troba. Procurant passar inadvertida, inspira profundament: L'ensuma.

És una mala combinació, una barreja d'aromes que no harmonitzen, del tot desavinguts. Pensa que es vengen de na Rita perquè s'ha entossudit a ajuntar-los. La castiguen envoltant-la d'una flaire que té aires d'ofec, plastificada. Com ha gosat fer una mescladissa on regna el caos? Ningú no deu haver-li explicat que les aromes són com els colors. Se'n recorda dels consells de sa mare, quan li deia que no podia ajuntar una brusa amb uns calçons determinats, perquè eren de tons que no lligaven. Ella l'escoltava amb resignació sense acabar d'entendre-la. Li feia cas perquè pensava en les olors. De la mateixa manera que hi ha fragàncies que són incompatibles, encara que per separat puguin ser com una alenada fresca, les tonalitats devien tenir les seves regles. Na Paula les desconeix, però és sàvia en l'art de mesurar proporcions d'efluvis. Un instint peculiar li permet saber quina és la dosi adequada que és possible combinar amb un punt d'essència distinta. L'amalgama provoca sorpreses. A vegades, afegir-hi diferències crea un bon resultat. En altres ocasions, el producte final és una olor que desperta rebuig, embrutida per massa ingredients.

Per primer cop, pensa que la relació entre na Rita i n'Andreu no pot ser perfecta. Mentre els espiava a través de la paret de l'habitació, engelosida, havia cregut que s'enfrontava amb un mur sòlid. No hi havia una sola escletxa per on pogués obrir el camí que la portaria fins a ell. Ara dubta. No sap què significa seduir, però intueix que hi intervenen molts elements: L'olor no ha de restar-ne al marge. Des de nina, ha après l'art de vestir-se el cos amb les aromes que li surten a l'encontre. Els tria amb cura, en separa els que no són adequats, hi posa una gota d'aquells perfums que imagina imprescindibles. Sap quina olor li fa la pell. Compara la pròpia intensitat amb la desproporció que emana del cos de l'altra; pot diferenciar la bellesa equilibrada de l'excés impossible de suportar. N'està segura.

Na Rita no la veu. Ha obert una retxillera per on s'escolen els renous, però que no descobreix la seva presència. La imagina d'esquena, dreta damunt els talons que martellegen el trespol, les rajoles. La porta dels veïnats està oberta de pinte en ample. Al darrere, des de l'interior de la casa, li arriba la veu de n'Andreu. Parlen. Diu na Rita:

—Recorda que has de venir a cercar-me. No vull estar massa hores a casa de la meva germana. Ja saps que arrib a creure que sóc una nosa. Em posa nerviosa.

—No siguis absurda. Com pots destorbar-la? A més, és ella qui ha insistit perquè la visitis.

—Em truca si té problemes. Ja la coneixes. De tota manera, no vull quedar-hi a sopar. Podríem aprofitar per anar al cinema.

—Sí —va sentir-lo que badallava.

—Per cert, hauries de treure les escombraries. He agranat la cuina i he recollit la taula, però he oblidat els fems.

—Tranquil·la. Ara mateix ho faré.

—Pensa-hi perquè, si no, la casa sencera put. Adéu.

Es pregunta si les parelles, quan viuen juntes, mantenen sempre converses fetes de paraules buides com una pel·lícula d'indis. L'intercanvi de frases li ha semblat d'una vulgaritat espantosa. Com que n'Andreu no pot ser-ne el causant, d'aquell to d'indolència i d'avorriment, en culpa na Rita. Li sembla impossible de creure. El món no ha de dividir-se per força entre bons i dolents; tampoc entre músiques i silencis. L'amor, en canvi, hauria hagut de ser distint, intens. Existeix una gradació d'intensitats a la majoria de les situacions de la vida, menys en l'amor de debò, que les concetra totes.

Les passes de l'al·lota que marxa van esmortint-se graons avall. Resplendeixen una estona al cervell de na Paula, però no hi perduren gaire temps. Una sola idea va prenent forma: El pare és molt lluny, l'àvia se n'ha anat, sa mare és com si no hi fos, una dona acaba de desaparèixer. Només existeixen ells dos en l'espai de pocs metres, convertits, de sobte, en l'univers. Recorda la cançó: «*Te quiero más que a mis ojos,/ te quiero más que a mi vida,/ más que al aire que respiro/ y más que a la madre mía*». Vibrava una veu aiguardentosa; sonaven acords trists. «*Que se me paren los pulsos si te dejo de querer,/ que las campanas me doblen si te falto alguna vez./ Eres mi vida y mi muerte,/ te lo juro, compañero;/ no debía de quererte,/ no debía de quererte/ y sin embargo te quiero.*» Respira fondo i es decideix a fer l'únic que és realment important. Ha de concentrar totes les energies en una activitat: Esperar-lo al replà de l'escala i desitjar que n'Andreu s'aturi, un instant, a olorar-la.

És de naturalesa pacient. Ho descobreix aquest capvespre, mentre es queda, callada i quieta, a la porta. S'adona que la paciència s'assembla als rodets de fil amb què jugava, quan era nina. En subjectava un extrem a la punta del polze, en una llaçada, mentre una mà feia girar el tub de cartró entorn de l'altra. Volia fer-se'n un guant. Es tractava d'entorcillar el fil a la pròpia pell que passava a substituir la bobina, vestint-se d'un palp sedós. Havia de calcular el punt on tensava el cordellí, perquè, si era excessiu, podia fer-se mal. Si l'amollava massa, en canvi, el disfrès quedava balder com si fos un abric que arrossegam per terra.

A mesura que transcorre el temps, s'acostuma a la immobilitat. No és un exercici gaire dificultós, encara que només aconsegueix adaptar-se a una aparença de quietud, perquè rius sencers la recorren per dintre. Són com filats amplíssims, que fan ones de blau i d'escuma. S'imagina que, sense proposar-s'ho, ha aconseguit desfer una filassa. És una trama de fils que amollaven caps i servien per abraçar-la. Malgrat que no siguin gaire gruixuts, tenen la força d'una soga d'espart, que es combina amb la suavitat de la seda.

L'espera fins que n'Andreu es decideix a abandonar el sofà, on s'havia allargassat quan marxà na Rita, mig adormit. Porta la camisa desfeta, els cabells escambuixats, una bossa plena d'escombraries. Na Paula n'endevina les passes i surt al replà. La mira; ella comprèn que l'observa i respira endins, disposada a empassar-se la barreja d'olors que l'acompanyen. Totes d'un glop, encara que hi hagi un rastre agre que deu provenir del contingut del plàstic mal tancat. No li importa la confusió, si sorgeix del seu cos. Res no fa nosa, ni suposa un excés o una inconveniència. S'adona que està nerviós, quan el sent mormolar:

—Bona tarda.

—Bona tarda —somriu—. T'esperava.

—A mi?

—T'esper cada matí, quan sé que te'n vas. També ho faig els capvespres, si puc endevinar l'hora en què tornes.

—Jo... —s'accentua la vacil·lació—. T'he vist moltes vegades.

Són un davant l'altre, al replanell. El cos de na Paula, acostumat a la quietud, recupera la mobilitat sense esforços. S'hi acosta, però és ell qui roman palplantat al trespol, ocupant l'espai just d'una rajola, sense gosar avançar envant ni enrere. L'endevina insegur, i s'esvaneixen els dubtes. Intueix que creen un joc de contrastos: Són el neguit i la certesa, el moviment i la calma. Acota el cap i se li dóna com qui ofrena una fruita, mentre li pregunta:

—Sents la meva olor?

—Sí.

—I t'agrada?

—Sí.

Hi ha un moment en què es troben els cossos. No ens n'avisen els rellotges ni apareix escrit a les agendes, encara que els calendaris haurien d'escriure'n la data amb nombres vermells, com si fossin dies de festa. Cadascú té el seu propi almanac, on els moments de joia no coincideixen amb els que marquen les convencions. Ningú no s'hauria atrevit a dir-ho. Molt pocs haurien pogut imaginar que havia de succeir, perquè hi ha éssers que no semblen destinats a acoblar-se, existències que pertanyen a pols distants, però succeeix l'encontre. A vegades ocorre senzillament perquè algú ho ha desitjat amb força. La intensitat del desig es transforma en vida. Vida que vol ser assaborida, que ens sorprèn. Sovint no hi valen les explicacions. Hi deu haver un reclam de pells que es desperta quan arriba l'hora. Unes ganes d'abraçar-se que supera tots els entrebancs, una fal·lera de tacte, d'aromes, de saliva. Una bossa cau a terra i s'estavella en un mosaic de rajoles que fan dibuixos de joc d'escacs. S'obre en contacte amb el terra. En surten pells de plàtan, restes de menjar, cartrons. Una part del que conté es vessa pel trespol, en una escampadissa que n'Andreu no veu, que na Paula s'oblida d'ensumar.

Davallen una dotzena de graons fins a un pis del mateix edifici, on tots dos saben que no hi viu ningú. L'empeny i rodolen a terra. No és una caiguda brusca, sinó un deixar-se anar. No noten la humitat de les parets, ni els incomoda la petitesa de l'espai. Tampoc no pensen en la possibilitat d'entrar al pis d'ell. És com si només existís el recer dels cairons. Li descorda la brusa, vola la falda, mentre s'acomoden en una forma nova que sorgeix de sobte. Un únic cos ocupant l'amplària sencera del replà de l'escala. L'ensuma com un ca afamegat. Ressegueix el rastre dels pits, la conca de les aixelles, la llargària dels braços. Es perd entre dunes i valls, quan una aroma de mar els envaeix. Ella s'obre per encabir-lo sencer i la penetra amb un punt de duresa que crema.

Els alens es confonen, mentre un caminoi de sang li deixa un rastre a les cuixes i grava una ombra petita al sòl: És de color vermell molt obscur. N'Andreu es mou amb rapidesa, però na Paula s'esforça a marcar-li ritmes tranquils. A poc a poc, el balanceig pren un únic compàs. S'uneixen en un moviment fet d'oscil·lacions, de parèntesis, de pressa. Na Paula percep la metamorfosi. És una dona d'aigua. Sent rastres de saliva als pits, pluja al sexe, sang a les cames. Molla del cap fins als peus, amb efluvis de sal que sorgeixen del seu cos i que fins aleshores desconeixia. Una flaire marina sura a l'ambient. En una racó de l'escala, ha aparegut el sol dels seus set anys multiplicat fins a l'infinit.

XXIII

A l'habitació, la fosca s'ha posat en els mobles i en els cossos. Des que hi han arribat, el procés d'anar-se morint la claror ha estat lent, però inexorable. La llum era encara color de pruna, llisa i rosada, quan s'han estirat als llits, l'un vora l'altre. Entrava pel lloc on es besen les cortines. Com que no estaven ben ajustades, una ratlla de llum hi guaitava, indiscreta. Una sola línia escampant-se en un crepuscle que s'adorm entre quatre parets.

Han passat moltes hores, des que s'acabà el trajecte en un portal del carrer Marceliano Santa María. En Martí, que va desaparèixer i es refugià en una habitació, ha esperat la trucada de n'Albert per anar-lo a buscar. No ha descansat gaire, durant el parèntesi, perquè tenia el pensament tèrbol de paisatge, de rostres, de paraules i plors que voldria no haver sentit. Quan l'altre li ha telefonat, no s'ha entretingut gaire, sinó que ha conduït el taxi fins a la porta del cementiri. Hi ha aparcat, atent per reconèixer-lo entre el petit cercle de gent que en surt. Llavors ha recordat l'illa de San Michele, un episodi de l'únic viatge que ha fet amb na Teresa, d'ençà que es casaren. A Venècia, com als mites clàssics, els morts han de travessar la riba en una barca. Una barca que els porta al cementiri de San Michele, l'illa dels morts. Antigament, eren traslladats en góndoles fúnebres, decorades amb àngels d'ales daurades. Avui hi ha llanxes motores convertides en carruatges fúnebres que naveguen fins a l'illa.

Recorda que tota l'illa és un cementiri. Està envoltada de murades color d'englantina, que tornen fosques quan el sol es pon. Hi anaren a parar casualment, perquè el lloc no constava en les rutes turístiques. Davallaren del vaporetto abans d'hora, mentre viatjaven cap a l'illa de Murano. Feia un fred intens i hi havia boira baixa, una broma que surava part damunt la pedra, en una imatge que semblava extreta de la irrealitat. Hi havia milers de tombes. Varen passar vora la del poeta nord-americà Ezra Pound i na Teresa va dir que el nom li resultava familiar. Estava quasi segura que havia estat un actor de cinema. A prop de les tombes de les princeses russes, hi havia la del compositor Igor Stravinski.

Malgrat les protestes de la dona, que tenia els peus i el cor gelats, varen recórrer durant gairebé dues hores carrerons laberíntics. El cementiri era com un jardí, ple de flors a vessar. Quan va arribar-hi, s'havia fixat en la figura d'un home alt i atractiu, amb els cabells grisos. Estava sol davant una tomba. Contemplava la fotografia d'un adolescent i van pensar que devia ser el seu fill. Quan marxaren, encara hi era. Immòbil. Ara es pregunta si l'escena fou una premonició. Un auguri del que li ha tocat viure sense buscar-ho, una història de la qual ja no es pot distanciar, perquè s'hi ha implicat massa a fons.

En Martí rescata de la memòria la figura davant una llosa i un retrat. En recorda la corba de les espatlles, vinclades pel fred i la pena, la inclinació del front. Va commoure'l el dolor en el silenci, quan l'endevinava ofegat al coll d'un abric o perdut a les profunditats d'unes butxaques. Avui tot es capgira i és distint. Durant molts quilòmetres, ha contemplat la mirada del patiment. L'ha vista a través del miralllet retrovisor de l'automòbil, que li descobria un rostre amb les faccions desdibuixades, contretes, els ulls que eren un interrogant. Té la impressió que els anys li han retornat la peça que mancava per completar l'escena de San Michele. Llavors va robar una visió de conjunt: La coreografia que acompanya un ésser que plora la mort. Anys després, no sap per quin motiu, es perfila el quadre. La vida hi ha afegit els detalls que fallaven perquè fos sencer. Es tracta d'un altre home, però no resulta gaire difícil barrejar totes dues situacions, confondre-les, fins que s'identifiquen els personatges. El passat va oferir-li el traç gegant d'una escena; el present la matisa. La imatge de l'illa dels morts veneciana tenia aires de mentida. No sap si va ser efecte de la boira, que tot ho fa més imprecís, o de la distància amb què contemplava els fets. Al taxi, no hi havia possibilitat d'allunyar-se'n. Ni tampoc decorats de flors i marbre que l'ajudassin a imaginar una escenografia bella. La proximitat descobreix un despullament elemental, terrible. Desapareguts els elements sobrers, la parafarnàlia inútil, queda la nuesa de la mort.

Surten persones que fan cara d'absència o d'incredulitat. No parlen entre elles i caminen amb passes lentes. Un tros enrere, compareix n'Albert. Ningú no li fa cas, com si s'haguessin posat d'acord per prescindir-ne, però ell no se n'adona. És un home alt i atractiu, amb alguns cabells grisos, que no espera res dels altres ni del món. Passes enllà, hi és na Coloma. A en Martí, li distreu l'atenció la dona que era el destí del seu viatge. Hi ha braços que sostenen el cos feble, a punt de caure en cada moviment, mans que l'acaronen, llavis que mormolen paraules de conhort. Malgrat tot, l'endevina molt sola. Porta els cabells recollits a la nuca, però no ha pogut evitar que la llum en rescatàs guspires de foc. Va vestida de negre i té la mirada quieta dels qui són incapaços de comprendre.

A l'hotel on s'allotgen, disposen d'una habitació amb dos llits. La claror s'hi adorm, a mesura que passa el temps. És una llum matisada, blanquinosa, que els fa companyia fins que se'n va del tot. Primer, perfila els objectes; llavors només desdibuixa les ombres. En Martí està decidit a fer-li una estona de companyia, abans de tornar-se'n a Barcelona. No vol deixar-lo sol, perquè sap que la calma que segueix els objectius complerts és dura. Quan n'Albert entengui que no pot abraçar-se a la idea del camí, a la necessitat de mantenir-se amb els sentits vius perquè ha de dissimular el dolor, potser s'ensorri. Per al taxista, és fàcil de veure. Durant molts anys, el moviment va salvar-lo. Recórrer hospitals, visitar els millors especialistes significava negar-se a acceptar que na Paula era cega. Es refugiava en la recerca, contra qualsevol pronòstic, d'un remei per als seus ulls. Ella no tenia mirada i saber-ho era com tocar l'infern. Hauria donat la vida, perquè pogués observar el món. Desitjava dotar de llum el fons de les nines malaltes, aconseguir que adquirissin la profunditat que mai no hi podria trobar. Quan va saber que no hi havia solucions possibles, el dolor contingut va vessar-se com si fos aigua que cau, i l'inundà complet.

Quan hi entren, n'Albert s'enfonsa en una butaca. L'esquena fa un arc perfecte, els colzes es claven a les cuixes, amaga la cara entre els palmells de les mans obertes. Passa el temps, fins que la llum comença a apagar-se. Ja no és el rerefons de l'escena ni serveix per subratllar-la, sinó que es dilueix com si fos un somni o un desig que se'ns mor. Era una claror de pruna sucosa, però n'ha perdut la carnositat. Al principi, en Martí no gosa dir-li paraula. S'adona que l'home s'ha convertit en un manyoc rígid d'ossos que no poden controlar els propis moviments. Els nervis li fallen i reaccionen de manera impensada. Hi ha el tremolor incontenible de les mans, la sensació de debilitat a les cames, les fiblades a les temples. A poc a poc, es decideix a prendre la iniciativa: L'ajuda a alçar-se, li afluixa el nus de la corbata, el botó de la camisa, li treu l'americana, el tomba al llit. L'ha cobert amb una flassada que no serveix per dissimular les formes d'un ésser desvalgut, mort de por. L'altre es deixa fer, s'abandona amb una confiança absoluta, sense oposar-hi gens de resistència. A la cara, s'hi marquen les formes dels pòmuls, els cercles entorn dels ulls que manté oberts, detinguts en un punt de l'aire difícil de precisar. Abans que el capvespre s'apagui del tot, n'Albert li ha demanat que encengui la làmpara del comodí. No vol quedar-se a les fosques, perquè l'obscuritat és una mar on naveguen vaixells, en nits de tempesta. Llavors en Martí s'atreveix a parlar-li. Li diu:

—Està molt cansat. Hauria de dormir.

—Dormir? No em faci riure. Sé que no podré aclucar els ulls.

—Ha pres una pastilla que aviat farà efecte. És necessari que reposi, abans de tornar.

—No vull tornar-me'n. A la butxaca de la meva americana, hi ha un sobre. És seu. Faci'm el favor de prendre'l i d'anar-se'n.

—Em fa fora?

—És clar que no, però la família l'espera a Barcelona. No ha de fer-los patir... Jo sabré sortir-me'n sol. Sempre ho he fet.

—És cert: M'esperen. Però no hi ha pressa. Em quedaré aquesta nit per acompanyar-lo. Hauria d'haver pres dues habitacions, però he preferit ser al seu costat. Disculpi'm. Quan sigui de dia, marxaré. Voldria que vengués amb mi, perquè, en aquesta ciutat, no té res a fer-hi.

—En realitat, no tenc res a fer enlloc. És curiós com una geografia pren importància de sobte. Hi ha punts en el mapa que no signifiquen gaire cosa. Altres són tot el que ens queda a la vida. No ho entén? En Marcel és aquí. No puc allunyar-me'n encara.

—Tard o d'hora haurà de fer-ho, perquè la mort no ens pot retenir.

—No és només la mort. No es tracta tan sols del meu fill. També hi és ella. L'ha vista, al cementiri?

—Sí.

—Na Coloma no vol mirar-me. Deu ser el millor, perquè no suportaria els seus ulls.

—Ha de passar el temps.

—El problema és que ha passat massa temps, Martí. Costen de trobar, les paraules.

—Oblidi-la. Deixi que visqui sola la pena. No perdi el temps; torni amb mi a ca seva.

—No. He de quedar-me i esperar-la. No importa quants dies. Si m'atur a pensar-hi, la vida sencera em sembla una pèrdua de temps. Una mica més no importa. De tota manera, gràcies.

En Martí voldria dir-li que, sovint, quan la vida ens és còmplice, el temps ens fuig. Si la sentim adversa, en canvi, la percebem sencera, sense possibilitat de baratar-ne el ritme o l'accent. Ha arribat a pensar que el temps és un gran lladre que ens roba els dies. Pot ser tan hàbil que ni ens n'adonam. Aleshores ens queixam perquè les hores volen. Voldríem fer mil proeses: Recórrer els camins del món, tastar molts sabors, beure els millors vins. De tant en tant, com si ens convertís en joguines, el temps ens enganya. Ens concedeix el que li demanàrem i es deté. És quan ens acompanya en el dolor, i ens fa saber quina és la seva mesura. Ens explica que les hores dels dubtes són sempre lentes.

Es fa un silenci que és com la foscor que els embolcalla. De tant en tant, un sanglot interromp la quietud. Prové del llit de n'Albert. És un soroll quasi imperceptible que l'home prova de sufocar amb el coixí. El taxista voldria parlar-li, però sap que ha de callar. N'Albert recorda que ha caminat darrere el baül on hi havia una vida malaguanyada, que ha recorregut el camí circumdat de tombes que són les cases dels morts. Les ha vist pertot arreu, grisenques de pedra, crescudes en desordre com si portassin la pressa dels vius. El neguit dels vius per deixar els qui moren rere una paret cimentada i oblidar-se'n, obsedits a imaginar-se que ells en podran fugir, de l'hora extrema. La mort, que sempre veié com un abisme, és un nom i un rostre que ha estimat. Pensa que mai més no el sentirà parlar. Li costa entendre que no tornarà a veure'l, que no podrà tocar-lo. L'univers continuarà la roda; les dones i els homes viuran moltes històries que en Marcel no tendrà l'oportunitat de viure. Hi ha encara massa paisatges desconeguts, llocs llunyans que el fill havia sospirat per visitar. «Més endavant —mormolava amb confiança—, quan haurem fet prou feina, ens n'anirem a fer la volta al món.» Vendran nits serenes i ones encalmades. Hi haurà tempestes de vent i de pluja, però tot serà sense ell, encara que no sembli vera.

Neix el dia, quan el taxista es prepara per reprendre la ruta. La claror guaita per l'obertura de les cortines, escampant una ombra blanca. Procura no fer gens de renou, perquè no vol destorbar la figura quieta que reposa a prop. Es dutxa, recull les quatre pertinences, pren la clau del taxi, es disposa a marxar. Té el pom de la porta a la mà, quan sent la veu de l'altre:

—Pensava anar-se'n sense dir-me adéu?

—No el volia despertar.

—No dormia. Potser no ens veurem mai més.

—És probable.

—Encara que no ens tornem a trobar, no oblidarem el nostre trajecte. Estam condemnats a la memòria. Tendrem un record comú que ens acompanyarà com un malson. M'hauria agradat conèixer-lo en una altra història.

—A mi també, però hi ha coses que no es poden triar. Si vol acompanyar-me, puc esperar una estona.

—No, amic meu: Bon viatge.

—Adéu.

L'oncle d'en Martí és un home que té el cos fet de branquillons, com si l'haguessin escapçat. Els seus braços recorden els secalls d'una planta, extremitats mig mortes que cauen, quan bufa el vent, i que no serveixen per abraçar. El tronc és escardalenc, incapaç de suportar els embats de la vida. Encara que mai no hagi tengut un caràcter decidit, abans era menys poruc. Ara recorda els brocs sense fulles que la fiblada de l'aire ha retallat, que s'escampen a terra, a prop de la soca d'un arbre, a punt per convertir-se en llenya. Viu només per plànyer el temps que va perdre, quan encara en tenia entre les mans. Enyora els dies no viscuts, les hores que ha vist morir, els espais que no es recuperen. Quan era un al·lotell, pensava que les oportunitats mai no s'esgoten. Eren com l'aigua d'una font que surt del fons de la terra i no s'estronca. Per això va ser incapaç de negar-se a seguir les pautes familiars i es casà a contracor, mentre n'Angelina l'observava entre la multitud. Va recordar-se'n sempre, dels ulls de la dona que estimava. Tot i que va actuar com si no hi fos, els sentia clavats a l'esquena, dos fanals que il·luminen un redós solitari. Però va penedir-se'n des del primer dia, i es refugiava a la plaça del Pi, a prop dels portals on abans es trobaven.

Les places són un bon lloc per recordar, perquè contenen la mesura justa d'una mirada. És fàcil recórrer-les d'un cop d'ull, aturar-se en els racons secrets, veure-hi redols de claror, els bancs on seuen els qui passegen. Són espais abastables, concrets, que no ens cansen, ja que ofereixen paisatges humans sempre nous, però conserven les formes conegudes. Tothom guarda la imatge d'una plaça a la memòria: Pot ser la del poble en què vam néixer —on hi havia una església amb un campanar—, o la del mercat dels dissabtes, o la de les cites clandestines que queden escrites al cor. Algunes tenen les dimensions del palmell d'una mà que s'obre, amb edificis menuts, bancs de joguina, esqueixos d'arbres. A pesar de la petitesa, emperò, poden contenir moltes imatges. Les places són com àlbums on guardam els retrats que la memòria vol preservar. N'hi ha que es mantenen durant anys i panys, a pesar de les metamorfosis d'una ciutat, dels canvis que patim.

Però hi ha una diferència. Les fotografies tornen pàl·lides amb els anys, perquè la grogor s'hi instal·la. Si les places es dilueixen al pensament, per contra, sempre ens queda l'opció de tornar-hi. Quan hi som, tot recupera la mesura que li pertoca, perquè són llocs que es mouen. No tenen la quietud d'aquelles estones mortes, ja viscudes, que només existeixen quan les pensam. A en Jaume, una plaça l'esperava sempre. També l'esperaven l'esposa, que no va sentir pròxima ni una sola hora durant molts anys, un pis on no era feliç, el nebot en qui abocà els afectes. Quan havia perdut l'esperança de tornar-la a veure, convençut que les seves faccions pertanyien més a un rostre imaginat que a un real, l'atzar va reunir-los en un mateix edifici. Quilòmetres de vida absurda s'esborraven de sobte i el món tornava a reverdir. Els temps que vengueren estaven escindits en dues parts irregulars. L'existència de sempre es transformava en una màscara de la vida autèntica, de les hores robades en què aconseguia desafiar les regles, quan davallava l'escala i tocava a la porta de n'Angelina.

No hauria cregut que fos possible recórrer un nombre breu de graons amb una càrrega tan intensa. Havia d'arrossegar una muntanya en cada passa. El desig, doncs, li donava ales; la barreja de sensacions li dificultava el trajecte. Era un tros d'escala que havia descendit, sense pensar-hi, centenars de vegades. Abans solia cantussejar una cançó que alertava la portera de la seva presència. Des que ella hi era, feia el camí en un silenci on hi havia les ganes de trobar-la, la il·lusió adolescent recuperada quan els altres creuen que ja no toca, perquè tenim pocs cabells i la vida és com les mànegues d'una jaqueta que hem portat molts cops. S'hi ajuntaven la por que li feia el món, la timidesa, les ganes de recobrar el temps perdut, el desig. Formaven un joc cromàtic que tenia matisos semblants als de la paleta d'un pintor. Aleshores descobrí que els sentiments no són fets d'una peça, sinó d'un engranatge que s'articula amb enginy. Són com les tessel·les que formen un mosaic: Cadascuna per separat significa molt poca cosa. Es tracta d'una espurna daurada o d'una rajola minúscula, però la suma d'un conjunt d'espurnes i de rajoles acolorides és una obra d'art. En Jaume vibrava. Tenia la sensació que es despertava d'un son profund que l'havia mantingut en un estadi de vida grisa. S'adonà que arribà a confondre's i a creure que vivia, mentre els dies passaven sense deixar records.

Quan ella es morí, va anar-se'n. No era capaç de tornar a repetir els mateixos gestos, les converses, els hàbits que havien servit per disfressar les hores, quan encara no era l'hora de veure-la. Va escriure una carta a en Martí. Li explicava que no havia triat la partida, però que acceptava les regles del joc. Li deia que l'estimava, que esperava que volgués entendre'l i disculpar-lo. El nebot mai no va llegir aquelles lletres que la tia guardava en un calaix. Tancades amb pany i clau, les paraules es marcien. N'Angelina li havia preguntat:

—Te'n recordes de la plaça del Pi?

—Si acluc els ulls, puc veure-la al davant. Veig els arbres que l'envolten, el pi que hi creix, els portals on ens amagàvem.

—Em veus a mi?

—És clar.

—I com era?

—Eres la dona més bella de la terra.

—Mentider: Exageres per fer-me feliç.

—Dic la veritat. Quan arribaves, tenies les galtes enceses i el cor et bategava fort. Si m'hi entretinc, encara puc sentir-lo recolzat al meu pit. Et veia venir d'un tros lluny, amb les cames llargues que caminaven de pressa, els cabells deixats anar. Em consumia la mateixa impaciència d'ara, si t'he de trobar.

—Han passat molts anys; nosaltres som distints. I la plaça?

—Les places són sempre idèntiques. Només canvia la gent, però l'espai queda.

—M'agrada saber-ho. Podràs portar-m'hi?

Va ser la primera i l'última vegada que sortiren junts de l'edifici on vivien. N'Angelina estava malalta. Per això va voler tornar a la plaça del Pi. Era un matí assolellat. Caminaven lentament pels carrers plens de trànsit. No s'esforçaven a esquivar els altres vianants, sinó que feien passetes minúscules, sense pressa. La seva calma contrastava amb la voràgine del món. En Jaume portava una gavardina blava; ella duia un abric amb els punys de vellut. Havia anat a la perruqueria i es pintà els llavis a poc a poc, perquè el pols li tremolava i no volia escampar-se la pintura. Anaven de bracet talment un vell matrimoni que aprofita l'escalfor del matí per recórrer les Rambles. En una parada d'ocells, va preguntar-li si venien rossinyols. Li comprà un ocelló que tenia les ales vermelles i n'Angelina subjectava la gàbia de fusta entre les mans, com si fos un ram de flors. La plaça era un recés de calma enmig de la ciutat. Hi havia algunes persones que llegien el diari o conversaven. S'hi van asseure i reconegueren els portals d'abans amb una alegria adolescent, impetuosa. Estaven molt a prop; eren a tocar l'un de l'altre. Amb dissimulació, en Jaume va agafar-li la mà per davall la roba de l'abric.

Vivia en una pensió. S'instal·là en un dormitori no gaire ample, on tot just cabien el llit, una taula, l'armariet. Havia de posar-se de perfil, si volia entrar al lavabo. Retirava una mica el somier, quan necessitava obrir el calaix per treure'n la jaqueta que el protegia del fred. Per sort, tenia una finestra que donava al carrer. Era una obertura de llum, un rectangle on s'escolaven les paraules i el sol per fer-li companyia. Rere les cortines de cretona hi era el món, però es limitava a observar-lo sense implicar-se en les anades i les vingudes de la gent. Se li condormí la curiositat, des que ella va deixar-lo. Encara que mai no fou tafaner, abans tenia l'ànim encuriosit i la voluntat d'entendre les coses que l'envoltaven. Havia esborrat el present però no tenia esme per escriure'n un de nou; ni tampoc massa ganes d'imaginar-se el futur. La vida era una successió d'episodis idèntics que s'esforçava a marcar i a seguir, perquè havia après a refugiar-se en la rutina. Allò que es repeteix, que s'espera, no provoca trasbalsos. Quan marxà de casa, s'emportà poques coses. Encabí una mica de roba a la maleta, quatre llibres, un trofeu que guanyà en un torneig de petanca, la ploma que li regalà n'Angelina, però no va endur-se'n fotografies. Les que guardaven al pis no formaven part de la seva vida. Almenys no pertanyien a cap moment de l'existència que valgués la pena capturar en una imatge. No desitjava preservar-les de l'oblit, sinó que hauria volgut convertirles en cendra, perquè li recordaven com es pot fer malbé la pròpia història. Eren les fotografies del seu matrimoni, d'uns anys que recordava desdibuixats. Les hores viscudes amb intensitat, en canvi, conservaven la nitidesa. Portava al cervell el retrat d'un rostre i d'una plaça.

S'alçava d'hora i es vestia, encara que no hi havia una sola raó que l'animàs a aixecar-se. Malgrat la mandra, es deixava emportar per la inèrcia de viure. Durant els primers mesos, hi posava una certa cura i s'observava al mirall abans de sortir de l'habitació. Llavors va anar abandonant-se, perquè res no el motivava a tenir bon aspecte. No veia que el coll de la camisa tenia una ombra negrosa, que els calçons li quedaven balders, que anava mal afaitat. S'havia convertit en un home que avançava a les palpentes, mort d'enyorança i de por. A pesar que mai no va penedir-se de la decisió presa, recordava el temps passat. Li compareixia com una bubota que canvia d'aspecte, fent-nos jutipiris provocadors. No podia triar quins fragments de la vida li sortirien a l'encontre. A vegades eren les hores mortes; altres cops, eren les hores vives. S'entremesclaven en la fosca, durant la nit, desvetllant-lo. Amb els ulls oberts, els cos recolzat en un colze, els nervis desfets, s'esforçava a ser pacient. En Jaume desitjava que vengués el dia a apagar la intensitat de les imatges.

Alguns dissabtes al vespre anava a la casa situada un carrer més enllà de la pensió. Era el quart pis d'un edifici atrotinat on vivien dones que tenien les carns toves i la veu amable. Com que no tenia ascensor, havia de pujar molts graons quasi a les fosques. No encenia el llum, perquè els veïns no s'adonassin de la seva presència. S'orientava amb la claror blanca que, quan hi havia lluna, es filtrava per la claraboia. Si era una nit de gola de llop, l'ascensió es feia lenta. A l'escala, se'n recordava d'una altra escala que recorria només per trobar-la. Tremolava la barana de ferro; tremolava el seu cos. Durant uns minuts revivia el neguit, la il·lusió, la possibilitat d'enganyar els sentits que es confabulen per dir-nos una mentida, quan ens inventam ficcions perquè no ens agrada la realitat. Havia de concentrar-se i evitar ensopegar amb la vora trencada d'una rajola, que mai no sabia cert on era. S'acostumà a demanar sempre per la mateixa dona. Si no podia rebre'l, es resignava a esperar fins que arribava el seu torn. Assegut en una butaca, quedava amb la mirada fixa en una paret coberta de cors vermells. Eren dibuixos, però semblaven formes concretes que havia de tocar per assegurar-se que no tenien relleu. Una sageta travessava cadascun d'aquells cors. Hi passava la mà, en un trajecte nerviós. La humitat i un punt de brutícia escampaven taques arreu del paper. N'hi havia de mides i de formes molt diverses. S'entretenia a imaginar-se que eren els cors ferits, que vessaven ombres. Llavors s'endinsava en uns pits generosos; es perdia en un ventre que l'acollia i el feia sentir menys vulnerable. El ritual dels cossos transcorria de pressa, perquè era un acte solitari. Significava vessar-se d'enyorança en uns llençols no gaire nets. Volia dir buidar el cos, a mesura que també s'eixugava per dintre. Cercava uns instants de plaer que li feien mal. Qui li havia dit que el dolor i el gust no s'assemblen? En el moment del clímax, li demanava com es deia. Apresa la lliçó, ella contestava que Angelina. Naturalment.

Passava moltes hores al bar de carretera on s'aturaven camioners, manobres, paletes. A *La Parrilla*, un lloc de trànsit, no devia ser fàcil trobar coneguts. Tampoc res no li recordava la vida passada. No calien les explicacions ni les preguntes. La certesa de l'anonimat va fer que es confiàs. Era un client tranquil que no participava gaire en les converses, perquè s'entretenia amb les màquines. Li agradava la que combinava trèvols, triangles i cors. El joc consistia a arrenglerar en una línia tres figures idèntiques, repte que l'obligava a moure les mans amb rapidesa. Tenir els dits àgils i el cervell endormiscat era un estadi magnífic que hauria volgut fer durar. Totes les sensacions es concentraven en un punt del seu cos, mentre el cervell podia reposar. Somniava amb situar els tres cors en una ratlla, perquè seria com desdoblar el seu en una tríada de formes dibuixades. Si ho aconseguia, esclatarien les músiques i els llums. Hi hauria gresca, aplaudiments, dringadissa de monedes. Havia decidit que tot ho ofrenaria al record, a la imatge que no calia gravar en un retrat. Mentrestant, el conyac i el fum de les cigarretes li feien companyia.

Avui, emperò, és distint. Quan encara no ha tengut temps de pair l'encontre amb el nebot, torna a trobar-lo. No es tracta d'una repetició d'aquella topada casual, perquè els fets no sempre es produeixen perquè ho ordeni l'atzar. Sovint són la conseqüència d'una voluntat que els fa reals, deriven d'un propòsit concret. Quan el veu, es sobta. No és la sorpresa de l'altra vegada, sinó la intuïció que comença a sortir del fons d'un pou, que guaita a l'exterior des de cavitats molt profundes, i torna a ser algú, precisament perquè un altre el cerca. Li costa entendre-ho però en Martí, que torna a casa, seu al cafè. És una nit de tardor, moltes tardors després de la fugida. Mira enlaire i es pregunta on són els signes que anuncien el que succeeix. Pensa en una paret tacada d'humitat, amb cors i sagetes, en un ferro tremoladís. Observa de reüll la màquina on no ha estat capaç de dibuixar una renglera de figures. Ho contempla tot, però no parlen gaire. El taxi els espera davall el lilà.

XXIV

Des de la vorera, totes les finestres semblen idèntiques. Són una repetició de rectangles de llum on guaita la vida, quan s'hi intueix moviment. De la mateixa manera que contemplam una galeria de pintures en un museu, fascinats per les formes que es plasmen en un tros de tela, podem mirar quadres vius, quan els ulls travessen els vidres. A l'edifici, hi ha qui s'esforça a preservar l'espai propi. Són les persones que viuen geloses de la seva intimitat, que volen guardar els gestos i les converses entre les parets de casa, perquè ningú no en robi la força. Les mirades dels altres els recorden el vent, que tot s'ho emporta i ho escampa. Un mal oratge no sap distingir; no diferencia entre la paperassa i els papers. Pot endur-se en un buf, carrer avall, la factura de l'aigua, els deures de matemàtiques, i aquella carta d'amor que no hauríem volgut perdre, perquè ja hem perdut massa coses. Una ràfega pot barrejar la fullaraca dels arbres, que agrana de les avingudes, amb objectes robats de la quotidianitat, estris que, lluny del seu entorn, tenen un punt d'absurd. La ratxa arrossega una pepa de pedaç, que mou inútilment les cames i els braços, mentre fa tombs per la calçada. Fa anar una sabata a la deriva, enyorosa del peu que potser l'ha oblidada. Alça bosses buides de patates, que fan olor de greixina i de plàstic. Empeny a caure per un rost les cintes que subjectaren cabelleres, les bufandes que ens protegiren de la gelor, el bolígraf encara ple de tinta.

Hi ha ulls que són com el vent, incapaços de seleccionar entre allò que se'ls ofereix, acostumats a fer una mescladissa d'objectes. La gent comprèn que haurà de protegir-se'n. Molts es neguen a oferir un tast de la seva existència a les mirades fetes de ventisca. Prefereixen davallar les persianes, deixant només una filera de ratlles per on pugui avançar la llum. Transformen el rectangle de la finestra en una trentena d'horitzons, rectes i prims. Fan córrer les cortines, perquè barrin el pas dels curiosos. No importa que siguin cortinatges de seda —que fan fressa de mar—, o de vellut que tenen un cos compacte. És igual si són cortines de cretona comprades a pams en una merceria de barri. Totes serveixen per protegir les escenes d'una vida, els seus espais secrets, les hores que vivim lluny del món. Hi ha ulls, emperò, que tenen la subtilesa de l'aire quan penetra per una escletxa. Són hàbils, si cal aprofitar uns centímetres de claror i guaitar-hi. Tenen la capacitat d'endinsar-se a través d'obertures que descobreixen sales enormes, vides senceres. S'alcen de puntes per instal·lar-se a l'ampit d'una finestra; aprofiten qualsevol ocasió i aprenen a mirar.

A vegades algú voldria veure els espais closos d'un altre, perquè mirar vol dir ser-hi present. Però ha de tenir prou paciència, la capacitat de no comptabilitzar temps ni esforços, l'afany de mantenir-se en l'espera. N'Albert no sap si se'n sortirà. Fa setmanes que ronda el carrer de na Coloma. S'ha instal·lat en un hotel no gaire lluny del seu edifici, decidit a no perdre el temps en desplaçaments inútils. Una passejada curta el porta al lloc que s'ha convertit en nucli de referència. Quan era al taxi, estava convençut que havia iniciat un trajecte de poca durada. L'esperaven algunes hores de patir, quilòmetres de carreteres secundàries, pobles quasi idèntics per a uns ulls que no es posaven en les coses, gira-sols tristos abans d'arribar al destí. Molts dies, creu que encara no ha acabat la ruta. No té la impressió d'haver finalitzat el viatge, com si fos un mariner que avança temorenc d'ensopegar amb els esculls. La ciutat o el seu pensament estan emboirats. Quan es desperta, mira el cel i hi suren els núvols. La nuvolada té una consistència sòlida. No es desfà en bromallons ni s'esfilagassa, sinó que manté l'aparença d'un cos únic, que res no pot trencar.

Entre la boira, es perfila un rectangle de claror. No és senzill establir-ne els límits. Costa d'endevinar on s'inicia i s'acaba el marc de la finestra, quina és la seva grandària, els metres que retallen fragments de vida. Des de la vorera, és un punt de llum; des de l'interior del pis, deu semblar la boca del món. L'angle que es mira i el lloc des d'on s'observa aquest angle variaran la visió. També és una qüestió d'interès: Per a n'Albert, és important una sola finestra. Tota la resta li resulta indiferent. No té dificultats per destriar-la de les altres del mateix edifici d'un cop d'ull. Vol ser-hi, quan hi endevina els primers moviments; tornar-hi, abans que se n'apagui la llum. Obsessivament, es concentra en el quadre. Des d'un racó del carrer, enfoca amb uns prismàtics la finestra de na Coloma. El redol de llum comença a créixer fins que es converteix en un espai real. S'acostuma a empetitir els ulls només per mirar a través de l'obertura que fan les cortines.

Se'n recorda d'una conversa amb en Marcel. Es produí setmanes abans de la seva mort, quan la relació entre tots dos prenia forma. Durant anys, havia estat un vincle poc sòlid. Els unien lligams d'una naturalesa semblant a la boira, encara que s'esforçassin a dissimular-ho. Una transferència bancària que arriba puntual, les telefonades, les visites esporàdiques no serviren per unir-los. Hi havia la curiositat, les ganes de conèixer-se, l'enyorança que l'adolescent sent de la imatge d'un pare, la tristor de l'home que contempla el fill i l'imagina molt lluny. El temps de vida comuna havia servit per establir complicitats. Provaven de guanyar terreny en la vida de l'altre, de fer-s'hi un lloc, però va faltar-los temps. Seien al sofà del pis de Barcelona, un lloc que, entre l'asfalt i la finestra, li sembla irreal. En Marcel va preguntar-li:

—T'agrada espiar la gent?

—Espiar-la? Què vols dir?

—Mirar els altres, quan creuen que ningú no els mira.

—Doncs no. No em sembla especialment divertit. —Provà de fer broma—. Vols dir-me que et dediques a fer de *voyeur*?

—No, home. No m'interessa perseguir les parelles pels racons foscos. —Va riure—. Creies que em referia a això? M'agrada observar els altres quan no dissimulen, quan no s'esforcen a amagar-se rere una màscara.

—No tothom ho fa.

—És clar que sí. La mare s'oculta sovint. Prova d'actuar com la gent espera que actuï. Ho fa per protegir-se del món. Tu també ho intentes, alguna vegada.

—Jo?

—Tots tenim dues cares. No és hipocresia, sinó una forma útil de salvar-nos dels altres. Quan estam sols, la nostra manera de fer ens delata. Per això m'agrada observar algunes persones, si pensen que no hi sóc. Puc fixar-me en cadascun dels seus moviments, en l'expressió de la cara. És fàcil endevinar si estan contents o trists, perquè no ho dissimulen.

—I de què et serveix? Sincerament, em sembla una indiscreció absoluta. Tothom té dret a salvar una part de la vida de les mirades de la gent. No respectar-ho és com obrir una carta que no ens han adreçat, o llegir el diari d'algú.

—No és el mateix. Llegir paraules que no són nostres s'assembla a robar-les. Provar d'endevinar com és un altre no vol dir prendre-li un tros de vida, sinó la voluntat d'acostar-nos-hi. Mai no espiaré algú que no m'importi de veritat. T'ho assegur.

Aleshores no comprengué el que li volia dir. Ara intueix que saber mirar no coincideix amb el fet de voler mirar. Sempre ha estat un bon observador, però hi ha hagut històries que li han passat de llarg perquè no ha sabut veure-les. Es pregunta quants rostres li han fugit, abans que pogués retenir-los, per quins indrets s'ha passejat sense aprofundir en els detalls d'una panoràmica, en les minúcies del conjunt. No plany les coses desconegudes que s'escapoliren, sinó les que va estimar i va desconèixer, perquè no s'hi apropà amb la mirada atenta. Les persones que ens envolten són un misteri, una incògnita que atreu i sorprèn. Hi ha qui es queda a la superfície de l'altre, perquè no s'atreveix a capbussar-s'hi. Així hauria hagut de ser la vida amb na Coloma, una recerca de la profunditat. Com un bus, saber recórrer les fondàries marines, descobrir-ne les coloracions, interpretar els seus silencis. Mentre va tenir-la a prop, visqué sense decidir-se a guaitar-hi. Foren anys de vida comuna que no va saber aprofitar. Per això degué perdre-la. Quan ni la presència del fill no els vincula, perquè en Marcel ha marxat definitivament, l'espia pels vidres d'una finestra.

Els dies que van venir després de l'enterrament, foren un abisme. Na Coloma no va tornar a sortir al carrer. Reclosa a casa, era només una ombra retallada a la finestra. De tant en tant, n'Albert s'imaginava que li veia el perfil. Capturava la figura imprecisa que intuïa des del cap de cantó, mentre s'esforçava a identificar-la amb ella, però mai no n'estava segur. Amb els prismàtics, la percepció del rectangle il·luminat va millorar d'una forma absoluta. Va poder diferenciar les distintes persones que pul·lulaven pel pis. L'espai desbordava moviment com si fos un niu d'abelles. Resseguir les seqüències del trull, les anades i les vingudes, el superava. En algun moment, hagué d'abandonar el punt de mira perquè el món feia voltes. Va escampar la mirada pel carrer i va provar de respirar fondo, abans d'insistir en l'observació des de la distància d'un punt il·luminat. Entre l'agitació dels altres, destaca la quietud de na Coloma. De bon matí, s'asseu en una butaca i deixa que passin les hores sense moure's.

Al carrer, hi queden els rastres últims de la tardor. Una ventada enlaira el diari que un home tenia a les mans, n'obre les fulles i les escampa. Quatre gotes de pluja mullen el terra. Llavors les cares dels qui hi passen s'hi reflecteixen, perquè l'asfalt les emmiralla. S'hi dibuixen rictus de pressa, ulls que no miren, llavis cansats. Quan surt el sol, els racons no poden continuar ocults entre ombres, sinó que mostren la lletjor o la bellesa regades de claror. Els dies s'escurcen i fan passes cap a la fosca. Li recorden que la roda del temps segueix el seu curs, perquè no hi ha res que n'alteri els ritmes. La mort, que li ha trastocat la vida, no deixa marca ni en l'espai ni en les hores.

Na Coloma mira enfora. Els seus ulls es posen als vidres de la finestra, en el mateix lloc on, des de la voravia, es concentra l'atenció de n'Albert. Mentrestant, la memòria torna una sageta que apunta enlaire, que es perd en esforços inútils de velocitat i distància. Abocada a la fosca o a la claror —tant li fa si és de nit o de dia—, vola cap a èpoques remotes, temps que creia esborrats però que ressusciten per trobar-la. Deu ser que acudeixen a una cita que van concertar fa anys. Quan havia cregut que es poden eludir certs compromisos, comprova que l'oblit no es tria. Hi ha històries que tornen sempre, en un cercle que ens vincula sense voler-ho al passat, a la vida que, a pesar nostre, visquérem. Si fixa la mirada al marc de la finestra, veu les reixes d'una altra finestra que era de color verd. Son pare hi volia posar plantes enfiladisses i cossiols per alegrar-la. Se n'imaginava les fulles que creixien entorcillades amb el ferro, les flors que s'obren i escampen bona olor. Recorda una nit de motos, de fred a la calçada. Tot ho veia des del vidre de casa, amb l'atenció de qui s'encurioseix per la vida. Encara podria dibuixar les faccions de l'adolescent que va caure a terra, atropellat per la moto que llisca en una superfície humida de fulles. Un fil que torna bassiot a l'asfalt, però que no és d'aigua. El jove tenia el rostre magre d'en Marcel. Els ulls que li recordaven totes les tardors de la vida. El cos espingat de l'al·lot que ha crescut de pressa.

Les imatges es barregen, confonent-se. Hi ha una forma ajaguda a la carretera. Un cercle de persones l'envolten, mentre tracen un cos únic entorn de la figura inerta. Només anava a cercar benzina per al cotxe que era com un tros de blau. És l'home que volia omplir-li la finestra de flors, que escrivia en una plagueta històries de cinema, que encenia un llum per fer-li companyia. De sobte, compareix el rostre d'en Marcel quan va dir-li que se n'anava a Barcelona —l'expressió ferma—, i evoca la por de perdre'l. Si sent el timbre, na Coloma comença a tremolar. Aleshores perd el control dels braços, de les cames, de la boca que es clou en una ganyota, de les dents que es claven a la llengua i als llavis, que esborren la visió de les coses. Un dolor físic és concret i ajuda a suportar altres dolors més terribles, perquè són eteris i suren en l'aire que respiram. El vidre de la finestra s'emboira. Encara que sembli mentida és el seu alè, que el taca. Llavors tem que tornin a picar a la porta del pis, que n'Albert comparegui amb el cos del fill als braços, que ella no pugui suportar la tristesa, abans de trencar-se definitivament. Quan algú es romp, ningú no se n'adona. El cos torna una ombra que declina, abraçada a l'ombra de qui ja no hi és.

Hi ha veus que l'acompanyen. Són persones que no volen abandonar-la en la solitud, quan les hores no compten perquè s'aquieten i ajuden a recordar. El temps ha adquirit un ritme que s'adiu amb la pena. Totes aquestes presències en moviment —els companys de la feina que la visiten, les amigues que li preparen una infusió, que li encalenteixen una mica de sopar, que li parlen— són reals. Pot captar-ne les bones intencions, la calidesa en el tracte; però no ho són més que els fantasmes que li compareixen. Les figures sorgides de la imaginació tenen, fins i tot, una altra força. Veu com ocupen el centre de l'espai, els punts il·luminats de la sala. La resta és una simple comparsa, un cor que prova d'afinar els instruments, mentre els músics protagonistes del concert tenen les partitures a punt. Les formes que corresponen als personatges secundaris tracten de capturar la seva atenció. Hi ha mans que li allarguen objectes, ulls que intenten arribar al fons dels seus ulls. No comprenen que els protagonistes de l'espectacle són molt acaparadors, que han decidit retenir-li les mirades, els gestos. No pot moure's, mentre s'imposa una rotunditat de passat que torna. Algú li ha comentat que els dies s'escurcen, que la fosca es menja trossos de claror. S'estranya que el món continuï els seus cicles, però li és igual. Quan es cansa de la bellugadissa, concentra la mirada al rectangle de la finestra.

Fins que n'Albert es decideix a pujar al pis de na Coloma. No es tracta d'una decisió precipitada, perquè ha tengut hores llargues, dies sencers per prendre-la. Ha perdut els compte dels capvespres que ha passat amb la mirada fixa en un punt de llum. Coneix el carrer com el palmell de la pròpia mà. Sap les passes que hi ha entre cadascun dels arbres, la distància que separa les botigues, els rostres dels qui viuen. Ha fet una exercici d'observació, de paciència. A vegades, se'n fa creus. On ha anat a parar la pressa, la voluntat que els desitjos prenguin cos ara mateix? L'únic que es proposa cada matí és veure-la. Des de la distància, captura la seva imatge i la reté. Del racó que ha convertit en observatori, només en marxa per refugiar-se en un cafè pròxim. Fa una sola menjada al migdia; al vespre, pren fruita o beu un tassó de llet a l'hotel. Molt de tant en tant, truca a na Carla, la germana que ha recuperat un paper que s'havia diluït. Li demana si hi ha cap problema, s'interessa pel funcionament del negoci. Actua immers en una inèrcia que deu ser resultat del costum, d'un hàbit d'anys, però on no batega la curiositat. Li agraeix que sigui prudent, que no faci preguntes, que el timbre de la seva veu delati que està preocupada, però que ho calli.

Com que controla les anades i vingudes dels veïnats, aprofita un moment en què algú surt de l'edifici. És un horabaixa que ha tengut una estona molt breu de llum, però n'Albert ja l'ha oblidada. Travessa el portal i pitja el botó de l'ascensor. Quan se n'obre la porta, no pot fer una passa per entrar-hi. Queda immòbil, detingut l'impuls de soca-rel. Voldria saber controlar el nerviosisme, però no n'és capaç. El moviment de les fulles metàl·liques en separar-se, el reducte il·luminat per una bombeta groga, el mirall es confabulen. S'uneixen per recordar-li la pujada amb en Martí i en Marcel. Eren tres, però la lluna els multiplicava. D'un salt, es llança escales amunt. Puja els graons en una embranzida que expressa les ganes d'arribar i la por de pensar-hi. Durant molts capvespres, ha fet provatures de paraules. Ha jugat a imaginar-se enfilalls de frases, històries que coven al seu interior i que desitja contar-li. A vegades, emperò, els mots són mals de trobar. Costa calcular-ne la força, encertar com han de combinar-se per expressar exactament el que sentim. És difícil dominar l'art d'enllaçar-los, aconseguir que en surtin flocs de paraules, però que no se'ns ennueguin al coll. Alguna nit, quan el fred no era prou intens perquè retiràs la vigilància, quan tenia les cames retudes però es deia que una estona més, encara, havia provat de fer assajos. Aleshores es convertia en una figura solitària que es despulla de mots davall un fanal. Parlava en veu baixa per no cridar l'atenció de la gent. Com un vell orador o com un boig que delira —no hauria sabut definir-se, rescatava fils de records.

S'atura al replà. Respira profundament, amb la sensació que l'aire li fuig. Ha d'impedir que pugui escapar-se del tot. No ha encès el llum de l'escala, perquè la fosca li protegeixi les passes. S'ha acostumat als horabaixos foscs i la claror no li agrada. Mira una estona la ratlla blanca que s'endevina davall el portal. Rere aquesta porta, hi ha una habitació amb una finestra que dóna al carrer. És un requadre de llum no gaire diferent de tots els que ocupen, arrenglerats, la façana de l'edifici. Vista des de la vorera, no hi ha res que el faci distint. Quan els prismàtics n'aproximen els detalls, en canvi, hi descobreix una dona. Els escenaris es transformen en funció dels personatges que els habiten. Només ens importen per causes particulars, que poden no tenir res a veure amb una determinada estètica. Els espais que formen part de la nostra existència ens acompanyen sempre, encara que siguin molt lluny, perquè un lloc pot resultar-nos grat o difícil segons el fragment de vida que hi vinculam. S'adona que la finestra s'ha convertit, durant setmanes, en el centre del seu món.

Està a punt de tocar el timbre, quan la porta s'obre. Queda un instant amb la mà enlaire, paralitzat per la sorpresa. Al llindar, hi ha una al·lota que no coneix. El mira sense sorpresa, amb l'expressió tranquil·la de qui no coneix la por. Somriu mentre li parla:

—Hola! Som na Mònica. Em sembla que no ens coneixem, però m'alegra que hagis arribat. De fet, ara mateix me n'anava. No puc quedar més temps amb na Coloma. Som companyes a l'hospital i el meu torn comença d'aquí a dues hores. He de marxar.

—Em dic Albert. Jo...

—És una sort que hagis vengut. La veritat és que estic preocupada. Em feia una mica d'angúnia deixar-la sola.

—No es troba bé?

—No ha tengut un bon dia. En tota la tarda, gairebé no he aconseguit treure-li cap paraula. Ja ho saps: Algun monosíl·lab quan la interrogues directament, i poca cosa més. Supòs que és un estat lògic i que hem de saber esperar. Viu un moment terrible.

—Ho sé.

—El pitjor no és aquest mutisme.

—Què és el pitjor?

—Es nega a moure's. S'ha passat tota la tarda a la butaca, mirant la finestra. No vull ni imaginar-me què hi veu.

—La finestra? Mirava pel vidre de la finestra?

—Te n'estranyes? No sap fer altra cosa. Aquesta quietud m'espanta. Em sembla que ha decidit negar-se a viure, que l'únic que sap fer és deixar-se anar. Bé, crec que haurem de tenir paciència.

—Segurament.

—Deixar-la acompanyada em tranquil·litza. De veritat. Ara he d'anar-me'n. Per cert, d'on m'has dit que us coneixíeu?

—De Barcelona.

—Deu fer molt de temps. És curiós, perquè mai no parlava de Barcelona.

—Sí, fa molt de temps. Ens coneixem d'enrere. Adéu, Mònica.

—A reveure, i encantada.

Queda sol davant un passadís il·luminat. Al fons, hi ha una sala decorada amb gust. Els objectes s'hi combinen amb una certa harmonia de formes. Hi ha quadres a les parets, un sofà, l'aparell de música, la finestra que coneix molt bé des d'una altra perspectiva, i una butaca amb una dona que hi seu.

N'Albert s'hi acosta a poc a poc. D'un tros enfora només en veu el perfil, un braç que es recolza a la butaca, el cap que s'inclina damunt la mà. Els dits de na Coloma són canyissos perduts dins el roig dels cabells. En captura la línia del coll, que ha tombat uns centímetres cap a l'esquerra, el conjunt del cos que es decanta en un extrem de la butaca i que el desorienta. No el sobta la immobilitat que ha espiat durant molt de temps des del carrer, perquè és una quietud coneguda. Es fixa en el rectangle que ha observat amb uns prismàtics tantes vegades. Mira les cortines que hi pengen amb un aire d'abandonament, i s'adona que no estan del tot tancades. En el conjunt de l'habitació aquest detall és important, perquè representa l'única obertura a fora. Per a ell, emperò, ja no significa gaire cosa. Ha perdut la funció d'únic punt de contacte possible i ha recuperat, doncs, la de simple finestra. Curiosament, se sent tranquil. El nerviosisme dels dies passats, quan planejava l'encontre, s'ha esvanit en entrar a l'habitació. Encara té por, emperò. Es tracta d'una sensació coneguda, que es concentra a l'estómac i li impedeix respirar a plaer. La por no li fa perdre el control de la situació ni el domini dels gestos. No és que la pugui reprimir, sinó que li resulta prou familiar. S'ha avesat a conviure-hi. Ha arribat a convertir-se en una vella amiga que ens fa companyia, quan la nit refresca, que ens adverteix dels perills de la fosca. Com que tem la reacció de na Coloma, la possibilitat que es negui a veure'l, gairebé no es batega del lloc on es troba. El separen poques passes de la butaca on ella es refugia en una mitja absència.

Quan s'hi acosta, ha d'esforçar-se perquè els ulls de la dona es posin en ell. La mirada inicia un camí de descens: Va des del vidre de la finestra, que comença a cobrir-se d'una capa fina de glaç, a la forma que té al davant. La figura d'un home que s'inclina vora la butaca, perquè pugui veure'l millor, que la mira en silenci. Comprèn que és n'Abert i no fa cap gest de sorpresa. No expressa neguit ni refús. Ell s'esforça a rescatar els enfilalls de paraules que havia assajat a la serena, en nits solitàries, però no hi són. Han emprès el vol sense que pogués retenir-les i es troba buit. Precipitadament, en cerca d'altres que tenguin el gust dels que acaba de perdre. Prova de parlar:

—Coloma, em sap tant de greu. No hi ha paraules per explicar-te com ho sent, perquè les mateixes paraules se'm fan absurdes, parques d'intensitat. Voldria poder tornar enrere i canviar moltes coses. Si pogués reescriure la vida, t'assegur que encara...

S'interromp de sobte. Les paraules es gelen als llavis; s'endureixen com si fossin llenques de gel. S'adona que són com l'aigua, que canvia d'estat, que passa del líquid al vapor o a la matèria. Intueix que comparteixen aquestes propietats. Hi ha frases que, mentre són pronunciades, tenen la consistència d'un baf que sura enlaire. Són volàtils, fugisseres. Semblen mentida encara que siguin de veritat. En contacte amb la fredor d'una paret o d'un cos, per exemple, es desfan en gotes menudes. Si les recollíssim en un recipient i les mantinguéssim a temperatures molt fredes, pròximes al dolor, tornarien un cos compacte. No pot lluitar contra la sensació que els mots es confabulen per fallar-li, perquè acaba de descobrir que són camaleònics, fet que no l'ajuda a asserenar-se. Na Coloma el mira als ulls. És una mirada fonda, que rep com si fos el cotó de sucre rosat d'aquella fira de la infantesa. Un núvol que es desfeia dins la boca, que li caigué a terra, però que ara recupera a través d'un llambrec.

Sense pensar-hi, n'Albert es dreça. Recompon la positura inicial que el situava a l'alçada de la butaca, li allarga el braç. Pren la seva mà i ella s'aixeca també, sense dir paraula. Els dits de la dona tremolen, closos en el seu palmell. Són colomins que proven de volar, quan encara no saben obrir els ulls a la claror, perquè qualsevol intensitat els encega. N'Albert la guia pel passadís. Té la impressió que es perllonga només perquè tenguin consciència que el recorren. A banda i banda, hi ha habitacions. Passen de llarg la cuina, l'estudi, els dormitoris, fins que arriben al lavabo. La sala de bany és feta de rajoletes verdes que dibuixen una sanefa. A les prestatgeries, hi ha pots de crema i cosmètics arrenglerats. L'ordre és perfecte, però es tracta d'un ordre d'objectes immòbils des de fa dies. Un tel de pols quasi invisible s'ha posat als pintallavis i al rímel que no utilitza ningú. El mirall ocupa tota la llargària d'una paret. Serveix per engrandir les dimensions de l'espai i, a la vegada, mostra els dos cossos. La subjecta amb una mà, perquè no tentinegi, però els seus reflexos tracen formes que vacil·len. A la paret, hi ha un finestró que dóna a un terrat interior. És una claraboia que té les funcions de ventilar l'ambient i de deixar-hi entrar una llum blanquinosa. En aquestes hores, emperò, s'ha convertit en un pou d'obscuritat que recorda la pèrdua de la lluna. Hi ha focus projectats directament al mirall, que faciliten l'observació detallada d'unes faccions. N'hi ha un que il·lumina la banyera.

N'Albert n'obre les aixetes. Gradua l'aigua calenta i la freda, perquè el doll surti a una temperatura adequada per al cos. La banyera és gran, ocupa la part central de la sala, i té quatre potes que li donen una forma airosa que recorda temps antics. Na

Coloma va comprar-la als encants, va encomanar que la restaurassin. Té la gràcia de les coses passades, que no es limiten a ser un estri útil, sinó que omplen un espai de veritat. Hi aboca tot el sabó que quedava en un pot de vidre, una grapada de sals de bany, un raig de perfum. Hi fa una barreja d'aromes que, amb l'escalfor de l'aigua, s'entremesclen i inunden la cambra. És un vapor que s'alça des de la banyera fins al sòtil, que entela els miralls, mentre en suren bombolles coloraines. Una fragància espessa que pot ser massa intensa —qüestió de mesures—, però que embriaga els sentits i condorm el pensament.

Ella l'observa sense dir paraula. Recolzada l'esquena a les rajoles verdes, contempla el moviment de l'aigua, la manera que tenen de formar-se les bombolles, de créixer, d'esclatar i convertir-se en una mica d'aigua amb sabó. Quan la temperatura del bany és prou alta, n'Albert la despulla. Li treu les sabates, el jersei, la falda. Na Coloma no fa un gest de resistència, sinó que es deixa anar, com si amb cadascuna de les peces s'alliberàs d'un pes que l'ofega. Quan cauen a terra les mitges, les bragues i els sostenidors, un frec molt lleu destorba el silenci. Encara que sigui tan petit, tots dos el senten. A ella, no li diu gran cosa; a ell, li recorda el so dels cabells que unes estisores escampen pel trespol. És un soroll que, a vegades, enyora. Continua amb els dits acopats entre els seus dits. Amb l'altra mà, la pren per la cintura i l'ajuda a ficar-se dins l'aigua. Ho fa amb moviments tranquils, sense pressa, perquè l'únic que importa és fer durar la sensació plàcida.

El cos allargassat es desdibuixa entre l'escuma i les aromes. Na Coloma té els músculs tensos, però la calentor en calma les palpitacions, suavitza la rigidesa del coll i les espatlles. En un gest inconscient, tomba el cap enrere i el coure s'escampa. La cabellera tinta l'aigua d'un vermell que recorda les taronges i el sol. Aleshores n'Albert endinsa les mans dins l'aigua, pren la mata humida, l'acarona. Quan hi estén unes gotes de xampú, una nova olor se suma a totes les altres, intensificant-ne la percepció. Els dits de l'home fan cercles a les temples, a la nuca, al cap sencer. Cada rull que es desfà adquireix la mobilitat d'una ona, perquè els rínxols tenen vida pròpia. Dansen dins l'aigua. El seu moviment contrasta amb la quietud del cos de na Coloma, que té els ulls clucs, els membres immòbils. Només els cabells es belluguen entre les mans de n'Albert, que els contempla fascinat, com qui mira un tresor. Han passat molts anys, però recupera els registres del llenguatge. La impossibilitat de pouar en les paraules es converteix en certesa de gestos. El titubeig dels mots s'ha transformat en precisió en el tacte.

Es perd en els rínxols des de l'extrem fins a l'arrel, mentre traça onades. El seu cap torna a ser un univers perfecte, on brosta l'herba i s'hi alcen les mates que rega la pluja. Al centre de la clepsa, hi recolza els palmells, mentre fa un poc de força, com abans, perquè s'adormi la tristesa. Hi ha la insistència adequada en cada pulsació. Així com el pianista coneix les diferents tecles de l'instrument que toca, ell domina cada centímetre de cabellera. Perden el ritme del temps. Se n'oblidarien si no fos perquè, de tant en tant, n'Albert hi afegeix un doll d'aigua calenta, una gota de sabó, un altre raig de xampú. L'escuma està a punt de sobresortir la vora de la banyera, de vessar-se en una onada blanca que amenaça de cobrir el terra, mullar els calçons de l'home que té el cos inclinat, els braços fent camins. Sense avisos, na Coloma obre els parpres i el mira amb la mirada nova de trinca. No hi troba el rastre d'absència que hi intuïa, la sensació que hi ha el buit, rere la fixesa de les pupil·les. N'Albert entén que torna de molt enfora, mentre els seus ulls abracen els ulls de la dona. Comprèn que hi ha mirades que parlen, que se cerquen. Mentrestant, les bombolles pugen endalt. S'enfilen fins a la claraboia, floten enlaire, s'estavellen contra la fredor del vidre per on no travessa la llum.